我是孙权

王者的孤独

沈忱 何昆
著

新 华 出 版 社

图书在版编目（CIP）数据

我是孙权：王者的孤独 / 沈忱，何昆著. —北京：新华出版社，2017.8

ISBN 978-7-5166-3391-5

Ⅰ. ①我… Ⅱ. ①沈… ②何… Ⅲ. ①长篇小说—中国—当代
Ⅳ. ①I247.5

中国版本图书馆CIP数据核字（2017）第186463号

我是孙权：王者的孤独

作　　者： 沈　忱　何　昆

选题策划： 蒋小云　　**责任编辑：** 蒋小云
责任印制： 廖成华　　**封面设计：** 李尘工作室

出版发行： 新华出版社
地　　址： 北京市石景山区京原路 8 号　　**邮　　编：** 100040
网　　址： http：//www.xinhuapub.com
经　　销： 新华书店
新华出版社天猫旗舰店、京东旗舰店及各大网店
购书热线： 010-63077122　　**中国新闻书店购书热线：** 010-63072012

照　　排： 李尘工作室
印　　刷： 北京文林印务有限公司
成品尺寸： 170mm × 240mm
印　　张： 22.5　　**字　　数：** 322千字
版　　次： 2017年9月第一版　　**印　　次：** 2017年9月第一次印刷
书　　号： ISBN 978-7-5166-3391-5
定　　价： 48.00元

目录 Contents

第 一 章　我是孙权我怕谁　1
第 二 章　枪杆子里面才能出政权　21
第 三 章　神一样的哥哥　39
第 四 章　有志气的孩子早当家　53
第 五 章　我的江东我做主　67
第 六 章　我要打出一片新天地　85
第 七 章　父亲，我为您报仇了！　99
第 八 章　山雨欲来风满楼　111
第 九 章　诸葛亮是个人才　125
第 十 章　赤壁大捷　139
第十一章　城府很深的妹夫　155

目录 Contents

第十二章　南征北战　171
第十三章　逍遥津的梦魇　193
第十四章　目标——荆州　211
第十五章　英雄殒命　227
第十六章　陆逊，我没有看错你　241
第十七章　巅峰时刻　259
第十八章　一代新人换旧人　275
第十九章　恶的萌芽　291
第二十章　祸起萧墙　313
第二十一章　英雄　329
第二十二章　此生无悔　347

第一章 Chapter one

我是孙权我怕谁

第一节

“气死我了，这个刘基，就爱抢我的风头，咱们同学都围到他身边听他讲故事去了，弄得我成了光杆司令。”我气冲冲对身边的朱然说着。

朱然，我的发小兼死党，他在我身后挠了挠头，低声说道：“仲谋，刘基是扬州刺史刘繇的儿子，他就爱带着同学们讲故事，可咱们现在确实没有好办法，你看，那些同学都凑到他身边去了。”

我冷笑一声，说道：“哼，区区刘基也敢和我斗，我爹是击败董卓的破虏将军孙文台（孙坚字文台），我哥哥是威震江东的霸主孙伯符（孙策字伯符），我是兵圣孙武子的后代，我是英雄的血脉，我是乱世的英杰……”

朱然打断了我“自卖自夸”的话，说道：“仲谋，我知道你爹和你哥都很牛，但是刘基这家伙博学多才，咱们没他懂得多，怎么和他斗啊？”

我白了朱然一眼，说道：“博学多才怎么了？懂得多又怎么了？不错，刘繇曾是封疆大吏，可他后来与我哥哥为敌，被我哥哥击败，据说已经病死了，他的儿子刘基现在是我孙家养着。刘基不过是我家的一个食客，他又凭什么和我争锋？现在江东大城市都在我哥哥控制之下，我哥哥就是江东的王，我就是江东的王弟”，说着，我嘟囔了一句：“我哥哥也是，敌人的儿子也养，不知道咋想的。”

刘繇，汉室宗亲，曾是汉中央任命的扬州刺史，后来，我哥哥起兵渡江，刘繇拒战，被我哥哥击败逃亡，刘繇死后，我哥哥没有伤害他的家人，反而将他们都养了起来。

朱然说道：“这个道理我自然知道，可是咱们到底该怎么办呢？”

我对朱然神秘一笑，说道：“你瞧着吧，我自有妙计”。

说着，我将钱袋子掏了出来，我掂量一下，里面还有几千铢钱，我将钱袋子交给朱然，吩咐道：“去，多买些好吃的拿来，再多买点好看的衣服。”

朱然迷惑地看着我，一脸茫然。

我一瞪眼，呵斥道：“愣着干什么，快去啊。”

“是是是，我这就去，这就去。”朱然的父亲朱治是我哥哥的部属，所以，朱然也是我孙家的手下。

朱然去买东西，我坐下来看着刘基，我心道：小子，等会就让你成“孤家寡人”，我要让你知道，在这里我才是“头儿”。

忽然，我看到在学堂的角落里，有一个同学独自一人坐在那专心读书，他既没有加入欢笑连连的刘基阵营，也没有来到我身边，学堂里发生的所有事情就好像与他无关，他只是默默地自己读书。

这家伙来学堂不久，我还不知道他的来路，看着像个怪人。

不多时，朱然抱着一大堆东西跑了进来：“仲谋，我来了，快帮我接住，我都快抱不住了。”

朱然这家伙办事很可靠，他买来了牛肉、羊肉和鱼肉，又买了很多好看的衣服。朱然吆喝着跑进学堂，很多围在刘基身边的同学都将目光投来，他们交头接耳，窃窃私语，不明白朱然拿这么多好东西要干什么。

我将一大堆东西堆积在桌案上，将瘪瘪的钱袋子揣好，然后我站上了桌案，鼓足丹田气，大喝一声：“同学们，发福利了！同学们，发福利了！”

我这两嗓子震得学堂上的蜘蛛网都颤动了起来。

所有人都将目光投向了我，我很享受这种被人仰视、被人关注的感觉。我笑着对大家说道：“同学们，整天读书怪没意思的，今天我请大家吃饭，来来来，都围过来，朱然，快把饭菜摆上。”

朱然立刻行动起来，不多时，一大桌热腾腾、香喷喷的美味佳肴摆满了桌案，饭香肉香充斥了满屋。正值午休，同学们都饿了，他们看着这些饭菜，一个个垂涎三尺，眼冒绿光。我嘿嘿一笑，一屁股坐在桌案前，夹起一块牛肉放入口中，我嚼着牛肉，满嘴流油，不住赞道：“好吃，好吃，你们也来吃吧。”

朱然心领神会，他第一个坐下开吃，其他的同学再也忍不住美味的诱惑，一个个争先恐后地凑了过来，刚才还被团团包围的刘基，如今只剩下一个人，落寞地捧着他的书，呆呆地看着我们享受美味。

我看了一眼，心中好笑：这才是刚开始，好戏在后头。

我招呼刘基道：“刘同学，你也来嘛，大家一起吃。”

刘基尴尬地摆了摆手，满脸通红，说道：“不了，不了，我……我还要读书呢，你……你们吃吧。”

我故意说道：“嗯嗯，刘同学是好学生，好学生就要好好学习，我们比不了，可惜啊，这一桌子美味佳肴与你无缘了。”

朱然在一旁帮腔：“读书好有个屁用，刘基，你的衣服都补了好几个补丁了，也该换件新的了。”

有几个同学看出了门道，也起哄道：“是啊，要说咱们学堂，还是仲谋是老大。”“对对对，仲谋是老大。”

“哈哈哈。”我仰天大笑，这话听着真爽。我母亲吴氏教过我：人，都是趋利的，利益可以让人背叛你，同时，利益也可以让人忠诚于你。

现在看来，母亲大人的话真是至理名言。

吃过饭，我又将衣服摆开，对同学们说道：“酒足饭饱了，现在开始发放大福利，上好的绸缎衣服，送给你们。”

看着一件件光鲜美丽的名贵衣服，有几个同学打着饱嗝对我说道：“仲谋，跟着你真是我们的福气。”

我大大咧咧地一摆手：“这些东西算什么，以后你们跟着我，吃香的喝辣的，呼风唤雨，这江东是我孙家的天下。”

“对对对，我们誓死追随孙家，就像我们的父亲追随孙伯符将军那样，我们也将追随仲谋。”

“咦？”忽然间，我看到刘基哭了！

刘基看了看自己身上的破衣服，又忍不住地看我要送人的衣服，他流泪了。我先是一愣，随即明白：他太穷了，穷得连衣服都买不起！此时，我改变了继续羞辱刘基的想法，我又想起了母亲的教诲：每个人都有他的特长，将每个人的特长利用起来，就能办成大事。

我决定这么干……

我又站上了桌案，对众人说道："衣服可以给，但不能白给，我决定，让刘基同学给大家讲故事，然后提问，谁能答对，我才赏赐给谁衣服，而且，谁要领衣服都要叫我一声仲谋哥哥。"

所有人听到这话都愣了，刘基也愣了。

我装作没看见，继续说道："当然了，刘基同学是考官，那么其中的两件衣服我就直接送给他了，而且，他也不用喊我哥。"

说罢，我朝朱然使了个眼色，我的死党立刻明白了我的用意，挑选了两件最好的衣服送到了刘基面前，他边将衣服递给刘基边说道："刘同学，你要记住，这衣服仲谋送给你的，你接着吧。"

刘基看着名贵的衣服送到自己面前，眼中的泪花汹涌而出。

我最讨厌男人哭，怒道："你哭个什么劲，不就是两件衣服嘛，只要你今天把故事讲好，明天我送你十件。"

刘基一愣，立刻问道："仲谋，你说的是真的？送我十件？"

我一昂头，答道："我孙仲谋说话算话。"

"好，我听你的，我要让我两个弟弟也穿上好衣服。"刘基说着，站起身走过来，开始给大家讲故事，提问题。

我心中暗暗佩服这个刘基：能为自己兄弟忍辱负重，能屈能伸，了不起，这一点我应该向他学习。

刘基讲故事讲得惟妙惟肖，然后他提问题，答对的人便可以来领一件衣服。我让朱然发衣服，我自己则仰卧在坐垫上剔着牙，看着一个个领衣服的同学对我施礼，叫我"仲谋哥哥"。

我很享受这种感觉。

但是，也不是所有人都对我拍马屁，在我的同学中，有一个人自始至终没有过来我这边。他就是那个坐在角落中专心读书的"怪人"。

我偷偷问朱然："那家伙是谁？"

朱然看了看那个怪人，对我说道："仲谋，那家伙是江东豪族陆家的孩子，他叫陆逊。"

陆家，江东本地著名的世家大族，这个家族人才辈出，世代为官，在江东久负盛名。一开始，他们对我孙家很不欢迎，我哥哥曾击败其家族代表人物陆康，并处死了不少反对我们的陆家人，因此陆家和我孙家其实有仇。这个怪人陆逊，原来他是陆家的人。

"仲谋，陆逊这小子有点爱装酷，不如我带两个人教训教训他吧。"

我对这个陆逊处乱不惊和沉稳恬静的性格很欣赏，我对朱然说道："别，由他去吧。"

第二节

我这次在学堂大出风头，虽然痛快，但我的荷包也已经瘪了。我深深知道，没有钱很难让人跟着我混，而且我平时喜欢武术，总爱买一些名刀名剑，骏马良弓，而这些东西都价格不菲。所以，我需要钱。

钱，从哪来？当然是找我那称霸江东的哥哥要了，但是，我又不能直接找他要，他一定会训斥我乱花钱，那怎么办呢？我自有办法，我去找哥哥的财务大总管吕范要。

"吕先生，您忙什么？"我背着手溜达到吕范跟前，笑嘻嘻地问他。

吕范一看到我，立刻脸色苍白："仲谋，你……你莫不是又来要钱？"

我心道：这个家伙猴精猴精的。我笑着答道："嘿嘿，还是吕先生疼我，来吧，给个几万铢花花。"我也不管吕范答应了没，伸手就要。

吕范的头摇得跟拨浪鼓一样："不不不，不能再给了，仲谋啊，你这个月都花了几万铢钱了，再这样下去，我这个财务总管都没法当了。"

我就知道他又要推辞。我不耐烦地说道："吕先生，这又不是你家的钱，你管这么严干吗？"

吕范这回一瞪眼，大声答道：“仲谋，你哥哥现在外面带兵作战，他临走时吩咐，一定要将你的花销控制好，不许你挥霍，我现在已经是违背了他的命令，所以，这一次你一铢钱也别想要。”

我一听他拿哥哥压我，气不打一处来，我一叉腰，指着吕范叫道：“吕子衡（吕范字子衡），你到底给是不给？”

吕范一看我动怒，他不禁一哆嗦。

也难怪，别看我才十四岁，但我继承了父亲雄壮矫健的基因，我现在身高七尺有余，力大无比，一般成年人也打不过我。

我一步步迈向吕范，逼着吕范给我钱。吕范急得快哭了。

就在这时，一个熟悉的声音从我背后传来：“仲谋，休要胡闹。”

这个世界上能用这样简单的一句话令我害怕的只有两个人：我的哥哥孙策，还有我的母亲吴氏。

说话的人正是我老妈。我听到母亲的训斥，全身背后一紧，暗叫不好，我急忙回头，笑嘻嘻地对母亲说道：“母亲，您怎么来了？”

我母亲出身望族，我父亲娶我母亲的时候，门不当户不对，母亲家里人不同意，后来我父亲就天天在她家门口守着，我母亲看我父亲是个豪杰，又怕我父亲脑子一热做出不利于她娘家的事，就答应嫁给我父亲了。于是，就有了我哥哥和我，还有我的五个兄弟姐妹们。

母亲一辈子生了四男一女，她早年父母双亡，寄寓在亲戚家，她知书达理，洞察人性，父亲活着的时候，她就是贤内助，后来父亲战死在荆州，她就独自一人抚养我们兄弟几个。母亲教育孩子很有办法，教会了我很多道理，对我的一生都产生了深远的影响。

如今看到母亲训斥我，我不得不低头，我走到母亲面前，施礼说道：“母亲，孩儿这几天怪想你的。”

在我们兄弟几个人当中，母亲最疼我了，她看着我，脸上尽是慈祥：“仲谋，吕先生是咱们孙家的朋友，你怎么能如此怠慢他？还不快向先生道歉？”

母命难违，我只得硬着头皮朝吕范赔礼：“对不起。”

吕范连连摆手："哪里哪里，仲谋在和我闹着玩呢。"

母亲轻叹一声，说道："你们和伯符总是惯着这孩子，他父亲死得早，我一个妇人将他们带大，教育难免会缺点什么，再这样下去，我怕这孩子就成了纨绔子弟，成了废物。"

我一听，很不舒服，撇了撇嘴对母亲说道："母亲，您也太小看孩儿了，我可是英雄的后裔，我也会成为英雄的。"

母亲看着我，说道："是啊，我原本也认为你是龙凤之才，毕竟你生有异象，又骨体不恒，我对你是抱有很大希望的，可是……"，母亲又是一声叹息，说道："可是你现在整天不学无术，就知道花钱，这样子怎么能成才？"

我被母亲说得脸红耳赤，但又无从辩驳。确实，我听母亲说过，母亲生我是"梦日入怀"，我出生的时候方颐大口，目有精光，父亲和母亲对我很器重，认为我将是孙家的福星。等我慢慢长大，我生得碧眼紫髯，上长下短，容貌奇伟。

从母亲到我哥哥，都对我十分疼爱，他们都有心将我培养成孙家的顶梁柱。

我在孙家可谓"天之骄子"，但是，我也确实有点辜负母亲、兄长对我的期望了，就像母亲说的那样，我对于读书不是很关心，也不怎么参与政务，我将多半的精力放在了玩上。

我略显惭愧地对母亲说道："母亲，孩儿以后一定好好学习，专心做事，不辜负您的期许。"只有面对母亲我才像一个乖孩子。

吕范这时在一旁说道："其实我还是很看好仲谋的，他聪明智慧，有气度，善决断，将来会做出一番事业的。"

吕范这家伙挺会说话，我朝他眨了眨眼，那意思是：谢谢你喽。

钱没有要到，还被母亲训斥了一顿，晚上我独自一人躺在床榻上，透过窗户仰望明月，我不禁展望自己的未来：我将来会成为一个什么样的人呢？如今天下大乱，历经四百年的大汉天下已经分崩离析，群雄并起，战火连天，英雄用武正在此时。我要做哥哥的左右手，驰骋疆场，出谋划策，哥哥对我说过，他的志向是打到北方，称王称帝，那我也就是一人之下万人之上的角色了。

时值春季，江东宜人的气候令我心情开朗舒畅，一阵春风从户外袭来，更令我心旷神怡，我夜不能寐，愤然坐起，我想起了江东霸主项藉那首慷慨激昂的《垓下歌》："力拔山兮气盖世，时不利兮骓不逝。"

我暗暗念叨着："我是孙武子的后裔，我是孙文台的儿子，我是孙伯符的弟弟，我是江东的豪杰，我一定要在这天地间闯荡出一片属于自己的天空，令世人敬仰。"

我念及父亲威震关东联军击败董卓的伟大事迹，想到哥哥雷霆南下扫荡江东的丰功伟绩，我心潮澎湃，热血沸腾。

我朝着户外高声叫道："母亲说得对，我不能再这样游荡下去了，我要去建功立业，光耀孙氏门楣。"

第三节

建安元年，乱世魔王董卓已经死了，现在天下分崩，群雄并起，河北有四世三公的袁绍，幽州有强大的公孙瓒，淮南有袁绍的胞弟袁术，中原有"挟天子以令诸侯"的曹操，徐州有天下无敌的飞将吕布，荆州有我们的世仇刘表，又有关中马腾、韩遂，益州刘璋，汉中张鲁等各割据军阀，这个世界已经成了修罗战场。在这个乱世，无数人家破人亡，妻离子散，也有无数人趁势崛起，这是一个属于强者的时代，而我自信，我就是那个强者。

哥哥击败江东豪帅严白虎，从前线返回，我直接去见他，我要让他封我官做。哥哥正在大殿中大宴功臣，他一如既往的潇洒大度，谈笑风生。我在席间向他禀报道："哥哥，我有一件事求您，希望您能答应我。"

哥哥那天心情不错，他将上翘的胡须捻了捻，笑道："仲谋，莫不是

又想要钱了？”

他这种对小孩子说话的语气令在场的群臣众将无不笑了起来。我一撇嘴，埋怨道：“哥哥，我又不是小孩子了，这种小事我怎么会在这种场合向您提起嘛。”

哥哥看我不高兴，便站起身，走到我身前，他拉住我的手，将我拉到他的座位上，然后让我和他并肩坐下，他问我：“仲谋，你说吧，找我有什么事？”

我毫不犹豫地说道：“哥哥，我要做官。”

这句话让哥哥愣了一下，但他并没有嘲笑我，他认真地问我：“哦？做官？仲谋，能告诉我你是怎么想的吗？”

我当着江东群臣慨然说道：“哥哥，我孙家从父亲一代就为大汉建功，父亲征讨凉州叛军，击败汉贼董卓，名震天下，您白手起家，扫荡江东，威名世人尽知，如今天下大乱，群雄并起，我堂堂男子汉，岂能游手好闲？我决心建功立业，帮助哥哥扫灭群雄，安邦定国。”

我声音洪亮，中气十足，一番慷慨陈词之后，席间一人站起身对我赞道：“仲谋小小年纪能有如此胸襟志向，了不起，了不起啊。”

我一看这个夸赞我的人，我立刻精神振奋，全身血液加速运转，一股崇敬之情油然而生。是谁能让我这么激动？

他就是我哥哥的死党，周瑜。

周瑜，庐江舒人，其人姿貌雄伟，才华横溢，豪气干云，又颇有雅量，精通乐曲，时人称“曲有误，周郎顾”，他自幼与我哥哥相识，两人关系莫逆，形同骨肉，他在我江东群臣中算得上是出类拔萃的人物了。在我幼年的记忆中，周瑜和哥哥都是那种高不可攀的人，仿佛是天上的明星。随着年纪渐长，我虽然也很自负，但对于周瑜，我还是很尊重。

今天他当众夸奖我，真令我有点受宠若惊了。

周瑜又对哥哥说道：“伯符，我看你就答应仲谋吧，给他个官做，锻炼锻炼他。”

我将目光转向哥哥。哥哥却没有立刻表态，他对我说道：“仲谋，你天生聪明，又善于团结人，这都是你的优点，但是，你身上有太多的娇气和任性，我担心你将来会做出出格的事。”

我很不以为然地一撇嘴，说道：“哥哥，我如果不加以锻炼，永远也不可能成才，你总是像对待小孩子一样对待我，可实际上我早就长大了。”

哥哥看我认真的表情，他沉默半晌，最后，他还是摇了摇头，说道：“不行，我能轻易让你出去，现在江东草创，很不稳定，到处都是敌人，又有许多草寇，外面太危险。”

我看哥哥执意不许，顿时急了，我哀求道：“哥哥，求求你了，你就让我做个官吧。”

他经不住我软磨硬泡，最后只得说道：“这样吧，我去禀告母亲，如果母亲允许你外出做官，我就让你去。”

“真的？哥哥说话算数？”我顿时两眼放光。

“哈哈，哥哥几时骗过你？”

周瑜在一旁笑道：“仲谋小时候我就看他不是凡夫俗子，果然有志气，我看好你将来定能成就大事。”

酒席宴后，我迫不及待地拉着哥哥去后堂见母亲，求她允许我做官。

母亲听完我的请求，连连摇头：“不行不行，你才十五岁，万一遇到什么危险，自己都保护不了自己，又怎么指挥别人？你还老实在家待着学习吧。”

我看母亲如此决然地拒绝我，我急得差点哭出来。

在母亲身边，我的妹妹孙仁笑嘻嘻地看着我，对母亲说道：“母亲，二哥要去做官就让他去呗，我看他要是去不成，八成会得病的。”

母亲吴氏转头看了看只有十岁的妹妹，问道：“哦？你怎么知道他会得病？”

妹妹鬼灵精乖地眨了眨眼，答道：“我最了解我二哥了，他要是得不到他想要的东西那是誓不罢休的。”

我不耐烦地对妹妹吆喝道：“去去去，大人说话你一个小孩子插什么嘴，去一边玩去。”

哥哥在一旁笑道："哈哈，你还好意思说妹妹是小孩子，我看你也是孩子脾气。"

母亲看着我们兄弟姐妹，她看看这个瞅瞅那个，她的眼眶有些湿润，我猜想，那应该是慈母对儿女的关爱之情吧。妹妹也看到母亲眼泛泪花，她问道："咦？母亲您怎么哭了？"

母亲抹了抹眼泪，说道："你们的父亲被荆州刘表害死，这些年来咱们东躲西藏，居无定所，我含辛茹苦把你们兄妹几个抚养大，咱们孙家有今天不容易啊。"

听母亲这么说，我们兄妹几人无不落泪，孙仁哭得跟个泪人似的，哭泣道："我从记事就没见过父亲，我想见他，呜呜呜。"

哥哥孙策拜倒在母亲面前，悲泣道："母亲，我乃孙家长子，请母亲放心，我定会继承父亲遗志，扫平江东，创立万世基业。"

母亲扶起哥哥，说道："伯符，你像极了你的父亲，天生有气力，领兵作战很有本事，可是啊，我又担心你太过松懈，轻而无备，此乃取祸之道，你现在不再是庐江的那个年轻人了，你现在是江东的霸主，孙家的顶梁柱，你身系咱家的兴衰，万事还需小心啊。"

哥哥满不在乎地答道："请母亲放心，不是孩儿自吹，这天底下能杀死孩儿的人还没出生呢。"

母亲轻叹一声，转向我，她爱恋地看着我，对我说道："仲谋，你若真想去做官，母亲也可以允许，只是，你要答应母亲，要照顾好你自己。"

我一听母亲已经有意让我做官，急忙答道："母亲只管放心，我一定会照顾好我自己。"

母亲点了点头，说道："你出生时便有异象，相师说你是星宿下凡，大贵之命，我也希望能看到你成功那一天。"

说着，母亲对哥哥说道："伯符，现在有什么职位适合你弟弟吗？是历练他的时候了。"

哥哥听母亲发话，他不敢违拗，答道："现有阳羡县令一职空缺，我打算让仲谋去那里，不知母亲认为如何？"

母亲点了点头：“阳羡是一个相对安稳的地方，我看可以。”

我看母亲答应了，怕她和哥哥反悔，急忙拜倒说道：“多谢母亲，多谢哥哥，我这几天就去上任。”

哥哥轻轻敲了敲我的脑壳，笑道：“你小子，鬼主意多，不过你先别太高兴，我可不会让你孤身一人在外恣意妄为，我要为你派一个老成持重的重臣辅佐你。”

我一听，顿时傻了：派个老家伙来“辅佐”我，那不就是看着我吗？我问哥哥：“你要派谁呢？”

哥哥说出了那人的名字：“朱治。”

我一听这个名字，做官的喜悦之情瞬间冰消雪融。朱治，朱然的父亲，曾跟随我父亲，后来又跟随我哥哥，是我家的两代元老，此人曾在我们家困顿的时候帮助过我们，算是对我们孙家有恩的人，可是也正是因为他资历老，年纪大，所以与我不可避免有“代沟”。我暗暗抱怨：天呐，有这么个老古董在我身边，那得有多别扭啊。

我本想劝哥哥收回成命，不让朱治去，但当我看到哥哥威严的面庞，我到嘴边的话又咽了回去：算了，还是别说了，搞不好连做官的事情都要泡汤，我还是忍忍吧。

妹妹孙仁高兴地蹦跶着，叫道：“嘻嘻，二哥要去做官了，真逗！”

第四节

朱治是吴郡太守，我的阳羡县正在他的治下，也就是说，朱治是我的顶头上司。他有事没事便跑来，对我的工作指手画脚一番，虽然他推举我做了“孝廉”，而且我也知道他对我的很多建议都是有益的，但是，我就是不习惯被人管着，太不舒服了。

其中最让我不痛快的一点，就是朱治总会隔三差五地检查我账目，看

我是不是乱花钱了，我知道，这个权力是哥哥给朱治的，哥哥是怕我挥霍无度。

看着府中白光灿灿的钱不能花，平时玩不能玩，吃不能吃，一天到晚忙着处理公务，索然无味，我真觉得做官很没意思，有一段时间，我甚至打算辞职不干了。

然而，就在我动摇的时候，一个远方来的客人打破我沉闷无聊的生活，重新焕发了我对未来的憧憬，这个人是曹操派来的使臣。

曹操，中国大地上威名赫赫的诸侯，他早年和我父亲一起起兵讨伐董卓，后来他又在兖州击败天下无敌的飞将吕布，威震中原，现在，他“挟天子以令诸侯”，是黄河流域除了袁绍以外最强大的军阀。他为什么要派人来江东呢？原来，此时我哥哥已经扫灭江东群雄，成为了汉帝国东南地区的霸主，曹操为了拉拢我哥哥，就特意让扬州刺史严象推举我为茂才，又任命我为代理奉义校尉，同时还让使者刘琬前往江东对哥哥进行嘉奖。

这个刘琬可是个有本事的人，他的本事不是领兵作战，也不是运筹帷幄，而是相面！对，就是相面！据说此人相术堪称一绝，看人入木三分。

有这个本事的刘琬在江东见到我们兄弟几人，当他见到我的时候，他脸上尽是惊讶，我还以为我的脸上有什么东西呢，我搓了搓脸，很干净，我问刘琬：“你老盯着我看什么？”

刘琬边看边啧啧称赞：“了不起，了不起。”

他说得我愣了：“什么了不起，你把话说清楚啊。”

“你相貌不俗，乃大富大贵之相，将来前途不可限量。”

“哈哈，刘大人此言当真？”被一个善于相面的人夸奖，我很为自己的外貌自豪了一番。

刘琬答道：“刘某一生阅人无数，从未看走过眼。”

后来刘琬无论是在江东还是在北方，见人便说：“孙氏其他兄弟尽管个个都有能力、见识通达，但这几个人享福的时间都不会长久。只有孙策的弟弟孙权外貌奇特雄伟，骨骼体型非同寻常，有大贵之相，而且会非常长寿。”

有人刘琬的“免费广告”，我的名号不但传遍了江东，而且传到了北方。中国大地上，一颗政治新星冉冉升起，那就是我——孙权。

原本我对做官快要失去兴趣，可这件事却又令我燃起了奋斗的火焰。我振作精神，整顿县务，处理讼案，我决心不辜负刘琬的一番赞美，我的所作所为要配得上上天赐给我外貌。

我似模似样地坐在大堂上，两旁衙役站立，我看着记录着讼案的竹简，一边断案，一边批阅，眼看口说，没出半天，十几起讼案被我漂亮地处理好了。

看着台下跪倒千恩万谢的老百姓，我自己都开始佩服我自己的能力了：哈哈，看来我是天赋异禀。

就在我沾沾自喜的时候，我忽然看到一桩奇怪的案件，说着这个案件奇怪倒不是那案情多么复杂，相反案情很简单，就是地主许贡家圈地，因一户农家的房子碍事，许家便拆了农家的房子，这户农家去许家讨公道，反而被许家的人打死了。

按照正常程序，将杀人者绳之以法，还给死人的农家一个公道，这个案子就算了结了。然而，奇怪就奇怪在，这个案子足足压了两年，竟然连审都没有审过。

我看着竹简，皱了皱眉，喝道：“来人，将许贡家杀人的罪犯和死者的亲属，一并带上来。”

不多时，许家的杀人犯和死者的老母亲都来了。

我先问死者的母亲道：“老大娘，这讼词上说你的丈夫和你的儿子都被许家人打死了，是真的吗？”

老妇人眼中落泪，答道：“回禀大人，是真的。”

我又问许家的罪犯：“你是许家的什么人？人是不是你打死的？”

那人贼眉鼠眼，满不在乎地答道：“我乃许家的护卫，我叫许三，不错，人就是我打死的。”

我看着这货嚣张的样子，冷笑一声，说道：“哼，你凭什么拆了人家房子，打死人家父子？”

许三大大咧咧地答道：“大人，现在天下大乱，盗贼蜂起，朝廷命地方自卫，我们家老爷是响应朝廷号令，圈地建筑守备工事，可这个老不死的一家人”，说着，他指着那老妇人，继续说道：“竟然不从号令，阻挠圈地，而且事后还到我许家寻恤滋事，无理取闹，大人，这种刁民您应该尽快法办啊。”

“你胡说！”老妇人没等许三把话说完就怒斥道：“我和老伴都是穷苦出身，我们躲避战乱，来到这里，我们自己一点一点建起了我们的家，可是，那天我和老伴下地干活，回来就发现房子被许家人拆了，我们事先根本就不知情。事后，我们去许家讨说法，他们二话不说，冲出来十几个人拳打脚踢，可怜我儿子被他们活活打死，我那老头子都六十多岁了，被他们打得满嘴淌血……我在一旁哭喊，可是没用，我儿子死了，我老伴也死了，我来县衙告状，可没人敢管许家，他们还劝我忍了吧。我没有办法，我就哭啊哭啊，眼睛也哭瞎了……”

“行了，别说了。”我打断了老妇人诉说，我实在听不下去了。我眼中喷火，怒视许三，那家伙被我看得一哆嗦。

我虽然是富家子弟，我有时候也喜欢欺负别人，但是，我欺负的都是逞强好胜的人，那些真正的弱者穷人我从不会欺负他们的，相反，我最讨厌的就是仗势欺人的家伙。

我冷冷地对许三说道：“许三，我知道，很多人借着保卫乡土之名借机圈地，将无尽良田收入自己囊中，致使无数百姓流离失所，饿殍遍野，我敢断定，你许家就是这种败类！你在我面前还敢诡辩，你也不看我是谁？我是孙权孙仲谋，是你们这些恶人的克星。来人！”

我怒喝一声：“将这个人狗东西给我拖下去砍了。”

“遵命！”两旁的衙役应了一声，冲上来拖着许三就往外走。

许三一看我动真格的，他急忙高呼：“大人饶命，我有话说！”

我问他：“有话就说，有屁就放。”

许三跪倒说道：“大人，你不能杀我。”

“笑话，我乃阳羡父母官，你作奸犯科，杀人偿命天经地义，我一定会杀你。”

“可是，我是许家的人，我老爷是许贡。”每次提到许家和许贡，许三总是信心百倍，底气十足。

他越是这样我越是怒火中烧：“去你妈的，我管你什么家的人，只要是我孙权主政，就决不允许你这种仗势欺人的狗东西活着，拖下去，砍了。”

许三像一条狗一样被倒拖着拽了出去，他鬼哭狼嚎：“孙权，杀了我你一定后悔，我家老爷绝不会放过你的。”

不多时，许三的人头献于麾下，我看着这货猪头一样的首级，一阵恶心，连忙说道：“拿走，挂上城头示众，这就是欺压百姓的下场。”

那老妇人跪倒不住地磕头，说道：“孙大人真是我们百姓的父母官，是我们的救星啊。”

我杀了许三，出了一口恶气，我很为自己这一“壮举”自豪。

然而，令我意想不到的是，两天后，阳羡县衙外，围了足足几千号人，我的县衙被这群不明来路的人包围了。

当我心急火燎地赶到外面观看时，我看到领头的一个人身穿名贵的服饰，手持长剑，在他身后，是身穿清一色服装的家丁，都手持长矛利刃，他们还打了面旗：“为许三讨公道。”

我瞬间明白了：这是许家来找麻烦了。

我强自镇定，高声说道：“你们要干什么，这里是县衙，不是集市，你们想造反吗？”

领头那人看了看我，答道：“这位是孙大人吗？”

我仔细看，此人身高七尺，白净面皮，年纪约在三四十岁，我不知道他来路，便问他：“我就是孙权，你是谁？”

那人答道：“回禀孙大人，我乃吴郡许贡，您杀死的许三就是我的家人，我今天来为我的家奴讨一个说法。”

我恍然大悟，面前之人就是许贡，他今天兴师动众，原来是找茬来了，我心中大怒，我不管怎么说也是当地官长，你许贡现在只是一介平民，就算你财大气粗，可也未免太狂妄了。我怒斥道：“许三对杀人已经供认不讳，我杀他是照章办事，你们讨什么说法？我没有追究你拆人房屋，纵容手下行凶已经是法外开恩，你倒送上门来，信不信我现在就捉了你？”

许贡哈哈大笑，显然，他根本没有将我的威胁放在眼里，他用大拇指向后一指，对我说道：“孙大人，你看看我的背后，这都是许三的兄弟朋友，他们是自发前来为亲人讨公道的，今天，你必须给我们一个说法，否则，嘿嘿。”

我真的怒了：太放肆了，太无法无天了。我冷冷地问许贡：“你要什么样的说法？”

“给许三道歉，为他平反，抓起来那瞎眼刁妇。”

我一字一顿地答道：“做梦吧，不可能。”

“嘿嘿，那好吧，那就休怪我许贡不讲情面了。”

我知道，我官衙中仅有值班的几个衙役，面对几千地主武装毫无胜算，今天弄不好就是我孙权的丧命之日了。

许贡一招手，就要下令，就在这千钧一发的时候，忽然在包围圈后面一人厉声高呼：“许公，且休动手，朱治来了！”

朱治？！这是我这辈子第一次对朱治这个名字有这么亲切的感觉：你来得真及时。

朱治乘马而来，他滚鞍下马，来到许贡面前，满脸堆笑，说道：“许公，您何必兴师动众？”

许贡对朱治说道：“这位孙大人冤杀了我的家丁，我要替我的人讨个说法。”

朱治立刻说道：“没有问题，都依许公您，您的所有要求我们无不答应，还请您带人回去。”

我在后面拽了拽朱治的衣服角，低声说道：“你不能答应。”朱治就像没有听见。

许贡看朱治发话，他犹豫了片刻，然后说道：“好吧，既然是朱太守这么说了，我就给您个面子，不过，还请您告诉孙大人，打狗要看主人。”他故意将“孙大人”这三个字加重了语气，话外之音似乎不单说我，而是将矛头对准了我的哥哥，对准了我们孙氏家族。

说罢，他招呼手下人转身潇洒而去。

我气得一跺脚：“朱太守，你怎么能这么窝囊？”

朱治没有回答，他面无表情，将我拉到官衙内，关上门，指着我对我说道：“你呀，你险些酿成大祸，我再晚来一会，你就有危险了。”

我还有些不服气：“至于吗，我看他们也就是虚张声势，我哥哥是孙伯符，许贡这种货色还敢造反吗？”

朱治轻叹一声，说道：“仲谋，我给讲讲江东大族和我们的矛盾吧。”

“江东大族？”

“在江东，有很多本地的世家大族和豪强地主，他们趁着黄巾之乱崛起，招揽部众，聚草屯粮，招兵买马，俨然是一个个划地自守的土皇帝。这大族有着精良的装备和数量庞大的军队，他们不喜欢你哥哥这个外来户，时常与我们作对。可以说，自从孙氏渡江以来，与江东大族的战争从未停止过。

你杀的许三是许贡的门人，而那个许贡曾是吴郡太守，因此我才称他为许公，你哥哥罢免了他，他时常怀恨在心，总是伺机报复，他有门客数千，在江东又有许多门生故吏，可谓根深蒂固，就连你哥哥和我现在也只能安抚他，不愿轻易招惹，如今你得罪了他，就等于得罪了半个吴郡。”

我吃了一惊：乖乖，半个吴郡，区区许贡竟有如此大的能量？！难怪许三这么嚣张，许贡这么狂妄，原来，所有的根源就是因为许家是豪强地主。

我听罢朱治的讲述，回想起方才那窝囊的一幕，我恨得牙根都疼了：“许贡，江东大族，哼，咱们走着瞧吧，你们就是活老虎我孙权也要拔了你们的牙。”

第二章 Chapter two

枪杆子里面才能出政权

第一节

我在阳羡被许贡围攻，丢了面子，这件事令我郁闷了很多天。

这几日恰巧朱然也来到阳羡，他说他离开我太无聊了，便主动要求来阳羡找我。朱然见我数日来郁郁寡欢，就问我：“仲谋，什么事让你烦心？”

我就把前不久许贡围攻县衙的事情告诉了他。朱然闻听勃然大怒道：“哼，这个许贡也太猖狂了，不但仗势欺人，还冲撞仲谋，我一定要教训教训他。”

我看朱然疾恶如仇，也立刻热血沸腾起来，我走到朱然面前，说道：“你若能替我出这口气，我一定让我哥哥提拔你做将军。”

“仲谋，你就等着瞧好吧。”

“嗯，可是那许贡有门客数千，势力庞大，我手下只有几十名衙役，该怎么才能教训他呢？”

朱然一拍胸脯，高叫道：“俺亲率弟兄们，直冲过去，不由分说，将许贡绑来见你。”

我也是血气方刚，对许贡的愤怒让我丧失了理智，我竟然答应了朱然这个“荒唐”的决定。

那一日，霪雨霏霏，朱然点齐二十名衙役，他头裹青巾，全身收拾得干净利落，手持长剑，冒雨训话道：“弟兄们，男子汉就应该行侠仗义，除暴安良，江东豪族欺压良善，冲撞孙大人，我决定替天行道，去教训教训他们。”

随后他亲率众人从官衙出发，直奔许贡府杀去。

雷声隆隆，雨声阵阵，风雨如晦的阳羡县，杀机四伏。

足足两个时辰后，焦急地在府衙等待的我终于等来了朱然的消息。

只见朱然浑身湿透，就像是刚从水缸里捞出来一般，不知道他身上是汗水多点还是雨水多点。我焦急地上前询问：“义封，怎么样？许贡捉住了吗？”

朱然被我一问，满脸通红，我意识到，结果似乎并不理想。果然，朱然向我拜倒，愧疚地说道：“我有负仲谋厚望，这次我遇到了敌手，未能见到许贡。”

“哦……”，我不由得暗暗吃惊，我知道，朱然不是草包，这次他们突袭许贡家失利，多半是因为许贡家中戒备森严：“义封，莫急，你将这次事情的经过原原本本地告诉我。”

朱然愤然答道：“我带着我的兄弟们奉命捉拿许贡，到他家后，我率先破门而入，他的家丁上前阻拦，都被我等打退，本来一切顺利，我们直入内堂去捉许贡，我甚至亲眼看到了许贡。可结果……”

“结果怎样？”我上前一步，伸着脖子像只鸭子一样急切问他。

“结果，许贡的那些门客忽然冲了出来，足有几百人，他们保护许贡就像保护他们自己的亲爹，不，比亲爹还亲”，朱然绘声绘色地描述着当时的场景：“门客们手持各种兵刃，他们不但人数众多，而且其中不乏好手，我自度武艺不算差，但却还是没能挡住许家门客的围攻，被迫退了出来，我手下的弟兄们也死了好几个，伤了十几名。许家门客直追我等十余里方回。”

朱然说着，眼中含泪，神情既愤怒又悲伤。我缓缓站起身，将胸中一口恶气狠狠嘘出：“呼，许贡，许贡……”

我不断重复着这个名字，现在对我而言，这个名字不单是代表江东豪族了，它简直成了我的一块心病，难以排遣。我百思不得其解：我孙家天下闻名，我的哥哥威震江东，我也不是草包饭桶，怎么就拿地方豪强束手无策呢？

这件事令我颇感失望，我数次向朱治提及整治许贡，却被朱治拒绝，理由很简单：时机不成熟。

这一日，我带着朱然登临阳羡城外的山上，望着远处的潺潺碧水，

沐浴在江南温柔的阳光下，绿树成林，花红柳绿，蝴蝶飞舞，鸟儿啼鸣，人置身在这美景中多半会陶醉，然而，此刻的我看着这大好河山却惆怅满腹，我对朱然说道："义封，我是不是不适合做官？"

朱然自从许贡事件后也一直闷闷不乐，天天在我耳边嘟囔，让我调集兵马围攻许贡府，但是，我又去哪调兵呢？我是没有兵权的。

现在朱然听我问他，他满腹牢骚地答道："仲谋，我知道你是为许贡的事郁闷，其实，我觉得咱们太窝囊了，你应该向你哥哥借兵，带着人马踏平许家，这才解气，不然的话，这群孙子岂不要无法无天了。"

我看了看朱然，又将目光转向远处，我何尝不想借兵，我曾向朱治提及此事，但朱治告诉我，现在我哥哥正率领部队南征北讨，征伐不臣，又哪有多余的兵马给我呢？

我无奈地摇了摇头，说道："这个阳羡长我不想干了。"

朱然一愣，说道："仲谋，您不做官要做什么？"

我明确地答道："我打算去军中效力。"

"军中？"

"对，去军中。"

"但是，这件事还是要禀报孙伯符将军啊。"

"我会的！没有军队什么事也做不成，我要去军中锻炼一番。"说着，我猛地举起马鞭，朝马背上抽了一下，我的坐骑一声长鸣，奔下山去。

第二节

当我向母亲禀明我打算去军中效力之事，母亲颇觉意外："仲谋，你为什么不做地方官而要去军中呢？"

我答道："母亲，父亲和哥哥都是在军中建功立业，我理应像他们那样，在军中锻炼自己。"

我没有道出自己辞去阳羡长的真实原因。

母亲盯着我看了半晌，她慈祥的双眼似乎已经将我所有的心事都看穿了，我显得有些局促。最后，母亲轻轻摇了摇头，说道：“不行，我不同意你去军中。”

我顿时愣了，我上前一步急问道：“母亲，您为什么不让孩儿去呢？”

“兵凶战险，你父亲一世英雄，最后却惨死疆场，现在你哥哥每日统兵在外，我一直为他揪心，我又怎么能让你再去军中冒险？”原来母亲是担心我的安危。

但我既然决心要去军中，又岂会轻易放弃。我跪倒在母亲面前，说道：“母亲，孩儿此次去阳羡做官，深感江东豪族跋扈，但我却无能为力，孩儿虽不及父兄武勇，但也是堂堂孙家男儿，我岂能容忍这群败类横行乡里，欺压良善，我决心入军中效力，将来带着兵马剿灭这群江东败类。”

母亲听我说着，默然不语。半晌，她才开口说道：“仲谋，你像极了你的父亲年轻时，疾恶如仇，行侠仗义，这本是孙家本色，但是……”，母亲话锋一转，又说道：“你父亲也正是因此被奸贼害死，你哥哥如今扫荡江东，镇压豪强，却不知照顾自己的安全，依仗自己武勇，独来独往，我时常为他担心。仲谋，你父兄的性子是要改的，你现在要学他们的气度，却不能学他们逞匹夫之勇啊。”

“哦。”母亲这么说倒有些出乎我意料，但我又一想，母亲之所以这样说并不是没有理由的。父亲当年进攻荆州，荆州兵原本不敌父亲，但父亲却被敌人用诱敌之计诱入重围，惨死于疆场。而我哥哥既继承了父亲的武勇，同时也继承了父亲恃勇无备的秉性，哥哥好狩猎，无论是在家还是在军中他总是一有时间就去，只要兴起，他就会撇开身边的亲兵，孤身追逐野兽，深入山林之中，针对这个情况，母亲无数次地告诫哥哥。母亲认为我们孙家入主江东本就有敌人，哥哥这几年对豪强采取高压政策，这群家伙时刻都想报仇，哥哥这样孤身行于旷野十分危险。但是，每次母亲对哥哥说起这些，哥哥总是满不在乎，还夸耀自己武勇，无惧于刺客，母亲

为此着实没少犯愁。

现在我向母亲表明心迹，母亲当然担心我会走上父兄的老路，成为一个逞强好胜、不知防备的人。我看着母亲已经花白的头发，两鬓如霜，自从父亲死后，这些年来他为了照顾我们兄妹，为了这个家，简直操碎了心，我心中不忍，含泪说道："母亲，孩儿记住您的教诲了。我一定克制自己的脾气，将锋芒收敛，万事会思虑周全。"

母亲看着我，大概是被我的孝心触动了，她又叹道："你想去军中效力本是好事，你想建功立业，没有军功是不行的，这样吧，这件事我和你哥哥商议一下。"

我看母亲答应我从军，心中欢喜，忙谢道："多谢母亲。"

母亲却道："你先别高兴，这事成不成还不一定呢。"

建安二年，淮南袁术称帝，哥哥与其断交，并向天下宣告，要与大汉的乱臣贼子势不两立。哥哥的这一举动受到了世人的欢迎，北方的曹操表奏哥哥做了讨逆将军，封吴候，并命哥哥出兵进攻袁术。

哥哥临行前回到家中向母亲告别，我趁机溜到母亲和哥哥身边，向哥哥表明了我希望从军的愿望。

哥哥听罢，十分"爽快"地说道："不行！绝对不行！"

我差点哭出来："为啥啊哥？为啥你就能领兵作战，而我就只能待在家里？"

哥哥严肃地说道："仲谋，你才十六岁，还是个孩子，你不懂战争的残酷和凶险，我不能让你去冒险。"

我立刻反驳道："可是哥哥，你领兵作战时也不过十几岁，为啥你能做少年将军我就要天天宅在家里呢？"

哥哥张口想要继续训斥我，可他张着嘴竟然说不出话来了，看来我说的话是有道理的，令哥哥理屈词穷了。哥哥看了看我，将头转向母亲，问道："母亲，我想您也不会同意让仲谋去前线吧。"

我眼巴巴地望着母亲，希望她能说服哥哥。

母亲站起身，走到我的面前，她轻抚着我的头，对哥哥说道："伯符，你们兄弟当中，我对你和仲谋寄予厚望，现在仲谋长大了，你就让他去吧。”

“哈哈。”我喜出望外，忙不迭地对母亲说道：“谢谢母亲。”

哥哥万没有料到母亲竟然会同意我的请求，他表情诧异，上前想要和母亲争辩。未待哥哥开口，母亲继续说道：“伯符，‘打仗亲兄弟，上阵父子兵’，你虽然有公瑾等人辅佐，但日后用人的地方越来越多，你总需要帮手，我们孙家也应该有其他人帮你。”

母亲的话不多，也不严厉，但她平淡的话语对哥哥而言却有着无法抗拒的威严。哥哥无奈之下，只得答道：“既然如此，就让仲谋去军中效力吧。”

哈哈，终于可以从军了，一想到紧张刺激的军旅生活，我激动得不能自已，上前一把给哥哥一个熊抱，笑嘻嘻地说道：“哥，日后在战场上你可就不是那个冲在最前面的人了，因为我会冲在你的前面。”

哥哥面容凝重，他轻轻推开我，说道：“你不要战争当儿戏，军中之事非同小可，可不是小孩玩过家家。”

“哦”，我伸了伸舌头答应一声，心中却想：哥哥老是把我当成孩子，打仗不就是带着一群人把敌人打败嘛，多好玩的游戏，有什么难的。

第三节

建安二年秋，就在哥哥要率兵北进的时候，议郎王浦秘密联络原扬州官吏陈瑀、地方豪强严白虎图谋袭击江东，哥哥闻讯后，立即命朱治出兵突入徐州，进攻陈瑀。哥哥则亲率大军向严白虎发动进攻。严白虎得知哥哥即将发功进攻的消息之后，一面布置力量据险据守，一面派其弟严白舆前来求和。哥哥识破严白虎的策略，亲手用手戟将严白舆杀死，立即展开了进攻，严白虎自知不敌，向余杭方向逃窜，投奔余杭的地方豪强许绍。

我也跟随哥哥参加了战斗，我平生第一次经历了战争。

许绍、祖郎、严白虎等人率兵与我军对垒，我看到对面敌军兵马众多，面容可憎，两军旌旗蔽日，战鼓雷鸣，人嚷马嘶，震天动地，即便我胆子不小，但初次面对这种阵势，我还是难免心中突突直跳，两手手心冒汗。

哥哥瞅了我一眼，微微一笑，淡然说道："仲谋，第一次打仗难免会紧张，你不要怕，看哥哥教你。"

刚说罢，只见哥哥纵马冲出军阵，我军大将程普、黄盖、韩当等人立即命令："擂鼓助威。"

哥哥快捷无比地冲出阵时，我军数万将士一起高呼万岁，声势震天，那是在为哥哥助威。我担心哥哥匹马单枪会有危险，便对身边的周瑜说道："公瑾，你快派人接应哥哥啊。"

周瑜在我身旁，对我说道："仲谋，不用担心，好好看着吧，你哥哥可是打遍江东无敌手的英雄，他是咱们江东将士的军魂。"

军魂？这么屌？我虽然一直都敬佩哥哥，但是，当我亲眼看到这令人鼓舞的场景，还是不禁热血沸腾。望着哥哥矫健冲锋的背影，我在想：数万人瞩目的大英雄，威震江东，啥时候我也能像哥哥这样，在万马军中耀武扬威，那便不枉活一世了。

说时迟那时快，哥哥匹马直冲敌阵，敌军被我哥哥势如奔雷的气势震慑，竟无人敢动，哥哥冲到敌阵前，劈手将敌军一员副将拽到了自己马鞍上，然后他将那人夹在腋下，调转马头回来。敌军被吓傻了，鸦雀无声，我军将士备受鼓舞，欢声雷动，士气暴涨。

我啧啧称赞道："哥哥真是厉害，就这么一下子就把敌军震住了。"

然而，我还不知道，哥哥的表演才刚刚开始。就在他生擒敌将回转本阵的时候，敌军中有一名将军纵马杀出，挺矛直刺哥哥后背。那敌将来得迅猛，吓得我急忙高呼："哥哥当心，背后有贼。"

哥哥却不紧不慢，待那敌将冲到自己背后，猛然间，哥哥转身暴喝："呔！"

这一声吼叫如空谷惊雷，竟然将震耳欲聋的战场的声音都压住了，吓得我一哆嗦，差点伸手去捂自己的耳朵，但我意识到这样做恐怕不合适，这才硬生生克制住了自己的双手。

再看那敌将，竟然倒撞下马，在地上挣扎几下，不动了。哈哈，这家伙定是被哥哥的吼叫声吓死了！

哥哥轻蔑地瞅了瞅死在地上的家伙，然后悠闲地回到自己军阵中，他将腋下俘虏扔在地上，我凑过去一看，好家伙，这人竟被哥哥夹得七窍流血，早已没了气息。

哥哥夹死一将，喝死一将，如同天神下凡一般。我军将士看到这惊世骇俗的表演，一个个就像打了鸡血一样，嗷嗷直叫。周瑜将令旗一挥，我军将士如开闸猛虎，猛冲出去。

对面敌军早已被我哥哥的神勇吓破了胆，谁还敢迎战？顷刻之间四散奔逃。

我跟随大军冲锋，杀入敌阵，开始对溃败的敌军展开了屠杀。

我挥舞长剑，一通乱砍，好不痛快！

我边追杀敌军边想：都说打仗这玩意如何凶险，如何残酷，我咋觉得这么简单，不就是一冲一杀嘛，一点都不难。看来那些话都是吓唬人的。

第四节

依靠哥哥神勇的表现，我军一战击破祖郎、严白虎等人的联军，这场战斗给我印象最深的是两个人，一个是我哥哥，另一个人叫周泰。

我是在战场上发现周泰的，当时我军正在追杀敌军，眼看胜利在望，未曾想，对方军中有个叫太史慈的骁将，勇猛异常，箭术惊人，他带着几个人挡在大道上，箭无虚发，硬是挡住了我军的进攻。

就在这个时候周泰挺身而出，他不避矢石，猛冲到太史慈等人近前，

挥刀猛砍死数名敌军，并与太史慈缠斗在一起。我军将士随后跟进，太史慈败走，我军因此取得了胜利。

这件事令我记住了周泰的名字。

哥哥打了大胜仗，但是敌军却并没有因此被消灭。祖郎、太史慈、严白虎等人是地方豪帅，与其勾结的盛宪、许贡等人都是江东大族，他们相互勾结，隐匿在深山树林之中，时常出没骚扰我军。哥哥为了彻底铲除他们，决定痛下杀手，他一面号召江东百姓清算豪强地主，一面亲率大军围剿叛军。

我军主力出征，每个城镇都需要留下兵马驻守，不然会遭到叛军偷袭。就是在这种情况下，我被哥哥留在了宣城。

哥哥临走时告诉我："宣城位于深山之侧，容易遭到攻击，你需时刻提高警惕，万不可掉以轻心。"

我满不在乎地答道："放心吧哥哥，有我在，宣城万无一失。"

哥哥又问："我给你留五百兵马，你需要谁协助你守城？"

我想了想，答道："把朱然和周泰留给我吧。"

哥哥大军开拔，我就做了宣城之主。我召见周泰，看着这个身材健壮、面貌坚忍的猛将，我满意地点点头，对他说道："幼平（周泰字幼平），以后你就跟着我混吧。"

周泰朝我施礼道："末将遵命。"

我登临宣城城头，五百士卒列在我身后，我望着远处，心中十分欢喜："哈哈，老子现在要爽一把。"

离开了母亲和哥哥的看管，我终于又可以尽情撒欢了。我的第一个命令就是要去郊外狩猎。我全身贯束，披着大红披风，纵马驰骋，左右放箭，没出半天工夫，我射倒野兔十余只，麋鹿一头，豺、狼数只，甚至还有一头小熊。山间美景在我身旁飞逝，山风鼓荡在我耳畔，我幻想着自己就是哥哥，我也在万马军中往来如风，威风凛凛。

就连猛将周泰都称赞我："孙大人不愧是孙氏后裔，天生就神勇无敌。"

朱然在一旁则咧着嘴笑道："哈哈，今天晚上又有好吃的。"

当我带着无数战利品回到宣城郊外的时候，已经是傍晚，我命手下人将猎物洗剥干净，就地生火烧烤炖煮，我今晚要品尝一下我亲手射杀的猎物。

夜晚，繁星点点，夜空下，江南的春风徐徐吹过，宣城郊外，升起了几处篝火，空旷的原野上，我和手下将士放声高歌：“力拔山兮气盖世。”

朱然看着烤在架子上的兔肉，焦黄焦黄，吱吱冒油，馋得这家伙直流口水。我心中暗笑，切下一块大腿肉扔给他，他嘻嘻一笑，一口吞了下去。我看他吃得津津有味，不禁喉头颤动，口中生津，也立刻撕下一块大腿肉，大嚼起来。

啊，生活真美好!

就在我和将士们美餐的时候，忽然有一人从夜幕中缓缓走来，他边走边高声说道：“好香的烧烤味道，孙大人，让我品尝一下这野味吧。”

我一愣，看到在篝火映照下，一个身穿白衣男子缓缓走来，我身边的武士立刻警觉地站起身，护卫在我的身边。

那人走得近了，我依稀看到他的面庞，是一位白面少年，身上透着一股儒雅气质。我看着他面熟，一时却又想不起来是谁。

那少年走到我身前，朱然想要上去拦住他，但我制止了朱然：“义封，让他过来。”

少年走到篝火旁，瞅了瞅烤野兔，咽了口唾沫，艳羡地说道：“都说江东孙仲谋是个大富大贵之人，今日一见果然福德不浅，能享受这美味。只是不知道你愿不愿意让别人分享你的美味呢？”

这时，我忽然想到了这个人的名字——陆逊！就是那个沉默的同窗。

我心中盘算着：我上学时和他虽无仇恨但也并无交往，他是江东豪族，他的同族祖父陆康还曾被我哥哥逼死，按理说我们可是仇家，他来做什么？

我缓缓站起，上下打量了陆逊一番，然后冷冷地说道：“如果我没记错，你就是江东陆家人，叫陆逊，你来做什么？”

陆逊似乎明白我冷淡他的原因，他并未生气，从容答道：“我知道孙

大人你担心我的出身，所以有点不待见我，呵呵，没关系，这是人之常情。但是，我想告诉孙大人，江东陆家是大家族，人丁兴旺，人一多，难免会政见不同，更何况，我的祖父是反抗袁术，当时讨逆将军进攻庐江也不过是奉命行事，各为其主罢了，而现在孙氏已经脱离袁术，并与其为敌，自然就是我们陆家的朋友，我这么说孙大人能听懂吧。”

陆逊的话虽然含蓄，但表达的意思很明白：陆家有人愿意顺从我们孙氏，他就是其中之一。

我对他有些好奇，问道：“哦？这么说你来找我不是与我为敌了？”

“当然，我是来向大人献策的，我想做您的朋友，怎么会与您为敌呢？”

“献策？”我越发对面前这个陆逊有兴趣了。

“对，我今天来是想向孙氏献上平定江东之策。”

“……”，我没有说话，心中暗想：他葫芦里到底卖的什么药？

陆逊朝我施礼说道：“如今天下大乱，群雄并起，孙氏自破虏将军以来，天下闻名，讨逆将军威震江表，深得江东民心，早晚必成大事。只是现在面对江东豪族和山越草寇却难以平定，我今天就是希望向孙将军您陈述平定江东的策略。”

我依旧没有说话，默默地听着他讲。

陆逊侃侃而谈：“讨逆将军骁勇无比，颇得百姓之心，但是，如今天下大势的关键在地方大族，孙讨逆依靠百姓一味强压，虽能砸碎旧秩序，却难以建立新秩序。在这乱世要想立足，必须获得各阶层的支持，否则，就难以安稳。”

陆逊的一番话令我耳目一新，仔细想想，他的话颇有见地，很多问题是我曾经有疑虑但却没有想通的，经他这么一说还真是这么回事：我们孙家在江东算是外来户，那些世家大族视我们为洪水猛兽，哥哥又刚烈无比，做事不留余地，母亲就是因此训斥过哥哥数次。如果我们能对江东大族区别对待，下手轻一点，或许双方的矛盾会有所缓和，这对我们孙家是好事。

但是，我虽然觉得陆逊说的话不错，但我还是不敢贸然相信一个素昧平生的人，我只得对他说道：“你的这些话我会转告哥哥，你先回去吧。”

陆逊看我仍旧不愿相信他，他轻轻咧了咧嘴，尴尬地笑道：“既然孙大人不愿相信我，但我还是走吧。”

说着，他转身要走，我却叫住了他：“等等。”

“怎么？”

“这个你拿着吧，我孙仲谋很愿意与朋友分享美味。”我将烤好的野兔整只递到他手中，对他微微一笑。

陆逊看了看兔肉，又瞅了瞅我，也报以微笑，然后啃着兔肉走了。

朱然指着陆逊的背影说道：“他是江东大族，就……就这么让他走了？”

我反问朱然：“不然呢？”

朱然低着头，嘟囔了一句：“多好的一只烤兔啊。”

周泰也说道：“是啊，这么好的野味便宜他了。”

我呵呵一笑，轻轻拍了拍朱然和周泰的肩膀：“跟着我好好干，还愁以后能少了烤兔肉吃吗？”

我在宣城闲来无事，每日就是打猎，好像我积攒的青春热情唯有这样才能挥发出来。

然而，当时我还不知道，危险正在一步步向我逼近。

第五节

这一日，天气阴霾，我又如往常那样带着将士们到郊外狩猎。

一只麋鹿忽然跃出，我玩得兴起，纵马追逐，那麋鹿听到声响，警觉地望来，它看到我，吓得一激灵，掉头就往丛林深处跑去，我在后面紧紧追赶。那麋鹿穿树过林，十分矫健，我竟然追不上它，朱然、周泰等人在后面看我深入丛林，怕我有闪失，急忙乘马追来。

我全神贯注追赶，眼看就要追上了，我抽弓搭箭，瞄准了那麋鹿，我心中暗喜：这回你可跑不了了。

我正要放箭，忽然，树林中猛地跃出许多人来，他们同时大喊：“孙权，我等在此等你多时了！”

我定睛一看，来的人都披头散发，半裸上身，手持刀斧利刃，一个个面目狰狞，杀气腾腾。我暗叫一声：哎呀，大事不好，有敌人，我中埋伏了！

紧接着，又有几十号人从密林中杀出，他们嗷嗷怪叫着冲我过来。

情况突然，猝不及防，我看着一个个凶神恶煞一般的“野人”，手足无措。我想要调转马头逃跑，但我的手脚竟然不听使唤了，僵在了那里。

形势越发严峻，敌人越来越多，他们从树林中一个接一个地冲出来，喊杀声越来越大，听起来足有数千人之众。

我害怕了，要知道，我身边的人总共才几百人。

我身后的士卒离我并不远，但他们也都被这情形吓住了，一时竟不知如何处置，有几个胆小的竟不断向后退，想要逃跑的样子。

敌人不管三七二十一，猛扑过来，离我不足一丈了！

这一刻，我呆立在原地，大脑飞速地运转，我想：打仗不是这样的，我应该是像哥哥那样，一个冲锋敌人就垮了，然后痛宰敌军。我知道怎么击毙眼前的敌人，但是我的手脚怎么就不听使唤动不了了呢？现在我该怎么办？我该逃跑。逃跑？不行，我孙权怎么能临阵脱逃呢？可不是逃跑，敌人足有几千人马，我又该怎么办呢？

就在我发愣的时候，我忽然听到背后金风响起。我暗叫：不好，我要中招了！

我想要躲闪，但身体依旧僵硬，我勉强地扭头望去，只见一道寒光闪过，罡风迎面吹来，我知道这是敌人的兵刃向我砍来。

那一刻，时间都凝固了，我平生第一次面对死亡。我的心思依旧清明：啊，我要死了，母亲，哥哥，妹妹，再见了，我的雄心壮志，我的远大理想，再见了，我真是个笨蛋，就这么死了？！

我动弹不得，只得闭目待死。那一刻，我想哭。

然而，我似乎并没有死，我听到身边有人大喝道：“大胆蟊贼，竟敢偷袭孙大人，周泰在此，快快受死！”

啊！是周泰！我有救了！

我睁开眼，看到一个高大的敌人站在我的马前，他的大刀砍在了我的马鞍上——他砍偏了。这时周泰赶到了，他挥舞大刀，一刀劈死了那敌人，敌人那柄砍刀兀自留在我的马鞍上。周泰一把拽出砍刀，朝我叫道：“孙大人快走，我来断后！”

周泰这一喊，就像是有人给我打了一针强心剂，令我瞬间回神了。我身躯一震，答应了一声，身体恢复了知觉。我调转马头，拼命地逃跑。

这时，朱然带着败兵数十名也聚到了我的身边，他们保护着我，落荒而逃。

我边跑边回头看，我看到周泰且战且走，他周围的敌人越聚越多，他就像头猛虎，被成群结队的狼围住了。

我眼中含泪，暗暗祈祷：“但愿周泰能平安脱险。”

同时，我深深地自责：我好懦弱，好无能啊，我本以为打仗很简单，很好玩，原来并非如此，哥哥能够每战必胜是因为他天赋异禀，而我，不过是江东一个小青年罢了，战争其实并不好玩。

我一路狂奔，背后周泰的怒吼声喊杀声渐渐远去，我的泪水再也无法抑制，夺眶而出，我悔恨交集。

我匹马逃走，一路狂奔十里，我想逃回宣城。当我望见宣城城门时，忽然被一彪人马拦住去路。我当时心中拔凉拔凉的，心想这回我是插翅难逃了。

可是，当我看清楚了来人，我心中复又欢喜，来的人不是敌人，而是我军大将——潘璋。

潘璋字文珪，东郡发干人，他骁勇善战，胆气豪壮，动乱以来，他纠合亡命之徒流亡江东，行侠仗义，听说我在阳羡敢于触犯豪族，因为对我产生敬慕，便带着他的几十号兄弟来投奔我。我身边正缺少帮手，便让他留在我身边。

潘璋这个人喜欢喝酒，但他没有多少钱，因此常常借别人的钱喝酒，时间久了，欠的钱越来越多，就有人上门找他讨债，他没钱还，就对别人说："等我富贵了一定加倍奉还。"我听说后觉得潘璋这人很有意思，就命人赐给他好酒，把他高兴坏了，对我连连称谢。

后来我将他推荐给哥哥，哥哥也很器重他。这次潘璋随哥哥出征了，他怎么会来？不管了，先让他救周泰要紧。我招呼潘璋道："文珪，快，快去后面救周幼平！"

潘璋这时也看到了我，他听到我的命令，留下一队兵马保护我，然后亲自带领人马冲去救周泰。

我在朱然和潘璋士卒的保护下回到了宣城。我询问士卒才知道，哥哥已经扫平叛逆，生擒太史慈，收降祖郎，他担心我的安全，命潘璋先行前来，恰巧遇到了我。若没有潘璋，宣城可能就要是失守了。

我虽然脱险，但心中惦记周泰安危，提心吊胆，如果他死了，我将抱憾终生。

一个时辰后，潘璋等人回到宣城，他告诉我敌军已经被击退。

而我却更关心周泰的情况。潘璋面色凝重，命人将周泰抬来，我看到，周泰健壮的身躯躺在担架上，他全身血污，双目紧闭。

我以为他死了，痛哭在他身旁。潘璋提醒我："孙大人，周幼平未死，还是快快抢救吧。"

"啊？没死？"我这才反应过来，周泰还有微弱的气息。

我急忙找来了最好的医生为他疗伤。

我手下有个"神医"，叫李泉。这个李泉和著名的医生华佗齐名，只不过，他不像华佗那样到处游荡，他只在江东，如果说华佗是全国病患的福音，那么李泉就是我们孙家的"御用"医生。

李泉带着一个大医药箱来周泰面前，他先查看了一下周泰的伤势，然后从医药箱中取出一排针，只见他在周泰身上插入了几十根针。我看着纳闷：周泰已经被砍成这样了，李泉还往他身上插针，难道嫌周泰死得不透吗？但是，我知道李泉医术高明，于是不敢多说话，只得耐心地看着。

然后，李泉取出一包药面洒在周泰的伤口上，说来奇怪，李泉令周泰汩汩冒血的伤口止住了流血。最后，李泉又取出两颗药丸，送入周泰口中。周泰的呼吸也渐渐平稳了，沉沉睡去。

李泉告诉我：周泰身受十二处重伤，虽然暂时稳定了，但一定要精心调养才能好，千万不能动怒，这种伤一旦动怒就会金创崩裂而死。

李泉走后，我派专人守在周泰身边，我甚至亲自为他上药。

周泰昏迷一天方才苏醒，我亲自来到他的病榻前，喂他汤药，我俩相对无言，眼眶都湿润了。周泰的生命力惊人，他身受十二处重伤，皆致命，但他竟然未死，固然是因为李泉医术高超，但是，周泰本身的超人素质和毅力也是很重要的。我暗想：这是上天赐给我的猛将，我以后一定要让哥哥重用他。

周泰生命无忧，我这才放下心。这个时候我才想起来询问偷袭我的事情。潘璋已经打探明白，偷袭我的人既不是江东豪族，也不是叛军，而是山越。

“山越，山越。”我皱着眉头，心中笼罩上了一层不降的乌云：“这个问题很棘手。”

山越，秦汉时代百越的后代，他们散居在江东，多在深山密林，荒蛮之地，山越人吃苦耐劳，骁勇善战，来去自如，难以遏制。我们孙氏渡江以来，山越便时常与我们为敌，哥哥数次派人征讨，结果都不理想。袁术称帝后，命人授予山越首领印绶，命他们联合江东豪强对付我们。山越俨然成为了我们孙氏的大患。

我眉头紧锁，一时没有主意。我发现自己面对错综复杂的局面，处理起来有些力不从心。

就在我心烦意乱、全无头绪的时候，一个熟悉的声音传来：“仲谋，你还好吗？”

我一听到这声音，顿时感到心中有了底，我快步奔到屋外，高兴地叫道：“哥哥，你可来了！”

第三章 Chapter three

神一样的哥哥

第一节

“仲谋，仲谋，你没事吧！”哥哥还没进屋就忙不迭地叫道。

我急忙迎到屋外，向哥哥施礼答道：“多亏了哥哥派文珪支援，兄弟没事。”

哥哥来到我面前，双手猛地抱住我的肩膀，上下打量一番，似乎生怕我身上少什么东西。他看我安然无恙，这才松了口气。哥哥走进屋中，我也跟了进去。

我本想缠着哥哥问他前线战事，没曾想，哥哥脸色一沉，训斥我道：“仲谋，我听说你在宣城这几天每天净打猎，因此才疏于防备，被敌人偷袭，此事当真？”

我暗暗咬牙：奶奶的，这是谁打我的小报告？我只得硬着头皮回答道：“是，是我贪玩。”

哥哥双眉一竖，看样子要发作，我吓得心头一颤。可他随即又缓和下来，大概是看到我惊魂未定的样子心软了吧。

哥哥轻叹一声，对我说道：“仲谋，咱们孙家走到今天不容易，你懂吗？”

我明白，哥哥是说自父亲死后，我们就一直寄人篱下，被人看不起，哥哥就是因为不想被人一辈子踩在脚下，才奋起抗争，脱离袁术，率兵南下的，这一路走来，无论是哥哥还是母亲，都是含辛茹苦，忍辱负重，其中的艰辛是不足为外人道的。

哥哥又说道：“仲谋，在咱们兄弟中，我最看好你，你有头脑，有志向，又有福气，但是，我却又最担心你。”

我不解地问道：“哥哥，你担心我什么啊？”

“我担心你心高气傲，事事都由着性子，有朝一日你会闯出祸事。”

我听着哥哥的训斥，竟然差点笑出声来，我心道：哥哥啊，你是在说你自己呗?

哥哥自己说着，似乎也感到了这一点，他干咳一声，说道：“当然了，我有时候也是这个性子，嘿嘿，没法子，咱们孙家人从咱爹那一辈就是这个秉性，恐怕也是难以改正的了。”

我听他这么说，再也忍不住了，扑哧一声笑了出来，哥哥看这场景，他紧绷的脸部肌肉骤然松弛，也哈哈大笑——这才像亲兄弟。

我们兄弟二人肩并肩走出宣城，哥哥让我带他去看方才战斗的遗迹。我们来到那片树林处，我向哥哥讲述我被偷袭，以及周泰救我的场景，哥哥听着，频频点头，说道：“这个周幼平很好，救了你，我要重用他。”

“那我替周幼平谢谢哥哥了。”我说道。

这时，哥哥望向密林深处，问我：“仲谋，你知道偷袭你的人是谁吗？”

“哥哥，我听说是山越。”

“不错，就是他们。”哥哥说着，转身走出树林，我急忙跟了过去，哥哥边走边气鼓鼓地说道：“山越依仗着他们熟悉地形，隐藏在高深密林深处，处处与我孙氏作对，他们勾结豪强，骚扰地方，着实可恶，着实可恶啊！”

我跟在哥哥身后，对他说：“哥哥，山越如此可恶，为什么我们不征剿他们？就算他们躲藏在山林之间，但毕竟是乌合之众，应该不难平定。”

哥哥却说：“仲谋，你有所不知，我担心的不是山越，而是他们背后的世家大族，是这群家伙在挑唆支持山越反对我们。我刚才所说的可恶就是指这些人。”

“哦……”，世家大族，又是世家大族，我紧走两步，对哥哥说道：“哥哥，是时候对江东豪强下手了，严白虎、祖郎、许贡等人虽然被您击败，但各地豪强仍不死心，如许贡这种家伙，早晚是祸害，哥哥请借我三千精锐，我亲自带人灭了许贡。”我从军的一大目的就是要有朝一日找

许贡算账，如今已成熟，我便向哥哥提及了此事。

但是，我没有想到，哥哥却对我说："许贡已经被灭门了。"

"啊？灭门了？"我感到十分意外，追问道："咋回事哥哥？许贡这么强势，怎么说被灭门就灭门呢？"

这时，我俩走到了马前，哥哥边跨骑坐骑，边回答我道："是三弟做的，他听说许贡为非作歹，无法无天，又听说曾羞辱你，他便亲率一千兵马，将许贡家血洗，男女老少一个没留，尽数斩杀。三弟这事干得很漂亮。"

说罢，哥哥纵马奔去，我却愣在了原地：许贡死了，杀他的是我的弟弟孙翊。

我很讨厌许贡，必欲置其于死地而后快，但说来也奇怪，现在许贡死了，按道理我应该开心，但是，我却着实不怎么开心，当哥哥说起杀死许贡之人是孙翊的时候，我心中反倒泛起一丝酸意，那感觉被称作"羡慕嫉妒恨。"

第二节

我们孙氏一族久居江东，人丁兴旺。在我父亲孙坚那一代，就有了兄弟三人，分别是老大孙羌、老三孙静。我父亲排名第二。伯父孙羌有两个儿子：孙贲和孙辅；叔叔孙静则有孙暠、孙瑜、孙皎、孙奂、孙谦这五子。父亲孙坚也有五子三女，孙策是大哥，我排名第二，孙翊、孙匡、孙朗分列其后。按排行，孙翊是老三。

哥哥对孙翊很器重，认为他刚毅果决，是个可以成大事的人。

我和哥哥并辔而行，他向我说起了孙翊灭许贡的事："我进军扫平祖郎、严白虎等人的叛乱，根据叛军俘虏禀报许贡参与了此次叛乱，另外，许贡又派人给曹操送信，要和曹操里应外合，将我们消灭。我得知这一情报后，命叔弼（孙翊字）带领兵马连夜将许贡家包围，我本想将许贡活捉，但叔弼却将许贡家眷数百口以及三千门客尽数斩杀，许贡势力在江东已经不复存在了。”

哥哥轻描淡写地对我叙述着，而我此刻脑子中却浮现出了许贡府血流成河的场景。我小声说道：“哥哥，叔弼这样做是不是太狠了？”

哥哥看了我一眼，他反问我：“你遇到山越偷袭的时候他们对你会仁慈吗？”

我想起了那个凶神恶煞一般砍我的敌人，默然不语。

哥哥又说道：“仲谋，你记住，这乱世就要用雷霆手段才能制服群雄，对敌人的仁慈就是对自己的残忍。”

“对敌人的仁慈就是对自己的残忍。”我心中默默重复着哥哥的话，哥哥是我的偶像，但这句话，我却不敢苟同，如果说依靠暴力就能拥有一切，那么董卓应该是现在的霸主，可是他却死了。可见，单纯的暴力和强压恐怕不能实现所有的事情。

哥哥看我不说话，便问我：“仲谋，说说你的想法。”

我抿了抿嘴，仗着胆子对哥哥说道：“哥哥，你方才说的话虽然有道理，但我却不能完全认同。”

“哦？你有什么异议吗？”

“哥哥，‘乱世用重典’没错，当今世道人心不古，世风日下，豺狼遍地，固然应该用雷霆手段加以镇压，但是，一味用强恐怕不是长久之计，就如同一个葫芦放在水中，你越是用力砸它它就越是反弹，反倒是你用手轻轻按下去，那葫芦反而会没入水中。如今江东无主，我孙氏如果想要占据江东为家，就应该压服豪强大族，而压服豪强大族应该恩威并重，软硬兼施，如果遇到抵抗我们就斩尽杀绝，恐怕我们只会遭到更加强力的反弹。”

“……”哥哥紧缩双眉看着我，一言不发。

我方才的那番话并非一时兴起说出来的，我是有感而发，而这种观点的形成其实得益于那个叫陆逊的人，是他让我认识到豪强地主、世家大族

中也有亲孙氏的人，我们何不利用这股力量，使江东豪族为我所用呢？

哥哥面无表情地又问我：“仲谋，那你说说该如何恩威并重，软硬兼施呢？”

我摸不透哥哥的心思，心中不免惴惴，但他问我，我只得仗着胆子答道：“哥哥，我以为江东豪族并非万众一心，他们之中其实有不少人是愿意和我们合作，愿意听命于我们的，我们应该充分利用这股力量，对他们分化瓦解，各个击破，对于那些顽固不化，誓死与我们为敌的要毫不留情地剿灭，而对于那些愿意归顺我们的豪族，我们应该给予他们高官厚禄，并与之联姻，在政治上给予他们较高的地位，将利益与他们一起分享，这样一来，我们就可以……”

“哈哈哈哈哈！”我的话还没有说完，哥哥就已经仰天大笑，他这一笑，让我心中一颤，心道莫非是我说错了什么？

哥哥看着，摇着头笑道：“我孙家有你这样的人，真是家门之幸。仲谋，哥哥不得不说，在这个问题上，你和母亲的观点是一致的，我不及你啊！”

“啊？是吗？”哥哥这么说我倒有点受宠若惊了。

“有一次我因故想要杀魏腾，我身边很多人劝我，我都不听，后来还是母亲劝阻我，才没有让我酿成大错。”哥哥目视前方，回忆着说道：“母亲当时看我一意孤行，就以投井相威胁，我这才没有杀魏腾，母亲又对我说，对付江东豪强，要恩威并重，不应该妄行杀戮，可惜，我一直没能做到啊。”

哥哥说着，看着我，他感慨道：“想不到你小小年纪，竟能有如此见识，很好，很好。”

我表面上很平静，心中却为哥哥对我的夸奖而欣喜不已。

回到宣城，哥哥大宴群臣，我在宴会上不但看到周瑜、程普、黄盖、韩当这些老面孔，还看到了太史慈、祖郎等新面孔，这些新人都是哥哥新收降的叛军将领。

酒宴上，众将纷纷向哥哥敬酒，称赞他作战时勇猛无敌，单骑与太史慈决斗，最后令太史慈心服口服，归顺我军。哥哥兴致极好，酒到杯干，喝得略有醉意。

这时，哥哥忽然大声对众将说道：“诸位，安静一下，我有话要说！”

听到哥哥的号令，众将纷纷停止喧哗，都将目光转向了哥哥。哥哥却向我招了招手：“仲谋，你来，坐在我身边。”

我一愣，然后赶忙走了过去，我与哥哥同席坐下，哥哥笑着抚着我的背，指着众将对我说道：“仲谋，你看在座的众人，将来你就是他们的主公，这都是你的臣下啊。”

此言一出，满座皆惊。

第三节

建安四年，淮南袁术穷奢极欲，终于导致众叛亲离，其部下刘勋收其余部，占据皖城，不愿服从哥哥。为了进一步扩充自己的力量，刘勋还通过各种手段向毗邻的豫章郡渗透。

哥哥极为震怒，秘密传令三军准备出征。命令传到我的住处，朱然、周泰、潘璋三人正好都在。

我拍了拍周泰的身子，问道：“幼平，你的伤不碍事吧，这次出征没问题吧？”

周泰猛拍了两下自己的胸脯，答道：“不瞒孙大人说，我周泰没有别的特长，就是皮糙肉厚罢了。”

朱然在一旁笑道：“嘻嘻，是啊，幼平的皮厚在咱们军中也算是出了名的。”

周泰一瞪眼：“义封，你啥意思啊？”

朱然嘿嘿一笑：“嘿嘿，我没啥意思，就是说你抗击打能力比较强，你别多想啊幼平。”

潘璋在一旁插话道："幼平，你个笨蛋，义封这小子是拐弯骂你脸皮厚呢。"

周泰一听，气得腮帮子通红，大叫一声直奔朱然，举手要打。朱然一咧嘴，转身就跑，边跑边指着潘璋骂道："文珪，你丫出卖我，你等着。"

我看着三人嬉笑追打，满满都是爱，我很满意，这种融洽的局面是取得胜利的基础，将来我还要靠他们建功立业啊。

建安四年冬，哥哥诱骗刘勋出皖城，他亲率主力半路截杀，将刘勋主力击溃，于是占据皖城。刘勋势单力孤，投奔荆州牧刘表麾下大将黄祖。

说起来刘表、黄祖君臣，可是与我们孙家有不共戴天之仇，因为他们就是害死我父亲的凶手。

刘表，字景升，山阳高平人，初平元年就任荆州刺史。他与我父亲不睦，遂命黄祖与我父亲交战，是害死我父亲的主谋。

黄祖，刘表的大将，是害死我父亲的元凶。刘表命他镇守江夏，防御荆州东线，是刘表的看门狗，这个黄祖进攻能力一般，但防守还是很有一套的，他镇守江夏这几年，面对各个方面的进攻，始终没有丢失阵地，江夏各城在他多年的经营下，也都成了军事要塞。黄祖是我们孙家向西扩张的第一个拦路虎。

如今刘勋投奔刘表黄祖，这更加深了我哥哥对荆州派的仇恨，身负国仇家恨，哥哥义无反顾地向荆州江夏进攻了，他亲率周瑜、程普、黄盖、吕范、韩当等宿将出征，我也在战斗序列之中。

我军数万人马昼夜兼程急袭沙羡，黄祖的主力就在那里。对这一次出征，我可是充满了期待。我暗下决心，只要有机会，我就要手刃黄祖，为父亲报仇。

我军抵达沙羡时正是傍晚，时值隆冬，瑟瑟寒风中，我军偃旗息鼓，哥哥跨骑骏马，对将士们训话："江东儿郎们，对面就是我们的仇敌黄祖的大营，诸军听我号令，一齐出击，务必一战将敌人击溃，能斩杀黄祖之人我孙伯符愿意同他义结金兰，并赐他金银万两，若有敢临阵畏缩之人，定斩不赦！"

哥哥的话就好像是旗开得胜的号角，他的号召力如此强大，我听到将士们如雷的欢呼，在他们眼中，有哥哥在就一定会获得胜利。我身处这战意昂扬的队伍之中，也被这气氛感染，不禁热血沸腾。我紧紧握着长矛，身子微微颤抖。这时，一直跟随在我身边的朱然和周泰低声对我说道："仲谋，待会冲锋你一定要跟在我们身边，别跑得太远了。"

我一听这话立刻就明白了：这绝不是他俩的语气，一定是哥哥叮嘱他们在战场上照顾我。

我朝哥哥望去，恰巧他也在看着我，我们兄弟二人四目相接，一瞬间，尽是情谊。

一声炮响，哥哥将长矛向前一指，程普黄盖两路前锋猛地冲出，其余大部队随后跟进。霎时间战鼓齐鸣，喊杀连天，火把映红了江面，黑夜中我将士如同点点一道道流星，冲向黄祖军大营。我在队伍中纵马疾驰，身后周泰和朱然紧紧跟随，不敢须臾离开。

我军前期的冲锋十分顺利，敌军似乎没有差距，我们几乎没有遇到什么抵抗。然而，当我们冲到距离敌营约有百余步的时候，忽然，敌营中战旗竖起，火把林立，与此同时，万箭齐发，如倾盆大雨。原来黄祖这家伙早就知道我军到来，早就做好了准备，他是等我军靠近才出击。

敌军的忽然出现确实令我们有些措手不及，不少将士中箭倒下，但是，我军冲锋的步伐却丝毫未减。哥哥一马当先，所向无敌，我军将士跟在他身后，也都奋勇争先，不肯落后。我看着哥哥伟岸矫健的背影，一股豪气也被激发出来，我长啸一声，紧催胯下坐骑，冲向敌军。朱然在背后呼喊道："仲谋，你慢点，慢点……"

黄祖前军是五千长矛兵，他们是刘表派来的援军，这次被安排在了阵地最前沿。我跟着哥哥冲入敌阵中，我挥舞长矛大剑，前插后砍，连战五名敌兵，杀得血染征袍。周泰这时跟了上来，他看我满身是血，忙问道："孙大人，您身上这么多血，没事吧？"

我正杀得兴起，大叫道："我能有什么事，这几个垃圾敌兵我还摆不平吗？你不用跟着我，快斩杀敌军去吧。"

周泰答应一声，却不离开我的身边。

我军将士都是哥哥一手带出来的精锐，士气高昂，敌军五千兵马未用一个时辰就被消灭了，黄祖军大营也暴露了出来。哥哥重整兵马，列队准备进攻敌营。

这时，周瑜对哥哥说道："伯符，先别急着进攻，黄祖大营稳固，我军若强攻，只怕伤亡会很大。"

"公瑾，你有什么妙计吗？"哥哥历来最信任周瑜。

"你看，这风向变了。"周瑜用手指着我军的帅旗。

我们顺着他手指的方向望去，只见原本朝南飘扬的大旗现在却飘向了北。我一时没有明白周瑜的意思。

代理武锋校尉黄盖第一个领悟了，他一拍大腿说道："哈哈，妙计，公瑾你是说用火攻吧？"

哥哥听到这话，也一副恍然大悟的样子："哦，对啊，现在敌军在北，我军在南，风向变了，正好用火攻。"

我还是没有领会其含义，我问周泰："你明白他们在说什么吗？"周泰的头摇得跟拨浪鼓一样。

我又问朱然："你听懂了吗？"

朱然倒是很聪明，他想了想，答道："我猜周公瑾的意思是，冬季本是西北风多，但现在天气忽然变成了东南风，所以旗子才向北飘。我军可以利用这个风向，对北边的黄祖大营实施火攻。"

"哦，是这么回事啊？"我听了朱然的解释，这才有所醒悟。

果然，只见哥哥传令道：组织三千人敢死队，每人抱两根火把，一起冲向敌营，实施火攻。

我一听这么带劲的行动，立刻自告奋勇，要加入敢死队实施冲锋。

哥哥看到我的模样，皱了皱眉，问道："仲谋，你方才杀了几个敌军？"

我开心地答道："我杀了七八个呢。"

我原以为哥哥夸奖我一番，哪知道他却吩咐周泰和朱然："你们二人从现在开始，只管看住仲谋，不许他再入前线，只在后面观战就是了。"

"啊？"我一听这个匪夷所思的命令，当时就愣了，我急忙问道："哥哥，为啥不让我再去前线杀敌？"

哥哥答道："冲锋陷阵非你所长，方才的荆州兵乃刘表的杂牌军，你杀得高兴，待会我们要面对的是黄祖的精锐，我不希望你有闪失，你还是在后面待着吧，你学会指挥打仗就可以了，不必亲自冲锋陷阵。"

我不服气，争辩道："可是哥哥您为什么就能身先士卒，手刃敌将，而我就只能在后面看着？"

哥哥顿了顿，答道："因为这是我必须做的。"

"可是哥哥，据我所知母亲曾劝过您不要亲自冲锋陷阵。"

哥哥低着头擦拭了一把他的长矛，然后抬头微笑着对我说道："不错，母亲确实劝过我，但是，这就是我取得胜利的方式，我必须这么做。而仲谋你取得胜利的方式却不是这样，以后你会明白的。"

说罢，哥哥将长矛举过头顶，大吼一声，再次冲向敌营。数万将士跟随哥哥就好像雁群跟着头雁一样，冲了出去。我愣在原地，回味着哥哥方才的话，不解其意，心中尽是疑惑。

第四节

有哥哥的战斗总是会胜利的，这几乎成了我军的铁律，这次也不例外。我军火攻黄祖，大破敌营，将其主力歼灭，生擒其家眷及部曲一万余众，黄祖单人独骑逃往江夏。沙羡之战，我军大获全胜。

哥哥不失时机地向在北方的汉朝皇帝上了一封奏表，这封奏表是哥哥命张昭撰写的。

张昭字子布，徐州城人，自从哥哥征战江东开始，他就一直跟随，深得哥哥的敬重，在我军阵营中德高望重。

张昭不但人脉关系极广，而且文采颇佳，哥哥将其视为股肱之臣，母亲时常告诫我们要将他当做老师那样对待。张昭的这封奏表文采斐然，蔚为壮观："臣讨黄祖，以十二月八日到祖所屯沙羡县。刘表遣将助祖，并来趣臣。臣以十一日平旦部所领江夏太守行建威中郎将周瑜、领桂阳太守行征虏中郎将吕范、领零陵太守行荡寇中郎将程普、行奉业校尉孙权、行先登校尉韩当、行武锋校尉黄盖等同时俱进。身跨马栎陈，手击急鼓，以齐战势。吏士奋激，踊跃百倍，心精意果，各竞用命。越渡重堑，迅疾若飞。火放上风，兵激烟下，弓弩并发，流矢雨集，日加辰时，祖乃溃烂。锋刃所截，猋火所焚，前无生寇，惟祖迸走。获其妻息男女七人，斩虎、韩晞已下二万余级，其赴水溺者一万余口，船六千余艘，财物山积。虽表未禽，祖宿狡猾，为表腹心，出作爪牙，表之鸱张，以祖气息，而祖家属部曲，扫地无余，表孤特之虏，成鬼行尸。诚皆圣朝神武远振，臣讨有罪，得效微勤。"

哥哥召集众将，当众宣读了奏表。程普、黄盖、韩当等人说道："张子布奏表应该可以让曹操看到咱们江东军队的威风了。"

程普字德谋，右北平土垠人，黄盖字公覆，零陵泉陵人，韩当字义公，辽西令支人。

他们都是跟随我父亲起兵的旧将，后来又跟随哥哥平定江东，这几个人忠心耿耿，骁勇善战，是我军的中流砥柱。

哥哥对奏表也很满意，对张昭说道："张先生，多谢你写了这篇文章啊。"

张昭是和我父亲同时代的人，是我和哥哥的长辈。他听到哥哥的夸赞，没有丝毫开心和感情之情，他神情漠然，微闭着双眼，淡淡答道："伯符草创江东，不可太过锋芒毕露，你在江东可以称王称霸，但这天下大得很，人物冠盖多在北方，你凡事还需小心仔细啊。"

我虽然挺佩服张昭，但是，每当我看到这老头摇头晃脑的样子我就气不打一处来，尤其是每当他说起北方人物如何了不起，江东人物不及北方的时候，我恨不能冲上去将他胡子揪下一撮来。我有心捉弄他，便笑嘻嘻地凑到他身边，对他施礼说道："张先生，仲谋有一事不明，想请教先生。”

张昭看了我一眼，又摆出一副老师的样子，绥着胡子摇头晃脑地答道：“嗯，有什么事，你问吧。”

“请问先生，您说人物冠盖尽在北方，那张先生您算不算冠盖之人呢？”

张昭一愣，他大概是没料到我会问得这么直接，他想了想答道：“江东虽然有一些人物，但北方毕竟是天子所在，京都冠盖云集，九州大郡多在北方，确实非江东可比。”

没等张昭把话说完，我就打断了他的话：“张先生所言差矣。”

张昭在江东乃群臣表率，上至母亲哥哥，下至将佐百官，无不对他恭敬谦卑，现在却被我当众责难，众人不无诧异。

我继续侃侃而言：“我孙氏自父亲讨伐董卓，名望响彻四海，哥哥渡江以来，以雷霆之势扫荡群丑，遂有江东，如今江东精兵十万，谋臣猛将极多，哥哥威震江表，天下畏惧，周公瑾大将之才，又有程德谋、黄公覆、韩义公等人勇猛无敌，吕子衡（吕范字）、张子布、朱君理（朱治字）善于治民。如今天下分崩，九州幅裂，群雄并起，王纲失纪，此正是英雄用武之时，我等当追随哥哥北上，与群雄逐鹿中原，创立不世功业。我们不应该浪费这天赐良机，坐以待毙，更不应该妄自菲薄，自己瞧不起自己，向北方卑躬屈膝。”

我的这番话是我多年来的夙愿，如今一气呵成，没有半分停滞。众人听得愣了，大殿上沉默良久。

在沉默中，哥哥忽然仰面大笑：“哈哈哈哈，好好好，好好好。”

他连说六个好字，然后将目光转向了我的弟弟孙翊，他问孙翊：“叔弼。你觉得仲谋所言是对是错？”

孙翊虽然骁勇善战，但却不善言辞，哥哥忽然问他，他显得很尴尬，看看哥哥，又瞅瞅张昭，最后犹犹豫豫地答道：“弟弟不懂这些大道理，我想，应该还是张先生老成谋国，说得比较对吧……”

哥哥对他的回答的失望溢于言表，哥哥轻叹一声，没有再说话，站起身离开了大殿。

哥哥走后，众将散去，程普、黄盖等人走到身边，都对我报以微笑，频频点头。周瑜更是对我树立起了大拇指：“仲谋，我知道你聪明，但却没想到你还有大智慧，你有志向，有思想，很好，很好。”

我颇为自豪。

我开始担心这件事会得罪张昭，但是出乎我的意料之外，这件事后张昭不但没有记恨我，相反，他时常给我写信，与我交换意见。对此我颇为不解，就问母亲，母亲告诉我，张昭是有心做一番事业的，但他年纪大了没有了魄力，凡事以稳妥为重，母亲觉得张昭很矛盾，他既希望孙氏成就大业，可又对江东的实力没有信心。

我心想：这个张老头原来不是一味的懦弱，而是颇有内涵的老头。

建安五年四月，江东春意盎然，张昭送给我一本他编纂的《论语注解》，我正在家里读着。朱然陪在我身边，这家伙不读书，把毛笔在嘴里吮过来吮过去，好像毛笔很好吃的样子。

不知为何，忽然间我心情烦躁，心中突突乱跳，我不耐烦地一把夺过来朱然手中的毛笔，训斥道：“笔是用来写字的，不是吸着玩的，你丫吸过来吸过去烦不烦啊。”

朱然看我动怒，很委屈，低着头嘟囔道：“你自己心情不好就怨我，真是……”

我余怒未消，心中越发烦躁。最近我总有一种不祥的预感，到底怎么了？

忽然，我手下的侍从连滚带爬地跑了进来，他几乎是哭着向我禀报：“启禀大人，大事不好，孙策将军被人行刺，生命垂危！”

第四章 Chapter four

有志气的孩子早当家

第一节

哥哥被行刺的消息令我极为震恐，手中的书掉落在地上，朱然差点把笔插进喉咙。我愣了半晌，不知道该怎么办。还是朱然提醒我："仲谋，仲谋，快去看看吧！"

我这才回过神来，心急火燎地赶奔哥哥的住处。

在哥哥的病榻周围围满了人，母亲带领着张昭、张纮、朱治、程普、黄盖、韩当、吕范等人，还有我的弟弟孙翊，妹妹孙仁。

我见过母亲后，扒开众人，当我走到哥哥病榻旁，我吓呆了。只见哥哥全身缠满了绷带，即便医生已经处理过伤口，鲜血还是渗透了白布，光是看着那殷红的血，就已经可以体会到哥哥的伤情了。

我早已落泪，伏在哥哥塌旁，悲泣道："哥哥，您怎么了，是谁把您伤成这样，哥哥，哥哥。"

哥哥缓缓地睁开眼，看到我，他干涸龟裂的嘴角露出一些笑容，他的手抬了抬，大概是想抚摸我，但却没能抬起来。曾经那个骁勇善战的哥哥现在竟已奄奄一息。

哥哥勉强开口对我说道："仲谋，你来了，我还以为再也见不到你了。"

"呜呜呜，哥哥，是谁把您害成这样的？"

妹妹在我身后早已哭得天昏地暗，她哭着对我说道："二哥，是许贡的家臣行刺了大哥。"

"许贡？他们不是被灭门了吗？"我转身看着孙翊。

灭许贡家是孙翊亲自指挥的，现在出了这样的事情，我自然第一个看他。

孙翊看着我眼神，面带羞惭，平时他刚烈果敢，可现在却像是一个做错事的大姑娘，扭怩地说道："二哥，我错了，我没有禀报大哥，当初灭许贡家的时候，许贡的三个家将保护着许贡的幼子突围而走，这次刺杀大哥的就是他们……”

孙翊最后的话声音已经低得像蚊子在叫，我怒不可遏地站起身，一把拽住他，怒斥道：“你谎报军情，现在哥哥被害成这个样子，你难辞其咎！”

孙翊一脸的惶恐，不停地解释：“我不知道，我不知道会弄成这样。”

看着我俩争吵，妹妹哭得更凶了。众将有的落泪，有的叹息，有的恨恨不平。

“好了，都给我住口！”一个威严的女人声音在屋中响起，是母亲发话了。

自从父亲死后，母亲俨然就是孙家的主心骨，也是众将的默认的权威。现在她发话，无人敢不听。我和孙翊退在一边，低下了头。

母亲轻叹一声，走到哥哥病榻前，她看着哥哥，眼中含泪，悲伤地说道：“伯符，人生百年总有死的一天，我相信我的儿子不会惧怕死亡的。”

哥哥答道：“母亲，孩儿不怕死，我只担心……只担心我死后这江东之地无人掌管。”

“伯符，娘问你一句，你若一旦不在了，谁能继承你的位置，统御江东，这件事你现在就要有安排。”母亲认真地问哥哥。

我理解母亲此刻的心情，儿子随时都有可能失去生命，但她为了孙家，为了江东基业，为了大局稳定，她不得不抛弃母亲对儿子的感情，转而用一种严厉的方式处理后事。我想：当年父亲战死，母亲就承受过一次失去丈夫的悲伤，现在哥哥伤成这样，她随时都有可能失去儿子。早年丧夫，中年丧子，这对于一个女人来说该是怎样的不幸？但是，母亲却用她孱弱的肩膀承担起了这一切，母亲啊，您真是伟大！

哥哥对于死亡似乎并没有太多想法，他微微一笑，说道：“母亲，这件事孩儿早已心中有数。”哥哥说着，将目光转向我：“仲谋，你过来。”

我来到哥哥身边，趴在他的身边，紧紧握住哥哥的手，说道：“哥哥，您一定会好起来的。哥哥，即便您有什么不测，我也一定会辅佐侄儿

稳定江东的。”

我知道哥哥的伤势太重了，恐怕真的难以康复了。

然而，哥哥却摇了摇头，他看着我，久久无言，忽然，猛地挺身坐了起来，他用超过常人生命力的力量坐了起来，高声说道：“子布，把我的印绶拿来！”

张昭将印绶交到哥哥手中，哥哥已经混沌的眼睛忽然精光四射，似乎又回到了过去神采奕奕的时光，他高举印绶，对江东群臣朗声说道：“我若不能生还，我的二弟孙仲谋便是这江东之主。”

哥哥的这句话在这安静的环境中，在场的每个人都听得真真切切。哥哥身负重伤，没有安排“子承父业”，将地位传给他的儿子孙绍，而是“兄终弟及”，传位给了我。这个消息对在场的人都是一个惊雷，除了母亲泰然处之，妹妹露出了欣喜神情，其余众人皆目瞪口呆。

哥哥又对我说道：“率领兵马决战疆场，与天下群雄逐鹿中原，你不如我；举贤任能，让他们忠心耿耿、尽职尽责来保全江东，我不如你。我儿年幼，不能统御众将，故此，为了我们孙氏社稷，为了江东基业，我决定将大位传于你，由你来继承我的遗志。”

我还没有从哥哥要传位给我这件事的震惊中缓过来劲，这事太突然了，突然得就像是走在街上有人猛地踹了我一脚，然后塞我手中一个金砖。

哥哥支撑着身体，继续说道：“我知道，你没有心理准备，可是事到如今，你必须振作起来，挑起这份千斤重担。”

说罢，他又对张昭说道：“子布，您是江东群臣的表率，我弟弟年幼，日后凡事还需你来帮助他，支持他。假如……”哥哥说着，顿了顿，然后说道：“假如仲谋不能胜任，先生可取而代之。即便是不成功，先生也可西渡长江回到家乡去，这样先生就不会有任何的顾虑了。”

张昭老泪纵横，拜倒答道：“孙氏对我厚恩，我无以为报，定当尽心竭力辅佐仲谋，稳定江东。”

我虽然不怎么待见张昭，但看到他这样子，我也心中悲伤起来，看来他对我们孙家人是真心的。

哥哥长时间地耗费精力令他脸色惨白，他靠在床上，喘息良久，然后，他又对程普、黄盖、韩当、太史慈等人说道：“你等要么是我父亲的故人，要么是我的朋友，咱们一同出生入死，恩情深厚，还望诸公看在我父亲和我的情面上，日后帮助仲谋。”

众将皆痛哭，拜倒道：“吴侯放心，我等必会肝脑涂地，万死不辞。”

哥哥点了点头，又发出了他人生最后的号令：“命周公瑾火速回来，辅佐仲谋。”

说罢，哥哥身体不支，重重地倒在了榻上。众人想要上前搀扶，哥哥却说道：“诸公请先出去，我有话想和家人说。”

诸将听到，都识趣地退出屋外。屋子里只剩下母亲、我、弟弟孙翊和妹妹我们几个人。

第二节

哥哥望着我们一家人，他的热泪再也忍不住了，顺着脸颊流淌出来。

他先对母亲说道：“母亲，孩儿不孝，不能再照顾弟弟妹妹了，我要离开你们了。”

母亲虽然坚强，但毕竟是女人，她看到自己的儿子这样，又怎能忍住呢？母亲悲伤万分，说道：“我一生不幸，九年前你们的父亲离开了我，现在我的儿子又要离开我，上天啊，你是在折磨我啊，呜呜呜……”

听到母亲的话，我和弟弟妹妹抱住母亲，一家人哭成了一团。

母亲哭泣片刻，忽然止住悲声，她又成了那个支撑起孙家的女强人，她对哥哥说道：“伯符，再苦再难，我都不怕，只要孙家能延续下去，我受的苦难值得。现在你应该将军国大事交代给你的弟弟了。”

哥哥点了点头，他招呼我坐到他身边，然后将他的手搭在我的手上。

我感到哥哥的手越发冰凉，不禁心中一颤。

哥哥看着我，语重心长地说道："仲谋，哥哥如果离开你，你会害怕吗？"

从小到大，哥哥一直是我的靠山，如果他忽然离开，将偌大的摊子交给我，说实话，我确实很担心。可是，看着哥哥殷切的神情，我只得故作坚强地答道："哥哥，弟弟知道父亲和您创业的艰辛，我一定会撑起江东的。"

"嗯，好好好，不愧我孙家儿郎。"哥哥说着，支撑着坐了起来："仲谋，你知道哥哥为什么要传位给你吗？"

我看着哥哥，心中其实不知道原因。

哥哥看我没有回答，他解释道："仲谋，我之所以传位给你，而不是给我的儿子或是别人，那是因为，你是唯一能继承我遗志的人，你是一个不会投降的人，我相信，你会将江东基业稳固，你会让我们孙家辉煌起来，我相信再大的压力，都不会令你放弃我辛苦打下的江山。"

哥哥的一番话，终于让我明白了他的良苦用心。他为什么不选择他的亲生儿子，或者选择孙氏其他的人继承他的大位，他是不放心，他觉得其他人无法在这乱世立足，一定会投降北方王朝。而我，我才是他的意志的继承者，他确信我将会让孙氏在江东立足，并飞黄腾达。

我心中感激哥哥，我紧紧握住他的手，说道："哥哥，您对我如此厚望，我感到担子太重了。"

哥哥微笑着对我说道："仲谋，你聪明，有志向，又有主见，如果连你都做不到，那这世上谁还能做到呢？"

"哥哥……"

"仲谋，如今天下刚刚动乱，恐怕还要很多年才能恢复太平，在这个礼崩乐坏的时代中，正是英雄用武的大好时机，你年轻，有的是时间，不要急，慢慢来，先固守江东，然后观察时局，一旦天下有变，你便可以有一番大作为，即便北方王朝南下进攻，我们有长江天险，也足以割据一方。仲谋，你记住，无论如何，千万不能向北方王朝投降，那样的话，我会死不瞑目的。”哥哥将最后一句话说得极重。

我站起身，朝哥哥施礼，然后郑重承诺：“哥哥，我今生必会竭尽所能保守江东，即便北方大军南下，我也会誓死抵抗，战至最后一人，假若天不佑我，那我将战死沙场，为江东结业殉葬，也绝不会将这基业拱手送人。”

这是弟弟对哥哥的承诺，这是臣子向主公的承诺，这是一代人向上一代人的承诺。我知道，这个承诺注定将伴我一生，永不更改。

哥哥看我如此，终于长出一口气，他满意地点了点头。然后，他又招呼弟弟妹妹。

他对弟弟孙翊说：“三弟，你虽然骁勇果敢，但缺乏政治才能，大事上你难以做主，所以，日后你凡事都要听仲谋的话，你能做到吗？”

孙翊哭着答道：“大哥，我一定会听二哥的话。”

哥哥又对妹妹说道：“妹子，你是咱们孙家的明珠，但是，哥哥却最不放心你。”

妹妹已经哭得麻木了，她只是哭，也不会说话了。哥哥将她唤到自己身边，用手抹去她脸上的泪水，对她说道：“哥哥走了以后，你要照顾好母亲，你能做到吗？”

妹妹狠狠地点了点头。哥哥又笑着说道：“傻妹妹，你脾气刚烈得很，以后嫁了人，可要收敛些，不然的话你夫君会受不了的。”

妹妹仍是一个劲地哭。

哥哥最后又对母亲说道：“母亲，还有最后一件事，只有您能办到。”

母亲似乎未卜先知，她说道：“你是担心周公瑾那边的事情吧。”

哥哥点了点头。

母亲说道：“你放心吧，公瑾和你情同手足，他那边我会安排的，我会让他护着仲谋，坐稳大位。只要我活着一天，孙家就垮不了。”

哥哥看着母亲，眼中的泪水又淌了出来。这泪水有悲伤，也有感激。

哥哥交代了大事，他终于长出一口气，又一次重重地倒在了病榻上。他仰望上方，悲怆地叹道：“我孙伯符自二十岁从戎以来，南征北战，所

向无前，转斗千里，扫荡江东，大小数百战，从未败绩。如今群雄并起，北方的袁绍曹操双雄正在官渡激战，我本想挥师北上，亲率江东儿郎与天下英雄一争雄长，奈何阳寿已尽，北上再也无望了。唉，如果上天能再给我几年时光该多好啊……"

当晚，哥哥的病情开始恶化，医生们束手无策，最终，哥哥怀着无尽的遗憾和悲伤离开了我们，离开了这个世界。

哥哥的去世令我们孙家失去了顶梁柱。同时，草创的江东也陷入了扑朔迷离之中。

第三节

哥哥的遗骸已经开始装殓了。我全身挂孝，哭成个泪人。

母亲却将我拽到后堂，她严肃地对我说："仲谋，现在不是哭的时候，虽然你哥哥临终将大位传给你，但是江东基业还是草创，江东豪族和山越并未臣服，豪杰盗寇藏匿在山林之间随时都会起事，还有诸将大多只服你哥哥，而那些谋臣名士又大都家在北方，与我们离心离德。仲谋啊，这个位子你能不能坐住，还难说得很呢。"

我听到母亲的话，一时没了主意："母亲，那怎么办？"

母亲则轻叹一声，说道："现在咱们孤儿寡母能够依靠的只有两个人，一个是张昭，另一个就是周瑜。如果他俩真心辅佐你，则大事可定，假如他俩有异心，那么……"

母亲脸上现出一丝痛苦的表情："那么你哥哥打下的江山和咱们孙家恐怕就要完了。"

我背上一紧，问题竟然如此严重。哥哥尸骨未寒，母亲一介女流，我才只有十九岁，面对如此困境，我终于向母亲道出了我内心深处的顾虑："母亲，孩儿心中有一件事无法解答，还望母亲教我。"

“什么事，你说吧。”

“母亲，哥哥临终将大业托付给我，但是，我实在没有信心，我真的有哥哥说的那么强大吗？我能够稳定江东吗？我能够撑起这个家吗？”这一连串的疑问始终萦绕在我心头，我先前被哥哥的话激励，将这份困惑隐藏了起来，现在面对母亲憔悴的面容，我再也忍不住了，道出了心声。

母亲对于我的疑虑似乎并不意外，她对我说道：“仲谋，你记住，战胜外面的敌人容易，战胜自己心中的敌人却难，心中的敌人就是怀疑，是不自信，是对自己的否定，自己否定自己的人又怎么可能获得别人的肯定呢？”

“嗯，母亲，话虽如此，但是，我自从跟着哥哥做事以来，事事都不如意。做官没做完就走了，从军被敌人偷袭，打仗我又不及哥哥勇敢，有时候我就想，我是不是就是一个普通得不能再普通的人呢？我这辈子恐怕也难成大事吧。”这些话都是我肺腑之言，即便是面对母亲，我也是第一次吐露。

母亲轻轻摇了摇头，说道：“仲谋，你错了，你没有意识到，你很强大。”

“我很强大？”

“是的，在你体内蕴含着一种力量，这种力量是在这乱世成就一番事业的基础，也是你能够稳定江东的最主要的东西。”

“那是什么啊，母亲？”我自己体内的东西我竟毫无察觉？

“我给你讲个故事吧。”母亲说着，站起身走到了屋外，我也起身跟着走了出去。母亲在庭院中边走边讲：“汉高祖统一天下，他手下的谋士陈平去皇宫参加庆典。陈平的学生也跟着去了，回来后，陈平的学生问陈平‘皇帝的智慧不及张良，用兵不及韩信，识人不及萧何，计谋不及老师，可为什么他能统一天下，而他手下的这些人才却不能呢？’仲谋，你知道为什么吗？”

我摇了摇头，这个故事我第一次听说。

母亲笑了笑，她走到门口的一辆车前，她指着车轮对我说道：“陈平

指着车轮对他的学生说‘你们说车轮为什么能转动呢？’学生们有的说是因为车轮是圆的，有人说是因为马拉人推，陈平却说‘你们说的都不对，车轮之所以能转动是因为它内里的辐条排列均匀，试想，若辐条排列不均匀，车轮便无法承重，走着走着也就坏了。我、张良、韩信、萧何都是车轮里的一根辐条，而皇帝陛下却是安排辐条的人，是他将每根辐条安排在了适当的位置，让大家各尽所长，各司其职，所以这个大汉这个车轮才得以取得天下。若没有皇帝陛下，我们的才能就得不到施展，大汉也就不会存在。’仲谋，你悟到了什么吗？”

我兀自回味着母亲的话：“是他将每根辐条安排在了适当的位置，让大家各尽所长，各司其职。”

母亲高声对我说道：“孩儿！”

“啊？！”我一愣，应了一声。

母亲用手指着我，郑重地说道：“孩儿，你身上具备着汉高祖那样的才能啊！是的，你不如你的哥哥骁勇善战，但正如你哥哥说的那样，你可以知人善任，举贤任能，使江东人尽其才，地尽其利，物尽其用，这才是你最大的天赋啊。”

母亲的话令我心头一震，一股力量从胸中升腾，令我信心倍增，腰杆挺得笔直。母亲的一席话令我变回了那个自信豁达的孙权。

我向母亲拜倒：“多谢母亲指点，令孩儿茅塞顿开，仲谋日后一定尽心竭力保守江东，定要建功立业，不负兄长重托。”

有句话叫“穷人的孩子早当家”，我觉得有志气的人不分贫富贵贱，所谓“有志不在年高，无志空活百岁”，我虽然年轻，但是我有信心挑起千斤重担。

母亲将我扶起来，激动地说道：“对嘛，这才是我的好儿子呢。”

若不是此刻有孝在身，我真想高唱一曲诗词，以此抒发此刻的心情。

然而，就在我们母子互道心声的时候，忽然张昭慌慌张张地跑了过来。他额头上全是汗水，母亲皱了皱眉头，我们都知道，能让这位老学究如此失态的事情，定然是大事。母亲镇定地问张昭：“子布，何事惊慌，莫怕，老身在此，天塌不下来。”

嘿，母亲的话咋总是这么提气呢！

张昭擦了擦汗，气喘吁吁地说道：“回……回禀夫人，周公瑾回来了……”

母亲一愣，然后说道：“伯符去世他肯定要回来啊，这有什么可慌的？”

“夫人，您听我把话说完，他不是自己回来的，他是带着兵马回来的！”

“啊？”我和母亲同时轻声惊呼一声。外将在这敏感的时候率军回朝，不能不令人担心啊。

“他带了多少人马？”母亲问。

“对，他带了多少人马？”我也忙跟着问。

“不知道，少说也有三五千人吧。”张昭答道。

我没了主意，将目光投向母亲。母亲也眉头紧锁，久久无言，最后，她自言自语地说道：“周公瑾这个人虽然狂放不羁，但他颇重情义，他与伯符情同手足，我了解他，他不是会造反的人。”

“那他带这么多兵马回来做什么？”张昭不放心。

“别瞎猜了，待我去见见他自然就明白了。走，仲谋，随我去前堂。”母亲说罢，毫不犹豫地迈步出门而去，我也跟着出去了，看着母亲的背影，我暗自庆幸：上天待我孙家不薄，父亲和哥哥死得早，却有母亲这样的女中豪杰主持大局。

第四节

来到前堂，哥哥的灵柩摆在堂下。只见周瑜全身素衣，跪倒在哥哥灵前，他呆呆望着灵柩，没有大哭，也没有失态，只是泪水顺着脸颊流淌，他一贯潇洒刚毅的面容有些扭曲。

我和母亲、张昭正要走进大堂，忽听周瑜悲声开口说道：“伯符，你不够意思啊，咱们哥们说好的同生共死，你也不打声招呼，就自己走了？小心我以后削你啊。”

他说的话虽然轻松，但语调早已哽咽。母亲伸手拦住我们，我们就站在大堂外等待着，等待着他们挚友之间阴阳两隔，哭诉衷肠。

周瑜点燃了一把纸钱，继续说道：“你我二人相识十三年，秉性契合，脾气相投，相约共创大业，咱们一起扫荡江东，歼灭群丑，战场上你总是冲锋陷阵在最前面，我为你料理后方事物，打了胜仗，咱们就一起饮酒吃肉，时常露宿郊外，仰望北斗，登高长啸，俯瞰江山，人生如钟子期俞伯牙得一知己，虽死无憾，我遇到你，就是我一生最大的幸事。可是……可是现在你却不在了……”

最后一句话声音越发得低沉，我听着也不禁心中一阵酸楚。

周瑜深吸一口气，复又说道：“不过伯符你放心，只要有我周公瑾在，江东基业就绝不会就此断送，咱们俩当初的雄心壮志也绝不会就此断送……”

赶在这个节骨眼上，母亲轻咳一声，说道：“咳，公瑾，你总算来了，你这一来，老身也就有主心骨了。”

听到母亲的声音，周瑜急忙起身，向母亲施礼：“伯母，您来了。公瑾来晚了。”

“不晚，不晚，来得正是时候，伯符将大位传给了仲谋，老身担心有人不服，现在你来了，我的心也就放下了。”母亲诚恳地说道。

我回味着母亲的话，暗暗佩服。

周瑜看了看我，又看了看张昭，张昭微微点了点头：意思很明白，哥哥确实是将大位传给了我。

只见那个被我视为天人的周瑜，倒地向我拜倒：“主公，受周瑜一拜！”

我一时不知所措，抬眼看母亲，母亲仰着头，不言语。我又无助地看张昭。

没想到，张昭竟然也顺着拜倒在地：“主公，张子布拜见主公。”

在场有许多东吴文武官员，看到周瑜和张昭拜倒，他们也都跟着向我施礼，齐声高呼：“拜见主公！”

也许是福至心灵，也许是我真的有天赋，那一刻我也不知道从哪来的智慧，我一头磕在哥哥灵柩上，失声痛哭道：“哥哥，我们孙家不幸，父亲早亡，为了这个家，为了部曲诸将，您吃尽了苦头，受尽了磨难。好不容易，您和江东诸公齐心协力打下了偌大的基业，可是，天意难料，您英雄一世，竟被奸人害死。丢下母亲和我们兄弟姐妹，丢下了您的挚友，丢下了您的部下，现在，您将这千斤重担交给我，您让弟弟如何处置啊？呜呜呜，哥哥啊……”

说到最后，我动了真感情，越哭越伤心，越哭越心疼。

众将被感动了，也都跟着我号啕痛哭起来，就连方才强忍悲伤故作轻松的周瑜也一把鼻涕一把泪地大哭起来。在场除了母亲，所有人都哭得泪如雨下。张昭那老头哭得差点背过气去。

哥哥的灵柩前一场“疯狂的集体大哭丧”之后，还是张昭先站起身，他对周瑜说道：“公瑾，现在最要紧的是稳定军心，各地官员名士自由我来抚慰，至于军中之事，就要靠你了。”

周瑜慨然答道：“子布放心，有我在，江东的军队就乱不了。”

我装作没听见他们的谈话，仍旧痛哭着。

张昭来到我的身边，高声提醒我：“主公，现在不是哭的时候，请您赶快上马，出巡各营，安定民心军心。”

一直沉默的母亲这时终于又发话了：“子布所言有理，仲谋，快和子布去外面安定人心吧。”

有了母亲的话，我不再怠慢，急忙站起身，擦了擦眼泪。

张昭、周瑜、程普、黄盖、韩当，还有我的亲信朱然、周泰、潘璋等人扶我上马。临走前，母亲将哥哥的佩剑塞到了我手中。

我在众将的簇拥下先来到军营。各营兵将纷纷出来观看，从他们的神情中我可以看出来，他们很忧虑，很迷茫，军心不稳啊。难怪，哥哥是这

支军队的缔造者和指挥官，也是它的灵魂，如今哥哥骤然去世，军中兵将又怎么会不担心呢。

张昭周瑜将各营将士聚集在一起，在万众之前，张昭先说道："讨逆将军被奸贼刺杀身亡，临终将大位传给仲谋，日后他就是我们的三军统帅！"

大军鸦雀无声，唯有风吹军旗"呼呼啦啦"的响声。我看着这幅场景，有点害怕。兵将都将目光投向了周瑜，我明白，周瑜在军中的地位仅次于哥哥，张昭说话不好使，周瑜才有这个威望。

周瑜看着众兵将，没有说话，他只是走到我的马前，再次向我拜倒，高声说道："末将参拜孙将军！"

校场上依旧鸦雀无声，数万大军都僵在了那里，似乎时间都定格了。在这时候，我胸中的豪气陡升，我暗暗对自己说：孙权，你是破虏将军的儿子，是讨逆将军的弟弟，你是天之骄子，你是未来的江东之主，这些兵马都是你的臣子！

我咬着牙，猛地拔出了哥哥的佩剑，高高举过头顶，阳光映照下，那柄剑光芒四射，好似一道道闪电划过天际。

随着我这个潇洒的动作做出，数万大军跟随周瑜齐刷刷拜倒。

天高水长，晴空万里，雄健的战马上，我高举宝剑，马前黑压压的三军将士低头称臣，孙家的战旗迎风摇曳，连绵数里，那震耳欲聋的"拜见孙将军！"的吼叫，预示着江东新时代的到来，这个时代属于我——孙权。从这一刻起，历史注定要铭刻上孙权的烙印！

第五章 Chapter five

我的江东我做主

第一节

建安五年八月，曹操以弱胜强，在官渡大破袁绍十万大军，这场战略决战的胜利，使分裂动荡多年的北方转向了统一，随着曹操实力的逐渐强大，身处江南的我，也感受到了潜在的威胁。

我得到张昭、周瑜的辅佐，顺利地稳定了军心民心，对于这两个人，我还是很感激的。过去我叫张昭都是叫他的表字，甚至有时候在心中叫他老头，但从此以后，我当着外人就管他叫张公了。

张昭什么都好，就是有点和我始终尿不到一个壶里，他总是念叨着北方人物如何如何，似乎在他眼中江南人就不是人似的。我看不惯他的观点，时常与他争论。

有一次开会，他又因为这件事和我吵了起来，闹得会议不欢而散。

我气鼓鼓地到庭院中，拔出佩剑，狂舞起来。朱然一直陪着我，他看我心情烦闷，便劝解道："仲谋，不，我该叫你主公才对。主公，张子布老糊涂了，你何必和他一般见识。"

我怒气未消："这个张昭，总是长他人志气灭自己威风，还一副教训人的样子，我真是受够了。"

朱然笑呵呵地走到我身边，说道："主公，张昭是个文人，文人总是喜欢酸溜溜的，你要认真你就输了。更何况，张昭虽然立场有问题，但他在大是大非上还是把握得住的。"

我停下了舞剑，轻叹一声说道："是啊，没有他鼎力支持，我恐怕也无法顺利坐上江东之主的宝座。"我说着，仰望苍穹，碧空如洗，阳光直透天际，我想到自己才只有十九岁，但我却已经是江东六郡的王，是十万大军的统帅，麾下能臣猛将颇多，能在我这个年纪有这样的权势，是令人欣喜的。但是，我又想到，我刚刚继承哥哥的遗产，太多太多的问题需要我解决，顿时，我就感到压力倍增，几乎压得我喘不过气来。我长吁一口气，说道：“看来我现在急需一批效忠于我的臣下，否则做什么事都要掣肘。”

朱然在一旁没有体会我的深意，他晕晕乎乎地说道：“主公，有我，还有周泰、潘璋还不够吗？”

我扭头对他神秘一笑，答道：“你个笨蛋，就你们几个，太少了，太少了。”

为了组建属于我自己的班底，我决定在江东大规模地招揽谋臣猛将。我用了三种措施来实现我的目的：第一，由群臣相互推荐；第二，在基层进行选拔；第三，名气较大的，我亲自邀请。

号令一出，沉寂许久的江东军政界立刻活跃起来。为了能跻身我的幕僚，足智多谋之士，能征惯战之将，纷纷前来投靠，一时间，江东人事部门门庭若市，从四面八方前来投奔我的人才多达数百人，我平均每天要接见十几个人，忙得我不亦乐乎。

这些人中确实有不少有真才实学的，对这些人我都委以重任，但也有一部分滥竽充数的，对于这种人我也不得罪，给他们一些路费就打发了。江东在我的主持下，就像是一棵蓬蓬勃勃的小树，开始茁壮而迅速地生长，它的根基逐渐稳固，它的枝叶逐渐茂盛，它注定有一天要成为参天大树。

在我招揽的人才中，给我印象最深的是一个叫鲁肃的人。鲁肃，字子敬，临淮郡东城县人，他是周瑜的好友，也是周瑜将他推荐给我的。当年我哥哥起兵初期，缺少粮草，鲁肃乃世家大族，家里很是殷富，周瑜便向鲁肃借粮，当时鲁肃家两囷粮草，他竟然慷慨地指着其中一囷，将其送给了我军充作军粮。可以说，哥哥能够顺利起兵创建基业，鲁肃是一大功臣。但鲁肃为什么没有跟随哥哥呢？这个要说起来有点复杂，哥哥这个人爱民爱兵，但就是不愿意向世家大族妥协，哪怕那些人是有心投靠我们的。鲁肃是临淮大族，哥哥虽然知道他帮助过我们，但就是不肯启用他，这导致鲁肃很是郁闷，他一度受到刘晔的蛊惑，想去投靠淮河一带的豪强郑宝，后来还是周瑜将其家人强行扣留，极力劝说，鲁肃这才勉强留下。后来周瑜向我力荐鲁肃，说这个人非百里之才，是能够帮助我完成大业的最佳人选。

我与哥哥的执政理念有些不同，我不会因为对方的出身而有所顾忌，只要是有真才实学，愿意为我效力的人，我照单全收。因此，我爽快地答应了接见这个颇有名望的鲁肃。

初次见面他就给我留下了深刻印象，他气度俨然，端正严肃，看言谈举止颇有修养。

我开门见山地问他："如今天下大乱，您认为我应该怎么做？"

鲁肃很大方地回答我："割据江东以图天下。"

他的回答令我颇感意外，自从继位以来，我所接触的人大多没有他这样的魄力和远见，很少有人向我提及割据称霸的事情，但眼前这个人竟然上来就向我兜售这种大战略，他要么是虚浮之辈，要么是当世奇才，我对他越发地产生了兴趣。

我又问他："先生说图天下，可如今汉室凌迟，纲纪不振，天下恐怕难以短时间内平定，我该如面对这乱世呢？"

鲁肃听罢，竟然呵呵笑了起来。

我不解其意："先生为何发笑？"

他良久才道："孙将军乃聪明之人，为何看不清形势呢？"

"形势？先生是指什么呢？仲谋孤陋，还请先生明示。"

"孙将军，当年秦失其鹿，天下逐之，将军得父兄之资，统帅江东千里疆土，麾下兵精将勇，如今天下方乱，此正是开疆拓土，称王称帝之时，将军难道还要舍弃这天赐良机，甘为汉臣吗？"

鲁肃的这番话令我全身一震，就好像被闪电从头顶击中，直灌脚底，一股电流在我身体中剧烈地激荡：称王，我想过，称帝……称帝，做天下至尊，这可是我从未想过的事情啊！眼前这个人对局势的分析入木三分，而他竟然有如此胆魄，劝我称帝。

称帝！像秦始皇、汉高祖、光武帝那样统御四海，君临天下，天呐，这是多么诱人，多么刺激的事情，光想一想就足以令我夜不能寐了。若我今生真能称帝，开创一个国家，那我也算是不枉此生了。

我重新审视面前的鲁肃，他神态依旧，看不出喜怒哀乐，我忽然觉得，他就是我张良，就是我的邓禹，他将是我成就大业的强有力的帮手。这个人我一定要留住他！

时值傍晚，我仰天大笑，站起身，一把抓住鲁肃的手说道：“子敬，今晚咱俩睡一张床。”

鲁肃吓得一哆嗦：“孙将军，你要干吗，我可没有断袖之癖。”

我气得鼻子差点歪了：“什么狗屁断袖之癖，我要和你彻夜畅谈国家大事！”

“哦，那好吧。”他这才释然。

夜晚，我和鲁肃俩大老爷们抵足而卧，我问他：“子敬，你劝我要有称霸天下的雄心，但是我具体应该怎么做呢？”

鲁肃答道：“当年高祖刘邦也一心想着全心全意依靠怀王，但却始终未能如愿。因为有项羽一直在横行霸道。而今的曹操正是昔日项羽这样的人物，将军是不可能成为齐桓公、晋文公的。以我的判断，如今汉室已经不可能复兴，曹操的势力也不可能在短期之内被铲除。将军唯有鼎足江东以观天下之变，相机行事，这样才能力图长远。目前北方地区正值多事之秋，曹操暂时无暇南顾，应该抓住这个有利时机铲除江夏黄祖，之后讨伐荆州刘表，将整个长江流域控制在我们的手中，然后建号称帝，直至夺取天下，建立当年高祖刘邦所创建的宏图伟业。”

鲁肃这家伙说的话真对我的胃口，他描述的未来简直就是我梦寐以求的人生，我睡意全无，穿着睡衣从床上噌地一下窜到床下，向鲁肃谢道：“多谢先生教我，先生乃当世奇才，愿先生留在我的身边辅佐我建立千秋功业吧。”

鲁肃急忙下床还礼道：“鲁肃愿效犬马之劳，助将军成就大业。”

第二节

我和鲁肃“榻上对策”以后，心中就更加坚定了我的执政理念：稳固江东，进攻荆州，全据长江之后，观察天下局势发展，一旦北方有变，我就挥师北上，伺机一统中国，做天下至尊。

只不过，这个宏伟的计划仅仅存在于我的构思中，眼下的条件远远不够成熟，我必须从基础做起，一步一步地来。

实现我计划的第一步，就是要征讨位于江东上游的荆州，那里是我们孙家世仇刘表的领土，从荆州到江东顺流直下，难以抵御，荆州沃野千里，人才颇多，所以，无论从各个方面来看，我都必须拿下这块土地。

但是，要想攻取荆州就必须有一支强有力的军队，江东军队是哥哥一手缔造，现在哥哥不在了，军队士气受挫，另外，这些年来哥哥带领主力常年征战，军中收编很多投降的武装，这些人并不可靠。因此，我首先要从军队着手，着力锻造一支精干忠诚的队伍为我所用。

我当即传令：军中裁撤老弱，将小股部队合并起来，精简人员，简化机构，便于集中管理指挥。

军令一下，军中将校颇有人发出怨言，甚至有人产生了抵触情绪。他们这个态度也是事出有因：

哥哥死后，江东人心不稳，我曾向母亲求教该怎么做，母亲告诉我，江东虽然名义上是我们孙家主持，但基层权力仍在各地的豪强地主手中，哥哥当年一味强力镇压，效果并不理想，因此母亲建议我用恩威并重的手段招抚豪强。

对于这一点我早就有此打算，只不过具体用什么方法我还没有想到。

最后还是母亲教我，可以允许豪强地主和军中诸将拥有部曲兵，这些兵与其统帅具有人身依附关系，战时是军队，平时是生产者，豪强地主和军中诸将就等于在国家的允许下有了属于自己的私兵，这样一来，豪强与孙氏的矛盾就可以缓解，由于部曲兵是他们的私人财产，他们就会努力扩军，国家的实力也会得到增强，可谓一举两得。

我听从了母亲的建议，开始缓和与江东豪强的关系，你还别说，姜还是老的辣，母亲这一招果然奏效，江东几大家族真的有不少人愿意与我们孙氏合作了。这样一来，我即位之初的危机得以顺利渡过。

但是，也正是因为这个政策，导致那些拥有部曲的将校不愿交出自己的军队，也难怪，这可是属于他们自己的私兵，裁撤他们的军队等于没收他们的财产，他们岂能乐意？

可是，我是孙权，我可是要做大事的，我深知，不能掌握军队就做不成大事，所以，我可不管他们的反对，只要是不按命令执行的人，一律问罪，没有任何商量的余地。

我的整军计划由于得到周瑜、程普等宿将的鼎力支持，得以在军中顺利开展，江东数万大军被我大刀阔斧地进行了整顿，各军各营都进行了整编，那些老弱军校都辞退了，一些没有才能的将领也都被我贬走。未出三个月，军队统一归属到我信得过的将校们手下， 三军肃然，军心振奋，士气高昂。

在整军过程中，我发掘了一个难得的将才，这个人叫吕蒙。

吕蒙，字子明，汝南富陂人。少年时期南渡长江来到江东投靠姐夫邓当，在哥哥的手下当兵，哥哥对这个年轻的孩子非常赏识，将吕蒙留在了自己的身边，还带着吕蒙一起参与了对付严白虎的战争。在哥哥的言传身教之下，吕蒙进步神速，数年之后已经在军中小有名气。我进行整军，都是亲自视察军队，每支军队的去留整合都是我亲自过目、最后拍板的，我不想让其他人染指军队的控制权。

当时，吕蒙还只是一个基层军官，他麾下有那么几百人，是一股小部队，按理说这种部队是在裁撤范围之内的。但是，当我视察到他的部队时，愣住了。

我记得很清楚，那天吕蒙的几百人军容整肃，相比其他军营五花八

门的服饰、参差不齐的队伍和不振的士气，吕蒙的军队盔甲鲜明，旗帜高扬，阵形严整，士卒一个个精明强干。反差太大了，吕蒙的部队着实令我眼前一亮。

我当即召见了这位年轻将领，我看他相貌粗豪，双目有神，不禁心中很是喜爱，我马上问他："吕子明，这是你的军队吗？"

他答道："回禀主公，正是。"

我点了点有，又问道："你是怎么训练出这么优秀的队伍呢？"

吕蒙慨然答道："别无他法，只是平时军令森严，赏罚分明，言必信行必果，爱兵如子，身先士卒罢了。"

我哈哈大笑道："哈哈哈，好一个爱兵如子身先士卒，我不会看错人，吕子明，你将来会是我江东的大将之才，我看好你，你的部队不用裁撤了，相反，我还要增调给你兵马，由你指挥。"

吕蒙大喜过望，激动地向我叩拜："多谢主公提拔。"

我对他说道："你只需要记住，你的兵马是我给你的，你以后跟着我好好干，我还会让你指挥更多的兵马，将来建功立业，开疆拓土，有你施展才华的时候。"

吕蒙激动地哭了。

我都被我自己的演讲才能打动了：嘿嘿，难道我是个天才？

经过我的整顿，江东军威大振。消息传到北方，曹操似乎也开始重视我了，他向汉朝皇帝表奏，册封我为讨虏将军，领会稽太守。意气风发的我将要起兵向西，进攻荆州。可是，就在我起兵前夕，又有一件祸事来临——庐江太守李术造反了。

第三节

李术原本在哥哥手下当差，哥哥打败刘勋之后，还将庐江郡这个重镇交给了他。在哥哥的指使下，他还暗杀了曹操任命的扬州刺史严象。没曾想哥哥刚去世，这小子就翻脸不认人了。对我也阳奉阴违，又与曹操暗通款曲，显然这小子是想趁乱谋反。

这是我即位以来的第一次重大危机。能不能处理好它将直接关系到我在江东军民中的威信，直接影响孙氏在江东的统治，因此，我必须周密部署，谋而后动，力求干净利落地解决问题。

“成大事要有人。”这个颠扑不破的真理再次应验了，我前一段时间招揽的人才在这件事上起到了至关重要的作用。

鲁肃向我提出了两点建议：一、秘密调集军队，迅速围困庐江，力求将李术一战消灭；二、给曹操写信，希望他不要介入这件事，同时向其暗示，江东已经做好了一切外部势力介入的准备。

我对鲁肃的建议全盘接受。消灭李术是当务之急，这也是我主政以来的第一次军事行动，兵力要足，战力要强，保证一战而胜。如果防止曹操介入倒是我最大的难题。这些年光顾着领兵打仗了，没怎么读书。这么重要的书信我一点把握都没有。得了，还是找鲁肃帮忙吧。

鲁肃二话没说，提起笔刷刷刷，这信就写完了。我连忙拿起来一看，嘿嘿，鲁肃这信写得太绝了：“严刺史昔为公所用，又是州举将，而李术凶恶，轻犯汉制，残害州司，肆其无道，宜速诛灭，以惩丑类。今欲讨之，进为国朝扫除鲸鲵，退为举将报塞怨仇，此天下达义，夙夜所甘心。术必惧诛，复诡说求救。明公所居，阿衡之任，海内所瞻，原敕执事，勿复听受。”

首先，他把杀害严象的责任完全推到了李术的身上，认为这是“轻犯汉制，残害州司”，从公理上孤立李术；然后说严象“昔为公所用”，是曹操的人，又是推荐自己为茂才的恩人，拿严象这个死人和曹操套近乎；第三，预先向曹操打招呼，暗示我们已经做好了两手准备。最后还不忘把曹操狠狠地恭维了一番。这封信写得有理、有情、有义，还有一丝狡猾、诡辩，这信写得还真有一点我的口气。

高！实在是高！

鲁肃笑了笑："主公快别夸我了，赶紧把信送出去吧。"

不知道是这封信起到了作用，还是曹操忙于北方事务，又或者曹操没有将我这个毛头小子放在眼中，总而言之，在我对李术用兵期间，曹操没有插手，这对我而言是绝好的消息。

我不能错失时机，我亲率江东主力，对李术叛军发起来进攻，我军连战皆胜，将叛军围困在了皖城。

皖城前线，围城已经一个月了，一个月来，我没有放一个人出城，这已经是一座死城。

天空阴霾，湿气很重，几只乌鸦盘旋在皖城城头，嘎嘎哀鸣，李术破烂的军旗低垂着，无精打采，昏暗的天气将战场衬托得更加凄惨。

我带领众将在远处观察皖城城防，我看着这座即将被我攻克的城池，感叹道："现在皖城中的百姓一定十分痛苦吧。"

朱然在我身边劝解道："主公不必自责，李术不识时务，胆敢反叛，您这才率兵攻城，更何况，皖城之中多是李术的亲信及其家眷，他们也都算是我们的敌人，对敌人可不能太过仁慈啊。"

鲁肃则说道："主公，乱世要用铁腕，如今人心涣散，如果不能用强有力的手段，那么就很难安定人心啊。"

周泰、潘璋、吕蒙等人上前说道："主公，我等愿率本部兵马先登破城。"

我看着麾下这群文武将校，心中充满了激情，这一帮生龙活虎的年轻人将是我未来的支柱，看到他们我就看到江东的未来。

我一扫多愁善感，慨然下令："周泰、吕蒙、潘璋、朱然各率本部兵马从四面进攻皖城，其余各军分布在周围，围困监视，诸军努力向前，先登破城者重赏。"

一声令下，周泰、朱然、潘璋如狼似虎，嗷嗷直叫，带着他们的兵马冲了过去，唯有吕蒙没有立刻出兵。

我喝问道："吕子明，你愣什么，快去攻城啊。"

吕蒙皱着眉头答道："主公，我有件事比较担心。"

我看着他吞吞吐吐的样子，气不打一处，怒道：“你有话就说，什么时候这么婆婆妈妈了？”

“主公，如今皖城是死城，城中又都是李术嫡系，我们强攻，他们必定会拼死抵抗，即便我们攻下这座城池，也一定会伤亡惨重的。”

“那你说怎么办？难道不攻了吗？”

吕蒙答道：“主公，攻还是要攻的，但不应该一味强攻。”

“哦？你有什么破城妙计吗？”

“主公，我们何不将皖城三面围住，只留西面不围，这样一来，李术就会有逃生的幻想，我军攻城的时候，他就会从西面逃跑，而我军在半路上设下伏兵，他离开了坚固的城防，就容易捉住了。”

周瑜当时在我身边，他笑道：“哈哈，吕子明此计正是兵法所说的‘围三厥一’，吕子明，你出身行伍，文化知识不高，实在想不到你还懂得兵法啊。”

我也对他另眼相看，我当初提拔吕蒙只是考虑到他的忠诚勇敢，没想到这还是一个懂兵法的将领？！

可是，吕蒙却涨红了脸，不好意思地说道：“回禀主公、周将军，吕子明不敢隐瞒，我根本看不懂兵书，我刚才的建议也不是从兵书上得来的，我只是根据战局自己琢磨出来的主意。”

我和周瑜闻听此言，相视一笑，我俩心领神会：眼前这个吕蒙是一个天生的用兵奇才！

这简直就是上天赐给我的宝贝啊，我满意地看着吕蒙，软言对他说道：“子明，你说得有道理，就按你的计谋办，一旦成功，我一定会重重赏赐你的。”

吕蒙得到我的肯定，十分开心，几乎是连蹦带跳地离开了。这时周瑜才对我说道：“主公，你果然是善于发掘人才啊，像吕子明这样的将才，能有十个，咱们就能统一天下。”

我开怀笑道：“哈哈，老天赐给我这一个我已经感到万幸了，我不敢奢求太多啊。公瑾，有你，有吕子明，又有张子布、鲁子敬，我感到我简直就是上天的宠儿啊。”

周瑜听我这么说，也开心地笑了起来。

进攻皖城的行动完全是按照吕蒙的建议实施的，一切进展就如同吕蒙预料的一样，李术被攻打得急了，看到西面没有防守，便率主力弃城逃跑，我军顺利占领了皖城。在西面三十里处，吕蒙的伏兵杀出，一场野战，李术军溃散，混战之中，李术被我军斩杀。至此，李术叛乱被平定。

皖城一战，我军俘获李术部曲家眷三万余众，尽数掳至江东。江东诸将再也无人敢轻视我，那些世家大族听到我战胜的消息也都收敛不少，我孙权的大名开始从长江之畔向四方远播。

我登临皖城郊外的高坡，望着残破的战场和弥漫的硝烟，我满怀悲怆苍凉，高声屈原的《国殇》：

操吴戈兮被犀甲，车错毂兮短兵接。
旌蔽日兮敌若云，矢交坠兮士争先。
凌余阵兮躐余行，左骖殪兮右刃伤。
霾两轮兮絷四马，援玉枹兮击鸣鼓。
天时怼兮威灵怒，严杀尽兮弃原野。
出不入兮往不反，平原忽兮路超远。
带长剑兮挟秦弓，首身离兮心不惩。
诚既勇兮又以武，终刚强兮不可凌。
身既死兮神以灵，魂魄毅兮为鬼雄。

第四节

我征讨李术胜利后，凯旋返回吴郡，当我率领大军进城的时候，街道两旁欢迎我的百姓排成了行，他们欢呼着，雀跃着，赞颂着我的功绩，说我是江东的保护神，此时此刻，我终于可以体会到哥哥当年横扫江东，爱惜百姓，百姓皆呼其为“孙郎”的那份自豪了。我骑在马上，微微仰头望着天空，心中说道：“哥哥，就让我和你一起分享这份荣耀吧。”

母亲特意将我召去，她为我取得了这样的战绩而自豪。她对我说：“仲谋，你这次征讨李术干脆利索，很好，现在江东诸将都对你赞赏有加，娘也很为你高兴啊，咱们孙家人才辈出，可喜可贺。”

妹妹孙仁在一旁插话道：“嘻嘻，二哥刚才骑在马上真威风，就像是新郎官一样呢。”

我瞪了妹妹一眼：“你个鬼丫头，就知道拿二哥开涮。”

母亲笑道：“仁儿，我和你哥哥有话要说，你去外面玩吧。”

妹妹虽然顽皮，但很懂道理，她朝我做了个鬼脸，便一溜烟地跑开了。

母亲招呼我走到她的身边，对我说道：“仲谋，你已经立业，也应该成家了。”

“哦。”我随口答应了一句，但随即醒悟：“啊？您说什么？”

“我说你该成家了，我已经为你物色了一名才貌双全的媳妇，她是会稽山阴人，姓谢，是前尚书郎谢煚的女儿。唉，你成了家，娘的心也就放下了。”

“母亲，您先等等。”我有些没有回过神来，哪跟哪啊就让我成家，我还没玩够呢，我急忙说道：“母亲，孩儿年纪尚轻，我打算再过几年再成家。”

没想到，母亲沉下了脸，训斥道：“终身大事，父母之命媒妁之言，岂是你说了算的吗？”

我虽然敬重母亲，但对于这件事，我心中着实不乐意：我自己娶媳妇一定要听别人的吗？那这样的婚姻还有什么意思呢？可是，此时的我无力抗拒母亲的命令，我不得不答应这门婚事。

母亲为我选定良辰吉日，就要迎娶谢姑娘过门，我娶亲那天，整个吴郡乃至整个江东都轰动了——孙权要娶媳妇了。

可是，作为男主角的我却丝毫提不起兴致，因为我根本就不知道那个

谢姑娘是个什么样的人，两个毫无感情基础，甚至素未谋面的人即将要成为夫妻，这种荒唐的事情就要发生在我身上，我简直要崩溃了。

娶亲的前一天晚上，我一宿没睡，我甚至想到了逃婚，最后是朱然劝住了，才没有发生“孙权失踪事件”。

娶亲当天，在喧天的锣鼓和隆重的仪仗中，是无精打采、神不守舍的新郎。做伴郎的朱然跟上来捣了我一下，他低声说道：“主公，别怪我没提醒你，你现在的形象关系到江东臣民对你的看法，你可要提起精神啊。”

朱然这句话点醒了我：是啊，我现在是江东之主，大家都眼巴巴看着我，我要是蔫不拉几的，那岂不要被人耻笑，实在有失我的威望。

于是，我从无尽的苦涩中强挤出了一丝笑容，勉强着走到盖着红盖头的新娘面前。我的脑子仍是晕晕乎乎的。

一系列繁琐的仪式结束后，我已经精疲力竭，婚礼上经历了什么，我都记不清了，我只记得不停地鞠躬磕头，都说“新郎官是最大的官”，可我怎么觉得我今天跟孙子似的。

不管怎么说，这个婚总算是结了，我孙权也算是成家了。

洞房中，我顽皮地挑开新娘的盖头。我竟打定了主意，只要她长得丑，我立刻就扭头出屋，我宁愿和朱然那个有脚气的男人睡一个屋，也不想和一个丑八怪睡在一起。

可是，当我挑开她的盖头时，我愣住了，眼前的女人虽然称不上倾国倾城，但绝对是个美人。弯弯的眉毛，水汪汪好似会说话的大眼睛，挺拔纤细的鼻梁，樱红的嘴唇，雪白的肌肤，微微一笑还有俩小酒窝。灯火映照下，她越发显得娇艳俊美，我看得痴了，一时竟不知道该如何处置。

我的心扑通扑通乱跳，七上八下，我只是在想：娘啊，您真疼孩儿。

最后谢氏忍不住先开口说道：“夫君，我服侍您休息吧。”

我这才回过来神，我干咳两声，坐在塌旁，一副丈夫的模样，我端着架子说道：“日后，你就是我的贤内助，你要孝敬母亲，管好家中，看好孩子，你能做到吗？”

谢氏脸一红，答道：“夫君，孩子……我们会有吗？”

我一愣，随即醒悟，我一拍胸脯说道：“嘿嘿，当然，还会有好多呢。”

……

新婚燕尔的我容光焕发。算命先生赵达曾对我说：“世间万物需阴阳调和，独阳不生，独阴不长。”现在我终于体会到这句话的深刻含义了。

母亲看我心情愉悦，她也很高兴。我们一家其乐融融。

然而，身份决定我的人生不可能只是“老婆孩子热炕头”，就在我尽享鱼水之欢、天伦之乐的时候，江北的一封书信将我拉回了这个尔虞我诈、腥风血雨的乱世。

曹操写信命我送家人去北方，曹操说这是帝国的规矩，家人在朝廷，皇帝不但心里放心，而且有利于密切关系，去的人也一定会成为中央的官员，一举两得。不过，我非常明白，这摆明了就是人质。

我看到信后，十分焦虑，立即召集群臣开会，商讨对抗曹操的策略。

会议上我拿着曹操的书信给大家观看，我问道：“诸位都是我的股肱之臣，忠勇之将，现在曹操挟持汉天子，实力强大，你们看，这件事该怎么办？”

周泰、潘璋二人大大咧咧地说道：“曹操狼子野心，早晚会下江南，咱们千万不能送给他人质，我们应该拿起武器对抗他。”

我瞪了他俩一眼，训斥道：“住口，公瑾和张公还没有开口，哪里轮得到你俩说话了？退下去。”

周泰、潘璋吐了吐舌头，退在了一旁。我说这个话表面是训斥周、潘二人，实则是让周瑜、张昭站出来说话，因为他俩是文武表率，这俩人的意见其实可以左右江东政局。

他俩都是聪明绝顶的人，怎会听不出来我话里的意思。只见周瑜站出来，十分干脆地答道：“主公，我认为，人质万不能送。”

周瑜这么一说，我有些宽心了：我也不想送人质。

我急忙问道：“公瑾说说为什么不能送呢？”

“很简单，曹操乃豺狼虎豹，早晚都会南下，我们现在如果送去人质，一旦曹操动手，我们抵抗也不合适，不抵抗也不合适，倒不如干脆不给他人质，他若敢来入侵，咱们就依靠长江天险和他决战，咱们江东儿郎不怕他。”周瑜昂首挺胸，侃侃而谈。

我心中暗暗佩服，他说话永远是这么铿锵有力，掷地有声。程普、黄盖、韩当等将校一齐叫好，军界已经躁动不安了，他们纷纷交头接耳，那架势恨不能立刻杀到江北和曹操决战。我看着这一幕，心中欢喜，我站起身，开口要说话，忽然，竟被一个人抢先发出了声音。

“主公，诸位将军所言我不敢苟同，还望主公明察。”

我顺着声音看去，说话的人果然是张昭这老头，看来他是主张送人质的？！我要先看看他怎么说。

张昭缓缓走到中间，朝我施礼说道：“主公，如今曹操击败袁绍统一河北，势力庞大。咱们江东虽说近几年发展迅猛，但和曹操比起来还是相差太远。前不久，曹操征辟华歆、王朗、虞翻三人去北方，华歆、王朗都去了，可见人心不稳，江东难以对抗朝廷，为了江东百姓，也为了孙家上下，还是送去人质吧，也为自己留条后路。”

我听着张昭的话，气得快要炸了，没等他把话说完，我就怒道：“好了，张公不必再说了，你的意思是让我放弃抵抗，送去人质，任人宰割吗？”

张昭没想到我会这样说他，这是这几年来从未有过的情况，他愣住了，良久才说道：“我可没说让你放弃抵抗，我可是为了孙家着想。”

我把手一摆，说道：“我就不信，他曹操还有三头六臂吗？都说曹操如何牛，我看他就是个普通人。前不久他自作聪明派张子纲来江东劝降我，可结果呢，张先生主动留下来辅佐我。所以，我并不觉得曹操多么厉害，他或许只是徒有虚名罢了。”

张纮字子纲，徐州广陵人，早年跟随我哥哥起兵，是第一个建议我哥哥进入江东的功臣，后来他被派往北方做使臣，被曹操留在身边，如今曹操想要征召我，又派张纮来江东。张纮见到我，我俩一番长谈，他被我的气度折服，愿意留在江东继续辅佐孙氏。这件事是我颇为自豪的一个杰作，我今天把它拿出来说就是想要告诉张昭和众将我也是有魅力的，未必就会输给曹操。

张昭却毫不示弱，说道："曹操自起兵以来，定兖州破张邈，战徐州杀吕布，官渡一役又消灭袁绍，如今更是奉天子以令不臣，我江东若对抗他，实在不是一件幸事。"

我实在忍无可忍，猛地站起身，走到张昭近前，高声说道："当年秦国强大无比，灭亡楚国，楚国大将项燕宁死不屈，并留下遗愿'楚虽三户，亡秦必楚'。后来项籍起兵江东，百二秦关终被楚军攻破，秦国三世而亡。先人尚且有如此气节，我孙仲谋统帅江东六郡，麾下忠臣良将如此之多，我若不能建功立业已经是愧对上天，若要我举手投降，我宁愿自刎于此地！"

张昭看说不动，只得摇头叹息："年轻气盛，会误国误民的啊。"

这场会议演变成了江东的路线斗争，结果也只有不欢而散。

回到家中，我想起会议上张昭等人一味惧怕曹操，力主妥协投降的嘴脸，心中就一阵恶心，我心情烦躁，将几个婢女家丁训斥了一番。

母亲恰巧遇到，便问我："仲谋，我看你脸色不对，心情不好，怎么回事，告诉我。"

母亲是我这两年来最能信任、最能依靠的人，我对她无话不说："母亲，曹操命我送人质去北方，这明显是想要挟我，我今天召集众人开会商议，没想到，张昭等人力主送人质，还说了很多劝我投降曹操的话，母亲，您说可恨不可恨？"

母亲听罢，非但没有动怒，反而微微笑了笑，说道："仲谋，你若为此事动怒，实在是不够成熟啊。"

"请母亲示下，我该怎么办？"

"用人驭臣，必须要了解他们，针对不同的人你要有不同的态度，否则你就会被他们的种种言行搞得晕头转向，最终失去客观的判断。就拿张子布这个人来说吧，他本是徐州世家，博学鸿儒，你哥哥起兵征召他，他

跟随你哥哥，多立功勋，是咱们孙家的朋友，后来你继承大位，也是他鼎力相助，你才能有今天。”

我抢着说道：“可是母亲，他让孩儿投降曹操啊。”

“你别急，我的话还没说完。”母亲最近身体不太好，说了一段话就会感到气息短促，我急忙拍了拍母亲的脊背，她缓了口气，继续说道：“张子布之所以会说出让你向北方妥协的话，也是有原因的。大汉立国本就以北方为重，无论是经济、政治、文化，北方都遥遥领先南方，这是事实，张昭作为北方士族，他最了解这种情况，他对战胜北方势力没有信心，所以他才会说出那番话。他既是为自己考虑，也是为江东和孙氏考虑，情有可原。他比那些表面奉承你，背地里坑你的人要强多了。”

母亲说了许多，我越听越有道理，但我还是疑惑，问道：“母亲，难道我就该纵容张昭的言行吗？这会让江东人心不稳的。”

母亲答道：“仲谋，你现在做了江东之主，对人对事要看得透彻，但却不能表露出来，你要学会帝王之术，将大局掌握在自己手中，至于不同的意见总是难免的，你想消灭不同的声音是做不到的，对于这类事情就看你自己如何掌控它们了。”

母亲的话总是能给我启发，我琢磨着母亲的话：制衡张昭，要想制衡张昭唯有周瑜，今年会议上周瑜力主抗战，我不如……

我心中忽然有了主意，我命人召周瑜火速来家中议事。

第六章 Chapter six

我要打出一片新天地

第一节

周瑜赶到我家后，我亲自拉着他，直奔后堂，拜见我的母亲。周瑜兀自狐疑不定，他不知道我召他来的目的。我直截了当地对母亲说道："母亲，如今曹操势大，诸将皆劝我送人质，孩儿年幼不能定夺，故此带公瑾见母亲，请你二人为我拿主意。"

母亲看着我，心领神会地微微一笑，说道："我是一个妇人，不能做主，这件事你先听听公瑾的意见吧。"

周瑜这才明白我叫他来的目的，他十分爽快，潇洒地笑道："主公，这件事还用问吗？我在会议上说得很明白，人质绝不能送。"

我装糊涂说道："可是张子布说得头头是道，我不知道该怎么办，还请公瑾教我。"

周瑜向母亲施礼，慨然答道："将军你现在承继父兄的基业，拥有江东六郡之众，兵精粮多，将士用命，铸山为铜，煮海为盐，境内富饶，人不思乱，泛舟举帆，朝发夕到，士风劲勇，所向无敌。这样还有什么必要去送人质给曹操。一旦将人质送到许都，就不得不任由曹操的摆布。到了那个时候，最多也就封你一个侯爵的爵位，就十几个仆从，几辆车马，怎么能够与称雄一方相提并论呢？！依我所见，不如暂且不要给曹操送人质，先看看时局的变化发展。如果曹操能够秉承正义一统天下，到那时我们再送人质也不晚。而一旦曹操只是阴谋作乱，那么我们与曹操之间的战争将不可避免。何必这么急着送人质给曹操呢？！"

我等的就是周瑜的这个态度，有了他的支持，我就有足够的资本制衡张昭。

母亲恰到好处地表态道："还是公瑾说得对呀！公瑾和伯符同年，只相差一个月。我一看到你就像看到自己的儿子一样。仲谋呀，以后对公瑾一定要像对待自己的亲哥哥一样！”

我和母亲事先没有排练，但我俩的配合堪称完美。我趁机向周瑜施礼道：“仲谋年幼，日后凡事还需仰仗公瑾兄。”

周瑜诚惶诚恐，拜倒谢道：“孙氏对我厚恩，我无以为报，唯有肝脑涂地，赴汤蹈火。”

那个气度恢宏、威名远扬的周瑜，曾经被我视为天人的偶像，此刻拜倒在我的脚下。此时此刻我还不知道是什么让我拥有了这样的地位，数十年后我才明白，是权力。

在母亲的指点和支持下，我得到了周瑜等的支持。同时，我大规模地招募人才，提拔新人，又将与我观点一致的旧将全部擢升，几个月期间，我新得大将陈武、蒋钦，又得谋士葛瑾、步骘、严畯，程普黄盖韩当太史慈这几位力主抗战的旧将我也大力提拔。于是在我的身边形成了一个态度强硬、誓死抗争的集团，我做好了与张昭投降派摊牌的准备。

只不过，即使我暗中做好了准备，表面上，我还是对张昭很恭敬，仍旧当众称其为“张公”。而对于他时常挂在嘴边的投降言论，我也不再当面冲突，而是睁一只闭一只眼，避重就轻，岔开话题。

张昭等人想要得到话语权，可惜支持他们的人实在是不多，只能闲着没事过过嘴瘾，我也由着他们去，只要没有实际行动，我就不予理会。在我暗中加强集权，表面和稀泥的政策下，面对曹操强大的政治压力，江东政局得以稳固。

我很感激教会我的母亲。

但是，天有不测风云人有旦夕祸福，我这辈子再也得不到母亲的指点了。建安七年，母亲吴氏去世了，江东孙氏的天塌了一半，我的心情悲伤到了极点。

夜晚，我官邸的大堂上，母亲的灵柩摆在那里，就摆在两年前哥哥灵柩摆放的地方。阖府上下都成了白色，仆人奴婢也都挂满了孝衣。妹妹孙仁哭了整整一天，此刻她已经虚脱，我命人将她带到后堂休息。

灵堂上，只有我一人静静地面对母亲的棺椁。看着油灯闪烁，我思绪万千，眼泪早已哭干，无尽的悲伤和思念唯有通过言语抒发。我低声对着棺椁说道：“母亲，您能听到孩儿说话吗？您怎么说走就走了，抛下我和妹妹了。

您这辈子历尽艰辛，尝尽苦涩，好不容易有了今天，您却走了。人生啊，或许就是这样，来来去去，做不得主……母亲您是给我生命的人，同时也是教育我最多的老师。在您身上，我学会了坚强忍耐，我学会了沉着冷静，我学会了……”

我说着说着，又开始哽咽：“呜呜，可是母亲，我却再也见不到您了，日后这漫漫长路只有我自己走了吗？父亲、哥哥、您，你们都离开我走了，呜呜呜，上天对我不公。”

正当我低着头紧握双拳怨天尤人的时候，忽然有人在我背后轻声说道：“夫君，父亲、母亲还有兄长，他们并没有离开您，他们都在天上看着您，祝福您呢。”

我回头一看，说话的正是我的妻子谢氏，只见她手指大堂外的天空。我顺着她指的方向仰望夜空：茫茫夜色中，繁星点点，就像是一双双眸子闪动着。

秋风拂面，我的头脑忽然清醒，是啊，死者已矣，前路漫漫，唯有生者继续前行，方能不负死者。

第二节

建安八年，江夏城外。

高坡上，我身披大红斗篷，跨骑白色骏马，腰悬哥哥留下的那柄佩剑。二十二岁的我能清楚地感受到自己的体内鲜活躁动的精力，它们就好像一股火焰，必须要喷薄发出，才能令我畅快。

这一年我亲率江东主力进攻荆州江夏，与黄祖连番激战，破其舟船，他的残部退入城中，固守待援。

我顾盼雄毅，望着远处的江夏城，对身边的将校说道："你们看，经过几个月的奋战，江夏黄祖的主力已经被我们围在了这座城中，只需要再强攻几次，定能一举攻破江夏，将这个盘踞在我们上游多年的军事要塞拔除。"

我话音刚落，身边的大将凌操便越众而出，慨然应道："凌某愿做全军先锋，击败荆州军，生擒黄祖献于将军麾下。"

凌操字坤桃，吴郡余杭人，早年就跟随哥哥孙策在军中效命，现任破贼校尉。是我军中出名的狠角色，打起仗来不要命。

我看凌操胆气豪发，心中喜悦，遂传令道："由凌操率其部曲一千，先登陷阵，诸军随后跟进，务必一战攻破江夏城。"

随着我的号令传下去，江东诸将纷纷将军队排好，左翼是蒋钦、周泰，右翼是潘璋、朱然，中军是周瑜、程普、黄盖、韩当的主力，吕蒙等人在后军。前锋就是凌操的一千步卒。

凌操的部曲多为丹阳兵，乃我江东精锐。

丹阳，位于扬州中部，此地山林密布，居民多在山中隐匿，民风朴实彪悍，勇敢善战，乃汉帝国著名的精兵产地。长期以来，无论是汉中央还是各地诸侯，多往丹阳募兵，作为自己的军事骨干使用。哥哥当年之所以能够扫荡江东，有一个很重要的原因就是我们控制了丹阳郡，精悍的士卒源源不断地输送到军中，这才有了哥哥后来的战果。

凌操勇猛，我信任他，将一千丹阳精兵交给他统帅，常做我军前锋使用。

只见凌操身披短衣，手持利刃，额头上绑了一条红布，他精赤双臂、棱角分明的肌肉裸露在外面，一张刚毅的脸庞黝黑发亮。他手下的士卒也都绑着红布，一个个龙精虎猛，矫健无比。

凌操对手下将士激励道："兄弟们，前方就是咱们江东仇敌黄祖镇守的江夏城，敌人就在眼前，我们是全军先锋，我命令你们跟着我的战刀，勇往直前，咱们一定要占领江夏，生擒黄祖，用他的心肝祭奠孙老

将军！”

一千丹阳兵齐声咆哮道：“谨遵将军号令！”

凌操眼睛望向我。我知道，那是在等候我的命令。我没有多说话，只是拔出佩剑，先前一指。凌操得到命令，大吼一声，猛地跃出，身后士卒如开闸的猛虎也都蜂拥而上。

攻略江夏的战斗开始了。江夏作为荆州对抗江东的要塞，我们孙氏和刘表的必争之地。当年哥哥征讨黄祖，就是为了将摆在我们眼前的这个钉子拔除，现在我继承哥哥大业，也将这里作为了我开疆拓土的起点。

凌操的精兵正在朝江夏城猛冲，出人意料的事情却发生了。只见江夏城城门大开，一彪人马涌出城门，队伍的大旗上写着硕大的一个“黄”字——黄祖竟然主动出城迎战了。

我没有料到这样的变故，想要收住兵马，重新布置。但是，两军交锋，士气可鼓不可泄，凌操冲锋的队伍已经如离弦之箭，我又怎么能再让他们停下来呢。现在只能依靠凌操的攻击力，击破敌军，占据战场主动权。我有点懊恼和沮丧：看来我的军事指挥才能长进不大，要是哥哥指挥，一定不会犯这样的错误。

我登临高坡，眼望前方的战斗。只见凌操的一千步卒如一柄利剑猛地插入黄祖军中。黄祖军足有数千之众，且实力不弱。战斗十分激烈，喊杀声此起彼伏，战场上人仰马翻。

战斗进行了半个时辰，两军都已疲惫，我本想派出大部队进攻，但由于前方胜负未分，而且我担心黄祖还有伏兵，便按兵不动。静待前方的战斗结果。

凌操单刀匹马左冲右突，横勇无敌，丹阳兵虽然人数处于劣势，但无不以一当十。荆州守军拼死抵挡，但最后还是没能抗住凌操不讲道理的猛攻。黄祖军的阵形开始混乱了。

我在后面看得清楚，黄祖在帅旗下指挥作战，他看形势不妙，竟然撇下将士掉头就跑。我暗骂一声：“懦夫！”

凌操大概是看到了黄祖帅旗后撤，他带着十几名亲兵猛攻敌军中军，目标很明确，就是直奔黄祖而去，我明白了，这凌操是要冲阵生擒黄祖啊。

我为凌操的胆魄喝彩，于是传令后军擂鼓助威。霎时间，我军战鼓齐鸣，震天动地。在这战鼓声的鼓舞下，凌操越战越勇，他向前疾驰，劈开了敌军军阵，猛插入中军。

黄祖如丧家之犬，向江夏城狂奔，凌操紧追不舍。眼看着，凌操距离黄祖不足百步了，我的心也提到了嗓子眼，我恨不能插上翅膀飞过去推凌操一把。我暗暗使劲：凌操，再快点，再快点，就差一点就捉住这老贼了！

然而，就在这千钧一发之际，我看到，在冲锋途中的凌操就像是断了线的风筝，飘落下了战马，重重地落在了地上，再也不动了。我的头脑先是一片空白，继而我意识到，凌操被人击中了，是弓弩弹弓之类的远距离射杀。我懊恼地猛拍大腿："哎哟！凌将军被击中了，快去救人！"

我的话刚刚落音，身旁一个略显青涩的声音"嗷"的一嗓子，然后一位少年不顾一切地冲向了前方战场。这个少年我认识，他就是凌操的儿子凌统。

前锋主将生死未卜，指挥失灵，荆州军站稳脚跟开始反扑，我急忙命左右两翼的军队出击，接应前军。凌统冲入敌阵，疯狂地砍杀敌军，拼死将他的父亲拽了出来。我再也坐不住了，也冲下山坡接应凌统。

当我看到凌统的时候，他已经哭得快要死过去了。在他怀中的凌操已经闭上了眼睛，凌操是被一支雕翎箭射中了心窝，根本没有生还的可能。我军的猛将战死了。

凌操战死，前锋溃败，这一仗的局势已经逆转，今日进攻江夏已经没有可能。我不得不传令退兵。

我亲自询问凌操的部曲兵："凌将军是怎么死的？"

士卒们含泪答道："回禀主公，凌将军击败黄祖，穷追不舍，深入重地，眼看就要将黄祖捉住。没曾想，敌军中有个将领逆着败兵冲了过来，一箭射中了凌将军，将军当场就阵亡了……"

我又问道："射杀凌将军的敌将是谁？"

众将士大多摇头，只有一个老兵答道："主公，我曾扮作客商刺探江夏军情，因此我认识那人。"

我急问道："他是谁？"

"他叫甘宁，字兴霸，乃巴郡临江人。他年轻时常带着一群手下在江上为非作歹，因此他也被称作'锦帆贼'。他作战总要佩戴铃铛，老远听到铃铛声，人们就知道是甘宁来了。"

老兵的话没说完，凌统已经暴怒跃起，他哭喊道："甘宁狗贼，我凌公绩（凌统字公绩）现在就要宰了你，我要你血债血偿。"

众将急忙上前拉住失去理智的凌统。

这时周瑜在我身边说道："主公，我知道这个甘宁，此人颇有勇名，他率八百门客投奔刘表，刘表不能用，将他安排到黄祖这里，黄祖三年没有提拔他。不知道这次他为荆州立下大功，黄祖是不是要重用他。日后遇到这个人我们还需要小心仔细。"

"甘宁，甘兴霸。"我低声重复着这个名字。我看着凌统伏在父亲身上伤痛欲绝，不禁想起我的父亲也是这般惨死，而凌操的死我作为主帅负有直接责任，伤痛和懊恼令我的眼泪也夺眶而出。

我猛地回头，恶狠狠地看着身后的江夏，怒道："黄祖，让你多活一天，明天我誓要夺下江夏城，用你的狗头雪耻。"

次日，天刚蒙蒙亮，我的军队就已经集结完毕，凌统穿着孝衣站在队伍的最前方，他主动请缨做全军的先锋，我同意了。望着前方薄雾中的江夏城，我将要对它发起最后的冲击。

然而，就在这时，一匹快马从东边疾驰而来，马上的传令兵奔到我的身前，说道："启禀主公，长史大人（张昭担任长史之职）命我向您报告，江东豪强连接山越起兵叛乱，各郡形势岌岌可危，请主公火速率兵回援。"

闻听此言，我大吃一惊。

第三节

后院起火，稍有不慎我将失去江东，无奈之下，我不得不放弃唾手可得的江夏城，率领主力回师。

大军途经豫章郡，行走在山林之间，我想起了那年在宣城被山越偷袭，险些丧命。我感慨道："江东疆域宽阔，但是却多为蛮荒之地，人民没有接受过文明的洗礼，桀骜不驯，我一定要想办法扭转这种局面。"

鲁肃在我身边，说道："主公，江东风土人情难以一朝一夕更改，我们能做的就是将反叛者镇压，只要将对抗我们的人铲除，其他人自然会顺服。"

我颇感无奈，说道："镇压反叛，说来容易，做来却难，山越散布在险峻的山林中，来去飘忽不定，围剿起来十分费力，这次镇压了，不久又死灰复燃，如此反复，不知道要耗费多少兵力，多少钱粮，而且效果又不理想。"

鲁肃笑道："主公，当年春秋五霸之所以能称霸，是因为他们都知人善任，他们总能将部下的特长充分利用，主公，现在咱们江东就有对付山越的能人，你为何不听听他的意见呢？"

"对付山越的能人？你是指……"

"贺公苗。"

"哎呀。"我一拍额头，懊恼道："我怎么把他给忘了，快，召贺公苗前来见我。"

贺齐，字公苗，会稽郡山阴县人。在会稽郡担任郡吏，后来又被委任为剡县县长。他在剡县的传奇经历连我都听朱治说起过。

当时在剡县县内有个叫斯从的小吏仗着家族的势力在剡县横行霸道、胡作非为，激起剡县百姓的强烈不满。贺齐打算为百姓除掉斯从这个祸害，而县里的主簿告诉贺齐，斯从不但家族势力庞大，而且与附近的山越民族关系密切，一旦惩治了斯从，其家族势必不会善罢甘休，一定会联合山越人前来袭扰。但是主簿的劝告并没有动摇贺齐的决心，贺齐还是毫不客气地将斯从斩首。没过多久，斯从的家人果然纠结了数千人来攻打县城，贺齐率领军民奋起抵抗并取得胜利，从此之后，贺齐的威名响彻剡县及邻近地区，连山越人都不敢轻举妄动。后来太末、丰浦两县发生大规模民变，贺齐被调任为太末县长前往两县平乱。贺齐到任之后立即采取了惩恶扬善等有力措施，一个月的时间就将这场民变平息。

哥哥占领江东之后，对贺齐也是非常欣赏，认为他将会是一位出色的地方行政官员。

数日后，贺齐见到我，我开门见山地问他："公苗，如今山越扰动，江东不宁，你有什么好办法吗？"

贺齐不愧是对付山越的"专家"，他朝我施礼答道："回禀主公，山越问题由来已久，当年讨逆将军对山越采取镇压手段，虽然在短期内取得了成绩，但从长远看效果并不理想。一味的暴力镇压无法从根本上解决山越问题，根据我这几年对山越作战的观察，要想长治久安，必须用强硬和怀柔两种手段并举，即武力镇压和政策招抚同时实施，简而言之，就是改过去的'镇压政策'为'镇抚政策'。"

贺齐黝黑的皮肤似乎在诉说着他常年在山林间艰苦卓绝的战斗，我暗暗回味着他的话："镇抚，镇抚……这个镇抚用得好……"

贺齐的话令我不由自主地联想到一个人，这个人曾经向我提及，对付豪强地主和山越要恩威并重，他的策略获得了母亲的赞赏，只是当时我太年轻，虽然觉得他的话有道理，但却没能立刻启用这个人。这个人就是陆逊。

当年陆逊向我献策的时候我们还都是十几岁的少年，现在我已经是江东之主，他又在做什么呢？

这时，贺齐又说道："主公，对付山越其实不难，难的是扫灭那些鼓动山越造反的江东豪强，我与山越作战并不吃力，但对付起那些狡猾的豪强，我感到力不从心。还望主公快想办法将那些反对我们的豪强消灭，否则后患无穷。”

贺齐的话再次提醒我，在山越背后，是更加狡诈凶悍的世家大族，对付这些人只用强硬手段也是难以奏效的。无论如何，我必须尽快制定出一套行之有效的办法，将混乱的江东稳定下来。

我打发走了贺齐，独自一人在帐内沉思。我再次想到那个神秘的陆逊，我打算启用他，但是我又担心他世家大族的背景，他会不会在手中失去控制呢？我思考着江东的未来，浮想联翩，这是我的老毛病了，自从继承哥哥的基业以来，我就时常陷入这种幻想，我幻想着种种不利的局面，幻想着有很多人躲在暗处要算计我，幻想着一旦我失败了我的家族和手下人将会面临的惨景，有时候我自己都怀疑自己有妄想症。但是好在种种妄想维持的时间并不长，它还无法左右我的思维，我处理事情也不会被这种幻想所左右。

我站起身，走出帐外，蓝天白云，秋高气爽，片片黄叶随风飘零，我深吸一口气，传令道：“召吴郡陆逊陆伯言到京口见我。”

第四节

京口，属扬州吴郡丹徒县，地处长江下游，北临大江，南据峻岭，形势险要，为兵家所重。这里就是我的治所。

陆逊在京口我的官邸中觐见了我。多年不见，陆逊已经脱去了青涩稚嫩，显得更加稳健更加成熟，他那一如既往的儒雅气质在老成的外表下更显得深沉。他见到我，脸上微微一笑，施礼说道：“吴郡陆逊拜见将军。”

我笑道：“伯言不必多礼，咱们年纪相仿，又是同学，以后大家可以以兄弟相称。”

陆逊却道："陆某不敢，虽然我与将军是同学，但现在您是江东之主，从这个角度看，我是您的臣民，所以不能兄弟相称。"

想不到这个出身高贵的年轻人会这么彬彬有礼，谦虚谨慎，我对他越发有了好感。我问他："伯言，我现在正在用人之际，我知道你腹有韬略，怎么样，跟着我干吧，我保证你的才华会有施展的机会。你们陆家也会因你为骄傲。"

我说这话是给足了陆逊面子，我原本以为他会感恩戴德，没想到，陆逊淡淡地答道："回禀将军，让我出仕也可以，但在这之前，我想了解将军治理江东的理念是什么，如果你我理念相同，那我为孙氏报效万死不辞，若大家理念不同，我看也不可强求。"

我心中一震，面前这个白面书生看似谦虚，实则他极有原则。他这样当面说我，几乎是质问的口气，奇怪的是，我却不生气。我站起身，走到他身边，踱了两步，说道："如今天下大乱，汉室衰微，我继承父兄基业，坐拥江东六郡，正是一展雄才之时，我将先稳定江东，然后剿灭黄祖，击败刘表，占据荆州，到时候，我向西可入益州，向北可窥视北方，一旦天下有变，我将率江东儿郎逐鹿中原，建立万世功业。"

我说着，心思也飞到了九霄云外，似乎我现在已经跨骑骏马，带着我精兵猛将纵横在中原大地，威风凛凛，群雄拜服。

陆逊听罢我的自述，施礼说道："孙将军豪情盖世，志向宏远，陆逊佩服之至，但是我还想问，将军将如何稳定江东，又如何处理与江东豪族的矛盾呢？"

我沉吟片刻，看着陆逊，他也在看着我，我们面对面，我问他："伯言有什么好办法，尽管说吧，只要对我江东有利，我都会采纳。"

陆逊答道："当今天下大乱，群雄并起，江东地区也终将成为其他势力觊觎之地，要想战胜外敌、平定内部的叛乱，没有一定数量的军队是肯定不行的。如今江东境内山越活动猖獗，他们又大多依仗险要地形长期作乱，严重影响郡县的安定，已经成为江东的心腹大患。这个问题不解决，不但难以图谋天下，就连自保江东都无法实现。我觉得应该发动大规模的军事行动，重以重兵攻叛军的人口聚集区。得胜之后不仅能打击山越的嚣张气焰，同时还能将俘获人口中的精壮补充我们的军队。如此一来，咱们不但军队的人数增加了，战斗力也会更强了。江东局势的稳定也就指日可待了。”他顿了顿，又说道：“至于江东豪族，数年前我已经向将军献策，只要区别对待，恩威并重，不出数年，江东大局就可以稳定。”

听罢陆逊所言，我仰面大笑道：“哈哈哈，伯言你真是上天赐给我的将才，你的这番建议堪称金玉良言，实话对你说，我早就定下了镇抚山越，怀柔豪强的策略，如今你我意见相同，我实施起来再无迟疑。”

陆逊笑了，他笑得很真诚。

我看着他上下打量一番，点了点头，我忽然想到一件事，便问他：“伯言，你有妻室了吗？”

陆逊脸一红，低声答道：“伯言尚没有娶妻。”

我看着他扭捏的神情，心中暗笑，没想到这家伙这么害羞。我提高了声音说道：“陆伯言，你愿意跟着我建功立业吗？”

陆逊答道：“将军雄才大略，天纵英明，我愿追随明主，建立万世功业。”

“好！如此我便做媒，让你娶媳妇儿。”

陆逊愣了：“啊？主公，您刚才说什么？”

我看着他诚惶诚恐的样子，差点笑出来，我忍住笑容，正色说道：“我做媒，将我的侄女许配给你，那可是我哥哥的掌上明珠，你若娶了她，就是我孙氏的自家人了。”

陆逊没有料到我会突然提出这件事，他犹豫片刻，最后还是谢道：“既然是主公做媒，那么伯言就听从主公安排吧。”

“好，这件事就这么定了。”

将大侄女许配给陆逊是我心血来潮，但又不是完全的“无厘头”，在作出决定的那一瞬间我想得很明白。陆逊是江东豪族陆家的杰出人物，拉拢了陆逊就等于将陆家拉到了我的阵营，这对其他各大家族有很好的示范作用。陆逊向我提议“怀柔豪强，恩威并重”，那我何不从这个人着手，对江东大族们分化瓦解，各个击破。联姻陆逊是我一生的杰作之一，我不但以他为突破口开始了对江东大族的进攻，同时我也得到了一名足以独当一面的忠臣良将。

陆逊婚后不久，便主动请缨平叛去了。据他后来提交给我的战报，丹阳山越费栈暗中接受曹操的委任，煽动山越民众发动叛乱，作为曹操攻打江东的内应。陆逊前往丹阳进行征讨。面对敌众我寡的不利局面，陆逊沉着应战。他让手下士兵便插牙旗以迷惑对手，同时利用夜幕为掩护，故意击鼓鸣号向费栈的部众展开攻击。陆逊的疑兵之计立竿见影，费栈无法分辨陆逊军队的虚实，在陆逊的进攻面前一触即溃，很快便败下阵来，陆逊首战告捷。接着陆逊又陈兵丹阳、新都、会稽三郡山越聚居之地，强募山越青壮当兵，羸弱者则补充民户。经过陆逊一番打击，不但三郡长期出现的山越叛乱得到了根本性的控制，而且还得到了由山越士兵组成的精兵数万人，可谓成绩斐然。

除了陆逊，我又分派诸将对境内各地的山越势力进行清剿收编，吕范率部兵发鄱阳、会稽；周泰、吕蒙、黄盖、韩当等人分别担任叛乱频发之地的县令、县长，负责当地的战事；贺齐则出兵征讨江安、汉兴、南平三县。从传回的战报看，他们都没有辜负我的厚望，都得了不错的战绩。猖獗一时的山越及地方豪强叛乱总算是被压制住了。

我镇抚山越取得了十分巨大利益，同时，我也付出了惨重的代价。

第七章 Chapter seven

父亲，我为您报仇了！

第一节

镇抚山越让我和我的部下得到了巨大的利益，山越人彪悍但无纪律，组织松散，面对组织严密的正规军他们其实难以有还手之力，我军将其击败后，再将俘虏按照“强者充军，弱者为民”的原则进行分配，几年下来，镇压山越使我军实力增强，百姓户口增多。江东疆内山越之患减弱，我的力量则得到极大提升，我治下的江东政权就如同一个步入了青春期的少年，越发强壮和躁动。

除了镇抚山越，我的另一个主要任务就是分化瓦解拉拢江东大族。对于这一点，我主要是采取镇压和招抚两种手段。我先后镇压了盛宪、沈友等几个不服我统治的大族，对于愿意接纳我的大族我则用联姻和升官的办法予以拉拢。

通过我变化莫测的手段，江东大族开始被分割，大多数人放弃了抵抗，投入到我的怀抱。有时候我自己都被自己的长袖善舞、纵横捭阖迷住了：嘿嘿，我太有魅力了，我就是个天才。

然而，事情并非一帆风顺，在对山越和大族的斗争中，我也损失惨重。

话说这几年我又是打击山越又是平定豪强，没有丝毫休息的时间，连自己的亲人们都很少见面了。自从母亲病逝以后，对家人的思念总是萦绕在我的脑海里，尤其是我那年轻的弟弟孙翊，自从去年我任命他做了丹阳太守，我们哥俩就一直没机会见面。

没几天，丹阳郡有人前来觐见。我心里乐了：看来弟弟孙翊给我带来好消息了。

不料，来人告诉我的却是一个噩耗：孙翊死了！是丹阳郡大都督妫览伙同郡丞戴员杀死了孙翊，他们还派人迎接朝廷任命的扬州刺史刘馥，打算投靠曹操。我同族的将军孙河将军闻讯后连忙赶赴宛陵救援，不料又被妫览、戴员杀死。幸好孙翊的妻子徐氏与孙翊的旧部孙高、傅婴等人一起平定了叛乱并杀死妫览、戴员等人，丹阳的局势才转危为安。

在平定江东的过程中，我们孙家人付出了惨痛的代价，我的哥哥、我的弟弟、我的叔叔都是直接或间接地死在了江东豪强的手中。但是，我不能退缩，我必须勇往直前，将这份基业稳固并延续下去。

我吸取教训，加强了个人安全，我命亲信宗室战将组建了直接隶属于我指挥的亲卫部队，“无难”和“解烦”两支精兵，他们平时负责我的安全警备工作，战时则充当我的卫队。

第二节

在我大刀阔斧的整顿下，经过疾风暴雨与和风细雨两种方式的洗礼，江东境内的叛乱基本被平定，豪强大族也大都被消灭或归附。

我感到自己取得了一定的成绩，心情大好，于是我决定再次娶老婆。是的，娶老婆，一个老婆太少，要想延续我们孙氏香火，保证我的事业后继有人，我必须多娶老婆，多生孩子。

当然，这次娶老婆我是“自由恋爱”，我要娶我喜欢的。我选中了一个寡妇，是的，就是一个寡妇。

这个寡妇是郡富春人徐氏。徐氏的父亲叫做徐琨，不仅是吴郡的豪族，同时与父亲孙坚也是好友，他的妹妹后来还成了父亲的妾室。这要论起来，我和这徐氏还是亲戚。

徐氏的丈夫陆尚，是陆康的孙子，也就是陆逊的堂兄弟，早年病故。徐琨则跟随我一起去讨伐妫览，回军途中，他邀请我去他家。不过，意外就在他家发生了。

当晚，在徐琨的热情款待下，我喝醉了。回房休息途中，我醉眼蒙眬中看到了徐氏，年少荒唐的我竟然当晚就要求和徐氏同房。

徐氏曾经嫁给过陆尚，算是过来人，她在父亲的默许下，半推半就，和我一夜激情。

我孙权做人是讲原则的，既然是做了我女人，我会负责到底。就这样，徐氏就成了我的第二任老婆。

我迎娶徐氏的时候，有两个人很不开心。一个是我的原配谢夫人，她听说我娶徐氏的消息后一直闷闷不乐，虽然她也知道根本不可能阻止我拥有三妻四妾，但或许是因为徐氏比她貌美，比她妖娆吧，她对徐氏充满了嫉妒。

如果说谢夫人对徐氏没有好感还情有可原的话，那么另一个反对我迎娶徐氏的人则有点无厘头了，她就是我的妹妹孙仁。说起来孙仁反对我的理由很有些义正词严，但又令人无法理喻。她告诉我，母亲教给她，女人应该恪守妇道，忠于自己的丈夫，她很乐意服从。这本没什么奇怪，奇怪的是她自己从这个道理推出了另外一个道理，她认为爱情是相互的，女人忠于爱情天经地义，而与此同时，男人也必须如女人一样对爱情忠贞不渝，男人不应该在拥有一个女人的同时拥有更多的女人。这个理论就有点离经叛道了。

男人没有几个老婆还叫男人吗？这是这个时代评价一个男人魅力和成就的主要标准之一。我作为江东之主，娶几个老婆都不为过。别说现在母亲和哥哥不在了，没人能管住我，即便他们活着，也不会对这种事情干涉我的。

因此，我毫无顾忌，大胆放肆地和徐氏水乳交融，亲密无间，我带着她游山玩水，四处涉猎，时间久了，我发现了她很多优点，她知书达理，善解人意，但是，我也发现了她最大的一个缺点，这个女人爱妒忌，而且太过妖娆。初时我和她在一起很有激情，但时间久了，这种女人就会变得索然无味。不过，我暂时没有找到替代她的女人，所以还是将她带在身边。

第三节

京口议事厅内，群臣围绕我注视着沙盘，沙盘上是江东及荆州的地势图。江夏被标注成了最醒目的位置。欲抗曹操，必据长江，欲据长江，必得荆州。这个大战略是江东上下的共识。因此，攻略荆州的东大门江夏郡也就成了重中之重。

四年前进攻江夏的战役因为豪强和山越的掣肘半途而废，如今豪强已定，山越已平，境内无事，我军各部数年来通过不断扩充锻炼，实力得到了极大提升，是时候出兵了。

虽然我方实力占优，但我也不会掉以轻心。吕蒙献策道：“主公，黄祖在江夏十余年，根深蒂固，我军要想攻破他，一定要知己知彼，我看不如先佯攻一次，探看其虚实，待看清了他的实力再发动总攻。”

我采纳了吕蒙的计策，向江夏发动了一次试探性进攻，这次进攻一战大破黄祖军外围，掠得人口极多。周瑜、吕蒙等人回来后向我报告称：黄祖年老，不能理事，江夏军备废弛，士气低落，已经不再是那个固若金汤的要塞了，只要我军全力以赴，定能拿下江夏郡。

我得到这个消息大喜。然而，在这个乱世，快乐总是短暂的，从北方传来的消息令我稍稍松弛的神经再次绷紧。曹操亲征乌桓获胜，已经回师业郡，这个乱世奸雄已经拥有了整个北方，带甲数十万，他造玄武池训练水军，南下的企图昭然若揭。现实将我从美梦中惊醒，我不得不振奋精神，做好一切准备，准备迎接暴风雨的来临。

时为建安十三年春。

为了应对曹操的到来，我开始集结军队，准备对江夏发动致命一击。就在此时，一个人从西方来了，他的到来令局势发生了微妙的变化。

这个人其实我很熟悉，他曾是我的敌人，但这一次他是来投奔我的，

他就是在建安八年射杀我的大将凌操的那个人——甘宁。

我之所以会召见他是因为周瑜、吕蒙都向我极力推荐他，如果说其他人的意见我可以不听，那么周瑜、吕蒙的意见我却必须考虑。于是我亲自接见了这位“锦帆贼”。

初一见面，我就被甘宁粗犷的外貌震惊了，这个甘宁长得身材矫健，皮肤黝黑，连鬓络腮胡子，一头乌黑的头发绾成发髻裹在头上，他身上穿着华丽的巴蜀锦袍，腰悬铜铃，那铃铛随着他的步伐叮当作响。

哈哈，甘宁果然名不虚传，就凭这身打扮，这个相貌，就足以证明他是个粗狂任侠之人，我喜欢他的风格。我主动对他说道：“久闻甘兴霸泛舟长江，结交侠客，今日一见名不虚传。”

甘宁见到我也是一愣，估计是被我与众不同的相貌震慑了吧。别看他外貌粗狂，他毕竟身出豪门，很有礼数，他朝我施礼，说道：“甘兴霸今日得见明主，真是毕生的荣耀。”

嘻嘻，想不到这货还挺会说话呢，我对他越发有好感了，我命道：“来人，给甘将军赐坐。”

“多谢明公。”

“兴霸，你跟了刘表和黄祖有几年了？”

“回明公，有十三年了。”

“哦，那你为何离开荆州，来江东投奔我呢？”

甘宁听我问他这个，恨得咬了咬牙，然后长叹一声：“唉，怪我甘宁瞎了眼，去荆州跟随一群昏庸之辈，白白浪费了我十三年最宝贵的青春时光。”

“哦？难道刘表黄祖不愿重用你？”

甘宁苦笑道：“嘿嘿，何止是不重用，简直就是不搭理我啊。”

我有些意外：“不会吧，四年前我进攻江夏，眼看就要破城，却被你在万军之中一箭射死凌将军，迫使我撤退，你立了这么大的功劳黄祖会不重用你？”

甘宁又是一声叹息，恨恨地说道：“实不相瞒，我跟着黄祖也有七年了，可是，无论是刘表还是黄祖自始至终都将我当做外人，根本就不拿正眼看我。四年前那次，我救了黄祖的性命，他竟然对我连声谢谢都没有，更别提升官了。我对刘表、对黄祖早就失去了信心。”

我听着甘宁的话，他不像是在汇报，倒像是在倾诉，那是长期被压抑、怀才不遇、有志难申的痛苦。

甘宁又说道：“其实我早就想找机会离开黄祖，但又怕被他怀疑，幸亏黄祖麾下都督苏飞是我的挚友，他向黄祖提出任命我做邾县县令，于是我趁机离开了江夏，前来江东投奔孙将军。临来前，我招募了一批愿意跟随我的门客和义从，我希望在孙将军麾下建功立业。”

“哦，原来如此，兴霸的遭遇真是令人唏嘘。”我说道：“不过从今以后你就不用再忧愁了，因此你来到江东我们就是一家人，你放心，我孙仲谋别的本事没有，我就会让那些有真本事的人发挥特长。跟着我干，日后你定会成为一代名将的。”

甘宁避席朝我拜倒说道：“甘宁愿效犬马之劳。”

我对荆州很感兴趣，于是问他：“兴霸，你久在荆州，深知敌军虚实，你说说，现在的荆州，尤其是江夏，情况如何？”

甘宁正色说道：“目前大汉已经日益衰败，曹操更是骄横跋扈，最终他必将篡汉自立。荆州地区地形多样，无论是陆路还是水路都十分便利，这是江东必须夺取之地。而刘表此人胸无远虑，其子均平庸无能，他们都不能保持荆州地区的安宁，荆州迟早会落入他人之手。我建议将军应该尽快早做打算，夺取荆州，否则荆州就极有可能会落入曹操之手。

如果要夺取荆州，打败黄祖是当务之急。黄祖年老昏庸，其管辖的江夏地区经济情况糟糕，粮草匮乏，其手下的将领们也经常欺骗愚弄黄祖，经常以黄祖的名义索要财物，大多数士兵心中抱怨，无心作战，连军用物资都疏于保养维护，整个军队已经丧失了斗志和战斗力，如果果断发动进攻，黄祖所部将注定失败。如果打败了黄祖，将可以一鼓作气向西前进并占领楚关，这样一来，孙将军的势力范围将进一步扩大，下一步就可以为夺取益州地区制定攻击计划了。”

“哈哈哈哈，好好好。”我仰面大笑，说道：“你的魄力很合我的脾胃，甘兴霸，我喜欢你 。”

当时张昭坐在旁边，这老头十分煞风景地说了一句：“目前江东地区人心惶惶，大家都在担心北方的曹操，一旦按照你的想法出兵，一定会引起江东内部的混乱。”

我皱了皱眉，这个老头，总是爱在我兴致起来的时候泼凉水，我正想安慰甘宁几句，却只见甘宁义正词严又略带嘲讽地对张昭说道：“孙将军将当年如萧何留守后方那样的重任托付给张先生您，可您担任留守重责去担心动荡，这似乎与萧何当年的想法完全不同吧？”

张昭被说得脸色都绿了。我心中暗暗为甘宁喝彩：就是要刺激一下这老头，要不然他真是太讨人厌了。

我举起酒杯对甘宁说：“兴霸，我已经决定年内就要讨伐黄祖。到时候还要仰仗你的大力协助。只要你计划周详，我军就一定能取得胜利，你也就为江东立下奇功，何必去计较张公的几句话呢？”

京口校军场上，数万大军排列开，无边无际，战旗好像遮天的乌云。为首战将周瑜、程普、黄盖、韩当、周泰、潘璋、凌统、吕蒙、朱然等人一字排开，在他们身后，将士们鲜明的铠甲在阳光下精光四射，这些年镇抚山越的过程中，锻炼出了很多优秀的部队，现在我麾下有“无难”“解烦”“绕帐”“帐下”“敢死”等精锐部队，他们都是来自吴越之地，勇敢善战，吃苦耐劳。看着这支威武之师，我豪情万丈。我想到当年哥哥渡江作战时仅有数千兵马，如今我手下却带甲十万之众，今非昔比，令人振奋。

我身穿金盔金甲，大红斗篷依旧醒目，我面对着我的部下，他们都在用期待的目光看着我。我在辽远的天空下越发自信，我鼓足中气，喊话道：“将士们，你们有人是跟随我父亲的老臣，有人是跟随我哥哥的故将，还有的是刚刚投奔我的新人，不管是谁，我都想感谢诸位。是你们的浴血搏杀换来了今天江东的安定，是你们的艰苦战斗换来今日的局面。现在，上游的黄祖威胁咱们，我们若不能先发制人就必然会吃亏。所以，我下定决心要剿灭黄祖，这次出征绝不会再半途而废。江东的儿郎们，你们有信心吗？”

听到我的问话，数万大军一起高呼：“我等誓死追随孙将军，剿灭黄祖，踏平江夏！”

虽然我知道这是事先排练好的台词，但这震耳发聩的吼声还是令我心潮澎湃：哈哈，我就是这个时代的宠儿，我将在进取道路上勇往直前！

第四节

建安十三年春，我采纳了甘宁的建议，亲率江东主力进攻江夏，我命周瑜做前部大都督从水陆前进，我亲率大军从陆路进攻。这次出战，志在必得，我暗下决心：此番若不能攻克江夏，我绝不收兵！

数日后，我军抵达江夏城下，黄祖早有准备，派他的都督陈就率水军抵挡，周瑜则派吕蒙进攻。我在后方观战，只见江夏守军阵容齐整，军械充足，黄祖虽然年老昏聩，但他经营江夏这么多年，防守战颇有心得。只见江夏水陆用两条蒙冲巨舰横截河面扼守沔口，用棕榈大缆拴住大石墩来固定战舰，舰上千余名兵士，用弓弩交错射击，飞箭如雨，我军不得前进。

我指着前面，问身边的诸将：“诸公你们看，黄祖老儿戒备森严，我军前锋进攻受挫，你们说该怎么办？”

我话音未落，一将挺身而出，慨然答道：“主公，我愿亲率敢死队为全军前锋，若不能破黄祖，我情愿战死疆场！”

说话的人正是凌统。凌统身披皮甲，头上绑着一条白布，腰悬利刃，精赤上身。我看到他的眼睛通红，几乎要喷出火来，难怪，这里是他父亲战死的地方啊。

我下马拉着他的手对他说道：“公绩，我就命你为前锋进攻黄祖，为

你父亲报仇，不过，江夏守军顽强，你万事还要小心。”

凌统未等我把话说完，便应道：“多谢主公。”说着，他已经嗷的一声，带着他父亲的旧部如猛虎一般冲入了黄祖军中。

敌军看到凌统等人的战船冲过去，霎时间矢石如雨，倾泻到凌统等人的头上，凌统和他的手下皆持盾抵御。

凌统的快船如利剑一般，飞速地插入敌军两艨艟之间，离得近了，凌统一跃而起，登上敌舰，他怒吼一声，挥舞着一柄大刀猛砍系着两船的栟闾大绁，黄祖军见状，立刻蜂拥而来，阻止凌统。凌统身旁的将士上前迎战，两军就在江上展开了一场血腥惨烈的肉搏战。

我军人数虽少，但是凌统所带的兵马都是他父亲的旧部，这些人本是丹阳精兵，又久为凌操部下，凌操战死，他们对江夏黄祖有着刻骨铭心的仇恨，如今凌统为了报杀父之仇更是拼了命地进攻，区区一百余人竟然杀退了敌军上千人的围攻。

凌统在乱军之中斩杀敌军大将张硕，并成功砍断了栟闾大绁，两艘艨艟大船也因此失去了方向，敌军防线就此崩溃。

凌统站在敌舰上，举着张硕的人头大呼，招呼我军主力进攻。吕蒙等人趁势急进，一鼓作气，将城外的江夏守军尽数歼灭。

我看着如潮水一般涌向江夏的我军将士，心中大喜，我对天暗暗祈祷：“苍天啊，看来我今日终于能报杀父之仇了。”

我传令擂鼓助战，命全军发动总攻。

霎时间，鼓声震天，万众呼喊，东吴诸将无不奋勇出击。

只用了不到两个时辰，曾经固若金汤的江夏城就被我军攻破了。

周瑜亲自来迎接我：“主公，江夏城已经被我军占领，请主公移驾城中。”

诸将簇拥着我，我志满意得，趾高气扬地进入了江夏城。当我进城后，我被眼前的一幕幕惊呆了。我过去也知道江夏城是一座军事要塞，但我没有想到，黄祖会把它经营成这样。只见江夏城四周护城河连着江水，十分宽阔，城门高大，瓮城险要，而城中的每一户人家就像是一座座小型的堡垒，到处都是暗道和箭孔。

周瑜在身旁对我说道："主公，江夏城几乎没有多少老百姓了，黄祖将这里修成了一座大的堡垒，每一条街道，每一幢房子都可以用于防御作战，若不是黄祖年老昏聩，弃城而逃，军心大乱，我军想要攻克这里恐怕还要付出巨大的伤亡呢。"

"哦，原来如此。"我心中感慨，黄祖若是年轻几岁恐怕也不会这么不中用，人年纪大了就会变得昏庸软弱吗？也就是在这一刻，我忽然对年老有了一种莫名的恐惧，但愿我永远不会老去才好啊。

忽然我又想到一件事："公瑾，你方才说黄祖弃城而逃了？"

"是的。"

我立刻警觉起来："黄祖逃走了？"

周瑜略显无奈："暂时还没有他的消息，现在太乱了，我们也无法确定他到底跑了没有。"

我愣住了：假如这次让黄祖跑掉，那我的胜利还有什么意义呢？

不多时，诸将皆来报功，吕蒙亲斩陈就，凌统斩杀张硕，其他诸将也都斩获颇丰。我敷衍了诸将几句，心不在焉。此时我心中所想尽是黄祖，我是多么希望有人能将黄祖生擒到我的面前，即便不是活的，死的也行啊。

然而，我等了许久，并没有黄祖的消息，我看身边大将差不多都回来，看来，我的杀父仇人又逃走了吧？！我心中懊恼，面带不悦，诸将知道我的心思，一个个也都有些尴尬，原本应该是一场欢喜的胜利，眼看就要是一个不圆满的结局。

然而，就在我极度失望的时候，忽然远处有人高呼着奔跑过来："主公，主公，大捷，大捷啦！"

我和诸将皆远远望去，只见我军一名军校快步奔向我，他累得气喘吁吁，那呼喊声简直是声嘶力竭，似乎全军的胜利都敌不过他要说的捷报，在他的手中，还提着一颗血淋淋的人头！

那人离得近了，我定睛看去，这个人我认识，他是我军校尉冯则，

也是我军的一员骁将。只见他连滚带爬来到我的马前，将那颗人头双手捧起，奉献给我，他哭着说道："主公，老将军的大仇得报了，末将赖主公洪福，追上了黄祖这厮，将其格杀，现将其首级献于主公麾下！"

我闻听此言，忙不迭地下马观看，诸将也都一下子围了过来。我看到，一颗须发皆白、脸上尽是横肉、面带惊恐的人头。甘宁在一旁高呼："就是他，黄祖，没错，就是他！"

我大喜过望，一时间竟不知道该怎么办才好，诸将望着我，他们脸上的表情很复杂，既悲伤又欣喜同时还有几分苦涩，良久，我眼中的泪水流淌出来，我再也抑制不住内心的感情，我一把抓起黄祖的头颅，对他悲呼："父亲，孩儿为您报仇了！"

"呜呜呜，爹，您的仇也得报了！"一声令人心碎的悲吼，是凌统。

我上前一步，抱住凌统的头，凌统伏在我的怀中，我俩一齐痛哭，全军将士也都跟着我哭。唯有甘宁看着凌统，表情有些尴尬。

我当即传令：重赏冯则，犒赏三军。

另外，我军生擒了黄祖的都督苏飞。

战后，我为各位将领举办盛大的庆功宴，宴会上，我向众将展示了两个木匣，我得意地说道："诸位将军，我命人做这两个木匣，一个是要盛黄祖的人头，一个是要盛黄祖大将苏飞的人头，现在黄祖的人头在里面了，苏飞已经被生擒，待我明日杀了苏飞，便回江东祭奠父亲。"我话音未落，甘宁则当众下跪磕头，额头流血，满脸是泪，哭着对我说："苏飞过去对我有大恩，没有苏飞，我早就没命了，也就不可能在将军的麾下效命。现在苏飞论罪当诛，请将军网开一面把他交给我，就饶了苏飞吧！"我非常感动，对甘宁说："好，那我就把苏飞交给将军，但万一他要是跑了又该如何呢？"甘宁答道："将军免去了苏飞的死罪，给了他重生的机会，就是赶他都不会走，怎么会逃跑呢？如果他真的跑了，我愿意替他而死，将我的头颅放在木匣里就行了。"我很敬重甘宁的情意深重，于是我赦免了苏飞。

第八章 Chapter eight

山雨欲来风满楼

第一节

建安十三年我大破江夏，斩杀黄祖，为父亲报了仇。与此同时，曹操做了汉丞相，同年七月，他亲率十五万大军南下，荆州刘表在恐惧中去世，曹操大军兵临襄阳，局势越发危急了。

秋季的江南略显萧索，我伫立在京口的高台上，向北望着漫漫无际的原野，滔滔江水就在我的眼前，透过江面上的层层薄雾，我好像能看到曹操的大军，漫山遍野，如黑云压城。

我轻轻吐出一口气，陪伴在我身边的徐氏问道："将军，您有什么烦心事吗？"

我看着徐氏，秋季的她身穿红色绸缎衣裳，长裙落地，显得格外娇艳，她是这百无聊赖的秋天中唯一能够给我慰藉的人。我不想将烦心事告诉她，便岔开话题说道："你还记得前不久送给曹操的那头大象吗？"

徐氏点了点头："当然记得，那是您特意送给曹丞相的嘛。"

"嗯，是啊，当时你还问我那头大象有多重，我回答不上来，但是却听说有人称出了它的体重。"

"哦？他不会是杀了大象再称的吧？"

"没杀，据我所知那头大象现在活蹦乱跳。它被一个小孩子用十分机智的方法称出来的。"

"哦？一个小孩？那是谁啊？"徐氏对这个问题很感兴趣，瞪大了眼睛问我。

"曹操六岁的儿子曹冲。"见鬼，我的思维怎么总是离不开曹操呢。

我站起身，说道："今天有点累了，先回去吧。"

"累"这个字我极少提起，我曾连续打猎三天三夜没有休息，熬垮了八匹马，换了四波侍卫，而我依然精神抖擞，我体内似乎有无穷无尽的精力。但是，今天，面对曹操的压力，我竟然累了，是的，我真的有些心力不支，我该怎么办呢？

夜晚，我躺在床上，翻来覆去睡不着觉，夜色中，我裹着衣服坐起身，看着身旁熟睡的徐氏，心情烦乱。

我独自走到户外，外面秋风阵阵，今天是十五月圆之夜，明亮的月亮就像是一只巨大眼睛在看着我，我有些害怕。但我又一想，或许是父亲、哥哥、母亲在看我也说不定，我抬起头，望着夜空，长出一口气。

年少时，我望着江东的夜空，时常幻想自己建功立业，做一个盖世英雄，这么多年过去了，我经历了这么多事，我已经是江东之主，我的名声也早就传遍了全国，但是，对我来说，这一切来得太轻松了。我是一个继承者，而且从我继位至今，我还没有能够拿得出的战绩，即便是像剿灭黄祖这样的战绩也不算，因为这场仗实力过于悬殊，赢了也证明不了什么。我需要一场轰动天下的大胜证明我的实力，与曹操的对决就是最好的试金石。

可是，曹操太厉害了，我曾经以为我不会怕他，然而，如今事到临头，我竟然又有些没有信心。

我明白，光靠我自己这样胡思乱想，就是想破了脑袋也无济于事。我的天赋在这个时候体现了出来，我立刻想到了我的幕僚，我前期费尽心力招揽英杰就是为了在这种时候派上用场的。

我猛地一甩长袍，大声喝道："来人！"

不多时，管家睡眼惺忪地来到我的面前："主公，您有什么吩咐？"

"火速召鲁子敬来见我。"

"现在？"

"废话，就是现在！"

子时，鲁肃来到了我的官邸。

灯火通明的议事厅内，只有我们俩人。我问他："子敬，曹操率大军南下的消息你听说了吗？"

"听说了。"

“你有什么看法？”

“回禀主公，您觉得我们应该怎么办？”他反问我。我犹豫了一下，说道：“我打算求和。”

鲁肃没有说话，他只是看着我，最后，他轻叹一声说道：“主公，我鲁肃早年未遇明主，四处奔波，后来得遇主公，算是遇到了伯乐，我觉得我这辈子就要全身心地辅佐您建立大业。张子布认为我态度不够谦卑，拼命地诋毁我，又说我年轻粗俗，不能任用。主公力排众议，将我留在江东，这些年来言听计从，这份知遇之恩我无以为报。但是，方才那番话令我痛心啊。”

鲁肃说着，表情十分痛苦。我知道他痛在哪里，他是痛自己辅佐了一个投降的懦夫。我有些惭愧，站起身，走到他身前，说道：“子敬，方才那番话是我有意试探你，不好意思，请你不要伤心，是战是和我现在还没有定论，所以我才深夜将你召来，就是要向你询问大计啊。”

鲁肃闻听，立刻拜倒，说道：“主公能如此信任子敬，我必然为主公赴汤蹈火，万死不辞。”

我扶起来他，说道：“请子敬给我建议，你说我下一步该怎么办？”

鲁肃站起身，慨然答道：“荆州与江东毗邻，交通便利。外有长江、汉水环绕，内有崇山峻岭阻隔，不但地势险要，又有千里沃野。如果能占据荆州，成就帝王之业就有了稳固的基础。如今刘表刚刚去世，刘表的两个儿子一向不和相互争权，荆州内部也随之形成了两个派系，无法团结一致共同对外，加上寄寓荆州的刘备一向是野心勃勃，与曹操积怨颇深，同时与刘表也产生了一定的矛盾。在刘表去世、荆州无主的情况下，如果刘备能与刘表的两个儿子齐心协力对付曹操，我们就可以采用安抚的做法与之结为盟好共同应付曹操的进攻；如果刘备三心二意，打算借机在荆州发展自己的势力，那我们就应该另做打算。我想立即前往荆州，借着吊唁刘表的时机窥探荆州内部的情况，极力说服刘备及刘表的两个儿子同心同德对抗曹操。如果错过了这个机会，说不定就会被曹操捷足先登。”

我听着鲁肃的慷慨陈词，从他华丽的词汇和夸张的语调中抽丝剥茧，我快速地整理关键词，最终，对他的言论我总结为四个字：“联刘抗曹。”

这个刘不是刘表，而是另一个自称汉室子孙的群雄，他叫刘备。

说起这个刘备，我并不陌生，我的耳朵里早就灌满了他的名号。这个人自称是汉朝皇族后裔，自黄巾之乱起兵，在这乱世上也算是一个“老混混”了，他手下关羽张飞号称“万人之敌”，总的来说，刘备算是一个人物。不过，他虽有英名，但据说这家伙人品一般，他先后投靠过公孙瓒、吕布、袁绍、曹操，结果都无一例外背叛了他们。官渡战役时，他被曹操打得大败，被迫投靠刘表，在荆州一待就是七年。最近，听说他请出了一个了不起的人才，叫诸葛亮，而且他在襄樊一带实力迅速蹿升。

这次曹操南下，刘备首当其冲，不知道他现在怎么样了。

我听罢鲁肃的这个建议，没有吱声，我背着手在屋子里踱着，思考着。我总觉得这个建议有点不靠谱，首先，刘备是不是愿意与我结盟尚未可知；其次，即便他愿意，可他只是一个小军阀，有什么资本对抗曹操；最后，退一万步说，就算我和他联手挡住了曹操，可刘备就可靠吗，这货的名声可不是太好，我不会引狼入室吧。

我沉吟着，久久没有下决心。

鲁肃有些着急，他上前一步说道：“主公，请速下决断吧。”

我在灯火下看着鲁肃，我选择了相信面前的这位谋臣，终于，我毅然说道：“好吧，子敬，我信你，你明日便出使荆州，便宜行事，见机而动吧。”

第二节

派出鲁肃后，我紧张的心情丝毫没有平复，我连续派出探马到荆州刺探军情，与此同时，为了应对从上游到来的压力，我移驾西方，前往柴桑

坐镇。

在柴桑行宫中，每日的谍报络绎不绝，都是从江北来的。

“主公，刘表次子刘琮继位，长子刘琦则屯兵江夏。”

“主公，刘琮已经举荆州投降曹操，曹操不费一兵一卒取得荆州全境及其兵马钱粮。”

“主公，刘备败走樊城，带着十万百姓南逃。”

“主公，曹操进驻襄阳，并派遣精骑五千一昼夜行三百里急追刘备。”

“主公，曹军在当阳长坂大破刘备军，刘备所部兵马损失殆尽，目前已经逃往江夏。”

“主公，曹操进驻江陵，虎视南方。”

一连串的坏消息传来，曹操只用了不到三个月时间就取得了荆州，刘表的近十万大军全盘被曹操接收，原本就威势熏天的曹操现在简直成了不可战胜的代名词。

而被鲁肃给予厚望的刘备看起来不怎么中用，已经自身难保了。

怎么办？我该怎么办？鲁肃，你现在在哪？

正在我心神不宁的时候，曹操的檄文传到了我手中。上面简简单单地写了几十个字：

“近者奉辞伐罪，旌麾南指，刘琮束手。今治水军八十万众，方与将军会猎于吴。”

奇怪，当我看到这封火药味十足的信，那赤裸裸的威胁非但没有令我恐惧，相反，它激起我心中不屈的火焰，我的手紧紧攥着那檄文，眼睛中几乎要喷出火来，我恨恨地低声说道：“曹操，你欺人太甚，我孙权乃破虏将军的后裔，讨逆将军的弟弟，我岂能对你卑躬屈膝被天下人耻笑？”

第三节

数日后，鲁肃终于回来了，还带来了刘备的心腹——人称“卧龙”的诸葛亮。

我问鲁肃此行的情况，他告诉我：他刚到荆州刘琮就投降了曹操，于是他驻足不前，观望局势，恰逢刘备兵败当阳，逃往江夏，于是他就去江夏见了刘备。他向刘备陈说利害，刘备当即派遣诸葛亮跟随鲁肃来到江东见我。

鲁肃向我报告：“刘玄德（刘备字玄德）愿意与江东结盟，一同对抗曹操。”

这个消息是数月来少有的好消息，在巨大的外部压力下，这是唯一一个可能给我实际支持的力量。但是，对于这个陌生的刘备，我还是不能轻易地相信他，他是曹操的死敌，曹操是无论如何不会放过他的，而我的情况与他不同。

我很清楚，要想真正确立对曹战略，必须听取江东群臣的意见，我只有在衡量各派之后，才能做出战与和的最后决定。

柴桑议事厅上，我举着曹操的那篇檄文，问大家：“诸公，如今曹操新得荆州之众，兵临江北，是战是和，我想听听大家的意见。”

我没有拐弯抹角，没有推卸责任，事到如今，所有的问题必须摊牌。

我话音刚落，丹阳都尉黄盖就抢着说道：“主公，我跟随破虏将军、讨逆将军征战，好不容易打下这江东之地，我们若拱手送人，岂不是有负先人吗？主公您应该继承您父亲和兄长的遗志，与曹操对抗到底。”

黄盖的话很对我的胃口，只不过，他和程普这俩旧将动不动就拿我爹和我哥哥说事，前几年我还能勉强听进去，也不知为啥，这几年他们只要一这样说我就生厌：我都做了这么多年江东之主了，有必要凡事都拿我爹

和我哥哥压我吗？

当然，这个话我是绝对不会说出口的。我听罢黄盖的话，没有表态。

这时，从文臣班列中站出一人，是吴县人张温，他开口说话，声音尖利刺耳：“黄将军所言差矣，曹操势大，难以抵挡，更兼他奉天子以令不臣，我们从道义上又亏输了，这场仗无论如何不能打，唯有求和一途。”

张温此人总喜欢虚浮之言，但他是读书人，言辞犀利，黄盖被他说得直瞪眼，竟然无法辩驳。

最后，黄盖气得满脸通红，差点冲上去揍张温。在场诸文武都上前劝阻，我看得出来，绝大多数人都是向着张温，他们在拉偏架。

看着乱哄哄的场景，我怒不可遏，大吼道：“你们都他妈给我住手！再有放肆的脱出剁了喂狗！”

这是我少有的发飙，我的怒气震慑了当场。

再看众人一个个搞得狼狈不堪，毫无仪表可言了。我看着这种乱象，有一种大厦将倾的感觉，心情烦闷到了极点。

忽然，在人群中我发现了一个人，他自始至终一言未发，方才的群架他也没有参与，此刻，他就像是入定的老僧，微微闭着眼，插着手站在那里，周遭的一切似乎都与他无关。这个人就是张昭。

我心中暗骂：都火烧眉毛了，你还在这端架子。

我没好气地问张昭：“张公，是不是等曹操大军冲进这大殿中，您老人家才愿意发表意见啊？”

张昭终于说话了，他缓缓睁开眼，慢悠悠地说道：“这事儿还用议吗？曹公二十几万大军严阵以待，一声令下就能踏平江东，主公，这个时候您不应该讨论是战是和，而是应该讨论用什么方式什么条件求和。”

我擦！听到张昭的言论我差点气晕！这是人话吗？

我正想怒斥这小老儿，然而，出乎我意料的一幕发生了。在场的文武大臣，除了少数几人外，竟然大多异口同声地说道：“张公老成谋国，所言甚善，我等附议！”

我愣了，瞠目结舌，呆若木鸡。天呐，平时那些滔滔不绝，腹有良谋的“忠臣良将”们事到临头竟然都是这副德行？！那一刻，我发现自己就像是一个被人耍的猴子一样坐在众人面前，被众人围观。我又觉得自己像个失去了丈夫的寡妇那样，无依无靠，孤苦伶仃。

我的头脑中一片空白，我忘记了发怒，忘记了恐惧，我就像是一个没有灵魂的木偶坐在那里，一切都完了吗？

“唉！”一声重重的叹息将我从失神中唤醒——是鲁肃。

那一刻，我似乎看到了一丝光明。不行！我不能轻易放弃！我就不信，在这江东之地就没有愿意与我并肩作战的人！

我腾地站起身，说了句：“我要去更衣。”我盯着鲁肃，鲁肃也在看我。我朝他使了个眼色，他心领神会。

鲁肃追到房檐下，气鼓鼓地说出了自己的看法和立场：“刚才听到张昭等人的议论，他们只会贻误将军而不能与将军一起共谋大事。如今像我鲁肃这样的人可以去投降曹操，而将军却万万不能这样做。我如果投降曹操，曹操会把我送回乡里，依照朝廷的制度进行人物品评、安排个一官半职，至少还能够做个功曹、从事这样的小官，可以整天坐着牛车、身边还会有个随从伺候。随着做官年限的增长，说不定还可以做上一个州郡级别的官吏，但是将军你要是投降曹操，会出现我那样的结果吗？希望将军尽早拿定主意，千万不能采纳张昭等人的意见。”

我叹息了一声：“这些人的意见让我非常失望，只有你的看法与我一致，你在我身边，真是上天的恩赐呀！只是……”我虽然很激动，但残酷的现实令我无可奈何：“除了黄盖等少数几人之外，很多军中将领都惧怕曹操，不敢应战，这怎么办？”

鲁肃微微一笑：“主公，这事情您应该和周公瑾商量呀。”

鲁肃的提醒让我恍然大悟，我差点冲上去抱住他猛亲几口，这个提醒太关键了。我当即传令：“从鄱阳召周公瑾来柴桑！”

第四节

周瑜是江东军界的灵魂，他是我哥哥扫荡江东的元老，我继位后，他尽心竭力地辅佐我，在历次战役中，他都是实际上的总指挥。这一次与曹操决战，他将会是胜败的关键。

不知道他现在怎么想。

数日后，周瑜风尘仆仆地从鄱阳水军训练基地赶到柴桑见我，他连戎装都没有脱去，便直接赶奔我的住处。

见到周瑜，我看到这位已过而立之年的大帅哥变了许多，曾有的英俊稍微收敛，取而代之的是一股成熟洒脱，曾经白皙的面庞因为常年征战而略显黝黑和沧桑，这种气质配上他华丽的战袍散发出来却更加迷人。我在想：我若是个女人说不定一见到他就会爱上他，难怪当年他和我哥哥分别娶了江东二乔，真可谓英雄美人，相得益彰。

我上前扶住周瑜，激动地说道："公瑾，你总算来了。"

周瑜朝我施礼，答道："主公，曹操大军就在江北，此时已经是危急存亡的关头，还请主公早下决断。"

我没有急着答复他，我从周瑜的神情和语气中可以看出来，周瑜此时的心情一点也不比我轻松。我和周瑜坐下，然后我才说道："公瑾，这正是我召你来的原因，前些日子我和诸将议事，张子布等人劝我投降曹操，主战者少，我不能决断。"

周瑜看着我，正色问道："主公，今日只有你我二人，你给我句实话，你是想战还是想和？"

周瑜的问话铿锵有力，从他斩钉截铁的语气中我感受到一股力量，那气势似乎在宣告着他的决心，他感染了我。我猛地站起身，大声说道："公瑾，你我都知道哥哥打下这基业的艰辛，我孙仲谋即便再懦弱，也绝不愿做他人的阶下囚，我的本意是奋死抗击曹操，即便最后全军战死亦无所怨。”

周瑜听罢我的话，兴奋之情溢于言表，他一拍桌案，喝彩道：“好！我等的就是你这句话，当年伯符英年早逝，将大位传给你，就是看中了你的这份胆魄，我也相信你有这份才略，我没有看错人。”

“可是，公瑾，我又担心……”

“我知道你担心什么，我来了，一切问题都会解决。”

周瑜打断了我的话，他也站起身，神采飞扬，那表情就是在期待着一场大战一样，他说道：“主公啊，我江东带甲十万，又有长江天险，如果不能与曹操决一死战，咱们可就是千古笑柄了。明日主公可以召集诸将议事，我自会驳斥那些投降派的。”

得到周瑜的支持我就等于得到了东吴军界的支持，这是我抗击曹操的基石。那一刻，我感到自己腰杆一挺，说话瞬间就硬气了，我一拍大腿：“好！就照公瑾你说的办，明天骂死那群王八蛋。”

第五节

周瑜刚走，朱然、周泰、吕蒙、潘璋四人同时来了。

他们见到我就纷纷脱上衣，我吓了一跳：“我擦，你们这几个货要干吗？”

朱然有点脸红，他指了指那三人，意思是“您问他们是怎么回事吧”。吕蒙、周泰和潘璋，那三人却大大咧咧，毫不在意。几个人脱去上衣，露出了棱角分明的肌肉，上面伤痕累累。吕蒙说道：“主公，我们是来剖开我们的心窝给您看的。”

“啊？你们疯了吧？是不是喝大了？”

吕蒙带头说道：“主公，我们没喝酒。我们是想让我主公剖开我们的

心看看，我们是有一颗杀敌报国的赤胆忠心啊！”

潘璋也说：“是啊主公，前几日会议上那群老家伙都想投降，主公，他们要降让他们降吧，我们跟着您和曹贼拼了。”

周泰不善言辞，他嘟囔了半天只是说了句：“主公，反正我觉得不能投降。”

没等他们把话说完，我气不打一处来，冲上去朝他们每人头上凿了一下，面对这几个人我再也不用像面对张昭、周瑜、黄盖那几个老家伙一样那么拘谨了。我掐着腰指着他们说道：“你们几个家伙深更半夜来我这是想骚扰我吗？你们怎么知道我投降了？”

朱然低着头，低声嘟囔道：“都是吕子明出的馊主意，想劝主公就明说嘛，脱什么衣服，老大不小了，也不嫌丢人。”

吕蒙脸一红，怒道：“你丫闭嘴。”

朱然继续说道：“最可气的潘文珪，你这货竟然还想把裤子也脱了，以此表明什么清白，真是逗。”

潘璋也学着吕蒙的样子怒道：“你丫闭嘴。”

他们正七嘴八舌地说着，忽然背后传来一声女孩的尖叫声：“啊！真羞！”

我急忙扭头看去，原来竟是妹妹孙仁，这丫头已经长成了大姑娘，她虽然长得不难看，但好动不好静，十足一个假小子。我这次前来柴桑，她哭着闹着要跟着我来玩。她的忽然出现令朱然、吕蒙等人不好意思了：“哎哟，原来小妹也在啊？失礼失礼。”

妹妹双手捂着脸，指头缝中一双大眼睛却直勾勾地看着四个男人，我心中暗笑，招呼道：“来来来，你个鬼丫头，这么晚了还不睡？”

她吐了吐舌头，朝我做个鬼脸，背着手蹦蹦跳跳地跑到我身边，说道：“人家睡不着嘛，刚才公瑾大哥哥来了，这会儿这四个活宝又来了，你们玩得热火朝天的，我又怎么睡得着？”

吕蒙一愣，问我道：“主公，周将军来过了吗？”

我不再嬉笑，正色点了点头。几个人都不再笑了。

我让吕蒙他们穿好衣服，坐下后，吕蒙问我：“主公，周将军都说了什么？他是想战还是想和？”

此刻我已经睡意全无，索性命人给我沏了杯浓茶，今天干脆来个彻夜不眠吧。我对他们说道：“公瑾是想战的，但是，这件事还需要明日开会再做决定。”

潘璋的情绪有些激动，他说道：“主公，既然周将军都表态了，还开什么会啊？干脆您下命令，我们跟着周将军渡过江去和曹操拼了，咱们吴军擅长水战，北方人不行的。”

吕蒙打断了他：“你懂什么，主公若不能镇服张昭那些主降派，这个仗就没法打。”

我点了点头，表示赞同吕蒙的意见。是啊，主降派现在是多数，主战的是少数，对付曹操这种级别的对手，如果我们内部意见不能统一，根本就没有胜算。

朱然说道：“主公，要想压服主降派，就必须镇住张昭，他是那群人的主心骨。”

我呷了一口茶，说道：“是啊，张子布若不能回心转意，这个局面就很难收拾。但是，此人一直对北方存在敬畏之心，一时难以扭转，他又是江东文臣的表率，是我哥哥托孤重臣，谁又能制住他呢？”

吕蒙、周泰、朱然、潘璋，我的四员爱将你看看我，我看看你，忽然，他们不约而同地指向了我：“主公，能制住张老头的只有您了！”

“啊！”我愕然，愣在了当场，我能制住他吗？

孙仁听不懂我们议论军国事，她显得很无聊，一直摆弄着我身后的镇宅宝剑。可当她看到这一幕时，顿时来了精神，双眼放光，鼓掌笑道：“嘻嘻，对付张老头最好的法子就是揪他的胡子，哥哥，我教你怎么揪吧！”

第九章 Chapter nine

诸葛亮是个人才

第一节

翌日，柴桑议事厅内。

我召集了文武大臣商议对曹方针，我本人身着戎装，按剑而坐，在场诸人皆面容严肃。

我不愿多说废话，直接对众人说道："今天来，就是要定下来是战是和，这件事关系重大，谁有想法尽快说出来。"

大殿中鸦雀无声。

我早就料到是这个开局，今天的我已经有了主意，我很随意地指着张昭问道："张公，您不是一直主张求和吗，您是江东群臣的表率，现在您老人家一句话比我说话都管用，嘿嘿，那就由您先说吧。"

我在公开场合对张昭都比较尊重，像今天这样"放肆"地对待他还是破天荒头一遭，面对我的突然袭击，张昭有些不适应，他站在那里，半天没有说出来话。众人的目光都转向了他，他干咳一声，略显尴尬地说道："主公，是战是和最后要您来拿主意，我只不过是提出我的看法，我不能做主。"

我心中暗暗好笑：老头，这回唬住你了吧。

哪知道，就在我自鸣得意的时候，张昭却逐渐恢复了平静，他似乎看出来我外强中干的底牌，只见他慢慢悠悠地走到大殿中央，对江东群臣说道："不过呢，我虽然不能代替主公做主，但是我的意见我想主公也不忽视，是吗主公？"

他的反击令我有点措手不及，我不知道该如何应对，有些慌乱："呃……啊，你有话就说吧。"

"主公，曹操是一头凶猛的老虎。他是大汉帝国的丞相，可以利用皇帝的名义征讨四方，代表皇帝行使权力。与曹操作对，从君臣道义上咱们就理亏。况且从目前的形势来看，咱们原来可以用来抗拒曹操的，只有长江天险。如今曹操夺得荆州，将刘表的水军全部收降，无论是大小战船，曹军都数以千计，可以部署在长江防线。更不用说曹操强大的步骑兵，可以与水军一起顺流而下，长江天险已经形同虚设。更不用说曹操在兵力上的巨大优势。我认为，从大局考虑，咱们还不如暂时顺从曹操，等待形势有变再做打算。”

张昭年过五旬，但说起来话来铿锵有力，抑扬顿挫，他须发花白，微微颤抖，群臣听着他的演讲，许多人都频频点头。

我被他说得哑口无言，这老头儿果然厉害。年轻一直是我自豪的资本，但是此刻，年轻却成了我最痛恨的事情。我太没有经验了，我昨天想了一宿，原本以为上来就能唬住老头儿，没想到，老家伙这么厉害，反戈一击。而我却没有再反击的能力，我太年轻了，太年轻了……

张昭直视着我，我不敢和他四目相对，有些手足失措。

就在我哑口无言之际，一声大笑震动大殿，众将无不侧目。

周瑜!

周瑜出手了!

只见周瑜潇洒地走到张昭面前，瞥了老头儿一眼。然后，周瑜向我施礼，我急忙还礼。

周瑜不问别人，他直视张昭，问道：“子布，在这大殿上，你是托孤大臣，没有人能和你相提并论。但是，我作为伯符的至交，我能代表江东军队说句话吗？”

张昭此人服膺儒教，很有操守，也很刚直，但是，他最忌惮周瑜，原因很简单，周瑜论资历不比张昭浅，论与哥哥的交情更是无人可比，另外，周瑜表面是儒生，内里实际上是武夫，所谓“秀才遇到兵有理说不清”，故此他不敢得罪周瑜。

张昭干咳一声，说道：“咳，公瑾自然能发表意见。”

“那就好，子布，你虽然是我江东重臣，但一直掌管文职，于武事并不精通。你知道我军实力吗？你知道曹军实力吗？恐怕你不知道。兵法有云‘知己知彼百战不殆’，你却彼此都不知道，就妄谈军事，岂不是要贻笑大方吗？”周瑜的话一点也不客气。

张昭当着这么多人被周瑜一通数落，他有点挂不住，反驳道：“公瑾此言差矣，曹公实力占据压倒性优势是有目共睹的，难道你还能否定这个事实吗？”

“事实？什么事实？事实是我军必定战胜曹军！”周瑜猛地提高嗓门，他朝我施礼，然后对着百官说道：“诸公皆以为曹操势大不可敌，其实不然，我试着为诸公分析分析，你们就会明白，曹操看似强大，却并非无懈可击，他的内部外部有很多不利因素。

曹操名义上是朝廷的丞相，实际上却是大汉的贼子。孙将军以神武雄才，又兼有父兄的基业，现在不但割据江东，占地数千里，兵精粮足，自当纵横天下，为朝廷清除乱臣贼子。如今曹操自己送上门来找死，我们岂有投降的道理？

如今曹操虽然占领了北方地区，但是局面并不稳定。马超、韩遂等凉州诸侯目前屯兵函谷关一线，是曹操的巨大隐患。同时，曹操不得不放弃他最为擅长的骑兵而仅仅依靠其并不熟悉的水军要与我们这些熟悉水战的江东将士作战，这就不能发挥他们的长处；更何况目前时值寒冬，不但战马缺乏草料，久居中原的曹军士兵也会因为水土不服而染上疾病，这些都是用兵的大忌。

在这种不利的局面下，曹操依然强行出兵，这就给了将军一个天赐的良机，现在正是击败曹操这个奸贼的大好时机。请主公给我三万大军进驻夏口，我保证可以大获全胜，击败曹操这个强敌！”

周瑜的一番言论霸气外露，如同天外惊雷将我震醒，我是破虏将军的儿子，是讨逆将军的弟弟，我是孙权，我要建立盖世功业，我将勇往直前，谁也阻挡不了我的步伐！

一道光明闪现在我脑海，一股精气神就像升腾的火焰将我青春热血全部点燃。我一扫阴霾，雄姿英发，我猛地站起身，朗声说道：“曹操这个奸贼早就想废汉自立了，他所顾忌的无非也就袁绍、袁术、吕布、刘表与我孙权而已。如今其他的诸侯都被曹操消灭，只剩下我江东尚存。我与曹操势不两立！公瑾的主战言论与我的想法完全一致，说得太对了！”

张昭已经颤抖了，他伸手想要说什么。

我没有给他机会，猛地拔出肋下佩剑，就是哥哥留给我的那把剑，它就像是被封印的神兵，嗅到了大战的气息，骤然活跃起来，寒光闪闪，杀气四溢，我挥舞着它，全身充满了力量，我朝着面前的书案猛劈了下去，书案顿时被砍下了一个角。我厉声喝道：“诸位再有说投降曹操的，下场就和这个书案一样！”

张昭愣了，百官愣了，大殿上静悄悄的，我能从群臣的表情上感受到，他们有的震惊，有的恐惧，有的佩服，也有的欣慰。

周瑜领头拜倒：“主公天纵神武，必能击败曹操，建立大业。”

我站在那里，接受百官朝拜，我意气风发，挥斥方遒，我觉得那一刻我就是君临天下的帝王。

第二节

散会后，朱然、潘璋、周泰等人跑到我身边，七嘴八舌地拍马屁：“主公，您刚才太帅了，您全身都发亮了，闪得张昭老头儿眼都快瞎了。”

我虽然出了胸中一口恶气，但是我却笑不出来，激情过后我不得不面对残酷的现实：曹操号称八十万大军，而我手头能抽调到前线对抗曹操的兵力是多少呢？不足五万！

兵力悬殊太大了，即便是曹操有周瑜所说的那种种劣势，但若是以这种实力差距，任何不利因素都可以忽略不计了。我军没有丝毫胜算。

我心情烦闷，默然不语。朱然他们看我不说话，知道有心事，也都识趣地不再言语，只是默默地跟着我。我有些出神地骑上马，信马由缰，沿着江岸走着。望着波涛汹涌的长江水，沐浴在略有寒意的江风之中，我忽然问朱然他们："你们说，我今天的决定是不是有点草率，或许我应该听从张昭的建议。"

朱然他们相互看了看，一个个不敢说话。我明白，他们不知道我的心思，所以不敢贸然表态。我长叹一声，说道："唉，如果哥哥还活着一定有办法战胜曹操，可惜我……"

朱然战战兢兢地说道："主公，周将军不是有胜算吗？"

我摇了摇头："你不懂，公瑾素来志向远大，好大喜功，我担心他意气用事，强行出征，万一战败，后果不堪设想。"

他们沉默了，如果连周瑜都没有必胜的把握，这个仗还有必要打吗？

朱然、周泰、潘璋等人虽然骁勇善战，忠心耿耿，但他们毕竟和我一样年轻，连我都不能做主的事情，他们又能如何呢？

就在我们踌躇的时候，忽然，一匹快马从柴桑方向奔来，马上一人高呼："主公，主公，您在这啊，我找了你好久了。"

来的人是鲁肃。他有些着急。我问他："子敬，找我有何事？"

鲁肃答道："主公，这次我带来的高人您还没见呢，这可关系到咱们的抗曹大业啊。"

"高人？你是说？"

"刘玄德的军师诸葛孔明啊，您忘了？"

"咦，诸葛孔明。"我恍然大悟："是啊，这个人现在就在我身边，我有疑问何不请教请教他？"

我为什么会对一个素未谋面的家伙这么看重？理由很简单，诸葛亮是这个时代的明星。

诸葛亮，字孔明，徐州琅琊阳都人，早年避乱于荆州，躬耕襄阳，被荆州大儒庞德公称为伏龙。刘备在荆州时，曾经三顾茅庐将其请去，现在成了刘备军中的首席谋士。据说连张昭都非常推崇。

鲁肃的话点醒了我，我随即传令，召诸葛亮到我官邸，我要会见这位明星，我要看看他是名副其实还是徒有虚名。

第三节

当我第一眼看到诸葛亮时我愣住了，我被他的外貌和气质迷住了。

我这一生见到的奇才异人不算少，哥哥的猛锐冠世，周瑜的雄姿英发，张昭的气度俨然，吕蒙的粗犷豪迈以及赵达的淡泊恬静。

然而，诸葛亮与他们都不一样，他太出众了。他身高八尺，峨冠博带，湛然若神。

我差点喊出来：“神仙哥哥。”

诸葛亮见到我，也很有礼貌地施礼，说道：“久闻江东之主形貌奇伟，今日一见名不虚传。”

我这才意识到自己的身份和地位。我急忙从对诸葛亮的欣赏中回过神来，说道：“卧龙先生，诸葛孔明，哈哈，久仰大名，如雷贯耳，今日一见，也是名不虚传呢。”

我俩相视一笑，英雄相惜尽在不言之中。

鲁肃在一旁引荐：“主公，孔明先生是玄德的特使，他可以全权代表玄德。”

我点了点头，问诸葛亮：“孔明先生，刘豫州现在哪里，实力如何？要想战胜曹操我们有几成胜算？”

我一股脑地将自己的想法和盘托出，我迫切地希望知道答案。然而，当时的我不知道，我已经犯了外交上的大忌。

诸葛亮只顾品茶，没有搭理我。

我愣了：不理我什么意思？我看了看鲁肃。

鲁肃急忙问诸葛亮：“孔明，我家主公问你话呢。”

诸葛亮品了一口茶水，赞道：“嗯，好茶，好茶。”

我擦，你大老远是跑来喝茶的是吧？我有点绷不住了，想要发飙。

就在这时，诸葛亮开口说话了："孙将军，不是我不说，而是我说了也没用。"

"哦？此话怎讲？"

诸葛亮放下茶水，缓缓说道："如今天下大乱、诸侯纷争，将军起兵东南，我家刘将军则在汉水以南招募军队，与曹操一起共同争夺天下。目前曹操已经攻占荆州大部地区，威镇寰宇，在曹操强大的军力面前，英雄也毫无用武之地，因此刘将军才不得不退兵夏口以避其锋芒。依照目前的形势，我觉得将军应该评估一下自己的力量从而采取相应的对策。如果将军希望以江东之众与曹操相抗衡，不如及早与之断绝关系；如果将军自认为力所不及，还不如趁早放下武器投降曹操。而今将军内心深处犹豫不决。在这个紧要关头如果还是这样的话，那不就会大祸临头了！"

诸葛亮出口成章，说得我有点茫然，我愣了片刻，反问道："如果真像先生所说的那样谁都不是曹操的对手，那刘豫州为什么不投降曹操而非要不自量力与之对抗呢？"

诸葛亮答道："古人田横，不过是齐国的一名壮士，他尚且能够守义不辱，宁死不愿投降，何况刘将军乃是堂堂皇室后裔，英才盖世，天下英雄无不仰慕，就算败在曹操的手下，那也只是天意，怎么可能去投降汉贼曹操？！"

刚才诸葛亮不搭理我原来是看不起我，我霎时间热血沸腾，年轻的心燥热起来，想起来我将要与天下闻名的英雄较量，我兴奋难耐，不禁脱口而出："我早就已经打定主意了，说什么也不会将江东地区拱手让给曹操这个奸贼！一定与曹操决死一战！天下之大也只有我孙权和刘备将军可以抵挡曹操了。不过刘将军刚刚在荆州遭遇惨败，他还有力量来与曹操对抗吗？"

其实我的思路并不错，刘备此时兵败当阳，步骑几乎全军覆没，他是收编了刘琦的部分兵马才有了立足之地，但江夏兵其实不多。形势很明显，刘备若不依靠我，他独自对抗曹操只有死路一条。我与刘备的关系既可以说是同盟，也可以说他是来向我求救的。

按照这个思路，我天真地认为我向刘备伸出援手，刘备集团会对我感恩戴德，这是人之常情嘛。可是，我错了。在这个尔虞我诈的乱世，我还有太多的东西要学。

诸葛亮用巧妙的方式将刘备从属于我的关系变成了与我平起平坐的关系，只见他坦然说道："刘将军的军队虽然在长坂地区遭遇失败，但是陆续回来的士兵以及水军加起来尚且有精兵万余人，荆州江夏太守、刘表的长子刘琦手中还有万余名士兵，这些军队都将是对付曹操的生力军。

曹操的兵马从中原远道而来，早已疲惫不堪，听说此次为了追赶刘将军，其虎豹骑居然一天一夜长途奔袭三百多里，正所谓'强弩之末势不能穿鲁缟'，犯下了兵法中的大忌；况且北方之人不习水战，在江南地区无法发挥其陆战的实力；尽管荆州的百姓在曹操的淫威之下不得不曲意顺从，但内心深处对曹操充满愤恨。

拥有这么多的有利条件，将军只需要精心安排精兵强将与刘将军一起做好作战的协调，双方齐心协力，就一定能够打败曹操这个强敌！曹操一旦兵败只能退回北方，无论是刘将军还是孙将军都能够壮大自己的力量，到时候鼎足三分的格局也就形成了。而这一切的关键，就要看将军是否能下定决心与刘将军联盟共同对付曹操了。"

数年后我再回味诸葛亮的话，才知道他的话暗含玄机。

第一，他实际刻意夸大了刘备的实力，后来打起仗来我才知道，什么"水军精甲"什么"江夏战士"都是忽悠我的，刘备自身难保，手下军队也都是败兵，军无斗志，他的军队只能打扫战场，硬仗全是我江东军队打的。

第二，诸葛亮再次重申了刘备与我的关系——互帮互助的平等盟友。

对于归顺和同盟的关系，当时我并没有多想，我认为刘备没有实力，凡事要依靠我，就给他个盟友的名誉，他也还是从属于我的，我又何必在一个名称上计较呢？然而，事后证明，我的这个疏忽让我在与刘备的交往中十分被动，让我吃了大亏。

虽然这次与诸葛亮的会面我犯了错误，给我留下了不好的回忆，但

是，不管怎么说，孙刘联盟在这个时候结成对我还是有利的。诸葛亮的一番话也确实坚定了我联刘抗曹的决心。

下一步，我就要试探周瑜的底牌，我要确信周瑜能够对抗曹操。

第四节

我和周瑜再次见面是在晚上，不是我召见他，而是他主动来找我。

我笑着对他说："公瑾，今天的会议多亏了你，不然的话我还真压不住张子布啊。"

周瑜淡淡一笑说道："主公，张子布虽然主降，但他也是为了江东和您着想，您就不要太责难他了。"

我点了点头，对于这一点我还是有分寸的。正如周瑜所说，张昭虽然主降，但他的出发点未必就是完全自私的，在当前形势下，他的主张是正常的举动，反倒是我和周瑜有点另类。

我问周瑜："公瑾，我今天下午见了刘备的特使诸葛亮，他说刘备手下还有两万精锐，要与我们合作对抗曹操，你怎么看？"

周瑜轻蔑地一撇嘴，不屑地说道："主公，刘备这家伙确实是个人物，但是您也别被诸葛亮忽悠了，要知道刘备刚被曹操击败，他哪还有多余的兵力反击呢？这一仗有没有他们其实关系不大，胜败的关键还要看我们江东军队。"

终于说到了正题上，我挪了挪身子，郑重地问周瑜："公瑾，现在只有你我二人，我想知道，我们要真和曹操开战，到底有几成胜算？"

周瑜的回答完全没有白天的咄咄逼人，他很平和、很理智，语气十分缓和，语调也不高，他说道："不少人看到曹操在来信中自称拥有八十万大军从而惊慌失措，纷纷建议投降，这都是上了曹操的当。其实曹操所率领的中原军队不过十五六万人，而且是长期征战，早已疲惫不堪；新接收的刘表手下的荆州降将最多不超过七八万人，而且军心不稳。依靠这些疲惫之众及军心不稳的军队作战，就算人数再多，也没有什么可怕的。我只要五万精兵，就足以打败曹操，请将军自己不要有什么顾虑。”

周瑜就像是拉家常一样向我娓娓道来，我被他客观的分析说服了——原来曹操并非想象中的那么强大，我们真的有机会赢。

终于，在经过了长期与主降派的争论，以及我自己的思想斗争之后，我终于做出了迄今为止我人生中最为提气的决定！

我站起身，拍着周瑜的后背，欣慰地说道：“公瑾，你的话和我的想法完全一致。张昭等人太让我失望了，只有你和鲁肃与我的想法相同，这是老天让你们两个来辅佐我呀！五万大军我暂时难以给你，不过我已经挑选出三万精锐，战船、粮草、军用物资也都准备好了。你和鲁肃、程普率领这三万人马先行出发，我会陆续调集军队，准备好物资粮草，作为你们的后援。你们能靠这三万人战胜曹操最好，一旦失利也不用绝望，我会亲自与曹操决一死战的！”

我又成了那个豪情万丈的孙权。

周瑜向我拜倒：“多谢主公，您就等着我好消息吧！”说罢，他转身离去。

我望着他背影，充满了期待。

第五节

两个月后，我正在吃饭。

“哥哥，你的嘴上虚了泡了，你上火了。”妹妹孙仁指着我的嘴巴说道。

我正嚼着一条鱼，全然没有在意妹妹的话。妹妹提高了嗓音：“哥——，你的嘴巴有个泡——你——上——火——了。”

尖利高亢的声音回荡在饭桌上，盘子中的清蒸鲈鱼几乎要被她吆喝活

了。我这才回过神来，摸了摸嘴角，疼，看来真的上火了。

不上火才怪，整整两个月，周瑜率我军三万精锐逆江而上，与曹操遭遇，打了一场胜仗，然后曹操驻军江北乌林，将战船用铁索相连，使战船平稳。而周瑜则在乌林南岸的赤壁驻守。

然后，然后就再也没有然后了。

双方就这样耗着，战役静止了。一开始我还比较镇定，逐渐的，我坐不住了，到后来，我睡也睡不着，饭也吃不好。时间一久，张昭等人开始在我耳边叽叽喳喳，说什么军粮少、民心不稳等等，听得我更加心烦意乱。

我放下筷子，心事重重地走出大殿。此时已经是隆冬季节，今年冷得邪乎，江南的风竟然刺骨生寒。

在空阔的院落中，看着凋零的黄叶和光秃秃的树枝，我心中有些失落和茫然，周瑜啊，你那边到底怎么样了，再这么耗下去不用曹操动手，我们内部的压力就要把我们压垮了。

鲁肃、吕蒙、周泰、潘璋这几个人都随周瑜作战去了，我身边空落落的，连个说话的人都没有。

这时，妹妹也跟着我跑了出来，她笑着问道："哥哥，我知道你担心什么，你担心打不过曹操老头吧。"

我心不在焉地应了一声，继续想着心事。妹妹顽皮地拽了拽我的衣服角，我有些不耐烦，说道："哎呀，你都这么大了，也该庄重一些了嘛，将来嫁人了也这么胡闹吗？"

哥哥母亲弟弟死后，我与妹妹就成了仅剩的至亲骨肉，我对她就像是父亲一样关怀呵护，甚至是溺爱放纵。我从未教训过她，甚至没有对她大声说过话，她在江东历来说一不二。今天我说了她几句，她愣了，有些不适应。

妹妹低下头，垂泪道："人家本来想给你提个醒，你却这样说人家。"

我看她哭了，有些慌张，我急忙弯下腰，柔声问道："好妹妹，你别哭，哥哥心情不好，哥哥不会再说你了。"

妹妹看我安慰她，便抹了抹眼泪，小孩心性立刻就不在意了，她笑着说道：“我见到了刘备的军师，那个帅哥哥孔明了。”

“哦。”我随口应付一声。

“他给讲了很多刘备的故事，说刘备是个大英雄，还是个老帅哥。”

我听得有趣，便问妹妹：“还有呢？”

古灵精怪的妹妹朝我做了个鬼脸，神秘兮兮地说：“他送给我一个锦囊，让我转交给你。”

我一听，立刻精神一振：诸葛亮在这个时候见我妹妹绝不会单纯地为了给小姑娘讲故事。我急忙问道：“锦囊呢？”

我伸出了手，满脸期待。

妹妹一伸舌头，遗憾地说道：“我把锦囊扔了！”

“啊？”我差点咬住自己的舌头。

“嘿嘿。”妹妹又一笑，说道：“不过我把锦囊里面的东西取出来了。”

我长出一口气：妹妹你要吓死我啊。

说着，她从怀中取出一张纸条，递给我，说道：“我好奇，就忍不住打开锦囊看了，里面就这一张字条。哥哥你不会怪我吧？”

“嗯嗯嗯，不怪不怪。”我随口说着，一把拿过纸条，瞪大了眼睛看。

只见纸上只写了一个字：“火”。

我愣了：这是什么意思？

一阵西北风吹过，呼啸凛冽，使我精神顿觉清爽。我若有所思：诸葛亮难道是在提醒我，战胜曹操要用火攻？！

我沉吟半晌，一时拿不定主意，毕竟我不在前线，火攻是否可行我也不清楚。于是，我急忙将这个纸条用蜡丸封好，命快马加急送给前线的周瑜。

假如真是火攻，倒不失为一条妙计，诸葛亮果然是个人才。

看着传令兵打马扬鞭向着赤壁飞驰而去，我似乎能够看到赤壁战场上纷飞的火焰，熊熊烈火即将把曹操的数十万大军吞没，周瑜将乘胜追击，

江东军队大获全胜，而我孙权的名字就如同当年的汉高祖、楚霸王一样，响彻天下。我神游八荒，甚至想到了自己杀入许昌皇宫，救出汉朝皇帝，然后兵指河北，一统天下的场景。

想着想着，我情不自禁地哈哈大笑起来：“哈哈，哈哈，哈哈哈。”

父亲，哥哥，母亲，你们看到了吗，我长大了，我没有辜负你们的期望。哈哈！原来我这么强！我将要打赢曹操喽！

一阵凛冽的西北风再次吹过，吹得我身后的披风来回摇摆。

瞬间我石化了，面部僵硬了，身体冻结了，我傻了！

曹操在北，我军在南，现在是隆冬时节，只有西北风，防火，相当于自己烧自己！

尼玛！孔明！你给我出的什么馊主意？

我扯着喉咙，声嘶力竭地吆喝道：“来人，召回快马，别信诸葛村夫！”

第十章 Chapter ten

赤壁大捷

第一节

诸葛亮的火攻建议还没有发出去，周瑜送来的秘密军报却已经送到了我的手中。

在军报中，周瑜向我详细介绍了战况，同时，他也向我提出了火攻曹操的建议，只不过，周瑜已将风向问题考虑进去了。周瑜作为前敌总指挥，他久在江南，十分熟悉当地的气候变化，他自然比“足不出户”的诸葛亮更了解实际情况。

在军报中，周瑜向我阐述了曹军的四点不利因素：

一、瘟疫已经开始大肆蔓延，曹军士气和战斗力严重受挫；

二、曹军嫡系部队不习水战，新收编的荆州水军心怀疑虑，无法力战；

三、曹操将战船相连，我军有机可乘；

四、曹操在取得对袁氏的胜利后，又兵不血刃取得荆州，骄傲自满的情绪开始滋生。

基于这几点，周瑜提出了战胜曹操的方略：

一、黄盖主动请缨，诈降曹操；

二、以黄盖火船为前导，利用东南风起火攻曹军；

三、与刘备联合行动，火攻之后全线出击，一举击溃曹操。

周瑜的部署有一个有着严密论证的体系，我看到这封军报，不禁暗暗佩服：周公瑾真是天生的将才，曹操遇到这样的对手算他倒霉。

然而，在军报中，我最为关心的风向问题周瑜只是轻描淡写地一笔带过，他有把握利用风向用火攻，但却没有向我说明如何算准风向，这令我还是产生了一丝忧虑。

读罢周瑜的军报，又有一封来自前线的密信送来，是朱然给我的。

我看着这封信，是用蜡丸封印的，我在密室中打开信，借着灯火看到，信上写着：“主公，周公瑾指挥作战很用心，他是忠于您的，您不用担心，我军其他将领也没有异动，大家都同仇敌忾，我看不出几日曹操就会被击败了，恭喜主公。”

第二节

建安十三年冬十二月，漫天白雪纷纷飘落，江南是已经多年没有下过这样的大雪了，我穿着貂裘大衣，披着红色的斗篷，来到柴桑郊外观雪。冰凉晶莹的雪花飘落在我的脸上，十分清凉，令我烦躁的心情平复不少。

望着远处的田地上白茫茫的雪，我知道明年将是一个丰收年，我孙氏取得江东至今已经十二年了，这些年来我除了招揽豪杰，镇抚山越，最重要的工作就是实行屯田。通过几年的努力，已经取得了一定的效果，曾经荒僻的江东如今的粮食产量已经足以支撑我的军队和行政开支，再加上今年的这场大雪，明年的粮草应该是够了。但是，在下一年收获季节到来之前的这几个月，粮草就不那么宽裕了。

自从接到周瑜的破敌军报，已经快七天了，前线依旧没有消息，这场仗再这样耗下去，恐怕是我先耗不起了。

可是，我又没办法催促周瑜速胜，因为面对曹操这种级别的对手，他能做到这一步已经很不易了，我又怎能苛求他迅速地取得胜利呢？

一想到眼前的赤壁之战，我的心情就再次压抑烦闷起来，眼前的雪景也随之索然无味。

我回到官邸，正是开饭时间，桌子上摆着我最爱吃的清蒸鲈鱼，但是，我又怎么有心情吃下去呢。我坐在桌子前，用筷子挑挑鱼，又拨弄一下米饭，无法下咽。

就在我食不甘味的时候，忽然有从赤壁来的传令兵心急火燎地跑了进

来，他边跑边喊：“主公，主公！”

我一看到赤壁来的人，立刻弹了起来，我紧走两步迎上去问道：“前线怎么样了？快说！”

传令兵朗声答道：“主公，周将军已经率大军出发，杀奔乌林，决战开始了！”

“啊！”我惊呼一声，这个消息来得既突然却又在意料之中。

“哦。”我沉吟一声，缓缓坐下，不再言语，我轻轻咬着嘴唇，眉头紧锁，一颗心扑通扑通乱跳。

终于开始了，决定江东和孙氏命运的战略决战就要见分晓了，周瑜你一定要赢，我把我身家性命和祖宗基业都赌在这一战上了。

我就这样坐着，一动不动，脑子中开始不断地回忆起往事：父亲早亡我随母亲历尽艰辛，哥哥扫荡江东我初出茅庐，哥哥身亡我十九岁接管江东，八年来我励精图治，过往的林林总总在我脑海中不断闪回，我的大脑陷入了疯狂的思绪无法自拔。

我身边的侍卫就在那站着，他们不敢打扰我。

不知道过了多久，雪已经渐渐小了，天色已经渐晚，桌上的饭菜早就凉透了。

曾经的往事已经无法重来，未来的路通向天际出现在我的面前，乱世的战火像是锤炼我的熔炉，雄浑豪迈的战鼓声催我奋进。

“主公！黄公覆将军诈降成功，火攻曹军，北岸烈焰冲天，曹操水军尽毁！”传令兵扯着嗓子呼号着。

一个走罢，一个又来：“主公！捷报！赤壁大捷了！周将军出战曹军，大破敌兵！我们胜了！我们胜利喽！”

紧接着，第三个传令兵来了：“主公，曹军溃不成军，周将军与刘豫州追杀敌兵，已经将敌人赶回江陵！”

战胜的消息如空气一样传遍了我的官邸，传遍了柴桑城，传遍了江东，传遍了天下……

我依旧怔怔地坐在那里，良久无言，我的侍卫在我耳边轻声提醒：

“主公，赤壁大捷了，我们战胜曹操了！”

我再也抑制不住自己的情绪，久久压抑的苦闷就像火山一样从喉咙中喷出，我仰天长啸：“苍天啊，保佑我江东啊！父亲、母亲、哥哥，我赢了！我战胜了曹操，保住了江东！我……呜呜呜呜……”

我痛哭，汹涌的泪水从眼中淌出，肆无忌惮……

第三节

我看着周瑜在战后第一时间送来的军报，是向我详细描述战役进程的：

战役开始之后，黄盖献策周瑜：“如今敌众我寡，无法对敌军长期对峙。曹军将船舰首尾相连是其致命的错误，可以利用火攻之策打败曹操。”这两人想出了诈降额计策。

黄盖写了一封降书，命人送往江北曹操手中。曹操看到信上写着：“黄盖一直深受孙家的厚恩，担任军队中的要职，所享受的待遇可谓不薄。不过环顾天下大势，以江东六郡的羸弱实力去对付中原的百万之众，实在是自不量力，难以取得成功。就算是江东的将士们大都能看清楚当前的形势。唯有周瑜、鲁肃等寥寥数人，心胸狭隘，浅薄愚钝，不明白这个浅显的道理。我打算归顺曹公，也正是基于这样的考虑。周瑜所统帅的军队，最容易从内部被攻破。等到曹公与周瑜交锋之日，我当为先锋，随时会为您效力。”曹操召见送信的使者，曹操说道：“就怕你们有诈，如果黄盖真的能率众投降，我对他封赏一定会超过所有人。”曹操上当了。

黄盖诈降之计成功后，周瑜立即着手进行决战前的准备。他预备下蒙冲战船十艘，装上干荻和枯柴，在里边浇上油，外面裹上帷幕，上边插上旌旗，预先备好快艇，系在船尾。命黄盖在诈降进入曹营之时在距离曹军两里处举火，自己则率主力部队紧随其后，一旦黄盖得手，则全力进攻，给予曹军致命一击。

长江地区复杂的天气状况也帮了我军的大忙。时值隆冬，皆为西北风，曹操在北，我军在南，如果是西北风放火，难以起到克敌制胜的效果。但是，在赤壁一带，冬季却有东南风，周瑜久在江南自然知晓这一情况，于是，就利用这一自然现象，周瑜开始实施他的火攻计划。

等到了约定的投降时间，黄盖开始向曹军水寨进发。两军可望的时候，黄盖命麾下将士皆举起火把，齐声高呼："来投降了！"同时，黄盖命人扯起船帆，在东南风的作用下，快船风驰电掣，直奔曹军而去。在前进至距水寨二里之时，黄盖下令各船点火，向曹军猛冲。大火随着风势越烧越旺，曹军只能眼看着黄盖的蒙冲斗舰冲进了水寨。

曹军大批战船皆用铁索链接，无法躲避，也无法调转，只能眼睁睁看着火船冲进自家水军之中。战船立即起火燃烧，并随即波及了其他战船，顷刻之间火光冲天，整个水寨已经变成了一片火海。不少曹军官兵被吞没在这火海之中，一些被大火烧着衣服的士兵们已经开始跳下战船，落入冰冷的江水之中，烈焰冲天，惨叫呼号震天动地。

周瑜率领的吴军主力抵达，吴军擂鼓助威，声势震天，由于风势太猛，以至于江上的大火蔓延到了北岸，曹军陆上大营也被火点燃。曹军本就饱受疲惫、瘟疫的折磨，士气低落，如今骤然遭遇大火，又见吴军声势浩大地杀来，无法抵挡。首先溃败的是曹操的水军，他们多为原刘表手下的荆州兵，本非曹操嫡系，如今战船被烈火焚烧，水军几乎不复存在，他们也就随之溃散了。水军的溃散延续到了陆军，失败的情绪比瘟疫还要快地在曹军中蔓延。周瑜主力部队趁势猛攻，刘备这时也倾巢而出，直扑曹军而来，曹军被火烧死，被水淹死，被联军杀死的人不计其数，曹操二十几万大军无法立足，开始全线崩溃。曹操仓促之间组织部队开始往北撤退，孙刘联军则沿长江水陆追杀曹操。

曹操逃至江陵之后，重新作出部署，以曹仁、徐晃等将领镇守，自己率军返回中原。

我军胜利了！

军报的最后，周瑜告诉我，他已经让鲁肃先行回柴桑复命。

我合上军报，慨然说道：“子敬要来，我一定要用隆重的仪式迎接他！”

鲁肃是第一个建议我称王称帝的人，是第一个力主抗曹的人，也是联合刘备的人，他是我的股肱，是我的爱将，是我的恩人。我一定要让他荣宠至极。

柴桑城外三十里，安排下了迎接鲁肃的队伍，文武百官站立在道路两旁，旌旗招展，鼓乐喧天，我身着盛装站在中间。

不远处，只见鲁肃正缓骑着战马而来。

看到这位立下奇功的谋士，我太兴奋了，三步并做两步，一把就抓住了鲁肃的马鞍。口中大声说道：子敬，今天我抓住马鞍请你下马！

鲁肃一看我这样的举动，也被深深地感动了，连忙跳下马说道：“怎敢劳烦主公用这样的礼遇对待子敬呀？”

我乐呵呵地说道：“对待有功之臣就应该这样，这样才能彰显你的功劳，你说对不对呀。”

此时，鲁肃的脸色突然变得严肃起来，他说出了一句让所有人都大吃一惊的话，连我自己都吓了一跳：“主公，这种礼遇还不够呢。”

什么？刹那间，我发现在场其他人的脸色都变了，连我也觉得脸上发烧，难道鲁肃这么快就变成爱卖弄的许攸了，当年曹操击败袁绍，许攸立了大功，结果许攸得意洋洋地到处吹嘘如果没有自己曹操根本就无法取胜，最后曹操忍无可忍，将许攸杀了。鲁子敬不会想做许攸吧？

我的脸也沉下来了。

只见鲁肃面不改色，举起手中的马鞭，慷慨地说道：“但愿主公的恩德遍布四海。完成帝王大业。等到那个时候，您再用带轮子的豪车来接我，那对我而言才是一种真正的荣耀呢！”

我愕然片刻，随即拉着鲁肃的手仰天大笑。

鲁肃这家伙说话就是有水平，听着他说话叫人舒坦。

我安排下丰盛的筵席为鲁肃接风。席间，我问道：“子敬，赤壁之战

我军战胜，下一步该怎么办？”

鲁肃答道：“主公，曹操虽然战败，但他的嫡系部队伤亡不大，他退军江北，留大将曹仁镇守江陵，周公瑾已经率领大军展开了对江陵的攻略，但是，进展不是很顺利，看来我军想要扩大战果并非易事。主公啊，战争才刚刚开始。”

“是啊，曹操势大，非片刻能灭，我们还要坚持战斗啊。我已经决定。”我的语调忽然提高：“由公瑾率兵进攻江陵，我将亲率大军进攻合肥！曹操新败，无力南下，我们要抓紧时间扩大战果。”

鲁肃听到我这个决定，他皱了皱眉头，说道：“主公，这是您深思熟虑后的决定吗？”

我哂笑一声，平心而论，这不是我的原计划，这是我即兴的想法，周瑜在赤壁战胜曹操令我的信心爆棚，我觉得我也可以率兵北进，大战曹军，开疆拓土。这也是我多年来的夙愿——在疆场上驰骋，斩将夺旗。

然而，我的决定遭到了鲁肃的反对：“主公，我认为此举不妥。”

鲁肃很少反驳我。我问道：“子敬何出此言？曹操新败，主力北还，现在边疆空虚，正是我军进攻大好时机。”

鲁肃却说道：“可是主公，合肥不是一般的地方，那里城池坚固，是曹操重点经营的防线，我怕我军贸然北上要吃亏的。”

我明白鲁肃话的意思。

合肥，隶属扬州，位于施水与肥水的连接地段，合肥地名的原意就是施水合于肥水之处。这两条河流本不相连，后经人工开凿使肥水与施水、巢湖与濡须水连接起来，这段运河位于合肥以西将军岭，平均长度约四千米。从地形来看，合肥以西是大别山脉东段的隆起地带——皖西山地，主峰是天柱山、白马尖等海拔都在千米以上。大别山余脉向东北延伸为江淮丘陵，合肥以东张八岭一带地势较高，散布着老嘉山、琅琊山、龙王山等岭峰。江淮丘陵的蜂腰地段就在合肥以西的将军岭附近，水道及沿河陆路即由此经过。合肥坐落在这个狭窄通道上，因而成为道路冲要。早在春秋战国时期这里就是商旅往来的贸易都市。从地理条件上看，合肥左右两侧受地形、水文等不利因素限制，难以做大规模的兵力运动，部队行进往往要经过这个咽喉要地。因此，占据合肥既控制了南北交通的主要干线，可以在军事上取得很大的主动权。合肥不仅是南北水陆干线的冲要，它处在江淮之间的中心地段，四通八达，为数条路途的汇聚之所，属于锁钥地点，即交通、军事上的枢纽区域。控制了合肥，便可以向几个战略方向用兵，或堵住几个方面的来敌。作为曹操而言，由合肥南下，沿着巢湖西岸及皖西山地边缘向西南而行，即可到达皖城，从皖城出发既可以向西南威胁江东在长江中游的重镇柴桑、夏口，又可以向东南逼迫牛渚、建邺。历来就是兵家必争之地。

但是，合肥目前的兵力不多，所以我还是想试一试。

“子敬，公瑾用三万兵马就战胜了曹操二十几万大军，我将亲率十万大军进攻合肥，那合肥守军不过区区几千人，我大军过一趟就把它踏平了，又怎么会打不下来呢？”

“主公，您只知其一不知其二，赤壁之役乃水战，曹操用荆州降兵与我军精锐对阵，这才落于下风。但是，要论陆战，不得不说，曹军还是天下第一。曹仁镇守江陵，麾下士卒十分强悍，公瑾麾下都是刚刚参加过赤壁之战的得胜之师，士气高昂，但即便如此，甘兴霸出战还是被曹军包围了。公瑾数次与曹军野战，都占不到丝毫便宜。主公，进攻合肥是陆战，合肥向北也都是平原，不利于我军特点，还望主公小心谨慎，不要贸然出兵啊。”

鲁肃叨叨说了一堆，听得我有点不耐烦了。我一挥手，打断了他话，说道：“子敬不必再说了，我这次去就算是试探性进攻总可以吧，能打我就打，不能打大不了我撤回来，那曹军还能越过长江来追我吗？子敬，老窝在家里啥时候也杀不出去，更别提称帝了。你说呢？”

鲁肃看我这么说，他叹了口气，不再言语了。

第四节

建安十三年是个值得纪念的年份，这一年威震天下的曹操兵败赤壁，我孙权的名号响彻寰宇，世人再也不说我是坐享其成的“富二代”了，我是雄霸一方的诸侯，我是这乱世的英雄。

当我率领十万大军越过长江，向北面的合肥进攻的时候，我感觉自己就像是汉朝的冠军侯霍去病一样，年轻有为，所向无敌。

合肥城，横亘江东和许昌之间最为坚固的一座要塞。这座城池是曹操的扬州刺史刘馥所造。虽然鲁肃等人屡次提醒我，这座城池不好打，但是我偏偏不信这个邪，区区合肥岂能挡住我十万大军的雷霆一击？只要曹操的主力部队不来，我就有信心拿下它。

然而，当我亲自指挥军队攻城的时候我才明白曹操军队的厉害。这座合肥城不大，但十分坚固，这样的要塞是最难攻打的。城中的准备十分充足，他们拥有足够的滚木礌石和防御设施。而且，曹军陆军就如同传说中的那样，纪律严明，骁勇善战，虽然我军也十分勇敢，将士们前赴后继地冲锋，但是总也无法登上城头。我看着激烈残酷的战斗，暗想：真不知道周瑜是怎么以少胜多，击败这种虎狼之师的。

这么打下去不行！我有点气急败坏了。干脆我自己亲自率领骑兵冲上去！

不过，就在我刚刚发布命令之后，长史张纮就气喘吁吁地跑来了。张纮满脸不悦地对我说：“上阵杀敌，那是将军和偏将们的事情，哪里用得着主公您亲自上阵呀！您应该专注于指挥全局，千万不可意气用事呀！”

我眼巴巴地望着张纮，他说得的确有道理。我这是蛮干，可是，合肥城久攻不下，身为江东之主的我颜面尽失是小，影响了我的整个战略计划，这才是关键呀！

听张纮的，我不亲自去前线了，但这仗一定要打下去，错过了这个好机会，以后再想打合肥就更难了。

我攻打合肥半个月，天降大雨，城墙被雨水浸泡，眼看要崩坏。我想要抓紧机会猛攻，然而，守城的曹军敌军用草席包裹住城墙，在夜间点燃鱼脂，将城墙照亮，我在城外的一举一动尽在敌军的眼皮子底下，弄得我军的一举一动都被守军看得清清楚楚，十分被动。我原本打算采用的夜间偷袭也变成了强攻，结果损失惨重。

无奈之下，我只得派兵将合肥城团团包围。

我之所以这么迫切地想要打下合肥有两个原因：第一，合肥确实是战略要地，是我进一步向北方拓展的绊脚石，从大局来看，我必须拿下它；第二，周瑜率我军西路军团战胜了曹操的主力，我举十万之众若不能攻下去合肥，这叫江东将士怎么看我？我父亲杀入洛阳逼走了不可一世的董卓，我哥哥以几千兵马转斗千里，尽有江东，到我这总不能是个军事草包吧？！我迫切地需要证明自己，树立自己在军队的威望！

所以我才不顾一切地督促士卒连续猛攻。

在我十万大军的“怀抱中”，合肥城被裹成了粽子，里面就是一只苍蝇也飞不出来。然而可恶的是，合肥城就像是在狂风暴雨中的一叶小舟，它随着波涛上下沉浮，风雨飘摇，但就是不会沉没，任凭风暴如何凶猛，它都屹立不倒。

我抓狂了：我应该纵横天下，所向披靡才对，可现在十万大军却被一个小小的合肥拦住了，太丢人了，我死了算了。

我围攻合肥将近一个月，寸土未得。坏消息在军中悄悄传起：曹操已经派遣他的精锐部队前来救援合肥。

天呐！如果曹军主力这个时候赶到，那我将腹背受敌，局面就太不利了。

不行，我要尽快攻克合肥！于是，我开始做最后一搏，命令全军不分昼夜地进攻。

终于，在我的猛攻之下，合肥城外的人有了动作，他们派出好几路人

马突围，我明白，这一定是外面的曹军想联络城内的人。我看着猛攻一月的城池眼看就要得手了，我怎么会轻易地放他们进去？我命人去围堵突围的人。

最终，捉住了两人，在他们身上都揣着同样的一封信，上书："丞相派大将张喜率步骑四万已到雩娄，不日就可以抵达合肥，望守军做好准备，里应外合，一举歼灭吴军，生擒孙权。"

看到这封信，我彻底绝望了。完了，曹操的主力真的来了，大军已经到了雩娄，离合肥不远了。

看来，合肥城这次是拿不下来了。

为了避免陷入腹背受敌的窘境，我被迫撤兵。

离去时，我回头望着曹字大旗依旧飘扬的合肥城，恨恨地说道："合肥，走着瞧，我还会回来了，早晚有一天我要让你的上方飘起我孙家大旗！"

第五节

回到江东的时候，我接到了周瑜从荆州前线送来的捷报。他已经迫走曹仁，占据了南郡，荆州南部已经成为我军的囊中之物。

看到这消息的时候，我表面上很开心，实际上，我内心深处却是喜忧参半。我之所以会忧虑，只要还是因为合肥之战的失利，太让我郁闷了。

这让我的神经质又发作了，有一段时间我看着身边的人都很奇怪，我总感觉他们在偷偷地嘲笑我，笑我无能。我有时常出神，脑海中总浮现出周瑜志满意得的神情，诸将都在背地里轻视我。

虽然我知道这都是我胡思乱想，但是这种感觉是真实存在的，这让我十分不爽！

我为了排遣心情就四处打猎，结果效果不佳。我又找了几名美女作伴，还是不能排遣我的郁闷。

怎么办呢？这一日，我愁眉苦脸地照着镜子，徐氏在我身后说道：“夫君，这段时间我看你总是心事重重，不知道是为什么呢？”

我的神经质又怎么对她说呢，我只是答道：“每天太无聊了，过得不痛快。”

“哦，是不是觉得没有新鲜事啊？”徐氏笑着问我。

“嗯，确实是。”

“其实我倒有个法子能让人心情好点，主公不妨试试。”

“什么法子？”

“我当年在娘家的时候闲着无聊，便在闺阁中看画像。我有个婢女颇会画人像，我就让她将外面见到的有意思的人画来让我看。然后让她给我讲这个人的故事，我就这样打发了好几年时光呢。”

我听得有趣，便决定学着她的法子做：“嘻嘻，这可真是好玩，好吧，我也要看画像，因为我还真有想要见但见不到的人。”

“谁啊？”

我认真地说道：“曹操曹孟德。”

“啊。”徐氏有点吃惊：“是他。”

“嗯，就是他，这个人是这个时代的第一英雄，我很想看看他长得是什么样子。”我说的是真心话。

“也好办，只要让在前线见到过曹操的将士描述，然后让画师画出来就可以了嘛。”

“不用，东部（指张纮，我对他的尊称）见过曹操，就让他来就行。”

于是，为了打发无聊的时光，为了满足我的好奇心，我就让张纮来为我描述曹操的容貌，然后让能工巧匠照着他说的样子画出来。

没用半天，一副曹操的写真画像就呈现出来了。我忙不迭地捧来看，徐氏也凑了过来。

看着画中的人，我很失望，这个人相貌平平，毫无特点，这是曹操吗？我向张纮投去了怀疑的目光，我心道：老头见的曹操不会是个赝品吧？

张纮似乎看出来了我的疑问，他解释道："主公，曹操此人虽然相貌平平，但气度不凡，双目如神，这些在画上是体现不出来的。"

"嗯，了解了。"我拿着曹操画像，又看了看镜子中的我，我自恋地摸了摸自己的紫髯，心中暗道：嘿嘿，曹操你个屌丝，将来有机会让你见识一下我孙权高富帅的魅力！

徐氏在一旁看着我偷笑。我有些不好意思，两人相顾莞尔。

这是我这些日子来少有的好心情。

看罢曹操的画像，我忽然又想到一个人，我问张纮："东部，你见过刘玄德吗？"

张纮在许昌的日子正好是刘备投奔曹操的那段时间。果然，他点了点头："见过。"

"太好了，我想看看刘玄德的样子。"

于是，张纮又开始描述刘备的模样，画师一丝不苟地将其画了出来。

这一次，我看着刘备的画像，再也不自恋了，刘备长得隆准龙颜，帅气十足。就连徐氏也夸奖他："咦，这个刘备长得和大汉开国皇帝汉高祖刘邦好像啊。"

张纮在一旁对我说道："主公，刘备不但仪表堂堂，而且志向远大，能得人死力，曹操尚且不能制住他，主公，对于这个人我劝你还是小心为好。"

我固然知道张纮所说的都是实情，但我有自己的打算："如今曹操在北，虎视眈眈，我想要利用刘备对抗曹操，这才不得不联合他。"

张纮说道："主公，利用刘备可以有很多办法，但你要把握好分寸啊，一旦给予他太多资本，他将难以抑制。"

我点了点头，我正想问张纮其他的事情。

忽然，一个清亮的声音响起："咦？！这是哪个大帅哥的画像啊？"

我回头一看，却是妹妹孙仁闯了进来， 她进我房间从来都是不让人禀报的。她拿着刘备的画像赞叹着。

张纮笑道："公主，这个人就是刘备刘玄德啊。"

妹妹恍然大悟，瞪大了眼睛：“哦！我说呢，原来是他，看来诸葛亮那个大帅哥没有骗我，刘备真是个老帅哥呢。”

徐氏调侃道：“妹妹，你以后嫁人的标准是不是就要按照这个标准啊。”

妹妹性格比较泼辣，她丝毫不以此害羞，一仰头说道：“真要有这么帅的男人，我还真嫁。”

我又好气又好笑，张纮则已经忍俊不禁了。

就在我们欢笑的时候，忽然有传令兵前来：“启禀主公，周将军从南郡送来情报和一封密信，请你过目。”

我收敛了笑容，接过军报，看上面写道：“刘玄德已经占领荆南长沙、桂阳、零陵、武陵四郡，前不久我军从南郡分出公安给刘玄德屯兵，刘玄德闲地狭不足以安民，如今荆州名士和流民多归附刘氏，并推举刘玄德为荆州牧。”

看到这个消息，我心中有些战栗：刘备麾下人才济济，只是一直没有机会发展实力，如今他得到了荆州人的支持，又有了荆南诸郡，日后只怕真的就再也难以限制了。

我放下军报，又打开周瑜的密信，只见上面写道：“刘备原本就是天下的枭雄，手下又有关羽、张飞这样的熊虎之将，不会长久地屈居人下，应该采取措施限制他的发展。想个办法就刘备请来江东，为其建造豪华居所，再多送一些美女和珍奇玩物，消磨刘备的意志，并趁机将其扣留，然后再寻机向刘备的地盘进攻。”

看来周瑜也很忌惮刘备啊。

我该怎么对付刘备这个棘手的盟友呢？我真的要采纳周瑜的这个建议，软禁刘备吗？忽然，我看到妹妹仍旧饶有兴致地观赏着刘备的画像，眼中竟有一分爱慕。

我灵光闪现，心生一计，走到妹妹身后，问道：“妹妹，这世上若真有画像中这样的帅哥，你要嫁给他吗？”

妹妹抬头愕然地看着我，不知道该怎么回答。

第十一章 Chapter eleven

城府很深的妹夫

第一节

在我身边有一头醒着的老虎和一头沉睡的老虎。

醒着的老虎叫曹操，他张牙舞爪，时刻都想着一口将我吞掉。沉睡的老虎叫刘备，他虽然沉默寡言，甚至对我卑躬屈膝，但是我知道，他比那头醒着的老虎也好不到哪去。

我想要将这两头老虎都杀掉，但是，我没有这样的实力，尤其是那个醒着的老虎曹操，他现在已经舔好了伤口，虎视眈眈，随时都有可能南下。赤壁战后，曹操甚至派了一个叫蒋干的家伙前往周瑜军中，劝降周瑜，幸好周瑜对江东忠心耿耿，断然拒绝了蒋干，否则的话后果不堪设想。

我为了应对燃眉之急，不得不用沉睡的老虎刘备对付醒着的老虎曹操。

为了拉拢刘备，我想到了一个“妙计”：与刘备联姻。要知道这一招我在江东屡试不爽，江东的世家大族就是这样被我争取过来的。我认为，一旦联姻，刘备也会死心塌地跟着我的。

可将谁嫁给刘备呢？以刘备目前的身份地位，一般女子肯定不行。最后，我打算将妹妹孙仁许配给刘备，让刘备做我的妹夫。

一开始我担心妹妹不同意，可是没想到，当我向她提及此事的时候，她竟然没有反对。她对这个闻名天下，但又像是谜一样的大帅哥充满了好奇。我暗暗叹息，这或许就是他俩的缘分吧。

于是，我命人告知刘备此事。不几日，使者回报：刘备答应亲自来京口提亲，迎娶公主。

哈哈，这个媒做成了，我就多了一个强有力的盟友——这是我当时的想法。

时值春季，京口的空气格外清新，傍晚时分，我带着妹妹到郊外赏月。这或许是我们兄妹以后再也难有的日子了。

不远处我的亲兵们升起了篝火，我们兄妹坐土丘上，望着点点繁星。我俩久久无言。

最后还是我先问她：“妹妹，你要出嫁了，你以后会时常想念哥哥吗？”

“笨蛋哥哥，你时常想我才是真的。”妹妹女汉子的性格暴露无遗。

但是这次我却没有笑，我又问她：“这些日子我在想，父亲、哥哥、母亲、弟弟相继离开了我，你现在又要出嫁，以后这江东就剩下我自己了，我会孤独的。妹妹，或许我把你嫁出去是个错误，我应该给你招个上门女婿。”

提及父兄母亲，妹妹也不笑了，她默默地低下头，不再说话了。

我意识到自己触动了她敏感的神经，我连忙安慰道：“妹妹，不哭，以后你的夫君若敢欺负你，我就派人揍他，为你出气。”

我说得轻松，但是，妹妹再也没有笑容了，她伏在膝盖上，背部不断地耸动，她呜咽道：“二哥，我舍不得大哥走，舍不得母亲走，舍不得弟弟走，现在我要离开你，离开江东，我更舍不得，我会想家的……呜呜呜……”

看着妹妹哭诉，我心中一酸，眼泪在眼眶中打转，我暗暗长叹：为了江东，为了孙氏，妹妹委屈你了，拉拢住刘备我就安如磐石，等我成就霸业，你会知道哥哥是对的。

数日后，刘备一行人来到京口，我安排了隆重的仪式接待他。终于，我将要见到刘备了，这个与我纠缠半生，充满了爱恨情仇的朋友和对手！

第二节

虽然我早就听说刘备此人有龙凤之姿，是当世英豪，我对他的外貌和气势已经有了充分的心理准备。但是，当我真正见到他的时候，我还是惊

叹了一把。

刘备隆准龙颜，五官出众，双目能自顾其耳，两手过膝，他见到我十分谦和，但是，我仍能从他刻意掩饰的外表下看出来他雄心勃勃的内心。那是一股由内而外散发出来的气势，是对权势的渴望，是对建功立业的追求，也是对自己天命所归的强烈的自信。这一切，就像我一样！

刘备见到我，赞叹道："孙车骑（刘备表奏我做代理车骑将军）真是形貌奇伟，超凡脱俗，与传说中一样。"

虽然我知道他是在恭维我，但我还是比较得意，因为他的马屁并不算过分，我自信自己就是他说的那样。我笑道："刘豫州过誉了，你也是相貌堂堂啊，我将妹妹嫁给你，算是对了。"

刘备也笑道："日后我与仲谋便是一家人。"

"哈哈，玄德说的是，日后大家是一家人，我们一起对抗汉贼曹操。"

我俩双手紧握，并肩步入了京口，江东百姓早就听说我要嫁妹妹，女婿是天下闻名的刘备，于是都纷纷前来看热闹，街道两旁的挤满了人，人潮汹涌。

数日后，我为妹妹举行了隆重的婚礼。江东名流重臣尽数前来，我很高兴，亲自主持了婚礼，并喝了不少酒，直到刘备和妹妹进了洞房，我才回去休息。

翌日，我迫不及待地想见见两位新人，在我想象中，刘备早已没有了妻子，他年近半百，我妹妹正是好年华，长得也不丑。这桩婚事刘备肯定会满意，我担心妹妹会不开心，所以我想见见他们，安慰一下妹妹。

然而，当我见到他们夫妻时，我愣了，面前的场景与我想象中的画面截然相反。只见妹妹喜笑颜开，像一朵灿烂的花，刘备则好像"打败的鸳鸯斗败的鸡"，垂头丧气，无精打采。

不对啊，这是咋回事？我试探着问道："玄德，我妹妹在我们孙家历来是掌上明珠，任性惯了，你以后要多担待她。"

刘备看着我，皮笑肉不笑地答道："嘿嘿，好说，好说。"

我心中越发奇怪，昨天发生了什么？

妹妹这时笑嘻嘻地对我说道："哥哥，你就放心吧，夫君他人好得很，我俩恩爱还来不及呢，怎么会吵架呢？是吧，夫君？"

妹妹说着上去一把抱住了刘备，刘备吓得身子一趔趄，好像是在躲一头老虎似的。

告别了刘备和妹妹，我急忙召来妹妹府中的人询问："昨天晚上发生了什么？"

当府中的婢女向我汇报了事情的经过后，我差点笑岔气。原来，我妹妹深受我们孙家尚武的影响，平时喜欢舞刀弄枪，她本身就武艺高强，又生性顽皮，好动不好静，在她身边总是带着百十号持刀剑的女兵。昨晚，刘备刚进门就被一群女兵围住了，威胁他如果不能善待公主就要把他阉了。吓得刘备差点晕死过去。

真是笑死人了，这个刘备啊，真不知道这对他是好事还是坏事了。

"启禀主公，陆伯言将军求见。"管家报告。

"哦，是他，让他进来吧。"

不多时，陆逊来到，向我施礼说道："伯言从镇抚山越前线回来，祝贺公主大婚。"

几年不见，陆逊已经和我一样退去稚嫩，成为了强健的年轻人，他率兵镇抚山越颇有成绩，这些年的军旅生涯锻炼了他的体魄同时也磨炼了他的忍耐力，他更加成熟稳健了。

我问他："伯言，你单独来找我一定有事，你只管说吧。"

"主公英明，我确实有一件大事要提醒您。"

"哦？大事？什么大事，说来听听。"

"主公，您打算怎么处置刘备？"陆逊看着我问道。

"处置？你所谓的处置是指什么呢？"

"主公，刘备乃当世豪杰，又有关羽、张飞、诸葛亮等人羽翼。就连曹操都不能拉拢他，他将来一定要自立为王的。主公，这样的人您一定要想办法遏制他呀。"

听到这番话，我也陷入了沉思，我沉溺在与刘备联姻的得意中，总觉得只要我真诚地对待刘备，刘备总不会反咬我一口的。但是，今天陆逊的话让我内心深处的隐忧被证实了，我开始担心：我将妹妹嫁给刘备真的就能拉拢刘备吗，种种迹象表明，这或许只是我的一厢情愿。

我没有说话，我去内室取出了周瑜劝我软禁刘备的那封密信，交到了陆逊手中。陆逊接过信，仔细观看，看罢他说道："主公，周将军可谓洞如观火，我完全同意他的建议。应该软禁刘备，让关羽张飞诸葛亮为我所用。"

我犹豫了，我该怎么办？如果不软禁刘备，他一旦回去恐怕就是龙回大海，但如果软禁刘备，关羽张飞诸葛亮能乖乖听话吗？北方的曹操一旦南下该怎么办？我妹妹这样能幸福吗？

我长叹一声，对陆逊说道："伯言，这件事还是从长计议吧。"

我不想软禁刘备，我相信我能掌控大局，刘备会助我对抗曹操。

陆逊看我如此，只得无可奈何地离开了。

二十年后，当我回忆起这件事的时候我笑自己幼稚，但是，这一年我只有二十八岁，这或许就是年轻的代价吧。

数日后。

"哥哥，我们要走了。"妹妹带着刘备来见我。

"你们打算去哪？"

"仲谋，我来江东已经好几个月了，大事都处理完了。现在曹操在荆州地区动作很大，我不在那里众将无主，诸葛孔明已经连续几次催我回去。我看我还是回荆州主持大局对抗曹操吧。"刘备说道。

刘备要求回荆州让我心中潜藏的忧虑骤然浮现出来，那种感觉就好像是担心自己将一头捆绑住的猛虎放归茫茫森林一样。我犹豫了一下，没有回答他。

这时，妹妹孙仁冲到我身边笑嘻嘻地说道："哥哥，听说荆州可好玩了，我想去玩玩，你放心，我们还会回来看你的，江东是我娘家啊。"

妹妹说得也不错，现在刘备完成了婚事，带着媳妇回家是天经地义的，我若强留一则于理不合，再则我一时片刻也找不出借口，当初周瑜劝我软禁刘备，我始终无法下决心，现在事到临头，我当然更加不会强留了。

在刘备和妹妹的软磨硬泡下，我最终答应了让他们离开江东。刘备连第二天都没有等到，便带着我的妹妹匆匆起身了。

刘备刚走不久，张昭、吕范、朱治等人心急火燎地跑来见我，鲁肃也跟着他们。吕范慌着问道：“主公，您让刘备走了？”

我点了点头：“是啊，人家娶了媳妇要回家，我能不让走吗？”

旁边朱治急得一跺脚，张昭长叹一声，他们说道：“主公，刘玄德乃雄才大略之人，必然不会长期被我们利用，您应该将他杀死或是软禁，如今纵虎归山，日后只怕悔之不及啊。”

他们的话就像是一记重锤砸在了我的心头，我后悔了，于是当即大声传令道：“来人，预备飞云大船，速追刘玄德！”

我亲自率张昭、朱治、吕范、鲁肃等人上船，又点齐了五百亲兵，飞速追赶。

刘备的小船速度慢，我没用多久就追上了他们。我命人喊住刘备，然后在船上摆下了酒宴，我要最后试探一下他，以此来决定他的生死去留。

刘备和妹妹来到船上，见到我，妹妹撅着嘴：“哥哥，我们正在观赏江景，你怎么又来了？”

刘备没说话，表情很平静。这让我有些意外。

我轻松地对妹妹笑道：“妹妹，你们来江东一趟不容易，我最后再和玄德喝一次酒，就当是为你们送行了！”

妹妹轻叹一声：“唉，好吧，不过你们快着点啊，我还等着去荆州玩呢。”

这场酒宴的气氛很诡异，我频频举杯，张昭、吕范等人阴沉着脸，鲁肃低头默然不语，周围甲士林立。刘备则依旧是那一副平静的样子，看不出他的喜怒哀乐。

酒过三巡，我看时机差不多了，便将张昭他们支开，酒宴上只剩我和刘备两人。我俩相对无言，久久，我开口问他：“玄德，此一去你还会回

江东来见我这个小舅子吗？”

我问得轻松，刘备回答得也很爽快：“当然，仲谋，咱们是亲戚，将来公主要回娘家，我当然要陪着了。”

看表情，听语气，没有破绽。没有一丝破绽。我又问：“如今天下大乱，汉室失统，你我协力对抗曹操，将来若胜了，你说这天下会是怎样？”

我盯着刘备的双眼，刘备淡然一笑，答道：“自古以来得道多助失道寡助，曹操忤逆，人神共愤，必会灭亡，将来能定天下之人一定是一位德高望重的仁人君子。”

刘备回答得不卑不亢，我暗暗佩服他的心理素质。同时，我也很欣赏他的坦诚，没有作伪。我笑了笑，又想说什么。

可是，没等我开口，这次刘备却先说话了，他忽然说道：“周公瑾文韬武略，实乃一代英杰，不过，这样的人才比较难控制呀，仲谋，你说对不对？”

这句完全出乎我意料的话让我有点反应不过来。周瑜是我江东重臣，刘备竟然当着我的面说这个人不可靠，他是什么意思？我一时半会摸不透刘备的心思。

但是，刘备的这句话令我几个月前那种饱含妒忌和猜疑的微妙心理再次升腾，这种与生俱来挥之不去的感觉令我生厌，但又不愿舍弃它。

我看着刘备，心思却飞到了千里以外的荆州……

就在我神游天外的时候，忽然鲁肃跑了过来，他拽了拽我衣角，低声说道：“主公，你来一下，我有要事禀报。”

我和他离席，转到后面，鲁肃向我施礼，郑重地说道：“主公，万万不可软禁刘备，更不能杀他啊。”

“为什么？”

“虽然曹操在赤壁之战中失利，但实力仍然不可小觑，在这种情况下我们不妨留着刘备为我所用，我建议将取得的荆州部分地区借给刘备，不但可以利用刘备在荆州的影响力安抚百姓，稳定荆州的局势，同时也可以借此巩固孙刘联盟。多一个曹操的敌人就等于多了一个东吴的朋友。”

荆州，曹操……鲁肃的话在我耳边吹过，没留下丝毫痕迹，荆州曹操这些词汇最后都化作了两个字闪现在我的脑海——周瑜。

那一刻，一个令我自己都无法相信的想法酝酿产生了：或许让刘备去荆州牵制周瑜也是一个办法啊。

于是，我传下军令："放刘备回荆州，并将荆州南部借给他屯兵。"

江面上，刘备的船渐行渐远，张昭等人在一旁啧啧叹息，江风拂面，我清醒了许多，这件事我自己也说不清是对是错……

第三节

建安十六年，曹操杀死马腾，其子马超尽起凉州兵进犯关中，曹操在潼关与凉州军团对峙。我本想将精力放在对北方的曹操的进攻上，但是，周瑜的来访再次令我的战略重心发生了改变。

"公瑾，自赤壁战后你我便再也没有相见，今日你我君臣一定要不醉不归。"我为周瑜安排下了丰盛的筵席，款待他。

周瑜起身谢道："主公，我能够取得大胜，全赖将士用命，主公洪福，我岂敢贪天之功？"说罢，周瑜一仰脖将杯中酒喝尽，然后，他又说道："今日我来京口见主公，是想向您禀报一件大事。"

"大事？公瑾有话但说无妨，在座的诸公都是我江东忠臣。"

周瑜环顾四周，在座的要么是跟随我父兄的宿将，要么是参加赤壁大战的功臣，周瑜点了点头，对我说道："主公，目前曹操在赤壁遭受重创，无暇发动进攻。而益州的刘璋经常遭到汉中割据势力张鲁的骚扰，内忧外困。如果让我率兵与奋武将军仲异（孙瑜字）一起进攻益州，在得到益州之后再兼并汉中的张鲁，然后与割据凉州的马超集团结成战略同盟，在曹操的后方发动攻势，之后江东大军就可以通过占领襄阳以威胁曹操，大业可图呀。"

蜀概指益州，益州是位于荆州西部的大州，那里幅员辽阔，沃野千里，被人称为“天府之国”，是长江上游所在。汉末大乱，益州虽然也受到了战火波及，但相比较于北方，那里算是相对安稳的，很多北方的人才和流民逃亡到益州，加强了益州的实力。现在拥有益州的是刘璋，他也是汉室宗亲，但这个人没有刘备的雄才，他懦弱可欺，无法制衡益州豪强，使得富庶的益州一片混乱。在这个弱肉强食的时代，刘璋的益州就如同是一块不设防的肥肉，谁都想咬上一口。

周瑜向我提出的建议就是要进攻益州，然后从关中、襄阳和合肥三个方向向北方曹操发起挑战。这是个大手笔，大战略，如果这个战略意图能够实现，我孙氏统一天下绝对不是梦想。

我有些兴奋，握着酒杯的手都有些颤抖了，我问周瑜：“公瑾，你有这个计划多久了？”

周瑜笑道：“主公，自从赤壁战后，我无时无刻不在盘算着这个计划。”

还没等我说话，坐在一旁的吕蒙便拍着桌子叫好：“漂亮的计划！公瑾果然豪气盖世，这个计划堪比当年韩信千里大迂回击败项羽的那一招。”

周瑜说道：“主公，我只需要率参加赤壁之役的三万兵马便足以取得益州，主公只要守住长江防线，不让曹操南下即可，至于荆州的防御，可以由鲁肃协同刘备一同负责，我料曹操在和马超分胜负之前是无力南下的，我有足够的时间入蜀。”

我举起酒杯，正想要同意周瑜的计划。

这时，张昭老头又说话了：“太冒险了，太冒险了……”

自从赤壁大捷之后，张老头就很少说话，他惭愧自己劝我投降，很久都没有出门理事。最近他刚出来，头发白了不少。我本就对他劝我投降的事耿耿于怀，一听到他说话我就不乐意，可偏偏这倔老头在这个场合又当众质疑周瑜，这令我极度不爽。

我不耐烦地问张昭：“张公，是不是以后咱们江东军队出门遛个鸟也是冒险的事儿，你胆子也太小了吧。”

要放在过去，我这么说他，张昭一定要和我吵翻了，可现在不一样了。张老头尴尬得脸上一红，顿了顿，没有回答。不过，这老头的修养极好，马上又恢复了正常，就好像没听到我说话一样，他又说道：“我军要取益州，必须越过荆州，这就意味着，周公瑾率领的数万大军是一支没有后勤补给的孤军。刘璋虽然暗弱，但益州险塞，崇山阻隔，易守难攻，一旦刘璋坚壁清野，固守关城，闭门不战，那时候我军岂不是要陷入进退两难的境地？故此，我以为此举太过冒险，还是不要尝试了。”

张老头虽然老，但却不糊涂，他的道德文章堪称一绝，刚才的那番话也是句句在理。他的话令我也产生了怀疑，周瑜固然是天才的军事统帅，但是，世上没有常胜将军，胜败乃兵家常事，一旦我军远征益州失利，后果将会十分严重。我缓缓放下了酒杯，酒宴上的诸将也都不再言语了，我们都将目光投向了周瑜。

周瑜仰天大笑，用他一贯的自信的方式回答道：“子布所言确是实情，但是，我却有把握拿下益州。子布毕竟是文人，不知我军战斗力。经过赤壁之战和江陵攻防战的洗礼，我军荆州军团已经是勇冠天下的精锐之师。刘璋守户之犬，连汉中张鲁都对付不了，一旦我军进入益州，他又怎能挡得住我军的雷霆一击呢？至于坚壁清野，我料刘璋也无此才略实施，不足为虑。而且，即便是我军远征作战有什么疏忽，我也有把握全身而退，绝不会让江东儿郎死在异国他乡。”

周瑜说得激昂慷慨，他朝我高声说道：“主公，机不可失失不再来，此时乃江东开疆拓土，奠定霸业的绝佳时机，还望主公发奋图强，继承父兄遗志，果断出击，不要再有什么迟疑了！”

周瑜的话总是能让我年轻的血沸腾起来，我有点不顾一切的感觉：“我相信公瑾能够兑现他的诺言，我意已决，派周公瑾统帅荆州军团择期启程，进攻益州！”

周瑜看着我，有赞许，那是兄长对兄弟的感情；有感激，那是臣子对主公的感情；又有几分激动，那是一份英雄相惜。

此时此刻，我俩四目相对，周遭的觥筹交错都静了下来，我能感受到，时间似乎静止了。只有在这种情况下，我才会意识到我当初猜忌周瑜是一件多么愚蠢的事情。我有点讨厌刘备了。

“多谢主公！”周瑜终于说出了这句话。

“免礼。”

我俩相视一笑，一切的感受尽在不言之中。

翌日，周瑜启程前往荆州，准备伐蜀。

然而，我却没有想到，这竟然是我这一生最后一次见到他。

第四节

“行道迟迟，载渴载饥。我心伤悲，莫知我哀。”

《诗经·小雅·采薇》虽然是形容路人的悲苦，但是，我却与其心有灵犀。我虽然生在豪强之家，可这并不代表我没有痛苦，相反我所承受的痛苦未必就比寻常人家的少。

在这个世界上，有一种痛苦我体会得最为深刻，那种痛苦是叫做“英年早逝”。我的父亲、我的哥哥都是年纪轻轻地就去了，为此我的青少年时代经历了太多了挫折和变故。我本以为我已经将这种痛苦抛得远远的，再也不会被它伤害，但我没有想到，最终，它还是找上了我，让我再次感受到切肤之痛。

江东军队的灵魂，赤壁大战的指挥官，我的股肱重臣周瑜，在出征益州途中病故于巴丘，终年三十六岁。

噩耗传来，江东震动，全军悲哭。

我当场就哭成了泪人，我回忆起当年哥哥去世，江东内忧外患，是周瑜鼎力支持，我才能坐稳宝座，后来数年间，周瑜率领江东军队南征北讨，镇抚山越，剿灭黄祖，在后来赤壁之战，我遭到投降派的威胁，又是周瑜挺身而出，力排众议，终于击败如日中天的曹操，令我屹立江东。

如今，周瑜怀着无尽的豪情和未竟的心愿去世了，他留下的巨大空缺让我感到无所适从。

周瑜临终给我的遗书中写道："如今天下局势依然较为混乱，我希望能为主公防微杜渐、防患于未然。曹操是我们的敌人，而刘备又近在公安，他也是我们的对手呀！如今我们占据的荆州一带民心不稳，应该调派得力的人员前去镇守和安抚。鲁肃足以担当此任。请主公让他接替我的职务。果真如此，公瑾就可以含笑离去了。"

周瑜至死念念不忘江东事业，他推荐鲁肃代替他做荆州方面的都督，我答应了。任命鲁肃担任奋武校尉，统领周瑜旧部。

周瑜死了，但是我却没有时间沉溺在悲伤之中，因为我面临另一个重大决策：迁治。

自从我哥哥扫平江东，我们孙氏的治所一直在京口，后来张纮建议我说："秣陵原本是春秋时期楚武王所置，将其命名为金陵，这里的地势为连绵的山冈，和石头城相接。以前我访问过当地的老人，他们都说当年秦始皇东巡会稽路过秣陵时曾经研究过这里的地形，认为金陵有帝王都城的气派，所以凿断山冈，改名为秣陵。如今这个地方尚在，气势犹存。臣建议应该将这个作为我们见工的那个都城。"

我当时只是随口敷衍了一句，并没有太在意，因为我如果迁治，并不是单纯的办公地点搬迁，我现在是独霸一方的诸侯，我的迁治其实暗含有"迁都"的意思，而迁都这种事情可不是那么简单的，它不但牵扯到人员家属的安置、宫殿庙宇的建设、城市及军事防御设施的建设，还牵扯到军队部署，粮草运输等等一系列复杂的问题。

但是，我最终还是决定迁治秣陵，直接原因是刘备。刘备到江东后曾到过秣陵一带，他也力劝我在此屯驻，这个时候我才又想起张纮的建议。所谓"智者意同"。在张纮和刘备的力劝之下，我决定从京口来到这个"有王者之气"的地方。

翌年，我又筑石头城，改秣陵为建邺，从此以后，这座位于长江"龙头"的城市便成了我江东的心脏，据说这里汇聚着江南精气，我希望它能

助我完成霸业。

周瑜虽然不在了，但他为我谋划的“二分天下”的计划仍要实施，我要再派精兵强将入蜀。然而，此时已经在荆州独大的刘备却竭尽全力地阻挠我的西征计划。

周瑜死后，鲁肃都督荆州，他奉行绝对的联刘政策，导致刘备实际控制了荆州，我军在荆州的影响力逐渐减弱，最后干脆连鲁肃也从南郡撤了出来，到陆口驻兵。这就等于将赤壁之战的战果拱手送给了刘备，虽然我对这件事很不满意，但我既然是联刘政策的决策者，我又相信依赖鲁肃，那么这件事也就只好暂时搁置了。

还是那句话：只要刘备真心实意替我牵制曹操，给他荆州我也认了。

可是，我没有想到，当我通知刘备我要借道荆州发兵益州的时候，他竟然铁了心地阻止我，他先是派兵把守荆州道路不允许我军通过，然后又几次三番写信给我，陈述不能向西前进的原因：“益州地势险要，百姓富足，尽管刘璋为人暗弱但却足以自保。此时发兵益州，人员、物资的调动和转运非常困难，稍有不慎必将蒙受重大损失。此外，尽管曹操在赤壁战败但实力犹存，很有可能会再次向江东及荆州地区发动大规模进攻，局势依然非常严峻，在这个时候无缘无故去征讨益州的刘璋，只会给曹操以可乘之机，并非长久之计。”

我命孙瑜率大军入荆州，他干脆以要挟我的口吻对孙瑜说：“刘璋是我同宗，现在你要从我这过，强取益州，我宁愿披发入山，也绝不失信于天下。”

然后，刘备竟然派他的大将关羽镇守江陵，此人骁勇善战，若要强攻，不是很容易，无奈之下，我只得命孙瑜回师。周瑜取益州的计划就这样胎死腹中，因刘备的阻挠而搁浅了。

第五节

我正在宫殿中吃鱼和水果，今年的鱼格外肥美，无论是清蒸还是红烧都别有一番风味，桌上还有几种最新鲜的水果，我是食欲大增，一个人吃了五条鱼，三个果子，大快朵颐。

我吃得正香，忽然，传令兵飞奔入建邺宫殿中，向我禀报：“主公，祸事！曹操大破马超，汉天子命其赞拜不名，入朝不趋，剑履上殿，如萧何故事。如今他亲率大军要从扬州方向南下，扬言渡过长江，扫平江东。”

听到这个消息，一根鱼刺差点卡在我的喉咙，我咳嗽一声：“咳咳。”

我无暇再品尝美味，将盘子一推，抹了一把嘴，站起身喝问道：“马超怎么这么快就败了？你们是不是探错了？”

传令兵答道：“回禀主公，没错。曹操亲帅主力在潼关和马超对峙，暗中派徐晃、朱灵从蒲坂津抄到凉州军背后，曹操又用离间计使马超韩遂不和，最后，在渭水决战中，曹操先用轻装步兵拖住马超军主力，然后派出精锐的虎豹骑出击，一举将凉州军主力击败。马超韩遂逃亡，关中皆平。”

说着，传令兵将手中的一封书信递到我手中，说道：“主公您看，这是曹操命阮瑀写的檄文。”

“哦？檄文？”我接过书信，打开来看，只见上面洋洋洒洒近万言，什么“离绝以来，于今三年，无一日而忘前好，亦犹姻媾之义，恩情已深，违异之恨，中间尚浅也。”什么“加刘备之扇扬，事结衅连，推而行之，想畅本心，不愿于此也。”又说“昔赤壁之役，遭离疫气，烧舡自还，以避恶地，非周瑜水军所能抑挫也。江陵之守，物尽谷殚，无所复据，徙民还师，又非瑜之所败也。”

除了前面的虚情假意，主要内容也就几个意思：一是当年的赤壁之战是我受了刘备的欺骗而参战的，希望我不要再上刘备的当；其次是在赤壁之战中他的损失并不大，仍有足够的军力统一天下；第三是希望两家化干戈为玉帛，建立稳定的战略同盟关系。

我看完这篇辞藻华美的檄文，讥笑道："曹操，你忽悠谁呢？谁不知你在赤壁大败，损兵折将。难道一封书信就能挑拨我和刘备的同盟关系？"

不过，看来我也要做好准备了，曹操这封书信透露出一个信号：这家伙又想打江东的主意了。

第十二章 Chapter twelve

南征北战

第一节

建安十八年春。刘备入蜀了。是的，这货入蜀了。在百般阻挠我的西征计划之后，他却恬不知耻地深入了刘璋的腹地，美其名曰“为刘璋讨伐张鲁”，其实他瞒不了我，这货是在觊觎益州那片沃土。而尤其令人气愤的是，刘备入蜀后，我派人向他索要荆州，这货竟然说要等他取得益州全境之后再给我荆州，这令我越发怀疑和讨厌刘备了。

同时在这一年，曹操大兵压境。

曹操亲自南下，号称大军四十万，吕蒙建议在濡须建造防御工事，众将都表示，吴军一直习惯于上岸打击敌人，然后光着脚登船，修建濡须坞没有什么作用。而吕蒙却认为一旦战事不利，士兵们在曹军步骑的追击下连来到江边的机会都没有，更别说登船撤退了，如果修筑了濡须坞就等于多了一道防御的阵地，无论对于进攻还是防守都有好处。吕蒙的意见的确有战略眼光，在我支持下，濡须坞不久便建好了，称作“濡须坞”。同时，我调集诸路兵马在建邺集结，周瑜亡后，我将独自面对曹操的大军。

军营之中，我看着麾下的精兵猛将不禁豪情满怀。甘宁、周泰、朱然、吕蒙、董袭、凌统等诸将全身甲胄，器宇轩昂，自从哥哥去世后，我励精图治十余年，时至今日，我终于拥有了一支安全效忠于我的军队，他们的基层将领多是我一手提拔，以眼前这批中青年为骨干的精兵将是我在这个乱世纵横捭阖的最大本钱。

曹操，我要让你见识见识我孙权的厉害！

大江上，我站在我军水军的旗舰“出云号”之上，看着连绵不绝的舰队，艨艟斗舰数以千计，骁勇善战的江东儿郎都站在甲板上望着我，从他们眼中我能够感受到，那是对统帅的仰慕和忠诚，虽然这种感觉有别于哥哥和周瑜那种对军神的崇拜，但这种眼神也足以令我自豪了。

“主公，曹操这次有备而来，兵马众多，咱们该如何取胜呢？”朱然在我身边问我。

这么多年来，这家伙一直是我最为信赖的人，我和他说话无所顾忌：“你个笨蛋，曹操不来我还要去讨伐他，现在他自己来送死我岂能放过他？”

我开始学着周瑜的样子说话。

朱然又道：“可是主公，曹操号称四十万大军，而咱们只有不到七万人，这个仗怎么打？”

我气得朝他后脑勺上削了一巴掌：“靠，说你笨蛋你还非要在这俩字上加个帽。曹操这货就爱虚张声势，上次赤壁之战他号称八十万大军，可实际上不过一二十万人，这次他号称四十万，我看最多也就是十万人了不起了。”

我对自己的判断很有自信。

朱然不依不饶，又说道：“主公，还是准备充分得好，兵凶战险啊。”

我有些不耐烦地答道：“我说你小子啥时候这么啰嗦，跟你说实话吧，这一仗我一点都不担心。”

“啊？这是为啥啊？”

“嘿嘿，曹军擅长陆战，但我军擅长水战，曹操这次南下用其短处击我军长处，我们怕什么？咱们江东人从小在水中泡大，在船上长大，那些北方人马上或许还能威风威风，可到了水里，到了船上，那就是我们的天下。只要是水战，曹操纵有百万大军我又有何惧？”我抱着膀子几乎是大笑着说出了这番话。

朱然对我竖起了大拇指：“哈哈，主公你果然牛掰，佩服佩服。”

“不过呢。”我话锋一转说道：“我很想看看曹军陆战到底有多强，传令下去，命都督公孙阳率三千兵马抢占长江北岸，背水立寨，阻击曹操，我的大军随后接应他。”

朱然大吃一惊：“主公，您这是为何？”

我很淡定地答道：“没什么，就是想看看传说中的曹军精锐陆战到底有多牛。”

第二节

公孙阳的三千兵马渡江不足一个时辰，我就听到江北喊杀连天，我知道，那是曹操的前锋与公孙阳遭遇了，双方正在激战。

吕蒙、甘宁、凌统等将军在我身边，吕蒙说道："主公，我们还是快去救公孙将军吧。"

我摇了摇头，胸有成竹地答道："不必，他率领的三千兵马是丹阳精锐，我看他坚持两三天不成问题，我要等曹军精疲力竭，再忽然出击，杀他个人仰马翻。"

我说着，越发得意。然而，我的得意仅仅维持了半个时辰，传令兵的军报就将我的颜面一扫而光了："启禀主公，大事不好。公孙将军渡江后遭遇曹军前锋大将张辽，两军激战，公孙将军所部全军覆没，他本人也被张辽生擒。"

"哎哟！"我差点咬住自己舌头。这才多久？我的三千精锐就这样没有了？有没有搞错？

吕蒙等人怕我尴尬，上前劝道："主公，胜败乃兵家常事，我等愿出战张辽，为公孙阳报仇。"

我定了定心神，摆了摆手，长叹一声，说道："罢了，是我太轻敌才导致这场败仗。"

我心中想：曹军陆战这么强？周瑜在江陵就是和这样的敌人交战的吗？真不知道他是怎么取胜的。还有张辽，他又是怎样的一个将领呢？

"传令下去，诸军不得再登岸，只许在水上迎战曹军。"

然而，我的将令刚说出口，就有人断喝一声："主公，末将愿出战曹操，如果不胜，请将我斩首示众。"

我看去，说话的人是甘宁，他自从归顺我，屡立战功，历次大战役都参加了。我很欣赏他的武勇。

我看他如此雄壮，便问他：“兴霸，曹军士气正盛，你若出战，只怕不易取胜。”

甘宁却大笑道：“哈哈哈，主公，别人怕曹操我偏不怕，我倒要见识一下曹军实力如何。”

“哈哈，好一个甘兴霸，胆气过人，我没有看错你。”我拍了拍甘宁的肩膀，赞许道：“我将亲自为你壮行，命你亲选敢死之士百人，突袭曹营。”

甘宁慨然答道：“请主公放心，我这次出击一定要让曹操老贼知道我江东军队的厉害。”

夜晚，战事开始之前，我亲自赐给甘宁酒食壮行。面对交给自己的这个自杀性的任务，甘宁毫无惧色，自己率先喝下了两大碗酒，然后将酒倒给出征的将士。这时候甘宁手下有个都督心存胆怯，不敢接酒。甘宁厉声呵斥道：“足下所得的恩宠比起我甘宁来又算得了什么？我甘宁尚且不惧生死，为什么唯有足下担心自己的性命呢？！”这名都督为甘宁视死如归的精神所感动，马上起身接过酒杯一饮而尽，并与甘宁一起为每个出征的士兵都倒了一碗酒。在甘宁大无畏的精神鼓舞下，百余名将士顿时忘却生死，纷纷表示与甘宁一起奋勇杀敌、视死如归。

二更时分，漆黑的夜，甘宁率百人出我军大营，直扑曹军而去。

我站在江南望着江北，只看到北岸连绵不断的灯火，我问身旁的吕蒙：“子明，你说甘兴霸这次去能成功？”

吕蒙与甘宁关系一直不错，有一次甘宁家中的一名厨子犯错，因为害怕受到处罚而逃到了吕蒙那里。吕蒙知道甘宁一怒之下肯定会将其杀死，便将这名厨子藏在自己的家里。甘宁得知以后，带着礼品去拜见吕蒙的母亲，并向吕蒙表示不会杀死这个厨子。不过等到甘宁带着厨子回去之后立即变卦了，他将这个倒霉蛋绑在桑树上，亲手将其射死。事后，甘宁还装作若无其事。甘宁的言而无信让吕蒙勃然大怒，集合部队去进攻甘宁。而甘宁听说之后仍然躺在船上不肯起来，一副天不怕地不怕的样子。眼看着

局面越来越僵，吕蒙的母亲及时站出来劝阻吕蒙，总算说服了吕蒙。吕蒙冷静下来之后很快找到了最好的解决方法。他亲自对甘宁说道："兴霸呀，我母亲已经为你准备好了酒席，就等着你来呢。"这时的甘宁终于意识到自己的过错，流着眼泪对吕蒙说："这次真的是我错了。"甘宁的知错能改也得到了吕蒙的谅解，从此之后，两人也成了一对好朋友。对于甘宁直率的性格，吕蒙越来越理解，因此甘宁有几次违反军规被我处罚时，吕蒙总是站出来为甘宁说情。

吕蒙听我问话，答道："主公，甘兴霸乃我江东大将，我料他此番前去定能斩将夺旗，一举成功。只是……"

"只是什么？"

"只是别遇到曹操的大将张辽。"

又是张辽？我问吕蒙："这个张辽真有这么厉害吗？"

吕蒙似乎对张辽也颇为忌惮，他说道："主公，您有所不知，这个张辽乃雁门马邑人，原为吕布麾下大将，吕布亡后他投降曹操，此人骁勇善战，又能带兵，是曹军中数一数二的名将，曹操赤壁败后命此人镇守军事要冲合肥，可见曹操对他的信任。前几日就是这个张辽，一个冲锋便杀入公孙阳营中，击溃我军丹阳兵，生擒公孙阳。主公，对于这个人要千万小心。"

听着吕蒙的话，我可不愿承认张辽真的这么厉害，在我心中，我就是这个世界上的最强者，曹操的几十万大军都被我打败了，区区张辽又怎么能阻挡我称霸的脚步？

我冷哼一声："子明，你也不要太把这个张辽当成回事儿，咱们江东儿郎可不是孬种。你看对面，甘兴霸得手了！"

我说着，猛地抬手指向对岸，只见曹营中忽然烈焰冲天，人嚷马嘶声此起彼伏，在这寂静的深夜中，曹营炸了锅，乱作一团！

不多时，只见曹营四面八方火光如同夜空中的繁星，密密麻麻直奔起火的地方，那是曹操派来的援军。我在为甘宁赞叹的同时也为他捏了一把汗：兴霸，你快回来。

半个时辰后，曹营的火光渐渐熄灭，又逐渐恢复了平静，战斗结束了。甘宁还没有回来。

就在我为甘宁担心的时候，忽然，我军大营外鼓吹声大作，有人齐声大呼“万岁”。我带着诸将急忙到外面观看。

只见甘宁带着他的百名敢死队，正列队在营外。哈哈，好一个甘兴霸，以百人突袭曹营，全身而退，干得漂亮！

我亲自到营外迎接他，我看着甘宁和麾下士卒全身血污，很多人腰上别着敌军的头颅，而此时北方渐渐熄灭的战火就像是这场胜利的注脚，我命人擂鼓响炮，朝对岸欢呼，我拉住甘宁的手，和他并肩入营，对他说道：“这回曹操这个老家伙快吓死了！兴霸，你真是有胆量。”

我又安排下庆功宴，命甘宁的敢死队皆来参加，我对诸将说道：“曹孟德有张辽，我有甘宁，足以匹敌了！”

第三节

波涛汹涌的江水就像是我的心跳，激昂慷慨，我望着江对面的曹军水寨，连绵不绝，一望无际。这片大地上最强大的对手，他亲自率领的大军就在我的面前，能和这样的对手交战，是我毕生的渴求。

我传令道：“命吕蒙、甘宁、周泰、朱然、凌统等人带领本部精兵，随我乘轻舟，出击曹军。”

一声令下，诸将各选精兵三百，乘轻舟数百艘，前来集结。诸将不明原因，皆问：“主公，咱们去哪？”

我全身披挂，红色斗篷再次扬起，我拔出哥哥留给我的佩剑，剑朝北指：“随我出击，直奔曹军水寨！”

“啊？”众将皆大惊失色：“主公，这种危险的任务您交给我们做就可以了，您怎能以身犯险呢？”

我抚摸了一把明晃晃的宝剑，嘴角露出一丝笑意："嘿嘿，你们不用担心我，我要和曹孟德较量一下。"

诸将再三劝阻，我怒道："我是江东之主，你们只需要跟着我就行了，哪这么多废话？"

诸将见我动怒，皆不敢言。于是，我亲率不足三千精锐，乘坐快船，风驰电掣杀奔曹军水寨。

时值正当午，光灿灿的阳光照在江面上，波光粼粼，曹军仗着兵马众多，皆无防备。我军快船如同利剑一样猛地冲入曹军水寨。曹军士卒都傻了。他们看着无穷无尽的快船冲杀过来，一个个呆若木鸡，不知道该怎么办。水战对他们而言依旧陌生。

我兴趣盎然，深入曹军腹地，我指挥诸将斩杀曹军，呼号连天。霎时间，曹军营垒一片大乱。

然而，就在我痛快杀敌的时候，长江上突然遇到疾风，战船被吹到敌军所在的北岸，主将恐惧，没有人敢下船，而徐盛却独自带领手下士兵冲上岸杀敌。敌军惊慌失措，向后退却，直到疾风停止后，徐盛才回到南岸，我认为他的气概雄壮，将来定是我军的大将之才。

徐盛击溃曹军后，我又足足杀了半个时辰，这才挥师退出曹军水寨。

也不知道为什么，曹操并没有派部队围攻我们，他只是命人在水寨和陆寨用弓弩手防守，未曾踏出营垒半步，或许他忌惮我军水战能力，担心有埋伏吧。

总之，这一战我出其不意，斩获颇多，退出曹军水战五六里的时候，我命将士们做鼓吹，声势震天，长江上，江东军队欢呼的声音此起彼伏，悠悠流转。

我望着江对面，忽然，曹军一彪人马隐约出现，云罗伞盖下，诸军前呼后拥一人，那人乘马遥望，望着我。我知道，这个人一定是曹操。可惜，离得远了，我看不到他的容貌。

这时，诸将皆来拜我："主公天纵神武，用兵如神，我等钦佩不已。"

我仰天大笑："哈哈哈，以后你们就跟随我勇猛作战，咱们君臣一道创建不世功业吧！”

我的笑声与江水声混在一起，激荡人心……

我回到大营后，收到了安排在曹军营中探子的禀报：曹操亲自观望我军，看到阵容齐整，无懈可击，于是感叹：“生子当如孙仲谋！”

我听到这话，又得意，又好气，得意的是曹操这话明显是在肯定我，好气的是他竟然将我比作他的儿子。

我笑骂道：“曹操老贼不死，我是无法安枕了。”

说着，我忽然想起了一件事。我来到桌案前，提起笔，写道：“春水方生，公宜速去。”

我反复端详着这句话，露出了一丝坏笑：“曹操，我看你走是不走。”

我大声命道：“来人，将此送给曹操。”

然而，我意犹未尽，于是又提起笔，在纸上写道：“足下不死，孤不得安。”

“来人，将这封信也一并送给曹操。”

就在刚才，我感受到自己和曹操的心是相通的，这或许就叫英雄相惜？！

第四节

建安十八年四月，曹操退兵的消息传来，据说他看到我的亲笔信后哈哈大笑，并说：“孙权不欺孤。”于是便率领他的大军回北方去了。

我抚掌大笑：“哈哈哈，曹操老儿真有一股英雄气，我欣赏他！”

曹操既然走了，我军等同获胜，我很开心，正要传令犒赏三军，结果，却有一个噩耗传来：我的大将董袭死了。董袭，字元代，会稽馀姚人，是从我哥哥时代就跟随我孙氏的大将，屡立战功。

董袭的死很壮烈，但也很不值，他没有死在战场上，而是死在了自

家船上。当时我派他指挥有五层舱楼的巨型战船去扼守濡须水口。一天夜晚猛然刮起暴风，战船倾覆，他的手下急忙放下小船请董袭上船逃生，但董袭大怒道：我受主公之命再次防御敌军，为什么要离开！敢再言离开者斩！于是没人敢再劝。当晚战船果然沉没，董袭就这样被淹死。

曹操走后，我也要撤军回江东，可是濡须坞这个重要的军事要塞要留人镇守。这里是曹操大军南下的咽喉，是我的长江防线的东路重镇，必须交给你一个忠勇可靠的宿将镇守。

想来想去，我选中了周泰。但是，我的这个决定却遭到一些将领的抵触，他们认为周泰的功绩和能力不足以担任濡须守将。我得知这个消息后，决定用我的方式告诉诸将我做出这个决定的原因。

我留下周泰指挥濡须的军队，升任平虏将军。

当时朱然、徐盛都不服。我为了安抚诸将特意巡视各军，饮酒取乐。我亲自为诸将依次斟酒，到达周泰面前时，特地解开周泰的衣服，用手指着周泰身上的伤痕，问为什么负伤。周泰一一回忆从前战斗的地方作答复。我抓住周泰的胳膊，痛哭流涕，泣不成声，一字一句地说道："幼平，你为江东作战如虎狼般凶猛，不惜生命，受伤达几十处，皮肤就像被刀刻过一样，我怎能忍心不以骨肉至情来报答，不委任你统帅重兵呢！你是江东的功臣，我应当与你荣辱与共。不要因为你出身的卑微而自觉形秽！"说完，我起身而去，不坐自己的车马，却让周泰和自己一起在众人的行礼中走出军营，同时以鸣鼓吹号作为仪仗。

众将看到我待周泰如此，皆不再多言了。

再次迫走曹操使我信心倍增，我的军队也士气爆棚。按照我的本意，我打算北进扩大战果，但是，家中的事情却让我不得不暂时停下奋斗的脚步。

第五节

江东春季依旧迷人，建邺较之京口多了几份华贵，少了几许轻浮。我在新修建的宫殿中召集我的家人宴会。

十几年来，我们孙家在我的率领下走向了一个又一个辉煌，我们不但真正地成为了江东霸主，而且我们的家族也日渐兴旺起来，孙氏优秀子嗣如孙桓、孙韶等人已经成长起来，看着一个个生龙活虎的孙氏后裔茁壮成长，我十分开心，看到他们就像是看到了早晨八九点钟的太阳，充满了期待和希望。

我也有了儿子，我为他取名孙登。孙登今年五岁，他很可爱也很聪明，他的生母是徐氏，是我曾经最宠爱的女人，嗯，是的，曾经。

孙登走到我面前奶声奶气地向我恭贺道："父亲，孩儿恭贺父亲击退曹操，祝父亲永远健康！"

看着儿子憨态可掬，又如此彬彬有礼，聪明智慧，我满意地点了点头，我微微有些醉意，便笑着说道："好孩子，跟着张师傅好好学习，将来这江东基业会是你的。"

孙登作为我的长子，理所当然地是将来我的事业的接班人，我自然会让他接受最好的教育，我为他找的老师就是张昭。

孙登听我这么说，他的小脸很茫然，看来他还不足以理解"江东基业"意味着什么。

我笑了笑，本打算向他讲述我创业的艰辛，让他好好努力。可还没等我说话，一个尖利的声音就迫不及待地传来了："傻孩子，你父亲要将大位传给你，你还不快谢你父亲？傻孩子，别愣着了，你是长子，理所当然要接你父亲的班啊！"

孙登小脸木然，怔怔地看着我，不知所措。

我听到这番话心中勃然大怒：哪个鸟人在这乱我家事？你这是盼着我赶紧死吗？

我怒目看去，说话的人是孙登的生母——徐氏。我在迎娶徐氏的最初两年，很宠爱她，甚至因为她冷落了谢夫人，导致谢氏早逝。

但是后来，对于这个因一夜激情而娶进门的女人，我越发地烦她了。我发现这个女人好妒忌，小心眼，而且她仗着自己娘家人时常欺凌他人。要不是他给我生了个孙登这样的好儿子，我早就休了她。

如今她在家宴上大放厥词，气得我差点拔剑砍死她。

大家这时都发现我面色不善，急忙都不敢再说话了。刚才还热闹非常的宴会，霎时间静悄悄的。

徐氏吓得全身颤抖，不停地磕头："夫君，我又说错话了，请夫君赎罪，赎罪。"

孙登看母亲如此，他很乖巧地也跟着跪倒，小脸涨得通红，眼眶都湿润了，他委屈地说道："父亲，您不要骂母亲，好吗？"

我怒气难消，缓缓站起身，走到徐氏面前，俯瞰着她。她仰头看我，刚和我四目相对，便立刻低下去，又不停地磕头。

我正在想着要怎么处置她。忽然，一个温柔细腻的声音传来："夫君，徐夫人虽然说话不合时宜，但说的也是实情，还望您熄雷霆之怒。"

听到这个沁人心脾的声音，我的怒火瞬间消去一半，我听得出来，说话的人一定是我的另一个妻子——步氏。

我第一次见到步氏是在步骘家。步骘字子山，临淮淮阴人。是我孙氏的重臣。

那天我去步骘家巡查，步氏正巧经过院子。我遇到了她。

我记得很清楚，那是一个小雨的天气，凄厉的雨就像是她的神情，俊美而略显忧伤，那种颇为"小资"的气质当时就把我迷住了。我平生第一次有了心动的感觉，后来我才知道，那是恋爱的感觉。

我主动上前打招呼："美女，你好。"

步氏被我的唐突吓住了，她不知道我是谁，有些惊慌又有些生气，并因此而全身微微颤抖，脸颊绯红，这却显得她更加美丽动人。她娇嗔道：“你什么人，竟敢在我步家这样放肆，简直是登……登……”

我知道，他想骂我“登徒子”，然而，她只是脸红，这句“脏话”却始终难以启齿，她最后涨红了脸，用雪白的牙齿咬了咬嘴唇，气恼地一跺脚，怒道：“你……你快走吧，你再不走，我就让我叔叔捉了你……打你板子。”

叔叔？他管步骘叫叔叔，“哦，原来是你是步家的侄女？！”

“嗯。”她轻轻答了一声，好似天外妙音。

她的可爱和柔美让我的骨头都酥了，我看着眼前这位害羞的美人，已经有些飘飘然，我的身体已经不受我大脑控制，我坏笑一声，下意识地探过身子，在这女子脸上轻轻一吻。我的这个动作吓得她就像是一只受到惊吓的兔子，猛地躲开，同时双手抱住前胸，身体猛烈地抖动，蜷缩成一团。

我看自己吓住了美人，心中愧疚，头脑也冷静了下来。我不好意思地上前，对她说道：“你别怕，我没有恶意，只是你太迷人了，我有点把持不住，所以就……”

我离那姑娘近了，感受到她身上淡淡的清香，吐气如兰，令我陶醉。

就在这时，那姑娘眼睛一亮，像是遇到了救星，她大呼一声：“叔叔！”

然后就“嗖”的一下子从我身边溜走了。我身后有人说道：“主公，步骘拜见主公。”

我过来一看，果然是步骘回来了，她躲在他身后，战战兢兢。她看她的叔叔也向我施礼，一时不知道该怎么办，便眼中含泪，想要哭泣。

我看她委屈的神情，心中不忍，急忙隔着步骘劝道：“唉，你别哭……”

步骘看看我，又看看他的侄女，这家伙脑子好使，立刻明白了。只见他招呼他侄女说道：“孩儿莫怕，这位大人就是我时常向你提及的孙仲谋孙将军，是咱们江东的领袖。”

听到我名字，步氏愣住了，她怔怔地看着我，不知道是该拜见我还是

转身离开。

自己的名号有如此威力，我很是自鸣得意。我大度地把手一挥，对他们叔侄说道："不必多礼了，刚才我和这位姑娘开玩笑，希望不要吓住她才好，嘿嘿嘿。"

我看着步氏，坏笑着。步氏的脸再次通红，她这次没有沉默，她低着头轻声说道："将军乃当世英雄，和我一个小女子开玩笑，也不害羞。"

我哈哈大笑。

步骘笑着对我说道："主公，不瞒您说，我这个侄女自幼父母双亡，打小就在我家长大，她很懂事，若主公不嫌弃我侄女孤陋，我愿将此女许配给主公，不知主公意下如何？"

恋爱的感觉已经让我无法自拔，我找不到不娶步氏的理由。

步氏呆立在原地，我们二人就那样被蒙蒙细雨淋湿，她大概是还没有反应过来，只是怔怔地看着我，一双美丽的眼睛充满了疑惑和紧张。

就这样，步氏做了我的第三任妻子。我对她的宠爱胜过所有其他女人。

如今在这宴会上，我循着声音看去，步氏一席长衣，高贵明艳，正在向我款款走来。我心中一荡，本想走过去拉住她，但这个场合不合适，我便忍住，问她："步氏，徐氏刚才口出狂言，你也听到了，你为什么阻止我处罚她？"

步氏不紧不慢地走到我身边，施礼答道："夫君，历来国有尊卑，家有老幼，君臣伦理，祖宗家法是固定的，不可妄废。孙登乃我孙氏长子，自然是接班人，这是无可更改的事实，袁绍、刘表废长立幼，皆相继败亡。夫君，您乃一代英主，断不会走袁绍刘表的老路，夫君，我说的对吗？"

说罢，步氏朝我嫣然一笑，千娇百媚。这就是我喜欢她的原因，她贤惠，不妒忌，而且说话办事大方得体。

我在她耳边低声问道："徐氏历来妒忌你，你现在替她说话，为什么？"

步氏淡然答道：“夫君，妒忌是女人的天性，世上没有不妒忌的女人，但是，我知道，不管徐氏怎么妒忌我，她总是您的妻子，是我们孙家人，我和她是一家人，替自己的姐妹求情，理所当然，不管那个姐妹是不是妒忌我。”

我摇了摇头，叹息道：“唉，若我的妻室都能如你这般通情达理就好了。罢了，看在你的面子上，我就饶了徐氏吧。徐氏，快向步氏施礼答谢，不是她，今天我就要重责你。”

徐氏不情愿地谢步氏。

既然徐氏无事，众人都松了一口气。我重新回到座位上，举起酒杯大声说道：“今日是我孙氏家宴，不必拘泥礼法，我孙仲谋最喜欢热闹，今天谁不喝醉不准回家！来，喝酒！”

说罢，我率先将杯中美酒喝了个底朝天。家族中的所有人又都放肆无忌地开怀畅饮，谈笑风生。

除了一个人。

我在一个角落中看到了我的妹妹——孙仁。当我看到她的时候，我的心头一阵紧缩，说不出的苦楚。妹妹早在一年前就已经离开了刘备，从荆州孤身回到江东。

当年的幸福美满变成了今日的悲伤蹉跎，过去的海誓山盟变成了如今的深仇大恨，这桩政治婚姻最终还是以不欢而散的结果结束了。

妹妹自从回家后就沉默寡言，曾经那个活泼好动、生气活现的江东公主一去不复返，她时常目光呆滞地望着西方，有时自言自语，有时黯然落泪。我平时军政事务众多，根本没有时间陪她，但我却没有考虑到，除了我，谁又会陪她呢？

孤独落寞的妹妹显得老了，不到三十岁的她竟然有了几缕白发，早已不是小姑娘的她面带愁容。

她这样一个深闺怨妇在今天这个众人欢腾的宴会上，显得那么不合时宜，她形单影只，令人心酸。

我趁着没人在意，悄悄走到妹妹身边，将她拉到后堂。这是我们兄妹

一年多来第一次说话。

“妹妹，这一年多我忙于军政，没时间陪你，你不要怨哥哥。”

孙仁脸上依旧是那样的惆怅，那样的哀怨，神情没有任何变化，她早已麻木了。她淡淡答道：“哥哥，妹妹不怪别人，你不用向我道歉。”

她越是这样我越是心中不忍，我轻叹一声说道：“唉，早知现在，我当初真不应该将你嫁给刘备那个混蛋。”

孙仁苦笑一声：“别说了哥哥，我真的没有怨你，我也不怨玄德，我只怨我自己。”

我看着妹妹魂不守舍的样子，担心她轻生，便急着说道：“妹妹，这件事不怪你，你不要自责啊。这件事从头到尾都怪刘备，哥哥也是被他蒙蔽了。”

“呜呜呜，哥哥求您别说了，别说了……”妹妹忽然号啕痛哭起来，那哭声凄厉得如同野鬼，吓得我全身汗毛几乎要倒竖起来。

“妹妹，你……”

“呜呜呜，我怪我生在富豪人家，若我是一个寻常百姓，该有多好……”

看着妹妹痛不欲生的样子，我明白了，她埋在心中的事情竟然如此深。她明白这桩婚姻的政治意义，她是在为孙家献身，然而，她毕竟是个女人，她失去了丈夫，她失去了幸福，她失去了青春，她失去了一切。她的悲伤和哭泣是多年来积郁在心底的愤懑和委屈的彻底宣泄，她在诅咒自己的生命！

我再也忍不住眼泪，拥抱着妹妹，泪如雨下：“妹妹，是哥哥不好。你放心，我要教训刘备那个负心汉，替你出气。”

我心中暗下决心：刘备，我这就向你索要荆州，你若给就罢了，你若不给，休怪我孙权对你不客气！

第六节

建安十九年，刘备攻克成都，占据了巴蜀之地，全盘接受了刘璋的兵马钱粮，实力大增。我憎恶刘备赶走我的妹妹，我更憎恶他赖着荆州不还给我。我决定，要回属于我的东西。

我派人去成都向刘备提出归还荆州的要求，然而，刘备竟然用“要再取得凉州然后再归还荆州”这个荒谬的理由拒绝我了。我气急败坏，这是什么世道？欠钱的人成了爷，我这债主成了孙子，天天在他屁股后边要账，还要看他脸色？刘备，老子忍你很久了！当初要不是我你早就被曹操扔到江里喂鱼去了，现在你竟然翻脸不认人！好，我会让你后悔的！

我召集诸将商议对策。

头一个发言的是潘璋，他大声嚷嚷道：“主公，当年您要取益州，被刘备阻止，可他自己却去取了，可见此人全无信义，对于这种盟友不要也罢。”

他说罢，吕蒙接着说道：“主公，刘备率诸葛亮、张飞、赵云等入蜀，留他的大将关羽做了荆州都督，镇守江陵，关羽此人乃熊虎之将，为人强梁，他在荆州屡屡侵犯我江东边界，制造事端，这几年来，若不是鲁子敬一味委曲求全，恐怕咱们和关羽早就打起来。”

提及鲁肃，我有些不开心。

鲁肃这个人哪一点都好，唯有劝我将荆州借给刘备这件事，实在是一大败笔。但是，我念在鲁肃当年对我有大功，又不忍心责罚他。

我索性直接传令，命吕蒙、甘宁、潘璋等人率大军杀奔荆州，夺取零陵、长沙、桂阳三郡。我亲自到陆口督战。

吕蒙果然是一代将才，他用计取得三郡，不费吹灰之力。我十分高兴，便以寻阳和阳新作为吕蒙的食邑。

然而，刘备的大将关羽可不是盏省油灯，他听说我率兵来夺荆州，于是率兵三万下益阳，来与我征战。

我命鲁肃、甘宁等人率兵往益阳对抗关羽。

我先命甘宁拒关羽，挡住了关羽前进的步伐。为了增强鲁肃所部的实力，甘宁被我从东线战场调到益阳，协助鲁肃进行防御，而甘宁面对的则是关羽的三万大军。在双方对峙的过程中，关羽曾经派出一支五千人的精锐部队，打算在距离益阳十余里的一条浅滩渡河，并乘着黑夜向益阳发动进攻。

甘宁获悉之后，主动向鲁肃要求自己去对阵关羽。当时甘宁的部下只有三百人，但他却对鲁肃表示，只要再给自己的部队增加五百人，关羽得到消息之后就绝对不敢过河进攻。甘宁甚至豪气万丈地说道："只要关羽听到我咳嗽的声音，他就绝对不敢过河了！"最后当关羽得知甘宁已经在对岸驻扎之后，果然放弃了对益阳的偷袭计划，只能在对岸扎营与甘宁对峙。我听到这个消息之后，大为赞叹，随即提升甘宁为西陵太守并兼管阳新、下雉等县。

鲁肃是联合刘备的始作俑者，他至今仍未改变联刘抗曹的观念。即使在这时候，他仍在为孙刘联盟的完整而努力。鲁肃没有进攻关羽，相反，他邀请关羽和平谈判。

鲁肃与关羽见面之后，关羽首先发难。他认为当年赤壁之战的时候，刘备曾经亲自率领军队作战，连睡觉的时候都没有脱下身上的铠甲，因此才能与东吴通力合作打败了强大的曹操。赤壁之战后刘备获得了荆州部分地区是一件合情合理的事情，要是花费了那么大的力气打败曹操到最后一无所得那才是不可思议的事情，如今东吴派人强行接收刘备辛辛苦苦打下的荆州土地，实在是于请于理都说不过去。

面对关羽的责难，鲁肃毫不客气，立即予以驳斥。鲁肃表示：当初自己在长坂与刘备会见，刘备的军队已是人数稀少、士气低落，连一校的兵马都无法抵御。刘备本人无处栖身，只能设想远遁苍梧逃命，如果不是我们孙将军好心收留，并将荆州的部分地区借给刘备，刘备哪里会有今天的成就？！如今刘备已经得到益州，却没有丝毫归还荆州的意思，我们退而要求归还长沙、桂阳、零陵三郡，而刘备还是不答应，这难道不是违反道义、不念旧情的不义之举吗？！鲁肃指责关羽：自己一直相信贪婪和背信弃义是一切祸患产生的根源，而关羽在刘备集团身兼重任，难道就不能明辨是非而非要与东吴兵戎相见，这样师出无名、士气低落的战争又岂能不遭受最后的失败。鲁肃的一番话说得关羽哑口无言。这时候在关羽的随从中有一人跳出来反驳道：土地乃是天下人所共有，理当归属有德之人。这番强词夺理的言论不但当即遭受鲁肃的大声呵斥，就连关羽都觉得有些无理取闹，连忙手握钢刀对此人也进行了一番指责并暗示其离开会场，一场剑拔弩张的单刀会最终以关羽的理屈词穷而告结束。

鲁肃虽然在道义上胜利了，但是，关羽的理屈词穷并没有改变刘备的无赖本质，孙刘联盟的危急关系也并没有因为鲁肃的“单刀赴会”而改变。

此时，刘备已经亲率五万大军出益州，来支援荆州了！大战一触即发，维持了六年的孙刘联盟，眼看就要破裂了。

我咬牙怒道：“刘备，你丫总算是露出了你的本来面目，看来今天不收拾你是不行了！”

我铆足了劲要和刘备大战一场，然而，刘备却在这个节骨眼上主动退兵了，而且他放弃荆州南三郡，并派特使表达了希望与我和好的意愿，关羽也随后退回了江陵。

我原本以为刘备是怕了我，后来我才听说，刘备之所以退兵是因为他的后方出事了。此时的曹操已经攻占汉中，迫降张鲁，巴蜀草木皆兵，小儿一日数遍恸哭。刘备的屁股着火，这才慌慌张张去救他的老窝。换句话说，刘备放弃荆州南三郡是迫不得已。

但不管怎么说，我的目的达到了。

于是，我继续留鲁肃屯兵荆州，我则亲率主力回江东，开始筹划我的宏图霸业。

曹操任命朱光为庐江太守，屯兵皖城，在庐江展开军屯，并暗中招

揽鄱阳等地的叛乱武装。吕蒙认为：眼看着就要进入收获季节。皖县一带土地肥沃，粮食产量高，一旦曹军得到这些粮食，不但人心稳定，募兵的数量也将得到大幅提升。这样几年下来，曹操势必会再次发动大规模的进攻。不如乘现在曹操远在邺城的有利时机迅速发动攻势，一举拿下皖县消除隐患。

这个建议立即得到了我的赞同，我亲自率兵向皖县发动进攻，并很快就将皖县县城包围。

为了尽快拿下该城，我找来手下将领商议对策，不少将领认为应该堆造土山并增加攻城器械，但都遭到了吕蒙的反对。吕蒙认为，采用这些方法都需要占用一段时间，在这一段时间内，不但守军可以修建完成防御设施，敌人的援军也很可能抵达，到时候攻城的难度就更大了。更何况目前正值雨季，江水上涨，如果在皖城城下耽误的时间过长，攻城的大军不但会错过撤退的最佳时机，而且会因为道路泥泞而遭遇潜在的巨大危险，吕蒙向我建议应该乘着皖城城防并不坚固的弱点，一鼓作气，从四面一起攻城。同时，他向我推荐由甘宁担任升城督，自己作为后援，向皖城打动进攻。吕蒙乐观地预测，要不了一个时辰就可以拿下皖城，到时候围城的大军还可以乘着水势撤回。经过吕蒙有理有据的分析，我终于决定于次日向皖城发动总攻。

第二天天刚蒙蒙亮，吕蒙就与甘宁一起对皖城发动了总攻。甘宁手持兵器，亲自率兵攀城而上，吕蒙则亲手擂响战鼓为甘宁助威。在吕蒙和甘宁的带动下，东吴将士个个奋勇向前，战事很快就宣告结束，不但皖城被攻破，曹操任命的庐江太守朱光及城中数万人都成为了俘虏。

战后，我授予吕蒙庐江太守的职务，并将俘虏的曹军士兵和战马都分给了吕蒙。同时，我还赐给吕蒙浔阳县屯丁六百人及属吏三十人作为奖励。

看着吕蒙这位心腹爱将的不断成长，我非常高兴。不过，在与吕蒙的接触之中，我也发现了妨碍吕蒙才能进一步提升的瓶颈：吕蒙虽然善于用兵但却不习书传，文化知识严重缺乏，一旦遇到重大军情无法用文字写奏章，只能用口授的方式进行表达。同时，由于文化知识的缺乏，吕蒙也无法从前人的经验中获得营养以提高自己的能力。对此，我深感忧虑。于是我找来了吕蒙和与吕蒙有着同样问题的蒋钦，让他们多多读书以增长知识。没想到吕蒙以军务繁忙、无暇读书来掩饰。

我得知情况后，又耐心地对二人说道：“我又不是要你去做治学的博士，你担心什么？我只是希望你能够通过读书来提高自己的文化水平、增长见识而已。虽然你的日常公务很忙，但你再忙也不能和我相比吧？我从少年开始就通读过《诗经》《尚书》《礼记》《左转》《国语》，也就没读过《周易》。自从我主政以来，还抽出时间来通读兵书和史籍。我认为每读完一本书，都会大有作用。你们两个天性聪慧，如果加强学习，自己的能力肯定会突飞猛进。孔子就曾经说过：‘终日不食、终夜不寝以思，无益，不如学也。’当年的光武帝也在行军作战之余手不释卷。就连曹操也自称老而好学。你们两位应该以他们为榜样呀！”

在我的耐心劝导下，吕蒙终于意识到自己存在的不足之处，开始抓住一切的空闲时间读书。数年下来，吕蒙读过的书籍比当时的一些专门治学的大儒还要多。

后来鲁肃见到吕蒙，双方交谈起来，吕蒙引经据典，言之凿凿，唬得鲁肃一愣一愣的，他起身赞叹吕蒙道：“士别三日，当刮目相看。”

我得知这件事后颇为欣喜，因为吕蒙取得的成绩都是我栽培他的结果啊。

第十三章

Chapter thirteen

逍遥津的梦魇

第一节

“载芟载柞，其耕泽泽。千耦其耘，徂隰徂畛。侯主侯伯，侯亚侯旅，侯彊侯以。有嗿其馌，思媚其妇，有依其士。有略其耜，俶载南亩，播厥百谷。实函斯活，驿驿其达。有厌其杰，厌厌其苗，绵绵其麃。载获济济，有实其积，万亿及秭。为酒为醴，烝畀祖妣，不洽百礼。有飶其香。邦家之光。有椒其馨，胡考之宁。匪且有且，匪今斯今，振古如兹。”——《诗经·载芟》

我治下的东吴就如同当年繁盛时期的周王朝，百姓安居，国力强盛。而我年富力强，如日中天，我进取的欲望已经喷薄欲出，难以抑制。

江南的夏天令人既爱又恨，爱是因为夏天的江南花红柳绿，草长莺飞，你很难看到的各种名贵花草和珍禽野兽江南应有尽有，恨是因为江南的夏天实在是太热了。

酷暑中，胸中的一团烈火在我的首府建邺升腾，那是我调集的十万大军！是的，十万大军！自我哥哥平定江东至今，江东政权还从未有过如此大的军事集结，我调集军队，将目光再次转向了北方的合肥要塞。

建邺宫殿中，我和我的将军们围在军事地图前，筹划着此次进攻合肥的计划。侍女们摇着大扇子为我们祛暑，但这毫不能减弱我全身的燥热，不知道是天气原因还是我面临大战心情太激动，我全身冒汗，热血沸腾。

我指着合肥的位置兴奋地对诸将说道：“诸公，你们看，这里就是合肥，它地处江淮要冲，是江南通往许的必经之路，曹操占据合肥，等于卡死我军北上的咽喉。而一旦我们攻占这里，往东可以直趋徐州，往北可以威胁许、业，我们可以纵横淮泗，占据战略主动。”

大将陈武插话道：“主公，合肥是曹操的东大门，他派刘馥为扬州刺史，修筑合肥要塞，城池坚固，难以攻克，赤壁之战后您率领我们曾打过一次，效果并不理想，这次出征我看还是谨慎为妙。”

我自从赤壁之战后虽然没有打过很大的胜仗，但我也没有打过败仗，我对自己的军事才能还是比较自负的。因此，我听到陈武有些泄气的话，不禁有点生气：“子烈（陈武字），你乃我江东大将，连你也没有信心吗？”

我的话刚刚落音，另一位大将徐盛就说道：“主公，曹操为了防止我军北方，已经在合肥有了安排，我们确实应该谨慎啊。”

“曹操有什么安排，把你们吓成这样？”我心中不满，江东的猛将们什么时候这么胆小了？

陈武和徐盛互相对望一眼，最后还是徐盛说道：“主公，曹操派他的大将张辽、乐进、李典三人一同镇守合肥，这三人皆是曹军名将，尤其是那张辽，此人勇猛善战，上次就是他一举击溃了我君三千丹阳兵，生擒了公孙阳。”

我听得不耐烦，大喝一声道：“够了！别说了！张辽，张辽，又是张辽。他不就是侥幸打了一次胜仗吗？至于让你们这么害怕？我问你们，曹军在合肥有多少人马？”

众将低头不语。

我看着他们低头，心中怒气更盛，我大吼道：“我告诉你们！曹军在合肥只有七千人！七千人！我们是多少人？十万！十万对七千，我孙仲谋一挥马鞭，我的大军就能将合肥踏平！什么张辽、李典、乐进，他们就是三头活老虎，我能将他们碾死！”

我越说越气，我指着北方继续怒道：“现在曹操亲率主力在汉中，合肥十分空虚，这正是我们北进的绝佳时机。假如我们现在都不能突破合肥，那么一旦曹操主力从汉中返回，我们还有机会吗？如此这一次都不能成功，我们日后要想进取中原岂不是更加困难吗？我意已决，明日出兵北上，进攻合肥，诸将务必努力向前，敢有胆怯畏战者，杀无赦！”

我清楚地看到，在场诸将额头上都冒出了汗水。

我拂袖而去，转回内堂。

步氏看我怒气冲冲地回家，急忙上前柔声问道："夫君，你脸色不太好，莫不是谁惹你生气了？"

我冷哼一声，答道："哼，今天咱们江东的将军们真是太让我失望了，他们竟然畏惧曹军，简直是可耻！耻辱！"

步氏笑着给我端来一杯茶，安慰道："夫君，咱们江东的将军都是您一手提拔的，他们对您可都是忠心耿耿，我想他们之所以忌惮敌军大概是出于对战局的考量吧，你还是应该多听听他们的意见，毕竟他们都是咱们江东的功臣，是您的爪牙啊。"

步氏就是会说话，我满心怒气被她这么一说顿时消了大半，我喝了口茶，叹道："唉，或许你说得对，他们忌惮张辽也不是没有道理，兵凶战险，小心一些原本是应该的。可是我就是气他们那副唯唯诺诺的样子，这种心态怎么打胜仗？"

我正说着，忽然管家来报："主公，陈武将军求见。"

我一听是他，本不想见，但步氏劝我道："主公，您若不见陈将军只怕寒了将士们的心，你姑且让他进来，听听他说什么。"

"既然如此，我就听你的，去，让他进来吧。"

不多时，陈武来到我面前。我瞄了他一眼，低头看书，不再搭理他。他满脸羞愧，见到我后立刻拜倒，悲泣道："主公，子烈今日有负主公厚望，我给您丢人了。"

我看他说得诚恳，便不好再责备他，我语气转缓说道："子烈，我也知道你是为了我军着想，想让我稳扎稳打，可是子烈，你要知道两军对战最忌讳一方示弱，失去气势的一方往往会失败。我不希望看到我的部下有畏战情绪。"

陈武痛哭流涕道："主公，我知错了，我不该当众说那些丧气话。"

我长叹一声，抚摸着陈武的脊背说道："子烈，我十几岁接管江东，风风雨雨十余年，你也算是辅佐我的元老了，自从周公瑾、程德谋、黄公覆等人去世后，我军人才逐渐凋零，你是我军大军，是我的股肱羽翼，我这辈子最大的希望就是和我的将军们把酒言欢，建功立业，不要让我失望啊。”

陈武已经哭得不成样子，他咬破嘴唇，殷红的鲜血顺着嘴角流出，有几分恐怖，他狠狠地说道：“主公，您放心，此次出战合肥，我一定要在阵前斩将夺旗，生擒张辽献于麾下，若不能建立功业，我情愿战死疆场，以报主公知遇之恩。”

打发走了陈武，忽然，天空中乌云滚滚，闷雷阵阵，风云突变，似要有暴风雨降临。大风卷起无数落叶，我伫立在风中，遥望北方。

合肥的张辽，你能挡得住我十万大军的雷霆一击吗？

第二节

一连三天的暴雨席卷了江淮，道路泥泞，沟渠水满，运输行军不便。但是，我等不及了，我飞檄诸军，克期集结，渡江杀奔合肥。

临出发前，张昭老头又一次婆婆妈妈地叮嘱我：“主公，阵前危险，更兼张辽骁勇，你只在后方指挥即可，千万不要亲自出战啊。”

我不耐烦地应付了一句：“张公，你放心吧，张辽奈何我不得。”

说罢，我打马扬鞭，奔驰而去。

十万大军分为前后中三队，前队先锋大将陈武、蒋钦，后队后卫是周泰、吕蒙、甘宁，在中路我是亲自率领，有贺齐、凌统、潘璋和徐盛等人。

远远望去，十万大军浩浩荡荡，延绵数十里，无穷无尽，队伍中，各色战旗随风飘扬，那上面写着“无难”“解烦”“敢死”“绕帐”……

这些军队都是江东的精华，他们身经百战，吃苦耐劳。这些年来，我派人镇抚山越，收编流寇，得了许多兵马，分派给诸位将领，他们就将这些人训练成了眼前的这支大军。

看着雄壮威武的军队，我豪情冲天，心胸激荡。

哈哈，我是这个时代的大英雄，我已经超越了父亲、哥哥，我还超越了周瑜，我将要击败曹操。我不但要做江东的霸主，我还要做北方的主人，我要做这天下的主人。

我——孙权，可以称帝，我有这个实力！这是我当时的想法。

我心情大好，遂命诸军边走边唱歌。

一声令下，十万大军一齐放声高唱："力拔山兮气盖世，时不利兮骓不逝。"

凌统在我身边，低声说道："主公，大战之前唱这个，是不是有点……"

凌统的意思我明白，这是楚霸王项籍在垓下告别虞姬时候唱的，颇有几分晦气，凌统是担心此歌影响到此次作战的士气，毕竟打仗也讲究个吉利。

我却不以为意，笑道："公绩，这次我军北进可不是霸王别姬，我们是从江东出师，吊民伐罪，解救汉天子的，我们是项籍刚出江东时的样子。哈哈，哈哈哈。我们会所向披靡的！"

凌统低着头，默然不语。

我全不在意，得意地继续说道："曹操号称乱世奸雄，可他这次失算了，我已经探明，张辽、李典、乐进三人互相不睦，曹操用这三人在一起守城，一定会出问题，我军有机可乘。"

甘宁、吕蒙等人都眉头紧锁。

我全没有在意周遭的一切，我已经陷入了类似于疯狂的幻想中："嘿嘿，我要先吊打张辽，证明我的厉害！通知全军，加速前进！"

大军渡过江后，直入曹操的边界，战斗随时都有可能爆发，气氛立刻紧张了起来。

七年前，我来合肥，江北尚且有庄稼农户，可这次我却发现，沿途几百里荒无人烟，凋敝的乡间，荒芜的土地，到处是断壁残垣，到处都是死一般的静寂。不知道还以为我们行走在通往阴曹地府的路上，令人毛骨悚然。

“这是怎么回事？这一带的人呢？”我问。

有人回答我：“主公，曹操怕我们劫掠当地人口，所以将扬州南部的百姓全部内迁了，致使很多人流亡，现在淮南数百里已经无人。”

我看着眼前的场景，闷哼一声道：“哼，何止是无人，简直连个活物都没有。”

我又道：“看来曹操给我来了个坚壁清野，嘿嘿，我会怕你吗？命令全军，继续加速前进，务必要尽快拿下合肥。”

“可是主公，我们已经急行几个昼夜了，再这样下去将士们即便到了合肥恐怕也无力作战了。”

我很焦躁，或许是因为我渴望获得胜利，或许是因为我渴望证明自己的军事能力，又或者是我渴望极快地打败张辽，总之，我很焦虑。我不顾周围人的反对，命令全军在一片泥泞中急行。

当我的大军抵挡合肥城下的时候，竟然有很多人掉队了。

时值深夜，这一夜月朗星稀。在月色中，我望着远处若隐若现的合肥城，它就好像是在黑暗中的幽灵，令人恐怖，又令人好奇。

我命大军简单地扎下营垒，稍作休息，明日攻城。

第三节

翌日黎明。

数日的暴雨涤荡了空气，令我倍觉清新。阴霾散去，阳光乍现，东方泛起了鱼肚白。八月的合肥比江南还要炎热，天刚蒙蒙亮就已经有热气从四面八方袭来，令人喘不过气。我军经过数日的急行，都已经疲惫不堪，天色已亮，各营将士仍多在睡觉。

我现在眼前只有合肥，其他的都不管，我立刻传令：“全军集合，准备攻城。”

军中士卒颇有怨言，我听到了这种抱怨的声音，于是我又下令："敢有乱军心者杀无赦。"

在我的高压之下，军营总算清净了。我看到将士们拖着疲惫的身躯走出营帐。我有些犹豫：我是不是应该让大家休息一下再出战呢？

然而，就在此时，合肥城中人声沸腾。我急忙派人前去侦查。

不多时，探马回报："合肥守将张辽亲率兵马杀奔我军而来。"

"他带了多少人？"

"八百步卒。"

"什么？"我差点被张辽把我鼻子气歪了，你丫我有十万大军，你只带几百人来和我对战，你是有病还是瞧不起我？

我不待大军集合完毕，便厉声传令道："命诸军立刻出营，迎战张辽！"

军令如山，令出必行。

我亲率大军出战，对面张辽的兵马则迎着我们杀了过来。

我在一座土丘上驻扎，命亲兵列阵围绕，我要登高指挥。我已经盘算好了，张辽既然敢只带八百人来，我就用大军将其合围，然后把他们"包饺子"。如果我能一战擒杀张辽，合肥也就不难攻克了。

十万大军左右一字排开，连绵数十里，纵深足有一里，兵马雄壮，盔甲鲜明，如此军威我想就是吓也把张辽吓跑了吧？

然而，我错了。当我看到北方疾驰而来的精兵时，我就知道我错了。

对面的曹军人数确实不多，但是，他们冲锋的气势却足以匹敌我的十万大军。那彪人马的战旗上书写着"荡寇将军张"，那是张辽的旗号。为首的大将身材高大雄健，全身披甲，手持大铁戟，此人想必就是传说中的张辽。在他身后，是全副武装的步卒，一个个手持刀斧短戟。

张辽在冲锋时他的军队没有呐喊，没有嘶吼，只有奋力狂奔，荡起层层尘土，他们有力的奔跑使得大地微微颤抖，这样的冲锋方式我还是首次看到。说来奇怪，相比那些拼命的呐喊式的冲锋，这种静默的方式反倒更令对手恐惧。此刻我忽然感到，冲锋时的呼喊或许并不是士气的体现而是在宣泄自己的恐惧，而这种静默的冲锋则更像是视死如归、身经百战的作风。

我意识到，我遇到了劲敌。

我急忙传令，命甘宁、吕蒙、凌统、蒋钦四将率兵从四面张开，陈武、徐盛、贺齐、潘璋护卫在我身边，待张辽杀入重围，由陈武等人从正面抵挡，甘宁等人则从侧后将其包围，然后一齐将张辽的八百人全部歼灭。

众将领命而去，我的军阵开始变化，十万大军就好像一个大螃蟹张开了钳子，又好像一个大口袋等待着猎物进来。

我的军阵刚刚结好，张辽就杀到了。我急命徐盛、陈武两人从正面迎击。

张辽杀到军阵前，忽然，他猛地举起大铁戟，怒吼一声："呼啊！"他身后的士卒也都将手中兵刃举起，一齐大吼："呼啊！"

这群人随着这一声吼，从静谧的处女变成了狂暴的蛟龙！

电石火花中，张辽身先士卒，就像是一个镔铁重锤，猛地砸进了我的军队。他的大铁戟就像是雷神之锤，无坚不摧。他长戟横扫，我军数名将士立时毙命，我严整的军阵在他的奋击之下竟然像豆腐，像朽木一样被摧毁了，军阵裂开了一个硕大的口子，张辽带着他的八百敢死队如猛虎一样冲了进来。

站在土丘上的我只看着张辽的这一击，就不由得心中一颤：张辽名不虚传，果然是盖世猛将。

但是此时的我还不知道，张辽的神勇不仅体现在这一击上，这只是他表演的序幕，接下来发生的事情将会让我和我的十万大军铭记一生。

第四节

万里无云的天空下，凋敝荒凉的合肥城外，一个鬼神正在用我从未想到过的方式展示着他的神勇无敌。

张辽，合肥的守将，这个被江东将士无数次提及的名字。今天他就像是战场上的神！

他咆哮着，高喊着自己的名字，如猛兽一般冲入我军阵中，用迅雷不及掩耳的手段杀死我军士卒数十人，并斩杀两员吴军将领。

忽然，他抬头看到了我，我清楚地看到，他双眼凶光四射。只见他撇开他人直奔我而来。我站在土丘上，甲士围绕，伞盖重重，大旗就在我身后，任凭是谁也知道我就是军中主将。他发现了我。

疲惫不堪的我军无法抵挡张辽雷霆霹雳一般的攻势，就像是一群小孩子一样在张辽面前纷纷倒下。张辽则越战越勇，不多时，他就已经凌厉无比地杀到了我所在的土丘下。

陈武、潘璋、凌统、贺齐四将生怕我有闪失，急忙带着他们最精锐的部队拼死挡在了我的身前。

张辽的攻势被暂时挡住了，在人肉堆成的防御阵面前，他虽然杀得血如泉涌，但一时无法突破上山。于是，张辽将长戟向我一指，大声喝道："敌军主将，你敢下来与我张文远决一死战吗？"

那吼声如同惊雷，万马军中听得清清楚楚。

这一声吼，喝得护卫在土丘下的我军数千将士微微后退，我胯下宝马竟然也被这怒吼吓得有些慌张。

我心头一紧，再看周围的将士都望着我，我脸一红，额头上渗出了汗。打老虎的事儿我常干，可张辽比老虎厉害多了，我已经被他今天在战场上的表现震慑，我不敢下山。

张辽昂首横戟抬头望着我，那挑衅的目光越过中间我军将士用生命堆砌的壁垒，直射在土丘上的我。众目睽睽之下，我怂了，我默然不语。

我硬着头皮指挥将士们："贼将已经中计被包围，快快将其生擒活捉！"

战鼓齐响，锣声大振，甘宁等四将从四个方面猛扑向张辽。口袋收紧了，张辽八百人被团团包围，就像是怒海中的一座孤舟。

我咬着牙说道："张辽，让你狂，老子就是人多，我就是用人堆也堆死你！给我冲，务必杀死张辽！"

战斗已经到了白热化，面对着我军的重重围裹，张辽和他麾下士卒竟然丝毫不乱，他们左冲右突，越战越勇。张辽和他的部下像是一条困龙，怒吼着疯狂乱撞，他的大戟已经让大地战栗，风云变色！

战争的狂风，曹军的名将，合肥的鬼神，雁门的英雄……所有这些称谓似乎都不足以诠释今天的张辽，他长戟到处，我军将士皆披靡败走，我的兵马连绵不绝的哀嚎呼救声就是张辽神武之力的最好注脚，烟尘飞舞的战场上，张辽砍杀猛剁，所向无前。

就在张辽成功突出重围之时，仍旧被围困在敌军包围圈中的将士一面浴血奋战，一面高声呼喊张辽："难道张将军抛下我们不管了吗？"听到部下的求救，张辽竟然调转马头，率兵回头冲进包围圈，救出被困手下，再次向我军发动猛攻。我军的士气顿时全散了，部分士兵甚至连连后退。

这一场惊心动魄的战斗从黎明一直杀到晌午，张辽在击杀我军数千人后，带着他的兵马突破重围，扬长回合肥而去。好像我的十万大军在他面前就像是集市一样，说来就来，说走就走。

张辽留给我的是数千具尸体，是低落的士气，是无尽的羞辱。同时他还夺走了我的自信。

我回到大营，看着满营的伤病和垂头丧气的士卒，我恼羞成怒，我不甘心，我一定要拿下合肥城，一雪耻辱。

"传令，大军进攻合肥，不分昼夜，就是用人填也要填平此城！"

在我不断的严令下，疲惫不堪士气低落的江东将士再次向固若金汤的合肥发起了自杀式的冲锋。

结果可想而知，面对早已有防备的曹军，我眼睁睁看着将士们一次次冲向敌阵，然后一去不复返。如此反反复复，日日不断，足足一个月！

结果，合肥没有打下来，瘟疫却如同幽灵一般来到了。

这场瘟疫规模颇大，我的大军染上瘟疫后，就像是赤壁之战中的曹军一样，疫情迅速蔓延，军队士气更加低落，战斗力严重受挫。

看着已经被折磨得即将零散的军队，再看着始终屹立的合肥城以及那城头上的"张"字大旗，最终理智战胜了我激情，我不能让江东主力都死

在这，那样的话我将失去一切。无奈之下，我痛下命令：“全军开拔，陆续撤退，回转江东。”

命令下达，面对这场败仗，军中竟颇有人欢呼。我则唯有叹息，满怀遗憾和怨恨，无可奈何。

撤军命令下达后，各军团纷纷南撤，将士们庆幸自己终于可以脱离这片死神之地，都走得很快。

而我却满怀惆怅，久久不愿离去，我深知，有此一战，再攻合肥不知道将是何年何月，或许终我一生都不会再踏足这片伤心地了吧。为了祭奠我的失败，我带着甘宁、凌统、潘璋、徐盛、宋谦、吕蒙以及陈武等将领为大军断后，我想最后在这片土地上留下印记，最后再看看合肥城。

第五节

从合肥南撤要经过肥水渡口，水上有桥，当地名曰“逍遥津”，大军开拔后，我亲自率诸将断后，缅怀这片伤心地，只留贺齐带三千人马在河南接应。

主力部队都走了，我只留下了几百近卫军，跟在我身边的将领们也都只带了一些亲兵，加在一起也没有多少人。

我驻足河北，回首遥望即将消逝的合肥城，我感慨万千。我数度北伐，皆攻此地，然而，前后数年，竟然无法攻克，屡次出师都止步于此地。难道我孙权注定一生无法越过长江逐鹿中原吗？

“唉”，我长叹一声，对身边的将士们说道：“走吧，走吧。”

语气中尽是落寞和哀怨。

我调转马头，刚要南走，忽然，合肥城中再次响起了冥府雷声的战炮！“轰轰轰！”

“咦？”我急忙回头看，身边士卒无不动容——怎么回事？难道……

合肥城大门在紧闭了一个月后的今天再次打开了。我和将士们都愣住了，我们瞪大了眼睛一齐注视着城门，虽然大家都不说话，但我知道，此刻大家都在祈祷，希望没有人从城中出现，因为我们都清楚，如果此刻曹军出现意味着什么。

然而，我再次失望了，合肥城中，喊杀连天，金鼓大作，黑压压的曹军如同出洞的蚂蚁，蜂拥而出，他们的目标正是南方！而且这一次，队伍中不但有张辽的大旗，还有李典和乐进，兵马也比八百人多得多。

老天爷！合肥城倾巢而出，杀奔我而来！一旦被他们追上我们这些人都要完蛋！

我身边兵马群情耸动，议论纷纷，士卒皆现恐惧之色，即便是一些将领也脸色难堪。

危机之中，我想到了楚霸王项羽十二骑突围的神话，我想试试，和对面的曹军碰一下，但最终，稍稍冷静下来的我还是放弃这种只适合宅男幻想的想法，我大声命令将士道："撤！向逍遥津撤退！快！"

我话音未落，已经有几名亲兵忙不迭向南逃去，吕蒙在我身边，低声说道："主公，这样仓促撤退一旦张辽追上来，后果不堪设想。"

我没有说话，我知道后果的严重性，但是事到如今，我又有什么办法呢？张辽这货竟然探明我想撤退，趁势掩杀来了，这是我始料不及的，我足足十万大军，张辽竟然敢出城迎战，是他太厉害了？还是我太不会用兵了？我对自己的军事才能开始产生了疑问。

我们一路快速南撤，但此次曹军追击我们的多是骑兵，他们越追越近。我们刚刚撤到逍遥津北边不远，张辽的前锋就追上了我的后卫，双方展开了激战。

张辽再次爆发出了无与伦比的神力，单骑突阵，我军将士本就惧怕张辽神勇，现在又无心恋战，怎能抵挡张辽的突击？曹军杀得我军后卫人仰马翻，四散奔逃。

我慌忙命令诸将率兵阻击，边战边撤。

曹军涌入我的队伍中，一场混战，张辽、李典、乐进骁勇无比，曹军士气高涨，大声呼号，我军则惨叫连连，血如泉涌，尸横遍野。

我看着不远处张辽怒目横眉，如瘟神一般宰杀我军将士，我本想动怒，但是，那怒火瞬间就化为了恐惧渗入我的骨髓，我全身大汗淋漓，不知所措。

曹军越聚越多，我们这点人眼看就要被他们全部歼灭。

吕蒙、甘宁二人向我报道："主公，如今形势危急，还望主公派人断后，您先撤走去河南岸吧。"

二人的话提醒了，我恢复了一下精神，忙传令道："甘宁、吕蒙现行向南，徐盛、宋谦断后为第一道防线，潘璋、蒋钦为第二道防线，陈武、凌统率近卫军跟着我，全军前后交替南撤！"

这是我在这危急时刻做出的唯一正确的抉择。

可是，这世界上有一类人恐怕是为了打破常规而存在的，张辽就是这类人，我做出的正确决定却因为他的过人的神勇而毫无意义。

张辽挥舞着他的镔铁大戟，呼号着自己的名号，猛烈突击，徐盛、宋谦的第一道防线就像是被洪水冲垮的堤坝，瞬间决口，曹军蜂拥鱼贯而入，徐盛、宋谦的兵马倒冲回我军本阵。

幸亏有潘璋蒋钦危机之中连斩数名跑在前面的士卒，然后他们率领部下拼死抵挡，总算是勉强延缓了曹军的攻势，然而，这种阻滞却付出了惨重的代价。曹军骑兵前仆后继的冲锋，就像是挥舞起来的重锤，一记又一记地砸在我军血肉堆积的防线上，潘璋、蒋钦所部伤亡惨重，二人都带伤拼死搏斗。

我知道，他们是在保护我。我看着一个个大好的江东儿郎惨死在曹军铁蹄之下，不禁心如刀绞，我恨自己，"一将无能，累死千军"，说的就是我这种人吧。

当我如漏网之鱼一样逃到逍遥津桥北岸时，我傻了。

逍遥津上那个唯一的木桥，断了！是被曹军拆毁的。

怎么办？前面是滔滔河水，无法逾越，后面是汹涌而来的张辽精兵，我进退失据，陷入绝境。

甘宁、吕蒙、凌统、陈武在身边，将我团团包围起来，他们也无计可施，只有眼睁睁看着张辽越来越近。我身边还剩下几千人，但这些人都已经是惊弓之鸟，连金鼓都已经没人敲了。

张辽依旧如一个月前一样，在万马军中往来驰骋，所向披靡，潘璋、蒋钦、徐盛、宋谦的兵马已经被斩杀殆尽，曹军步步逼向我而来。

我感到一阵头晕目眩，有些想吐，那是过度紧张造成的，我有点绝望了，难道我孙仲谋今天就要死在这里吗？

“呔！江东的儿郎们！你们为何不敲响战鼓，奋勇迎战？”

一声大吼，将我从绝望中唤醒。说话的是甘宁，只见他双眼通红，怒目大叫，他指着噤若寒蝉的我军将士再次怒吼：“大丈夫即便战死疆场也不能做孬种，你们代表的是江东的尊严！是男人的敲鼓鸣锣，随我去大战张辽，誓死保护主公！”

说罢，他一马当先杀入乱军之中。

吕蒙也叫道：“兴霸，说得好，今天咱们就为了江东，为了主公，豁出去了！”他也跟着冲了过去。

在甘宁、吕蒙的激励下，我军将士顿时精神倍长，金鼓大作，士气为之一振。

我稍稍缓了口气：看来我还是有希望的，我不能就此放弃。

甘宁、吕蒙与曹军血战，他们虽然奋不顾身，拼死抵挡，但是在这一望无际的平原上，我军的步兵面对曹军的骑兵简直毫无还手之力，不出一刻钟，甘、吕二将的千余名步卒就伤亡过半，而张辽再次逼近了我。

我哀叹道：“甘兴霸如此忠勇尚且不能抵挡张辽，看来我孙权命该丧于逍遥津。”

凌统在我身边，他听到我这句话，猛地叫道：“主公，甘宁能做到的我也能做到，今日我愿意为主公杀身成仁，舍生取义，主公，我去了，咱们来世再见！”

凌统不待我发话，竟然带着他的三百部曲自杀式地杀向了曹军。

我明白凌统为什么这么做，他这么做有两个原因，第一是为了保护

我，第二是因为他与甘宁有杀父之仇，两人一直暗中较劲，有一次差点在酒席上动手，我一直劝解二人才没有酿成内斗的惨剧。如今甘宁被我赞许，他自然不悦，所以这才疯狂地与曹军搏命。

凌统出战时，张辽距离我已经不足五十米。现在在我身边，除了陈武率领的五百近卫军，再也没有其他士卒了。

凌统是用肉搏的方式和曹军绞杀，即便如此，面对张辽霸王再世的神勇，他的努力除了换来一声声惨叫，一道道伤口，再也没有其他作用。三百人在曹军旋风一样的突击下，也仅仅维持了一刻钟，便如同落叶一样被一扫而空，全军覆没。

张辽挥舞着他那柄沾满了我军将士鲜血的大铁戟，又冲向我，越来越近，他的五官我几乎都能看清了，一个标准的国子脸，三缕长髯，双眼圆睁，精光四射！

他就是我生命中的魔鬼！我几乎是用哭腔说道："张辽，你丫是人吗？"

"主公。没有办法了，我带着最后的兵马去迎战张辽，您快想办法走吧，哪怕是游过河去也好啊。"说话的是陈武。

他说的没错，他的五百人是我最后的护卫。依照前面的战斗推测，他们也是无法阻挡张辽的，如果在他们被歼灭之前我不能越过逍遥津南边，那么等待我的命运只有战死或被俘。

陈武临走前对我说道："主公，我有个牙将叫谷利，为人机敏忠诚，就让他陪着您吧。"

说着，他为我指了一下那人。谷利前额突出，脸上无须，身材干瘦，但一双眼睛很有灵性，一看就是个精明强干的人。

谷利上前对陈武说道："陈将军，其实我们还有办法，您不必……"

他话没有说完，只听背后张辽的呼喊声已经清晰可闻："敌军主将何在，雁门张文远在此，今日便是你的死期！"

陈武甩开谷利，叫道："来不及了，谷利你想办法护送主公快走，我去迎战张辽！"

然后他回头朝我施礼，惨然一笑：“主公，只怕这是咱们今生最后一次相见了，我要为您尽忠了！主公，如果有来世，我还愿意跟着您争霸天下！”

说罢，他将长枪举过头顶，朝士卒们说道：“将士们，今日便是我们的最后一战！随我出战张辽，宁死不做俘虏！”

陈武决绝地冲向了北边，我看着他远去的背影，心中一阵酸楚。

张辽此时距离我只有三十米。

我身边再无一兵一卒，唯有牙将谷利。谷利对我说道：“主公，您的坐骑神骏无比，您何不将战马向后退，然后纵马跳过断桥？”

他的话点醒了我，这个原本不难想到的方法我在慌乱中竟然没想起来，这法子虽然有点冒险，但是到如今也只有拼死一搏了。可是，我转念一想又发愁了：“我若用马鞭抽打坐骑，必然无法坐稳，如何飞跃断桥？”

谷利道：“主公，我来替您抽打坐骑。”

背后张辽的呼号声和陈武他们的惨叫声越发激烈，我回头一看，不由得大吃一惊！

只见张辽单臂举起一人，那人全身血污，断了一臂，张辽正用长戟指着他的脖子。那个人不是别人，正是陈武！

陈武，我的爱将，眼看性命不保了。

“主公，快，再慢就来不及了！”谷利急道。

我无暇多想，急忙将战马后退，蒙住马眼，谷利举起马鞭，朝着我胯下坐骑的臀部猛抽，那匹马一声嘶鸣，如离弦之箭猛冲向断桥，我双手抱紧马鞍，双腿夹紧马腹，在断桥边缘，我拼命提起马的缰绳。

奇迹出现了！战马跃起，如同行走在空中，我坐在马背上，感到耳畔生风，眼界豁然开阔，然后，马儿驮着我缓缓落下，四蹄稳稳地踏在了逍遥津南岸。

长达数丈的断桥，被我逾越了！我从河北的死亡战场，在一瞬间不可思议地“飞”到了海阔天空的河南。

但是，我并没有多少喜悦之情，因为当我回头再看河北的时候，我亲眼看到，张辽大戟平挥，陈武惨死疆场，横尸在地。陈武的五百部曲也皆被屠杀。

“陈武，呜呜呜，我的将军，你是为了保护我才……”泪水无可抑制地夺眶而出，我在为陈武哭泣，在为战死的将士哭泣，也在为我荡然无存的自信哭泣。

就在我悲伤落泪之时，在河南边，忽然涌出一队人马。

难道曹军在此有埋伏？

我在马上微微一晃，险些跌下马。我思绪万千，我想到了自己被俘后的种种悲惨遭遇，我摸了摸肋下佩剑，我准备好了：自尽！

第十四章 Chapter fourteen

目标——荆州

第一节

逍遥津南出现的兵马吓得我魂飞魄散，险些自尽。最后我才发现，来的人不是曹军，而是我军贺齐的部队，他率领三千人在河南接应我。

张辽被阻隔在河北，我总算是脱险了。

当我被贺齐军簇拥着与大部队会合以后，我才发现，自己盔歪甲斜，全身湿透，狼狈不堪。

我一边派人搜索诸将，一面缓缓向南撤退，等我登上江面大船的时候，我忽然觉得踏实了，我感慨道：“水军才是我赖以生存的根本啊。”

数日后，诸将大多率领残兵败将陆续前来，吕蒙、甘宁、蒋钦、潘璋、徐盛、宋谦等人虽然损失了许多人马，但还算是好的，最惨的是凌统，他三百兵一个不剩全部战死，他本人身负重伤，幸亏被我军接应才得保不死，谷利则依靠他的机智在乱军中逃出。

我看着诸将满是血污和伤痕的身躯，看着他们垂头丧气的神情，我又想到了惨死的陈武，不禁痛哭道：“此一战我军损兵折将，实在是我的奇耻大辱啊。”

凌统躺在担架上，望着我哭道：“主公，我三百亲兵皆惨死于张辽之手，一个未回啊，我回去怎么向他们的家人交代呢？”

我忍不住用袖子擦去凌统的泪水说道：“公绩，死者已矣，有你在，还担心没有兵马吗？你好好养伤吧。”

凌统再次大哭，忽然，他伤口崩裂，昏死过去，我这才发现他全身皆是伤，有的伤口直透骨髓，甚是恐怖，我急忙命神医李泉为他医治，在李泉的全力抢救下，凌统总算是保住了一条命。

逍遥津一战，我十万大军被张辽等人七千兵击败，损兵折将。陈武战死，诸将胆战心惊，亲兵卫队尽被摧毁。我军士气低落，败报传至江南，小儿闻张辽之名夜不敢啼。

这一战张辽不但夺走了我军数千条生命，夺走了我的大将陈武，同时也夺走了我对自己军事能力和对江东军队陆战能力的信心。

建安二十一年，冬。

逍遥津的阴霾并没有随着时光的推移从我心中移除，我虽然时常狩猎，但心中所思所想尽是一年多年前的那一战。

这些日子能给我些许慰藉的只有我的心腹朱然和吕蒙。

有他们陪着我打猎解闷，总算是派遣了不少忧郁。

这一日，我带着朱然、吕蒙登临建邺附近的钟山，我又情不自禁地想到自己在合肥的窝囊，我有些泄气，叹道：“唉，我这些年虽然兢兢业业，力抗强敌，但是总不免有许多不尽如人意的地方。”

朱然看出了我的心事，安慰我道：“主公，您执掌江东以来，国泰民安，百姓富庶，稍有些失意也在所难免，您不要太在意了。”

我哂笑道：“嘿嘿，对，不就是合肥那点事儿嘛，不提了，不提了。”话虽如此，但我心中哀怨，表情不自然，朱然他们也一定能看出来。

吕蒙说道：“主公，说起来合肥战役我还真有事要向您禀报。”

朱然在一旁拉住吕蒙，说道：“子明，主公今日心情不好，这件事我看就不要提了。”

我制止朱然，问吕蒙：“子明，你说，你对这一仗有什么看法？”

吕蒙沉吟片刻，大概是此事过于敏感，他在组织语言吧。许久，他开口答道：“主公，合肥之战我军失利有两个原因，第一，是我军在前期锐气太盛，结果被张辽挫败，士气动摇，后期遭遇瘟疫，导致兵无斗志，这是导致失败第一个原因；第二， 张辽、李典、乐进三将原本不睦，这一次之所以捐弃前嫌，同心协力与我作战，是因为曹操留给了他们一个锦盒。并留下命令：‘贼至乃发。’据说里面写的计策是：让乐进守城，由张辽李典出击。”

我心中不禁感慨：曹操果然厉害，赤壁之战我之所以能得胜，多半是周瑜的能力，若是我当年亲率部队迎战，恐怕，嘿嘿……

吕蒙又说道："除此以外，合肥之战我军失利还有个十分重要的原因。"

"是什么？"

"是地形和骑兵。"

"哦？你快向我仔细说说。"

"主公，徐州淮南一带地势平坦，一马平川，有利于北方骑士施展，却不利于我军发挥水军作战和山地作战的特长，张辽在逍遥津之所以所向无敌，就是因为他们的部队多骑兵，但我们江南本就不产战马，骑兵极少，在平原与北方部队对抗，我们十分不利。"

我怔怔地听完，久久无言。其实这个道理我早就明白，但直到此时经吕蒙之口述说，我才确信。

我扭头望向北方，思绪又飞到了那场令我终生难忘的逍遥津激战，我的思绪沿着北方的地图向北延伸，在北方广袤无垠的疆域中，多平原，少水域和山地，我若想逐鹿中原，面对这样的地势，我没有骑兵，等待我的将是一个又一个逍遥津。

念及此处，我意兴阑珊，问吕蒙道："子明，我军若难以逾越合肥，就无法继续北进，难道我们就要被困死在江东吗？子明，你告诉我，下一步，我该怎么办？江东又将何去何从？"

吕蒙看着我，问道："主公，您难道就没有考虑过荆州那面吗？"

"荆州？"我愣住了。是啊，荆州，我自继承江东以来就梦寐以求的地方，但是却因为种种原因没有得到它，现在它是在刘备手中，由关羽镇守。荆州我固然想要，但是，刘备和我毕竟是盟友，更兼关羽此人骁勇善战，我既担心承担背弃盟约的恶名又怕打不过关羽，因此我对于荆州一直是心有所思但却不敢深想。

吕蒙说道："主公，荆州对我们太重要了，我们若不能拿下荆州，就无法固守江东。"

"可是刘备与我结盟，关羽又十分强悍，我担心……"我将自己的顾虑说了出来。

吕蒙却慨然答道："主公，刘备乃反复小人，您何必沽名钓誉，被他利用？至于关羽，我在陆口数年，暗中探明了荆州军的虚实，我认为关羽此人虽然勇猛，但刚愎自用，不善于团结同僚，只要我们准备充分，突然袭击，我有把握击败关羽，拿下荆州！"

吕蒙说得慷慨激昂，我却考虑得更多，我决定我要等，等到一个合适的机会，再一举夺回荆州！

第二节

建安二十二年，曹操再次亲率大军南下，我率兵拒敌，我又一次挡住了曹操的攻势，曹操被迫离去，但他为了防备我，留下了张辽、夏侯惇、曹仁等众多兵马镇守江北。

这一年，我的股肱之臣鲁肃病逝了，我命吕蒙接替他做了荆州方面的都督，与此同时，刘备与曹操的大将夏侯渊在汉中激战，荆州关羽时常欺凌我国，我一忍再忍，但面对号称"万人之敌"的关羽我又无可奈何。为了拉拢关羽，我甚至想要和他结成亲家，我想让我的儿子娶他的女儿，可是，下聘书的人竟然被关羽给撵了出来，不仅如此，他还无礼地撕毁了我的聘书，并口出狂言，辱骂我的使者。我对关羽恨之入骨。

同时也在这一年，我提拔了一名不可多得的将才——陆逊。

我对陆逊算是很了解了，从早年的交往，到他向我献策镇抚山越，直到最近他在对内的围剿中立下大功，我对这个与我年纪差不多的人越来越重视。

有一件事我印象很深刻。我召陆逊来到建邺，会稽太守淳于式曾上表告发陆逊盘剥百姓，使当地民众愁苦不堪。陆逊来到金陵之后，在与我的谈话间，称赞淳于式是位好官。我不解地问陆逊："他告发你，你反而赞美他，这是为什么？"

陆逊回答："淳于式弹劾我，是为了休养民生，如果我反过来再说他的坏话以干扰主公的判断，那就太不应该了。"

我不禁感叹感慨：这真是德高者所为呀，一般人是做不到的。

自此以后，我对陆逊更加信任。

鲁肃病故没多久，我在建邺再次召见了陆逊。

多年的疆场锻炼早已让陆逊成为了成熟稳健的一方统帅，略显黝黑的脸膛，下巴上微微凸出的胡子茬，不变的是那忠厚含蓄的气质和一双充满智慧的眼睛。

我看到这个我一手提拔的人才，颇感欣慰，笑着问道："伯言，这些年镇抚山越，安定内乱，你辛苦了。"

陆逊施礼答道："主公，这是我分内的事情。"

他还是那样，不怎么爱说话，总是礼数周全。

我又问他："伯言，这些年听说你收编了不少精锐部队，是真的吗？"

陆逊又向我施礼答道："正是，臣镇抚山越得兵数万，弱者补户，强者充军，前后得精兵万余，足堪征伐。"

我满意地点头赞道："好，伯言不愧是我的将才，我没有看错人。"

这一次，陆逊没有回答，忽然，他一改内敛的态度，昂首朗声问道："主公，您甘心一生只坐守江东，而毫无作为吗？"

陆逊"无厘头"的问题让我一愣，我不知道他什么意思。

只见陆逊继续说道："主公我军在合肥方面与曹操相互攻杀，连年不断，我军牵制了曹操的半数兵力，正是因此，刘备才得以在荆州和益州得势，而我们却没有得到一点好处。那刘备乃乱世枭雄，最无信义，此人强占荆州十年，不但不思归还，还纵容关羽时常欺凌我国。主公，天底下哪有这样的事情？我看，江东是到了要改变的时候了。"

陆逊说的话每一句话都击中了我最敏感的神经，"借荆州"给刘备是我今生最大的失误，现在我是哑巴吃黄连——有苦说不出。

我沉默片刻，然后面对陆逊答道："伯言，你说得很有道理，这几年在与曹操的争斗中我看清楚了，北上与曹操争天下，时机尚不成熟。可是，我若不北上，又能向哪里发展呢？”

“荆州。”陆逊用郑重而严肃的口吻吐出了这两个字。

我盯着陆逊，他也看着我。

大殿上，静悄悄的，只能听到我逐渐粗重的喘息声。

良久，我问道：“荆州现在刘备的大将关羽手中，此人骁勇过人，称‘万人之敌’，而且关羽这几年镇守荆州，将江陵和公安二城修筑得极其坚固，我们要想从此人手中夺取荆州，只怕不易。一旦失败，我们就要陷入曹操和刘备双线夹击之下，那时候，我们就危险了。”

陆逊却答道：“主公，关羽为人强梁，他傲慢自大，刚愎自用，刘备集团志在北方，关羽为了配合刘备出益州，总有一天他会出兵北进的。等到那时候，我们就能乘虚而入，夺取荆州。荆州乃我国上游，对我们是极大的威胁，主公，只有占据荆州我们才能全据长江，这江东才算是稳固啊。”

我暗中赞叹陆逊独到的眼光，在我的国策是“联刘抗曹”的情况下，他竟然能向我提出这种大胆的建议，可见此人是不可多得的人才。

但是，我现在与刘备毕竟是盟友，而关羽也没有北进的动向，此时我还不能轻举妄动。因此，我对陆逊说道：“伯言，你说的事我知道了，但是，此时还不具备取荆州的条件，这件事你暂且就不要再提了，而且我要你记住，此事不要再对他人提起，明白吗？”

陆逊看着我，心领神会，微笑道：“主公，我会保守秘密的。”

第三节

陆逊对荆州的担心也是我的担心。早在我接手江东不久，占据荆州就是我的目标，但是由于曹操南下，我和刘备联盟，导致这件事一拖再拖，现在被一个强盗一样的关羽霸占着，还时常以此要挟我，骚扰我。这一切

令我感到了奇耻大辱，我从大局和感情两个方面出发，终于开始考虑夺取荆州的战略了。

正在我为战略调整南下决断时，我的大将吕蒙送来了一封密信，信中写道："如果能够形成由孙皎镇守南郡、潘璋镇守白帝城、自己夺取襄阳，蒋钦率兵一万人马在长江一带作为机动兵力，哪有敌军就前去机动增援这样的格局，我们就既不用顾虑曹操，也不用依赖关羽。尽管目前刘备与我们结成了战略同盟，一旦东吴内部出现问题，刘备集团肯定将对我们发动进攻以实现其统一全国的梦想。"

我看到吕蒙心中已经明确提出要用武力夺回荆州，这个策略很符合我现在的口味，于是，我秘密将吕蒙召来建邺。

在密室中，我问他："子明，你在陆口可知关羽虚实，这个人能做朋友吗？"

吕蒙听罢，苦笑道："主公，关羽这个人就像是土匪一样，蛮横无理，目中无人，与他根本没有办法交流，更别提做朋友了。关羽在荆州积极备战，如今他兵精粮足，城池坚固，也不知道他下一步是打算北进呢还是南下呢。总之，关羽对我们是极大的威胁，主公，我劝您还是早作打算为好。"

我探明吕蒙对关羽的态度，心中有了点谱，但我还是不敢下决心，便又问道："我打算北取徐州，你认为可行吗？"

吕蒙连连摆手，说道："主公，万万不可，徐州的守军其实不足为虑，只要我军大举进攻即可攻克，但问题的关键并不在于我们如何拿下徐州，而是拿下徐州之后能不能守住，能不能依托徐州向中原地区进一步发展，徐州陆路贯通，要依赖精锐的骑兵纵横驰骋，而这方面恰恰是曹操最为擅长的。我们拿下徐州之后，曹操势必调集重兵前来争夺，而我军因为缺少骑兵，不但无法正面对曹军交战，而且会阻碍援军对于徐州守军的支援，因此我们在徐州就必须留下七、八万的军队进行防守，但就算是这样，我们的胜算也是非常小的，更不用说通过徐州挺进中原了。还不如发挥我军的长处，拿下关羽占据的荆州地区，只要这样才会对我们未来的发展有利。”

吕蒙的观点与我暗合：我军少骑兵，无法与曹操在平原征战，不如攻取关羽，占领荆州，这样就可以长据长江，对于江东意义重大。

有了吕蒙的支持，我终于下定决心。我将拳头重重地砸在桌子上，说道：“子明，你我所见略同，只是，关羽不好对付，我们还需要做万全的准备。”

吕蒙看我态度决绝，他问道：“主公，听您这么说，您已经有了主意？”

我冷笑一声，答道：“不错，我已经派人暗中联络曹操，只要形势有变，我就和刘备撕破脸皮，强夺荆州！”

“可是主公，此事还需小心，不要走漏风声。”

“放心，我派的是我的心腹都尉徐详，不会有问题，更何况，我这次派他去也只是和曹操接触一下，为以后做个铺垫，并没有明确提出联合曹操。”

吕蒙点头赞道：“主公未雨绸缪，子明佩服。”

“子明，你还是快回陆口前线，监视关羽，你记住，在我们动手之前，不要刺激关羽，要想办法麻痹他。”

“主公，我知道了，我会向关羽示弱的。”

吕蒙走后，我独自一人走出密室，走到庭院中，此时夕阳西下，几缕金灿灿的阳光洒在我身上，令我感到一丝惬意，我看着即将落山的火红的太阳，幽幽说道：“关云长，听说你和张辽是好朋友，可惜，我孙权不会犯同样的错误，我不会再重蹈合肥的覆辙，荆州我要定了。”

顿时，我感到我又恢复了几分自信，或许我不擅长领兵作战，但是，我仍旧是江东的霸主，我会选拔会打仗的将领代替我作战。

第四节

时光荏苒，转眼两年过去了。

两年中，我卧薪尝胆，隐忍不发，我一面与曹操周旋，一面对关羽毕恭毕敬，暗中，我却命吕蒙等将领抓紧训练士卒，准备战船和攻城器械，平静的表面下，是暗流汹涌。

江东是平静的，但中国大地并不安稳，依旧腥风血雨，从建安二十二年开始，刘备便举巴蜀之全力与曹操争夺汉中，两军相互攻杀经年，直到建安二十四年初仍未分出胜负。

我则乐得看热闹，刘备和曹操都不是善类，这类人争斗是我最喜欢的事情，他们拼光了老本才好呢，这样天下就是我的了。

但是，我的幸灾乐祸仅仅维持到建安二十四年的七月，一个对我而言坏得不能再坏的消息传来。

这一日，金秋时节的果实摆在我的桌案上，我和步氏正品尝新果子，我看着满桌子的果实很是欢喜："看来今年江东收成不错，这两年休养生息，总算是积攒了一些实力。"

步氏拿起一个橘子，剥开皮，取下一瓣金黄多汁的送入我的口中——甘甜无比。

我嚼着步氏给我的美味，搂了搂她，她将头埋在我怀中。哈哈，赏着美景，品着美食，抱着美人，我孙权这辈子值了。

我正在享受人生，忽然，传令兵来报："启禀主公，刘备在汉中击杀曹军都督夏侯渊。曹操亲自前往汉中救援。"

这句话令我张大了嘴，我轻松松开步氏，咽到喉咙中间的橘子卡在那里，我浑然不知。我愣了半晌，心中说不出的滋味，要说曹操败了我的盟友刘备赢了，我应该是高兴的，但是，我却丝毫高兴不起来，虽然我和刘备是盟友，但是我现在的心理很奇怪，我反而盼望我的这个盟友失败。

就在我发愣的时候，又有传令兵来报：“启禀主公，刘备在汉中自立汉中王，并向天下发布檄文，要与曹操争天下。”

“汉中王？”我自言自语道：“当年汉高祖刘邦就是在汉中做汉中王，后来击败项羽取得天下的，刘备想要效仿汉高祖吗？”

其实我还有后半句没有说出口：你刘备要与曹操争天下，可你又将我孙权摆在什么位置呢？

我感到一阵恶心，我想起来被刘备抛弃的妹妹，我对刘备的憎恶甚至超过了曹操。步氏看我神色异常，急忙轻轻拍了拍我的后背，安慰道：“夫君，您没事吧。”

我因此事心烦意乱，轻轻推开了步氏，摇了摇头，示意她不要碰我。

我内心很焦虑，很矛盾，我有点呕吐的感觉。

我是谁？我可是骄傲的孙权啊！我要做乱世英雄，我要征战天下，我是天之骄子。可是，可是我却被骗了！被这个大我二十一岁的叫刘备的男人骗了。我在他落难的时候帮助了他，我给他钱粮，给他地盘，我甚至将我唯一的妹妹也给了他，可是他却骗了我。

现在回想起来与刘备交往的历程，想起刘备面对我花言巧语，用尽各种手段戏弄我的那些事情，我感到自己就像是被扒光了衣服晾在那里，被刘备诸葛亮关羽他们取笑。他们一定会嘲笑我是天字第一号的蠢蛋，被人卖了还要帮人数钱！

母亲活着的时候总是对我说“世风日下，人心不古”。直到现在，我才终于明白母亲这八个字的分量，好人被人骗，帮助人的反倒成了傻子，这就是乱世，这就是人性啊！

怪谁呢？第一，我怪我自己，那时候太年轻，太莽撞了，被诸葛亮刘备他们几句话忽悠得晕头转向。第二，我怪鲁肃，虽然我至今仍感激鲁肃对我的帮助，但是，联合刘备并借给他荆州这件事，鲁肃是错误的。我如是想。

我越想越怒，猛然间，我抓起一个橘子高高举起，就要摔在地上，

步氏看我暴怒的样子，吓得浑身哆嗦。我的感情无处宣泄，我几乎要吼起来：“孙权你个大蠢蛋！”

然而，我最终没有摔下橘子，我的手停留在半空中，我忽然想到了我的母亲。假如母亲活着，她一定会有办法的。是啊，母亲若活着她会怎么办呢？

一想到母亲，我躁动的心平静了不少，我缓缓放下手，然后若有所思地坐下，我意识到，愤怒无法解决问题，懊恼无补于事，过去的事情已经过去，纠结过去无法前进，我若想战胜自己就必须突破自我。

无穷的愤怒和悔恨就像是重锤砸开了我心中的大门，释放出了隐藏在我内心深处的能量，那能量汇聚成一道光，照在我的头顶，我感觉到一种前所未有的境界。四周一片空明，安静极了，时光似乎静止了，我就好像置身在宁静安详的天堂一般。我的心思飞速运转，过去想不通的事情都一一明了，曾经无法体会的权谋现在都在心中滋生，在这一刻，我感觉自己升华了。

我下定决心：我不能认输，我要赢，我要战胜过去，我要突破自我，我不能再懊恼不能再彷徨，我要勇往直前，我要在这乱世纵横捭阖，我不但要称霸江东，还要开疆拓土，我要夺回荆州！

第五节

建安二十四年七月，刘备封关羽前将军假节钺，命其率荆州兵进攻襄樊，长期以来的压抑因刘备称汉中王而要迸发出来，关羽北进的消息则像是一条导火索，将我这个即将爆裂的火药桶彻底点燃了。

我腾地站起身，命令道：“快，快去召吕蒙来建邺见我！”

八月，我在建邺见到了吕蒙。

这一次见他，吕蒙对外宣称是回建邺养病，这是他麻痹关羽的手法。

吕蒙上书称：关羽并没有将主力全部调往襄樊前线，而是在公安、南郡地区囤积重兵以防不测。不过我建议以自己治兵为名带领部分士兵离开陆口回到建邺，然后趁关羽放松警惕将留守荆州的兵力调往襄樊前线之后夺取荆州。

我很快同意了吕蒙的建议。为了麻痹关羽，我还故意公开宣布吕蒙调离陆口的消息，暗地里调兵遣将向荆州前线集结。

我俩见面后，没有太多的客套。我几乎是迫不及待地问他：“子明，关羽已经大举北进，现在的形势已经是蓄势待发，怎么样，你觉得我们应该何时夺取荆州？”

吕蒙并没有立刻回答我，他说道：“主公，我这次来建邺，给您带来了另一个消息。”

“什么消息？”

“关羽围困襄阳，猛攻樊城曹仁，曹操派左将军于禁率七军精锐支援曹仁。但在我来之前，关羽利用大雨、汉水暴涨的机会，将于禁七军歼灭，俘虏大半，现在樊城已经岌岌可危，关羽先遣部队已经抵达许昌以南百里的地区，现在整个黄河以南已经烽火连天，到处都有呼应关羽的豪杰，我听说曹操甚至考虑迁都避其锋芒，人称关羽‘威震华夏’。”

听着吕蒙对战局的介绍，我那颗紧张的心更是提到嗓子眼，我有些颤抖，问道：“子明，关羽如此骁勇，咱们攻荆州会不会有麻烦？”

吕蒙面无表情，他没有回答我，只是沉默。

我知道，他也没有把握。我有些急了，一把拽住吕蒙的手问道：“你倒是说句话啊。”

吕蒙连忙答道：“主公，实不相瞒，关羽虽然狂妄，但此人可谓智勇双全，他为了防备我，留下了很多兵马在荆州，而且，他还在沿江造了无数烽火台，一旦我军有什么动静，烽火立刻就能传到荆州。主公，关羽防备周全，一时片刻，无懈可击。”

我听罢，心中拔凉拔凉的，这样的防御是无法攻破的。我叹了口气说道：“唉，我孙家气数如此啊，刘备关羽得势，我却只能眼巴巴看着，看

来这天下日后还要姓刘啊。”

吕蒙看我失望，他咋了咋舌头，说道：“呃，主公，其实……其实我们还是有机会的。”

我一听这句话，就像是在无尽黑暗中看到了一丝光明，我再次攥住吕蒙的手，说道：“哎呀，子明，你有话一口气说出来好不好，你这样大喘气会把我憋死的。”

吕蒙尴尬一笑，说道：“不好意思，主公，其实我想说的是，我要向您推荐一个人，我认为这个人可以帮助我击败关羽，占领荆州。”

“谁？咱们江东还有谁能有这么大本事，能让你如此看重？”我很好奇。

吕蒙看着我，郑重地说出了那个人的名字：“陆伯言。”

“是他？”对于这个答案，我既意外又不意外。

意外是因为陆逊很年轻，又是江东大族，平民出身的吕蒙怎么会看重他？不意外是因为，陆逊是第一个向我提出武力夺取荆州的人，他的见识和水平我是知道的。

但我对吕蒙故作不知，问道：“子明，你为何会推荐这个人呢？”

吕蒙笑道：“主公，我来到建邺，陆伯言就来见我，他对我说‘关羽占据荆州，与我江东接壤，怎么才能将其击败，使他不能威胁江东呢。’

我回答：‘情况的确像你所说的那样呀，不过我现在身染重病，暂时也没什么办法。’

陆逊说：‘关羽依仗自己的骁勇，盛气凌人。现在战事顺利便趾高气扬，一心就想着如何建功立业，北进中原。不过现在听说您因病要离开前线，他的防备之心就会烟消云散。如果我们乘此机会进击荆州，定能出其不意，打他一个措手不及。您见到主公之后与他好好商量一下我的建议。’”

我问吕蒙：“你怎么回答他的？”

“主公，我不知道您的意图，所以没敢向他说出计划，便回答他说：‘关羽骁勇善战，难于与之匹敌，况且他久居荆州，根基雄厚，各地的防御做得也不错。而且目前他大胜曹军，士气高涨，咱们要对付他没那么容易。’”

我大笑道：“子明，实话告诉你吧，陆伯言早在两年前就向我建议武力夺取荆州，这个人才识过人，足堪大用，你不必再隐瞒他，我现在就命陆逊代替你做陆口守将，伯言没有什么名气，关羽一定会轻视他，我们会有机会的。”

吕蒙点有点头：“对，主公，我们有机会，只不过，您除了要任命陆逊做陆口大将外，还望做一件事，这件事只怕对您而言不易……”

吕蒙说到这里，有些不好意思，便没有继续说下去。

“子明，只要能击败关羽，取得荆州，再难的事情都愿意做。”

“主公，曹操为了抵挡关羽已经派大将徐晃出战，我们要想彻底击败关羽，就必须与曹操结盟，只是这个联盟，恐怕曹操会让您称臣。”

原来是这件事，其实我早就想到会有今天。是啊，我英雄半生，力抗曹操，从未落败，现在让我主动低头，低三下四地对曹操称臣，这对我而言确实是一个耻辱。

可是，我孙权不是图虚名的宋襄公，我是破虏将军讨逆将军的子嗣，同时我更是孙权，我就是我，我只服从我自己，我是大丈夫，我必须能屈能伸，这才是真英雄。

我爽快地对吕蒙说道：“子明，这件事你就不用管了，我已经决定向曹操称臣，与其暗中结盟，前后夹击关羽。子明你要记住，这个世界上如果有人能打败我，只有我自己，你放手大胆去干吧，荆州一定是属于我孙权的！”

吕蒙看着我，猛然跪倒，我看得出来他是情不自禁地拜倒在我的脚下，他悲泣道：“主公，子明若不能一战拿下荆州，擒杀关羽，我就自刎以谢主公！”

第十五章 Chapter fifteen

英雄殒命

第一节

建安二十四年冬十一月。柴桑城郊。

我身披短袄，腰悬佩剑，锦缎红衣极尽奢华，我按剑站立在江边，西北风凛冽，我却没有丝毫寒意，胸中的火焰不住升腾，那是复仇的火焰。

朱然陪在我身边，说道："主公，天气凉了，您注意身体。"

我没有理他，只是自说自话道："十一年前，周瑜在此大破曹操，不知道今天我能不能重演赤壁之战的辉煌。"

朱然笑道："主公，现在咱们江东兵马雄壮，士气高昂，吕子明的精兵已经安排妥当，只等一声令下就能出动，主公，这一次我们一定会夺取荆州的。"

朱然是我的发小，我与他无话不谈。我指着江北对他说道："义封，北方前几天给我吐露消息，曹操已经亲临摩坡，要调集举国兵力对抗关羽，我看关羽这次北伐失败是指日可待了。只是，我担心关羽从襄樊前线从容回师，那我们偷袭荆州的计划就会无疾而终。"

"主公，关羽远征，后方一定空虚，我们应该可以拿下荆州。"

"嘿嘿，义封，你太小看关羽了，他为了防备我们偷袭荆州，留下了大批部队，我们若想要强攻，只怕不易。"

"哦，那如果是这样的话确实比较麻烦了。"

正说话间，身边的近侍将陆口前线的密信送来了。我打开密信，里面是吕蒙给我的密报，上面写的是陆逊最近送给关羽的一封半公开的书信。吕蒙附录了原文给我过目："关将军您善能用兵，军纪严明，早先看准时机出兵北伐，以少胜多，大破敌军，敌人失败，就是我们联盟的胜利，我们获悉喜讯，无不拍手称快，希望能与将军席卷中原，同扶汉室。我是一个很迟钝的人，受任以来，时刻盼望亲聆教诲。将军生擒于禁七军，大家赞叹不已，都认为将军的功勋足以流芳百世，这功劳简直连过去晋文公城濮之战，淮阴侯韩信灭赵之战，也比不上将军。近来我听说徐晃带领少数骑兵，在一旁窥探。曹操是个狡猾的家伙，或者还会派兵增援，以求一逞。虽然曹军已经疲惫不堪，但也有些骁勇强悍之徒。打了胜仗以后，容易因轻敌吃亏，古人越是打胜仗越是警惕，因此，希望将军集思广益，保证大获全胜。我陆逊乃一介粗疏迟钝的书生，有幸与将军这样才能非凡、品德高尚的人为邻， 我很高兴，我愿意助将军一臂之力，虽然不一定有用，但也是我的一点浅见，仅供将军参考。”

看到陆逊给关羽的“马屁雄文”，我不禁捂着嘴偷笑：“陆伯言，你丫太坏了你！”

朱然勾着头也想看信上的内容，我笑着朝他头上凿了一下：“你小子瞎瞅什么？”

朱然傻笑一声，不敢再看了。

我背着手，轻松许多，说道：“这一回啊，关羽可要倒霉喽。”

江水翻涌，几条鱼儿猛地跃出江面，凌空翻腾，然后又重重地落入水中，徜徉地游着。

忽然，背后一阵骚乱，我回头看去，只见一人和我的侍卫扭打在一起。我一愣：难道是刺客？但仔细一看又不像。

我招呼朱然：“走，瞧瞧去。”

我走得近了才看清楚，那人不是外人，而是江东的一位大臣，名叫虞翻。

虞翻字仲翔，余姚人。

对于这个人我只能给他八个字评语：傲慢无礼，喜出狂言。

我很不喜欢他，我刚刚继承江东的他时常当众顶撞我，弄得我下不了台，我一气之下，索性将其贬至偏远的丹阳郡的泾县，省得他每天让我心烦。这次是吕蒙执意要将这个人带来，否则我是不会愿意看到他的。真不知道吕蒙怎么想的，对我说虞翻是除掉关羽必不可少的人，哼，我可不信，这么一个“祸害”能有什么本事？

虞翻这时看到了我，他咋呼道："主公，你终于来了，这些狗东西不让我见你，主公，只有商纣王才不见臣下。主公你的这些狗东西要让你变成商纣王啊。"虞翻指着我的侍卫称其为"狗东西"，我能看出来，若不是我在场，那些雄壮的侍卫能将虞翻剁了喂鱼。

我不愿和这个人过多纠缠，我不耐烦地一摆手："算了，你过来吧。虞仲翔，你找我有什么事吗？"

虞翻还是那副目中无人的样子："主公，看你说的，我没事就不能来看看你吗？这些年咱们君臣也没有见过面，你就不会想念我吗？"

我心中暗想，我这辈子都不会想你。但我表面却不能这么说，我只得答道："这些日子事务繁多，我没时间和你闲聊。吕子明推荐你，让你来陆口，协助他取荆州，你还要努力啊。"

虞翻把怪眼一瞪："主公，你别这么瞧不起我好不，没有我，我怕吕子明破不了关羽的烽火台，进不了荆州城。"

虞翻的话明显是话里有话。这些年的历练已经让我不再是那个热血青年，我知道适当的妥协有时候会换来意想不到的成果。我并没有训斥虞翻，相反，我一副礼贤下士的样子对他说道："仲翔，我知道你是有本事的人，是我们江东不可或缺的人才，还望你教我怎么才能破了关羽的烽火台，又该怎么进荆州城呢？"

虞翻看着我恭敬的样子，他反而有些不适应，大概是没有想到我会转变这么大吧。他也收敛了傲气，说道："主公对我这样我还真有点受宠若惊，罢了，我也就不卖关子，就将我计策告诉你吧。"

"先生请讲。"

虞翻蹲下身子，在江边的沙泥地上画了起来，我觉得有趣，也跟着蹲了下去，朱然也蹲下去了。

只见虞翻在地上画了一个草图，然后向我指出关羽烽火台的布置情况，他说道："主公，关羽虽然多谋，但都是小聪明，他同时得罪曹操和江东其实就已经注定了他失败。我们要破他的烽火台其实并不难，陆伯言已经麻痹了他，现在荆州空虚，守备开始松懈，我们只需要派精锐部队伪装成平民，对沿江烽火台实施突袭，就能控制守台士卒，使其烽火不举，这样我们就能顺利突破到荆州城下。”

我问道：“先生此计虽然精妙，但荆州各城是关羽亲自督促建造的城池，十分坚固，我们又怎么顺利攻破呢？”

朱然也跟着问：“是啊，荆州诸城以江陵和公安这两处最是紧要，关羽计算是撤军北上也一定不会轻视这两处，该怎么办呢？”

虞翻笑道：“主公，义封，你们恐怕还不知道吧，江陵守将糜芳，公安守将傅士仁都与关羽不睦，我已经得到确切消息，关羽临出征前曾严惩二人，并威胁二人得胜之日要惩治他们，所以，我们其实可以劝降糜芳、傅士仁，命其将城池拱手送给主公。”

“劝降？这能行吗？”我对这事有点怀疑：“一旦劝降不成，那么我们的渡江部队就将陷在坚城之下，关羽再回师，那就麻烦了。”

虞翻却胸有成竹：“主公，你若不信我可为你卜上一卦，看此次出征是吉是凶。”

一听算卦我来了精神，我是很相信这玩意的。我早就听说虞翻有两绝，一是精通医术，二是《易经》，最善占卜。我饶有兴致地指了指虞翻：“快快，你算算看看。”

虞翻装模作样地在地上比划了半天，然后他闭目对天祈祷，经过一番看似神秘而神圣的仪式后，虞翻不无骄傲地指画在地上的图对我说道：“主公，卦已成了，是大吉之兆，此次出战，必擒关羽取荆州。”

算卦在很多人眼中是怪力乱神、子虚乌有的是东西，但是，我偏偏就信这东西，我听罢虞翻的话，站起身，长出了一口气，我望着滔滔江水，笑道：“哈哈，立刻命令吕子明，一旦襄樊前线有变，立刻率兵奇袭荆州。”

第二节

曹操给我送来密信，曹军精锐部队已经云集樊城以北，不日就将对关羽军发动致命一击。曹操催我快对荆州动手。

是时候了。我立刻命令陆口前线的吕蒙出兵，吕蒙亲率孙皎、朱然、潘璋、陆逊等大将沿长江而进，蒋钦则率领一万精锐水军封锁汉水，阻止关羽从水陆逃跑。

我和虞翻、诸葛瑾等人坐镇柴桑，等待着战役的结果。

柴桑议事厅中，我内心焦虑，但面对群臣我又要故作镇静，我拿着一本《春秋》，端着架子读着，我还与手下人谈笑风生："久闻关云长喜读《春秋》，吕子明若将其生擒，我倒是想要和他探讨一下这本书，哈哈哈。"

群臣见我面临如此大的战役还能淡定从容，皆拜倒："主公大气磅礴，我等跟随主公万事都不用担心了。"

我很得意。唯有虞翻不拜，他轻蔑地对众臣说道："主公并不是不急，其实主公心里比谁都急，他之所以故作镇定，是怕你们慌了阵脚，主公，我说得对吧。"

虞翻这家伙真是我的煞星，你这不是揭我老底吗？我恨得牙根痒痒，说道："虞仲翔，你咋知道我慌呢？此次战役我军已经准备，万事俱备，夺荆州擒关羽易如反掌，我根本就不必要慌。"

虞翻却翻了翻眼，说道："主公，你要不慌，那你的腿抖什么？"

我这才发觉，我屁股坐在垫子上，左腿盘着，右腿支撑起来，正不住地抖动。我自己都没有察觉。我急忙将右腿也盘起来，神情有点尴尬。

正如虞翻所说，我怎么能不急呢？我既担心吕蒙的偷袭行动失败，又担心糜芳、傅士仁不投降，更担心关羽回防。

我心中暗暗祈盼：吕蒙啊，你一定要赢啊。

在焦虑的等待中，前线很快就传来了消息，一连三封军报前后送到。我迫不及待地打开第一封军报，只见上面写道：“吕子明将精兵扮作平民，突袭沿江烽火台，烽火不举，顺利渡过长江。”

第二封军报上写道：“糜芳、傅士仁已经投降，城中虽有伏兵，但皆被擒杀，江陵、公安已经在我军掌握之中。”

第三封军报：“吕子明在荆州广施恩惠，秋毫无犯，斩杀犯纪军校，三军肃然。吕子明请主公亲临江陵视察。”

看到这三封军报，我终于确信，荆州夺回来了！自从我接管江东以来就梦寐以求的荆州终于成了我的盘中餐，对于这个迟来的礼物，我欣喜若狂。

我举着军报对群臣说道：“诸公，吕子明‘白衣渡江’，迫降糜芳、傅士仁，占领荆州，现在我军已经在江陵站稳脚跟，我们赢了！”

群臣皆大欢喜，一齐向我道贺：“全赖主公洪福齐天，主公万岁，江东万岁。”

我兴奋得有点不知所云了，只是频频点头，大笑着。

虞翻还是那个玩世不恭的样子，他轻描淡写地说道：“主公，别高兴太早，取荆州是不难，但要想擒关羽，只怕不易。那关羽骁勇无敌，他即便兵败也还可以突围，我们纵然能挡住关羽的进攻，但要想阻止他逃走只怕不是那么容易吧。”

虞翻的话虽然听着令人不舒服，但他说的确实是实情，我也不禁担心起来：万一关羽突围走了，那岂不是后患无穷，有朝一日他带着兵马回来找我报仇那可麻烦了。

于是，我立刻命人飞报吕蒙：要不惜一切代价擒杀关羽，绝不能放虎归山。

第三节

吕蒙在荆州收买人心，瓦解了关羽军的士气，关羽率领的荆州军团兵无斗志，士卒渐渐离散，最终，关羽被困在了江陵城北的麦城。

吕蒙向我请示该怎么办，我让吕蒙乘胜出击，一定要将这最后的隐患拔除。

虞翻这时又向我献策："主公，我为前方荆州的战事卜得了一卦，下面为单卦中的兑卦，上面为单卦中的坎卦，合起来就是节卦，第五爻变化之后就是临卦。因此，不出两天，关羽一定会被砍头。"

虞翻总算是给我带来了一个好消息。于是，我命吕蒙火速安排诸将围堵关羽，坚决不能让其突围。

于是吕蒙派潘璋、朱然守临沮，陆逊攻夷陵，将关羽西逃益州的道路彻底卡死了。

建安二十四年冬，瑟瑟寒风裹着朵朵白雪纷飞，冰天雪地中，我驻足柴桑城头远眺，这里毗邻大江，一望无际，柴桑城郊有一座著名的瞭望楼，这里视野开阔，观景位置绝佳，我时常登临此处观望长江景色。如今，我身在楼上，楼上也覆盖了一层白色，银装素裹的天地间，一叶扁舟从江北飘来，我知道，那是吕蒙送来的军报。

我喃喃自语道："不管结果如何，这都是荆州战役的最后一份军报了，关羽是生是死也就看这最后一战了。"

十岁的小孙登在我身边，说道："父亲，孩儿料想这是一封捷报，关羽应该已经死了。"

"哦？何以见得？"

"父亲，张先生教给我船的行驶与驾船之人的心情有关，您看那送信来的小船，轻且快，这是报捷的模样，若是关羽逃走了，那么这艘船会沉且慢。”

我对孙登的判断很感兴趣：“哦？那待会就看看你的推测是对是错。”

不多时，小船靠岸，信使将军报呈给我，我打开书信，是吕蒙的亲笔所书：“启禀主公，我军潘璋部将马忠，已经在临沮夹石之地将关羽父子擒杀，荆州全境已经尽在我军掌握之中。”

读毕，我没有狂喜，只有淡淡的喜悦，那感觉就像是在品味一壶老酒，我微笑着对孙登说道：“子高，你猜对了，这是一封捷报。”

孙登并没有因为我对他的夸奖而洋洋自得，他很矜持地淡然一笑，然后说道：“孩儿能猜对全凭父亲和张师傅的教诲。”

不卑不亢，不骄不躁，我对孙登很满意，这么小的孩子就有如此情商，他是我最理想的继承者。看来我孙氏后继有人啊。

一阵东风袭来，我不觉冷反觉全身躁动，我猛地转过身，望着滔滔江水，看着漫天白雪，我朗声说道：“传令，重赏立功将士，我要亲临荆州，犒赏三军！”

荆州，你就像是一只煮熟了的鸭子，终于进入了我的口中。

当我带着虞翻、诸葛瑾等人到达荆州，吕蒙亲率众将出城迎接，我拉着吕蒙的手，和他肩并肩一同入城。只是，我发现荆州的百姓并没有多少人来欢迎我，即便是来到城门的人也大多抱着异样的眼光看我，那眼光中尽是一个词“外来户”，不难发现，刘备关羽在荆州这些年，百姓还是很拥戴他们的。看来以后要想彻底稳定荆州，还需要一番努力啊。

我们一行人来到官衙，我殷切地对吕蒙说道：“子明，这次作战辛苦你了，你是我的大功臣，我要重重地赏你。”

吕蒙急忙谢道：“这次能够战胜关羽，取得荆州，全赖主公运筹帷幄，诸将奋力搏杀，我岂敢贪功。”

这时，我发现众将中没有陆逊，便问道：“伯言何在？”

“回禀主公，陆伯言正率兵在夷陵剿灭当地不愿归附我们的豪族，要迟几天才能来。”

“嗯，看来荆州人对关羽很忠心啊。”

吕蒙却道："主公，关羽刚愎自用，众人都畏惧他，但多半不服他，要不然的话，糜将军和傅将军也不会离开他归顺我们了。"

在一旁，有两个一直低着头的将领，这时终于站出来向我跪拜："罪将糜芳、傅士仁拜见江东之主孙将军！"

我看到，两个叛徒跪着，诚惶诚恐，我看不起这种人，即便他们的投降对我来说意义重大。我敷衍他们道："二位将军弃暗投明，我心甚慰，你们若要顽抗，下场就和关羽父子一样，日后在江东做事还要小心仔细，听明白吗？"

二人唯唯诺诺答道："是是是……"

"你们俩先下去休息吧。"

看着两人离开官衙，我轻蔑地说道："软骨头，死了的关羽也比活着的你们强。"

吕蒙说道："主公，这次我军几乎是兵不血刃取得荆州，但是，有一件事我很担心。"

"子明担心何事？"

"现在刘备已经占领汉中，称汉中王，他麾下精兵猛将颇多，一旦他知道我们夺取荆州，击杀关羽，只怕他会起倾国之兵前来报仇，这对我们而言是一件祸事。"

我呵呵一笑，若无其事地答道："这个嘛，我早就做好了准备，我估计刘备现在和曹操是仇敌，他应该不会轻易来攻打我，即便他来了，我不是还有你嘛，有你镇守荆州，万无一失。"

吕蒙却眉头紧锁："可是，主公，我不是万能的，如果我无法挡住刘备，甚至是我死了，那时候该怎么办呢？"

我把手一挥，打断了吕蒙的话："子明，今天是咱们大胜的日子，不要提那些烦心的事，对了，关羽的首级呢，让我瞅瞅。"

"主公，一个脑袋，没什么可看的，主公还是别看了，不吉利。"

我满不在乎："怕什么，你害怕关羽咬我啊？快拿来让我看看，我乃天命之主，只有人怕我没有我怕人。"

吕蒙只得命人将放着关羽的锦盒送到我的面前，我小心翼翼地打开锦盒，只见里面是一颗面貌威严的头颅，我心中暗叹：这个人英雄一世，到头来落得身首异处，这或许就是乱世吧。

看着关羽的脑袋，我忽然想起一件事，我对吕蒙说道：“子明，我打算把关羽的首级献给曹操，你看如何？”

吕蒙立刻心领神会，笑道：“主公是想让曹操背杀关羽的黑锅吧。”

我没有回答，只是狡黠地一笑，随即高声传令：“以诸侯礼厚葬关羽尸体，将其首级大张旗鼓地送往洛阳，交给曹操处置。”

我站起身，正要离开，吕蒙又叫住了我：“主公，这里还有一个人，我想您应该见一见？”

“哦？是哪位大功臣啊？快介绍我见见。”

“呃，主公，这个人他是……曹军降将，于禁于文则。”

于禁？曹操的“五子良将”之一，就是被关羽水淹七军后投降关羽的那人。我急忙问道：“怎么？他在这里？”

旁边角落中有一人站了出来，用很低的声音说道：“孙将军，罪将于禁拜见将军。”

我定睛看去，只见一位面容憔悴的中年男子站在那里，须发皆斑白，不知道是天生如此还是愁的，这个人就是于禁吧。于禁和麋芳、傅士仁不同，因为我和曹操是同盟关系，确切地说我还是曹操的“藩臣”，因此于禁是我的盟友。

我站起身走到于禁近前，握住他的手，软言慰问道：“于将军，这些日子委屈你了，我知道你这一路走来不易，是不是啊？”

没想到，我的几句客气话竟然引发了于禁不可抑制的眼泪，他当着众人的面流涕痛哭道：“孙将军，我投降关羽是为了我的三万部下不被杀害，我这才委曲求全，但是，我现在背负着降将的骂名，很多人指着我的脊梁骨骂我不如庞德死节，可是谁又知道我的心思啊。呜呜呜……”

不知为何，我相信于禁的话，我觉得这样一个带兵三十年，看惯了人世间杀戮的将军是有可能为了自己的部下而忍受屈辱，我敬重这样的人。

于是，我拉着于禁的手说道："于将军，不要伤心了，我已经为你报仇了，你放心，等我忙完荆州事务，我就会将你送回北方，那时候你就能回家了。"

我带着于禁和众将在荆州城中视察，我让于禁走在前面，和我并马而行，一边走我一边询问他北方事物，他对答如流，我俩聊得还算投机。

然而，我就在我俩谈话之际，忽然，一人猛地冲出，对着于禁呼道："你不过是个叛徒，怎么敢和我们的主公齐头并进。"说完拿起鞭子就要抽打于禁。

我一看，又是虞翻！我生气他这样无礼，便呵斥他。而于禁这位身经百战的将军此时此刻竟然被一个文人的马鞭吓得躲闪不跌。

我看着于禁凄惨的模样心中不忍：这个人前半生驰骋疆场，威名素著，现在却沦为阶下囚，成了一个怕事的人，真是天意弄人啊。

我越发可怜他了。

建安二十五年的春节我是在荆州过的。

我在楼船上大宴文武，于禁听到乐曲流下眼泪。虞翻再次呵斥道："你想装出一副可怜相要博得我家主公的同情吗？"

我本想斥责虞翻，但就在此时，北方的细作前来，说是有重要军情禀报。我命他贴耳汇报。那细作在我耳边耳语几句。我听到一个令我万分震惊的消息！

我愣了半晌，心中怅然若失。

我看了看于禁，问他："于将军，魏王是一个怎样的人，你能给我说说吗？"

曹操在建安二十一年被封魏王。

于禁听罢，有些出神，他似乎回忆起了种种往事，悠悠答道："魏王……魏王……魏王是当世第一英雄，我本是军中小校，在一次战斗中，我奋勇冲锋，被魏王看到，那时候他还不是魏王，他还是兖州牧。战后他亲自召见我，让我吃他烤的羊肉，还赐给我酒喝，那时我还年轻，一股脑地将酒肉吃了个精光，魏王大笑着走了。结果他封我做了将军。在后来我匹马单骑震慑叛军，魏王更加赏识我。三十年来，他对我恩重如山，三十年来，我跟着他战无不胜，三十年来……三十年来……”

于禁说着，再也说不下去了，哽咽起来。

我听得也出神了，我想到了自己，想到了我一手提拔的潘璋、周泰、吕蒙、陆逊这些人。我在想，假如有一天这些人也离我而去，我该怎么面对呢？

我轻叹说一声，说道：“于将军，实不相瞒，我要告诉你一个坏消息，魏王崩了。”

于禁闻听，手中酒杯落地，一行热泪从眼角滑落，他看着我，呆着，已经说不出话来。

我则又是一声长叹，说道：“‘人生几何，对酒当歌’，魏王，你我皆生于乱世，我敬佩你的气度武功，如今你走了，剩我一人独舞，在这人世间岂不寂寞？”

说罢，我又传令道：“来人，命全军举丧，我要亲自临江祭奠曹公。”

第四节

我在荆州缅怀曹操，这既是对一个时代英雄人物的怀念也是为我逝去的一位知音献祭。

一个真正的男人，当他失去对手的时候，也会感到落寞。

而且，自从关羽败死，再到曹操去世，我隐约感觉到，一个时代或许即将谢幕，我是属于这个时代的人，未来的时代会是什么样子，我又将会处于怎样的位置呢？

我的预感不久就应验了。

这一日，吕蒙之子吕霸跌跌撞撞奔来，见我拜倒，哭诉道：“主公，我父亲突然病重，如今卧床不起，还请主公去见我父亲最后一面吧！”

“噫！”惊闻噩耗，我险些摔倒。

吕蒙，我一手提拔的军中主将，擒杀关羽夺取荆州的首功之臣，现在更是我的“顶梁柱”，可是，我栽培的人才却在此时突然病重，这对我而言无异于晴空霹雳。

我想起了前不久我初到荆州时。当时，我为了表彰吕蒙的功劳，特意在公安召开了一次盛大的庆功宴，吕蒙却因为患病而提前离席。我笑着说道：“占领荆州擒杀关羽都是你吕蒙的功劳，今天专门为你庆功，你怎么看起来闷闷不乐呢？”

于是我下令增加步兵骑兵军乐队，并亲自为吕蒙挑选虎威将军属吏，合并南郡和庐江两军的仪仗队，宴会结束后吕蒙回营，前有骑兵开道，前呼后拥，吹吹打打，十分显耀。我觉得这还不够，又赐他其钱一亿，黄金五百斤。

然而，封爵的公文还未下达，吕蒙的旧患便发作了。当时我身在公安，便急忙把吕蒙接到内殿，千方百计为他治疗和护理。同时我还到处招募东吴境内的医者，并宣布凡有能治愈吕蒙疾病者，赐予黄金千斤。尽管如此，吕蒙的病情仍然不见好转。我非常悲伤，打算去探望这位战功卓著的将领，但是又怕自己的到来会影响吕蒙的病情，情急之下，我想出了一个方法：在吕蒙病房的墙壁上挖了个小洞经常偷看。见到吕蒙能稍微吃下一点食物便非常高兴，情绪大为兴奋，反之则整天愁眉苦脸，甚至夜不成眠，吕蒙的病情似乎稍有好转，我便高兴地发布大赦的命令以示庆贺。后来吕蒙的病情加重，我又亲自看望，并派人为吕蒙祈福求寿。

但是，不管我如何努力，如何祈祷，吕蒙病情加重，最终去世，享年四十二岁。临终前吕蒙吩咐手下，将我所赏赐的金钱财物都封存在仓库中，待自己死后还给我，并吩咐丧葬务必从简。我闻听此事后，更加悲伤。

吕蒙出殡时我亲自参加了葬礼，看着三军将士痛哭的样子，我情难自禁，遂放声痛哭。我惋惜痛失大将，同时也让我想起了父亲、哥哥、周瑜皆英年早逝的痛苦往事。我暗暗问自己：孙权啊，你的寿数又有多少？你是不是也难逃早逝的命运？

第十六章 Chapter sixteen

陆逊，我没有看错你

第一节

时光如同奔驰的野马难以挽留，岁月如同吃人的猛虎令我畏惧，青春则像是洞房花烛，那么令人迷恋，却转瞬即逝。

曹操的去世令我感到一个时代的人物开始凋零，吕蒙的病故则令我感慨人类生命的短暂。

过去我纵横捭阖，无忧无虑，可是越到中年我所思所想越是复杂，回首过往，我恐怕再也没有年轻时的冲劲儿了。

我已经三十八岁了，你或许认为我还很年轻，但是，你是否记起，周瑜在我这个年纪已经离开了人世，鲁肃和吕蒙的死也只是四十岁多点，这样算下来，我是不是应该担心呢？

人如果失去生命就等于失去了一切，人若死了，那么他在这世上取得一切丰功伟绩将变得毫无意义，一想到这些我就莫名其妙的悲伤。

不过呢，我还是想尽办法保持着我的激情，我可不愿让青春的感觉这么快就溜走。打猎就是我最好的手段之一。

这一日，我又带着步氏外出射猎，护卫我们的是五百无难军，我跨骑骏马，步氏在我身后的一辆车上看我射杀猎物。另外，张昭正好有事向我汇报，因此他也跟着我。

我有美人相伴，心情大好，我穿着大红披风，一身华贵漂亮的战袍随风鼓荡，我头戴紫金冠，弯弓别箭，虽不及父兄战场雄风，但也绝对是威风凛凛。我纵马驰骋，往来呼号，箭无虚发，连中猎物。不多时，我便射中一串野兔麋鹿，豺狼野兽。徐氏看我战绩丰厚，高兴地拍手笑着。

只是张昭那老头一直不喜欢我打猎，他认为打猎这事是不务正业，他一直嘟囔着："主公，不要这样，主公，不要这样，主公不要这样……"我擦，老头你烦不烦，我又没有怎么着你，你一直喊“不要这样”是几个意思？你再絮叨我就要疯了。

就在这时，忽然，一阵狂风大作，树林哗啦啦作响，紧接着一声虎啸传来，声震四野。我急忙勒住战马，仔细望去，哈哈，一只掉睛白额大老虎来找我玩了。

那只猛虎盯着我，全身绷紧，随时都会暴起伤人。无难军距离稍远，众人欲射箭又怕伤了我，一个个吓得不知所措，张昭老头已经吓得浑身哆嗦了，他是在担心我。步氏则脸色惨白，体如筛糠。

我却全不在意，我有些不理解这些人为什么对面前的这只“大花猫”这么畏惧，在我眼中，它其实挺好玩的。我朝那猛虎眨了眨眼睛，调戏了一下它。

那老虎不解风情，竟然猛地跃起，向我的扑来。老虎个头很大，他跳跃起来，前爪几乎扒住了我的马鞍，步氏惊呼一声，当场晕倒了，张昭则哆嗦着说道：“不要，不要，不要……”老头子吓傻了。

此时的我早已不是在宣城那个胆怯的少年，我面对猛虎丝毫不慌，我猛地拔出佩剑，将长剑横扫，空中划出一道优美弧线，一道虎血喷出，漫天飞舞，大花猫华丽地倒地，挣扎了几下，再也不动了。

我的亲兵迅速地围了过来，我却气定神闲，只是啧啧叹息：“可惜了一只大宠物，本想捉了它养着玩的。”

这时步氏也悠悠醒来，她睁开眼看到我，嘤的一声哭了出来。

张昭则呼哧呼哧地跑来，前后左右看了我一遍，确认我安然无恙后，他变色而道：“将军你怎么能这样呀？作为江东之主，你的能力体现在驾驭英雄，驱使群贤，哪里是要你在原野上策马追逐，在猛兽面前显示自己的威风？如果一旦出现意外，岂不是让天下人嘲笑？！”

我对这老头的话颇不以为然，但碍于情面，我只得装模作样地说道：“张公批评的是，我年轻气盛，考虑问题没有张公这么深远，实在是太惭愧了。”

不过，认错是认错，这狩猎的兴趣却没有因此受到影响。趁着张昭

不注意，我偷偷让工匠打造出了一个新型的箱型射虎车。为了造出这车，我可没少费工夫，连样式都是我亲自设计的。车的上方开了一个方形孔，这个孔下面则是一个可以容下两人的箱子，箱子四周凿出不少孔。狩猎的时候，一人驾车，我自己就可以在箱子里进行瞄准，放箭。我偷偷试了几回，效果不错，能看到的老虎都倒在我的射虎车旁。

不过这事情不久之后又被张昭发现了。他又是一通劝谏。没办法，谁让他是老臣子呢。硬顶是不行的，就来个笑而不答吧。这回，张昭也没了主意。

能做自己喜欢做的事是一件多么快乐的事情呀！怎么张昭就不明白这个道理呢？真是个老古董。

第二节

魏黄初二年，我从公安迁治鄂，并将鄂改名武昌，以武昌、下雉、寻阳、阳新、柴桑、沙羡六县为武昌郡。我之所以在此建治是有我的考虑的，武昌地处长江中游，北临淮南，西接益州，是从上游下江东的必经之路，是兵家必争之地。

我在这里立郡建治，就是要应对危局，同时彰显我誓死捍卫江东的勇气！

也就是在这一年，有一件震惊天下的大事发生了。

曹操的儿子曹丕继承了曹操的全部事业之后，终于在这一年十月废了汉朝皇帝，曹丕自己称帝，存在了四百年的大汉就此终结。

这个消息对我来说既在意料之中，又有些措手不及。

之所以是在意料之中，是因为自从黄巾之乱开始，汉中央就丧失了统治力，各地军阀已经是实际的掌权者，曹操作为北方的霸主，汉天子在他手中只是一颗棋子，汉朝早已名存实亡，曹操活着的时候我就劝他称帝，但他没有这么做，大概是仍然担心后世的骂名吧。但是，他曾说过“若天命在我，则我为周文王。”其希望后世篡汉之心，昭然若揭。所以，曹操的后代废汉自立其实是迟早的时候，这是瞎子也能看出来的。

而我之所以有些措手不及，是因为我此时仍然在名义上向魏国称臣，现在魏王成了魏国皇帝，那么我的位置又将摆在哪呢？过去大家都是汉臣，现在我是奉汉朝正朔，还是奉魏国正朔？要知道，天下还有不少人对汉朝有感情，在我西边，那个被我激怒的刘备仍然以汉朝为正统，我若顺从魏国，那岂不是更加激化了和刘备的矛盾？

不久之后，曹丕的诏书送到了我的手中，上面写道：

盖圣王之法，以德设爵，以功制禄；劳大者禄厚，德盛者礼丰。故叔旦有夹辅之勋，太公有鹰扬之功，并启土宇，并受备物，所以表章元功，殊异贤哲也。近汉高祖受命之初，分裂膏腴以王八姓，斯则前世之懿事，后王之元龟也。朕以不德，承运革命，君临万国，秉统天机，思齐先代，坐而待旦。惟君天资忠亮，命世作佐，深睹历数，达见废兴，远遣行人，浮于潜汉。望风影附，抗疏称藩，兼纳纤絺南方之贡，普遣诸将来还本朝，忠肃内发，款诚外昭，信著金石，义盖山河，朕甚嘉焉。今封君为吴王，使使持节太常高平侯贞，授君玺绶策书、金虎符第一至第五、左竹使符第一至第十，以大将军使持节督交州，领荆州牧事，锡君青土，苴以白茅，对扬朕命，以尹东夏。其上故骠骑将军南昌侯印绶符策。今又加君九锡，其敬听后命。以君绥安东南，纲纪江外，民夷安业，无或携贰，是用锡君大辂、戎辂各一，玄牡二驷。君务财劝农，仓库盈积，是用锡君衮冕之服，赤舄副焉。君化民以德，礼教兴行，是用锡君轩县之乐。君宣导休风，怀柔百越，是用锡君朱户以居。君运其才谋，官方任贤，是用锡君纳陛以登。君忠勇并奋，清除奸慝，是用锡君虎贲之士百人。君振威陵迈，宣力荆南，枭灭凶丑，罪人斯得，是用锡君鈇钺各一。君文和于内，

武信于外，是用锡君彤弓一、彤矢百、玈弓十、玈矢千。君以忠肃为基，恭俭为德，是用锡君秬鬯一卣，圭瓒副焉。钦哉！敬敷训典，以服朕命，以勖相我国家，永终尔显烈。

我召集群臣商议对策，众人皆道："主公应该自称上将军九州伯，不应该接受曹魏的封赏。"

众人说的并非没有道理，可是，我却不这么认为，此时的我无论从精力上还是经验上都达到了我人生的巅峰，面对风云诡谲的乱世，我已经游刃有余，处变不惊。我举着曹丕的"诏书"，淡然说道："九州伯这个称号，从古到今都没有过，更何况当年刘邦也曾接受过项羽的封赏做过汉王。这些都只不过是权宜之计，有什么大不了的。"

群臣皆惊，无言以对。

良久，张昭上前禀报道："主公，曹丕十分无礼，前不久他派人向我们索要贡物，要求十分苛刻。"

"他都要什么了？"

张昭从怀中取出记录，读道："他要雀头香、大贝、明珠、象牙、犀角、玳瑁、孔雀、翡翠、斗鸭、长鸣鸡。"

群臣再次哗然，叽叽喳喳道："这分明是刁难，无耻，不能给，坚决不能给。"

我听他们嗡嗡叫如苍蝇，心烦意乱，我不耐烦地将手一挥，大声说道："给他，他要什么就给他什么！"

张昭又说："曹丕还要江东美女十名。"

"给他！"

"他还要求您将于禁送还北方。"

"给他！给他！"

"他还要我们放还被关羽俘虏的三万魏军将士。"

"给他！给他！给他！这货要什么我就他妈给他什么！"我歇斯底里，怒不可遏。

散会后，我独自一人登楼眺望远方。我之所以决定向曹丕称臣，有一个很重要的原因：刘备已经知道了我袭击荆州、杀死关羽的消息，他现在正调集大军，随时都有可能东下找我算账。如今刘备麾下名臣大将颇多，精兵锐卒达十万众，如果他进攻荆州，我没有把握能挡住他。

因为我军的主心骨吕蒙不在了，另外，这些年走下来，我已经先后失去了一大批忠勇的将领，程普、黄盖、甘宁、凌统都相继亡故，我军正处于青黄不接的时期。而刘备军则如日中天，与这样的对手作战，很危险。所以我必须先稳住曹丕，防止我陷入曹、刘的夹击之下。

我做了曹丕的臣子，在虚名和务实之间，我毫不犹豫地选择了务实。

我再次从怀中取出曹丕的诏书，随手将其打开，看着它，无奈地苦笑一声，然后将它抛向空中，它随风飘舞，飘向远方……

第三节

我被曹丕封为“吴王”，我立了孙登为王太子。

刘备在几个月前称帝了，他建立政权，国号仍是大汉，号称继承汉统，随后不久，他就命大将冯习、张南率四万前锋进攻我国境内的秭归，我军李异、刘阿抵挡不住蜀军，节节败退。

前线败报送到我的手中，我看着一连串的伤亡数字，心中有些惶恐。刘备仅前锋就有四万大军，其中还包括骑兵三千，要知道，我在荆州方面的总兵力也不过六七万人。而且从军报来看，蜀军皆百战精锐，战斗力十分强悍，我军根本就不是他们的对手。有消息称，刘备的主力现在正在出益州的路上，不久就要和前锋汇合，那时候局势将更加危急。

怎么办？周瑜死了，鲁肃死了，吕蒙也死了，现在无人能统帅大军与刘备作战。什么？让我亲自带兵作战？呵呵，算了，逍遥津一战我至今记忆犹新，我对自己的军事才能着实没有信心，打仗的事还是交给别人吧。

可是，我该交给谁呢？

张昭劝我给曹丕写一封求救信，我明知道曹丕根本不会出兵，他只会坐山观虎斗，他巴不得我和刘备两败俱伤呢。可是事到如今，我也只有“搂草打兔子——捎带手（活）”了，我给曹丕的求救信写道：“刘备的前锋四万人，骑兵两三千，我愿前往扫灭，以胜利来为您效命。”

这封信的本意很明显，我是希望曹丕助我一臂之力，可是我也知道，曹丕出手的可能性不大，果然不出我所料，曹丕这货给我回信称：“当年隗嚣被击毙，肇始于枸邑，子阳被擒，开始于扞关，将军你应该发奋鹰扬，努力实践奇功，以满足我的意愿 。”

子阳是指公孙述，隗嚣在枸邑，公孙述在扞关都是他们最终败亡的战役，曹丕这货列举这两个例子的意思就是让我在夷陵与刘备决战，可是，他说得好听，却没有派一兵一卒添一粮一马的实际支持，他仅仅是在“精神上”支持我。

奶奶的，气得我将他的信撕得粉碎，这货比他爹还不地道。

算了，求人不如求己，这世道只有自己才靠得住。

我为了应对刘备的疯狂进攻，做了两手准备，第一手准备仍是“和”，我写了一封亲笔信，向刘备求和，这封信言辞恳切：“陛下认为您和关羽的感情，是否比您和先帝的感情更亲密？荆州的大小，比全国怎么样？都是仇敌，哪个在先，哪个在后？如果把这想明白，该怎么办就易如反掌。”我又派诸葛亮的亲哥哥诸葛瑾为使者前往刘备军中，将这封信送过去。

结果，刘备野蛮地拒绝了我的要求，继续东进，突破我夷陵境内上百里。前方败报称，蜀军漫山遍野，无边无际，到处都在呼喊“为关羽报仇，夺回荆州，消灭孙权”的口号。

面对刘备看似势不可挡的进攻，我手下群臣开始出现了慌乱，很多人开始手足无措，办事也都心不在焉，很多人都私下聚会议论将来的前途，我似乎又看到赤壁之战前的那副场景——人心涣散，岌岌可危。

期间有人向我打报告，说诸葛瑾很可能一去不复返，会背叛我。但我却不以为然，我疑人不用用人不疑，我相信我不会看错人，诸葛瑾不会背叛我。结果，诸葛瑾旋即回来复命，证明了我的判断是正确的。我颇为自己的识人之明而沾沾自喜。

我见到诸葛瑾，他很为自己没能完成使命而悲伤，我安慰他道：“子瑜，不要哭了，你一路舟车劳顿，先去休息吧。”

诸葛瑾却没有走，他满面忧虑地对我说道：“主公，我这次出使蜀汉，亲眼见到了刘备军的军容，主公，请容我说一句放肆的话。刘备军兵强马壮，同仇敌忾，这一次刘备是铁了心要和咱们决战，主公，这一仗不好打啊。您有什么好的对策吗？”

诸葛瑾问得我有点脸红。这么久了，我夜不能寐，冥思苦想，可是到头来我还是束手无策，我命朱然接替吕蒙做了荆州方面军的都督，可是朱然才不堪主帅，他是无法胜任抵挡刘备的重任的。至于潘璋、韩当、周泰等人则是老的老，小的小，都不是都督的料。

我轻叹一声对诸葛瑾说道：“子瑜，不瞒你说，这些日子我将诸将想了个遍，可是无一能胜任对付刘备，我正为此事发愁，无计可施啊。”

诸葛瑾看着我，他似乎有话说，但却欲言又止。

我看出来他的异样，便问道：“子瑜，你我君臣知无不言，言而无罪，你有什么话只管对我说。”

诸葛瑾这才说道：“主公，我倒是有一个人选，此人见识过人，才华出众，为人谦和但颇能用兵，若用此人为帅，必能抵挡蜀军，挽救危局，就是不知道您愿不愿意用他。”

“哦？咱们江东还有这样的人才？子瑜，快告诉我他是谁？”

诸葛瑾一字一顿地答道：“陆逊，陆伯言！”

“啊，是他！”我恍然大悟，我拍了拍额头：“我怎么把他给忘了呢？快！快召陆伯言前来见我！”

第四节

魏黄初三年，我用黄武年号。我见到陆逊时已经是黄武元年的正月。

陆逊来到宫殿。

自从协助吕蒙击破关羽之后，陆逊就一直在荆州前线，他对于荆州的形势是了解的。

我俩没有太多废话，我直截了当地问他：“伯言，如今刘备大兵压境，你在前线也知道形势，我就不多说了，我今天叫你来，就是想让你担任主帅，率领荆州军团抗衡蜀军，怎么样？你敢接任吗？”

说实话，我对于陆逊是有些顾虑的。第一，陆逊虽然屡次证明他的远见卓识，才华出众，但他并非军中宿将，统帅那些骄兵悍将我怕他威信不够；第二，陆逊乃江东大族，江东大族与我的关系很微妙，我对他们并不完全放心。

我死死地盯着陆逊，他的目光若有迟疑或胆怯，我就绝不会用他做主帅。

然而，一贯谦虚内敛的陆逊此时却毫无畏惧地仰头看着我，他眼神并没有周瑜那样犀利，但却充满了智慧和决心。他向我施礼，语气平缓地说道：“主公，若要我做主帅我义不容辞，但是您要答应我一件事。你若答应了，我将会尽心竭力战胜刘备，你若不答应，我万不敢受命。”

忽然，在陆逊身上，我感受到了与周瑜相似的气质。

“伯言，你要什么，只管说，只要我有的我都给你。”

“主公，我不要别的，我只要您的信任。”

如果说周瑜是夏季正当午的烈日，那么陆逊就是秋季的夕阳，他没有周瑜的狂放不羁，却多了一份醇厚绵长。

“伯言，我一直都很信任你啊，怎么，难道你觉得我不信任你吗？”

陆逊施礼答道：“主公，我若做了军中主将就不比现在了，将在外君命有所不受，更何况荆州军团诸将皆主公故旧，战功赫赫，我若不能节制诸将，那这个仗肯定打不赢，我是希望主公能够完全信任我，不干涉我的指挥。”

周瑜就像是一个挥斥方遒的将领，剑锋所指，如雷霆万钧，而陆逊就像是一个温文儒雅的书生，挥毫泼墨，轻描淡写，这个书生虽然没有将领那样引人注目，实际上他却总能透过事物的现象抓住其本质，在不经意间就已经击中了对手的要害，扼住了对方的咽喉。

陆逊就像是一首诗，开始不觉得怎样，行到中段忽然令人沉醉其中，最后收笔，你才恍然大悟，对他的才华赞不绝口。

我缓缓站起身，走向陆逊，同时将我的佩剑解下来，就是我哥哥留给我的那柄剑。

我走到陆逊面前，将剑递到他的手中，郑重地对他说道：“伯言，你是吴郡大族，我是江东之主，我们曾是同窗，你十几岁就跟着我，我欣赏你的才华和品质，你我在庙堂为君臣，在家中是兄弟。自从周公瑾丧后，江东再也没有出现过如你这般的人才，我孙仲谋疑人不用，用人不疑，我现在就赐予你我的佩剑。

我要将荆州军团将全权交给你，我要将江东基业交给你，我要将我的身家性命也交给你。你若胜了刘备，你我就是千古君臣的楷模，你若败了，呵呵，没有关系，我不怨你。”

陆逊惊诧了！

他不可能想到我对他——一个出身江东豪族，与孙氏关系微妙的人，给予如此重托！

连我也说不清，这里面既有我对陆逊的信任，又或许还有些赌博。

但不管怎么说，我的策略成功了。我的一番话就像是击中了陆逊的软肋，让他敏感的神经被拨弄得无法自拔。他失去了一如既往的冷静淡泊，像个孩子一样哭了。

我安慰他：“伯言，不哭，努力作战去吧，战胜刘备，保住荆州。”

陆逊双手接过宝剑，他几乎是颤抖着对我说道："主公，此番我出战刘备，定要尽催其精锐于夷陵，主公，您就等着我的捷报吧！"

说罢，陆逊转身离去，态度决然。

我看着陆逊的背影，没有周瑜那样潇洒大度，但是，陆逊的步伐却更加厚重，那是一份对责任的担当，那是男人之间的承诺。

第五节

刘备的攻势更加猛烈了，他将我的侄子孙桓围困在夷道。陆逊却率领主力在猇亭深沟高垒，闭门不战。

从黄武元年二月到五月，陆逊未派一兵一卒出战。我军上至将领，下至兵卒，无不怨声载道，状告陆逊的密信每天都送到我面前一大堆。

这一年的天气热得就像是被烈火灼烧一样，人站在户外，稍停片刻就会全身湿透，我在宫殿中由侍女为我摇着蒲扇祛暑，室内放着大块的冰，可即便如此，我还是汗流浃背。前线将士的艰辛就可想而知了。

我看着桌案上一摞摞的告状信，随手打开一封，是韩当写的，他以跟随我父亲的老将身份说陆逊年轻，不懂军事，应该撤换掉。我又打开一封，是潘璋写的，潘璋则说陆逊胆小怯战，早晚会被刘备消灭，也劝我将其撤换。除了这些将领，还有校事官也给我写信，称陆逊态度不明，不知道他葫芦里卖的什么药，也劝我要防备他。

我看着这些信，心中既有焦虑又有疑惑。我焦虑的是陆逊一直不出战，到底要拖到什么时候，我疑惑的是，我用陆逊到底用对了还是用错了。

然而，就在我内心将要动摇的时候，忽然我听到室外有人高声禀报道："启禀主公，陆将军有信送到。"

陆逊的军报！我急忙跑出密室，从传令兵手中一把夺过书信，我心急火燎地将其打开，是陆逊的笔迹，上面写道：“夷陵是军事要害之地，我国重要的关隘，虽说容易夺取，但也容易丢失。失去夷陵并非只是损失一郡的土地，主要是荆州由此令人担忧。现在争夺此地，务必取得成功。刘备违背常理，不守着自己的老巢，而竟敢自来送死。臣虽说不才，但凭借至尊的声威，以有道伐无道，击破歼灭蜀军即在眼前。检讨刘备前后带兵作战，总是胜少败多，推而论之，此人没有什么令人担忧的！为臣起初担心他水陆并进，如今他反而舍弃舟船专以步兵作战，处处扎营相连，观察他的军事部署，肯定没有什么大的变化。希望陛下高枕无忧，不必挂念。”

看到这封信，我悬起来的那颗心总算是落地了。陆逊是个不可多得的将才，我没有看错人，我用他用对了！这个人不但深谋远虑，而且通达事理，他就好像能看透我的心思一样，在我产生狐疑的时候及时地给我送来这封信，使我安心。

我心中大喜，遂命人传令诸将务必遵从陆逊号令，敢有违背将令擅自出战者，严惩不贷。

打发走了传令兵，我开心地走到庭院中，此时正值盛夏，草长莺飞，我看着庭院中的假山和鱼塘，花红柳绿间，透露出江南美景，这锦绣江山是我的，有陆逊在，刘备休想染指。霎时间，我全不将酷暑放在心上，觉得心中舒畅无比。

哈哈，哈哈哈，哈哈哈哈……

想到自己即将战胜刘备再次成为胜利者，我不禁开怀大笑，或许是因为对刘备的怨气已经郁结很久了，今日终于可以出口气了。

刘备的失败不但陆逊预料到了，我也预料到了，就连远在北方的曹丕都预料到了。

原来，刘备不知道咋想的，他将大军安排在崇山峻岭之间，联营七百里，那里树林茂密，难以调动，这是兵家大忌，曹丕给我写信就说到这一点：“刘备不懂军事，哪有七百里连营还可以打胜仗的道理。”连曹丕都看出来的问题，陆逊也一定看出来了，他刚才给我的那封胸有成竹的信一

定是基于这种信心才写的。

“陆逊，陆逊，陆逊……”我微笑着重复着这个名字，我的心思已经不在夷陵之战的胜败了，我已经开始考虑战胜刘备以后的事情，然而，当我的思绪飞跃到战后的情景，我的笑容却凝固了，我开始担心了。

就在方才，就在我不住地在心中赞叹陆逊才华横溢的同时，一个可怕的念头在我脑海中升起，这个念头与当年赤壁之战后对周瑜的念头如此相似，只不过这次更加强烈，以至于我差一点就无法控制它：陆逊是个将才，陆逊是个内敛深藏不露的人，同时，陆逊还是江东世家大族的代表。

所有这一切连起来，让我想到一件很不利的事情，这个事情比当年曹操南下，比现在刘备东进还要可怕——陆逊若是造反怎么办？！

如果说当年对周瑜猜忌的念头是被我强行压制的，那么现在对陆逊的猜忌我已经无法压制了，不知道是陆逊更让我担心还是我年纪大了意志力不如从前了，总之，我已经无法说服我自己，我不能对这件事坐视不理，我意识到，我必须要采取一些动作，否则的话我会寝食难安。

这种感觉令我很不爽，可是同时，又让我有点上瘾。因为这种感觉能够加深我的感受，能够让我的帝王之术展现魅力，能够让我的存在感越加强烈。

我不知道这是不是一种病呢？

第六节

武昌宫殿中，我身着华丽的王服，步氏和众嫔妃也都身着盛装，王太子孙登站立在我身边。

此时，我面前放着曹丕给我的“诏书”，上面写道：“老虏边窟，越险深入，旷日持久，内迫罢弊，外困智力，故见身于鸡头，分兵拟西陵，其计不过谓可转足前迹以摇动江东。根未著地，摧折其支，虽未刬备五脏，使身首分离，其所降诛，亦足使虏部众凶惧。昔吴汉先烧荆门，后发夷陵，而子阳无所逃其死；来歙始袭略阳，文叔喜之，而知隗嚣无所施其巧。今讨此虏，正似其事，将军勉建方略，务全独克。”

这是曹丕给我的“嘉奖令”，因为我战胜了刘备，也可以说是陆逊战胜了刘备。

黄武元年六月，陆逊火攻刘备，蜀军联营被破，一溃千里，陆逊乘胜追击，复夺失地，斩杀蜀军数万，并差一点生擒刘备。我军一直追击刘备到永安。

陵夷之战我军大获全胜！今天正是陆逊得胜凯旋的日子，我带着百官亲自出城迎接，我要给这个大功臣前所未有的礼遇。

孙登对我说道：“父王，总算是战胜刘备了，咱们江东从此安如磐石。”

我心情大好，看着孙登笑了笑，说道：“子高，你说是我战胜了刘备还是陆伯言战胜了刘备？”

孙登想了想，小心翼翼地答道：“当然是父王战胜了刘备。”

“你说说为什么？”

“因为父王是一国之主，是您慧眼识珠提拔了陆逊，他才能展示他的才能，否则的话就不会有夷陵之战的胜利。”

“哈哈哈，说得好。”我很欣慰我的儿子有这样的认识：“子高，你记住，作为君主，最大的本事不是冲锋陷阵，也不是足智多谋，而是要会识人用人。我给你举个例子，比如说貂裘大衣和裁缝，我们冬天穿的貂裘大衣雪白美丽，但是，这世界上并没有任何单独的一个貂能有这么多的皮来做一件大衣，每一件大衣都是用无数貂皮缝制而成的，能用貂皮做成美丽的大衣，这就是裁缝的本事，没有裁缝，再美的貂也成不了貂裘大衣。我的意思你懂吗？”

孙登会心一笑，答道：“父王是在教我做裁缝，将江东的貂们缝制成一件美丽的大衣！”

我仰天大笑：“哈哈哈，孺子可教也！”

“大王，陆伯言到了！”张昭在远处大声提醒我。

我举目望去，只见前方走来一队人马，他们都下马步行，为首之人正是陆逊，他没有带兵刃，全身便装，看起来依旧是那么温文尔雅。

我主动迎上去，我俩相见了。我紧紧握住他的手，复杂的心情难以言喻，我只是心情激动地看着陆逊，久久没有说出话。

还是陆逊先开口说道：“全赖大王洪福，我军赢了。”

我忽然意识到，我是江东之主，是吴王，正如孙登所说，不管陆逊取得多大的功劳，他都是我的部下。我旋即轻松地说道：“伯言这次劳苦功高，我决定拜你为辅国将军，领荆州牧，封江陵侯。”

陆逊急忙拜倒，叩谢道：“谢大王厚恩，臣定然竭尽心力捍卫江东。”

我拉着陆逊的手，就像是迎接赤壁之战的周瑜、荆州之战的吕蒙那样迎接他。在这一刻，在万众瞩目下，我俩就像最亲密无间的战友，情深义重。

我犒赏立功将士，席间，称赞陆逊，并与其谈及周瑜、鲁肃和吕蒙三人：“周公瑾威武刚烈，胆量胜于常人，因此他能够击败曹操开拓荆州，他的才能是后人难以匹敌的。如今你是赶上他了。公瑾当初邀请子敬来到江东并把他推荐给我，我与鲁子敬把酒畅谈，他立即谈到了建立帝王基业的大计。这是第一大贡献。后来曹操挟刘表的荆州降兵，扬言率领几十万大军分水陆两路东下。当时我咨询所有人的意见，没有人远站出来为我分忧。而张昭、秦松等人更是极力主张我投降。这时候只有鲁肃挺身而出驳斥张昭等人的投降言论，并劝我赶紧召回周瑜商议对策，结果赤壁一役我军大胜，这是第二大贡献。尽管他力主与刘备联合，并让我借南郡给了刘备，让刘备的力量日益做大，但这也不能抹杀他的巨大功绩。人没有十全十美的，我看中的是鲁子敬的长处，认为他堪称汉光武帝刘秀手下的功臣邓禹。至于吕蒙，一开始我只觉得他难于面对困难，有胆量而已。但等到成长之后，我发现他的谋略能力仅次于周瑜，只不过他没有周公瑾那么善于表达而已。在谋取荆州这件事情上，吕蒙胜过鲁肃。这三人和你一样，都是我江东的栋梁呀！”

陆逊很谦虚，答道：“公瑾、子敬和子明都是国家柱石，陆逊不敢与他们比肩。”

我笑了笑，又问陆逊：“伯言，此次出征很多将领认为你年轻，不愿听你调度，可有此事？”

陆逊也不避讳，笑答：“回禀大王，诸将皆我江东宿将，不知我陆逊，自然不服。只是战胜后，大家还都是好朋友。”

潘璋在一旁插嘴道：“不错，不错，陆将军当初闭门不战，我们不知其心思，我还险些用我的‘固陵刀’和他动武呢。”

固陵刀是潘璋擒杀关羽时所铸造的宝剑，他用这把剑和陆逊动武，显然是依仗自己功劳大，以此相逼。

我笑问陆逊：“当初你为何不处置那些不听从你命令的将领呢？”

陆逊答道：“我受主公器重担任主帅一职，本来就受宠若惊，自当全面统筹，协调各将领之间的关系，这样才能万众一心对付敌人。更何况这些将领大都是我国的栋梁之才，一代名将。尽管他们有时候要要脾气，但我还是知道要以国事为重这个道理的，团结他们，说服他们，这样才能打胜仗。”

我大笑称善。

我又问陆逊：“伯言，刘备大败，蜀军精锐丧失大半，你何不乘胜追击，一举攻入巴蜀，为本王取下益州？”

陆逊答道：“大王，刘备在夷陵惨败，我军若进益州并非不可，但是，益州险塞，诸葛亮又善于治国，我军贸然进攻，主客之势逆转，难免旷日持久。我担心，一旦我军陷入益州战场，曹丕会乘势南下，那时，我们就首尾难顾了。”

陆逊提及曹丕，我不禁点头赞同：“是啊，曹丕狡诈不亚其父曹操，此人虽然名义上是与我们同盟，但他无时无刻不想着吞并我江东，是要防备这个人啊。”

第十七章 Chapter seventeen

巅峰时刻

第一节

陆逊的担心在几个月后应验了。黄武元年九月，魏皇帝曹丕命曹休、张辽、臧霸出洞口，曹仁出濡须，曹真、夏侯尚、张郃、徐晃围南郡。

面对曹丕的大兵压境我丝毫没有慌乱，我自信我已经掌握了克敌制胜的法宝——正确的用人。

柴桑城中，我召集了我的谋臣猛将，商讨抵御曹丕南侵的战略。我身穿轻衣软袍，慵懒地半卧在坐垫上，我品着新茶，悠闲地问众臣："诸公，曹丕背信弃义，南下进攻我江东，他想要趁我与蜀汉交兵之际坐收渔翁之利，诸公以为我们该怎么办？"

我虽然在询问群臣，但我对于战事并不担心，我军刚刚取得大捷，士气旺盛，我又有陆逊这样的军事奇才，什么样的敌人我也不怕。

陆逊首先说道："启禀大王，臣以为，我江东兵精粮足，将士用命，实在不该屈居人下，我等愿率领士卒出战曹军，为大王御敌于国门之外。"

我点了点头，说道："很好，其他诸公有什么看法？"

这时有一人越众而出，向我施礼答道："启禀大王，臣以为我们不但应该御敌于国门之外，更应该主动出击开疆拓土，以大王之威江东大军，足以称帝君临天下，我等愿为大王效犬马之劳。"

说话之人是全琮。

全琮字子璜，吴郡钱唐人。他虽然都是江东大族出身，但是，在以吴郡陆家和顾家为代表的江东豪门中，全家并不怎么受待见，若不是我们孙氏建立政权重用他们，他们很可能会被顾、陆两大家族欺负得不成样子。而由于我对全琮的提拔，陆家和顾家颇为忌惮。这一切我看在眼中，却不点明，我听之任之，甚至很乐意看到这种局面。

啊？你问我为什么喜欢自己的部下互相猜忌争斗？嘿嘿，只有这样我这个江东霸主才能坐稳啊，他们若一团和气，不争不斗，那我的地位就岌岌可危了。这是我母亲当年教给我的。

我对他的话很感兴趣，我没想到，在鲁肃死后还有人敢于提出来越过长江称帝的战略。我对这个全琮有些刮目相看了。

我坐直了身子问全琮：“全将军，你真的认为我们江东军队可以越过长江一统天下吗？”

全琮慨然应道：“回禀大王，当年项借以八千步卒出江东，横扫天下，大王英明神武过于项籍，如今江东兵马远超八千，为何不能一统四海，定鼎中原？”

全琮话音未落，一向稳重的陆逊却开口说道：“全将军所言有些不妥。”

我对于陆逊贸然开口说话有些诧异，这可不是他一贯的风格啊。

全琮的表情也显得有些吃惊，他问陆逊：“陆将军，请问我哪些话不妥了？”

陆逊用他一贯稳健的口吻答道：“将军方才对大王说项借以八千江东子弟横扫天下，诚然，我江东实力确实远超当年的项籍。但是，此一时彼一时，当年秦朝暴政失尽人心，天下动荡，义兵四起，这才给了项籍成功的机会。而如今，曹魏虽然篡汉，但国基稳固，兵马众多，我们如果越过长江与北方人作战，等于舍弃了我们擅长的水战，去和敌人进行我们不擅长的陆战，我们会很吃亏。即便我们能赢十场，可只要输一场，面对北方骑兵，我们就难以退回江南了。故此，我认为我们还是应该以固守国界为上策，不要贸然谈北上进攻的事情。”

全琮轻哼一声，立刻反驳道：“陆将军乃我江东重臣，怎能如此长他人士气灭自家威风，我全琮可不信曹军有多么厉害。”

陆逊摇了摇头，说道：“全将军，兵凶战险，胜了怎么都好说，一旦败了那就要亡国灭种，我们身为国家将帅应该为国家负责。”

全琮气得满脸通红，他还想开口说什么。

我却开口打断了他们的争论，我朗声说道：“好了，你们俩不用争了，子璜说得有道理，伯言说得也不错，我们今天的议题是如何抵御曹丕

的进攻。虽然你们在北上问题有分歧，但在防御曹丕这一点上，大家的意见是一致的，这就足够了。”我顿了顿，又说道：“我们固然要北上争天下，但不是现在，现在我们内部不稳，扬、越的蛮夷多未平定，内难未能消除，我要想办法先稳住曹丕。”

散会以后，我对刚才发生的事情思绪良多。陆逊是江东世家，他的愿望是要保守江东，无心争天下，而全琮虽然也是吴郡豪强，但他并不是世家大族的主流，他是愿意打到北方去的。就我本人而言，我当然是希望能够统一天下，做一位大一统的皇帝。

但是，此时的我并没有对陆逊有太多看法。因为他毕竟刚刚替我战胜了刘备，另外，现在北上进攻曹魏也确实不现实，因为就像我刚才说的“扬、越的蛮夷多未平定，内难未能消除”。我打算先麻痹曹丕，迟缓他的进攻。

因此我用谦卑的言辞向曹丕上表，我在表章上说：“如果您认为我的罪过严重，难以改悔，不能被您赦免，我愿意奉还您分封给我的土地和人民，自己一个人静悄悄地隐居交州度过余生。”

不过，这份奏章并没有起到作用。曹丕随后又发来了一道诏书。诏书上说：“你生活在社会纷争的动乱时代，本有纵横驰骋、建功立业的大志，能屈身臣事我国，长期享有福泽。从你接收封赏以来，献纳贡品的使臣不断穿梭在路上。足见你的诚意。讨伐刘备，我国希望你能获得成功。我既然分封你为吴王，就不再想将你的封号取消，这会被天下人耻笑。如今你我的君臣名分已定，难道我乐意率军去讨伐你？但是你做得实在过分，让我的大臣们对你产生了怀疑。我也很希望他们所言是错误的，因此先派出使臣对你金鼎犒赏、慰劳，又派尚书、侍中去督促你兑现当初的承诺，将儿子孙登送来朝廷为质。而你却因故推脱，不愿孙登前来。既然你不愿意履行承诺，我们就有充分的理由认为你是在要诈。因此，我不得不听从群臣的意见出兵东南。不过，我还是相信你会实现诺言的，我已命令南下的大军，只能深挖战壕，高筑堡垒，不得随意前进。如果你及时将孙登送来，我们的战事马上就会中止了，我会立即下令撤军！”

妈的曹丕真狡猾，既然麻痹策略失效，那只有开战了。

我命令吕范统率五军，以水军抵御曹休，又命诸葛瑾、潘璋出兵南郡，孙桓为濡须都督抵抗曹仁。

今年的冬天有些异常，我临江观望，看着波涛起伏的江面，感到江风凛冽，刺骨生寒。我紧了紧披风，暗暗咒骂："这鬼天气，这么大的风，太冷了。"

我想到前线将士一定苦于作战，便命使者前往军中告诫诸将要仔细应对天气变化。然而，我的使者刚走不久，败报就传来了：因遇到大风，吕范的兵马溺死者数千人，残余部队退回江南。

听到这个消息我心中一紧。吕范的军队是此次长江防线的主力，他败了后果会很严重。

又是一阵大风刮过，卷起的江水足有一丈高，江水拍打起来的水花溅了我一脸，我怒道："难道天要让我孙仲谋失去长江吗？"

我烦躁的心情就如同这天气一样，狂躁起来。但是，我的糟糕心情转瞬即逝，我是江东之主，我必须冷静客观地看待事情，我要稳定大局。

我当即传令："命吕范派人主动出击，将敌军逐走"。

江水更加汹涌地翻腾，大风更加猛烈，我望着晦暗的江北，冷哼一声说道："曹丕，你爹尚且没能过长江，你以为你能打败我吗？"

我的话被呼啸的狂风和滔滔江水声掩盖，无影无踪，我的决心却像是我在江岸的身姿，傲然挺立。

数日后，捷报传来：将军全琮追斩魏将尹卢，斩获颇多。

"全琮。"我没有料到建功立业的人是他，这个坚决主战，志在一统天下的将军为我立了大功。我又获得了一个人才，这比我打一场胜仗更令我欣慰。

我亲自召见全琮。我重重地赏赐了他，并对他说："全将军，此次你一举将魏军击败，扬我江东威名，你真是我的良将啊。"

全琮谢道："大王，末将只是做我分内的事情罢了。末将的夙愿是希望有朝一日跟随大王杀到洛阳，建立帝业，那样我才算是不枉此生了。"

全琮的话令我再次对这个人刮目相看，我笑道："哈哈，全将军，你忠勇可嘉，我不会让你的才华埋没的，我日后定会给你机会建功立业。"

全琮再次拜倒："多谢大王。"

第二节

战胜了魏军，终于让我出了委屈称臣的恶气，我心情大好，在大船上临江饮酒观景。这艘大船是我新建的巨型战舰，名叫"长安"，它比我的"出云"大船还要高大威猛一倍有余，看着这个"巨无霸"，我豪情满怀，为了试船而驶向钓台圻，突然刮起了大风，谷利下令往樊口开。

我命令道："应当扬帆向罗州开"。

谷利却拔出刀来对船工说："谁不往樊口开我就杀了他。"

我问他："谷利，你怎么这么惧怕风浪呢？"

谷利跪下来说道："您是一国之王，轻易前往深不可测的水域，拿狂风巨浪当成儿戏，我们的船楼非常高，如果发生意外，国家怎么办？所以我要置身死于度外和您争辩。"

我笑道："直言敢谏，你是好样的。"

大船这时靠了岸。

就在我赞赏谷利的时候，忽然我看到江南岸有人招呼我，我定睛望去，竟然是我的妹妹。自从迁治武昌，我妹妹便留在了建邺，我已经好几年没有见她了。今日她忽然前来，一定有事。我急忙命人靠岸，将妹妹接上船。

当我在船上见到久别的妹妹时，我愣住了。她已经不再是那个豆蔻年华的少女，也不再是风韵犹存的少妇，她老了，斑白的头发迎风凌乱，脸上清晰的皱纹令人看着心疼，她面容憔悴，神情漠然，如果不是她穿在身上的华贵的服饰，俨然就是个乡村老妪。

天呐，都说岁月是把杀猪刀，可是这把刀在我妹妹身上也太锋利了吧？！

我紧走两步，来到孙仁面前，关切地问道：“妹妹，你这是怎么了？几年不见，你怎么这般憔悴了？”

妹妹浑浊的双眼没有一丝精神，她没有回答我的话，她只是问我：“哥哥，刘玄德现在怎么样了？”

我恍然大悟：妹妹所有的哀怨，所有的痛苦都是因为刘备，她的丈夫。我心中不忍，扶住她的肩膀，想把她扶进船舱：“走吧，咱们进里面说去。”

可是，她脚下纹丝不动，只是怔怔地看着我。

我轻叹一声说道：“刘备在夷陵惨败，败回了永安，听说他在永安一病不起，已经一年了，又有传言他已经……已经去世……”

我看到，妹妹浑浊的眼睛中竟然泛起了泪光。她喃喃说道：“他走了吗？我的梦是真的啊……”

梦？什么梦？难道我妹妹梦到刘备死了？即使有，也只是日有所思夜有所梦，我妹妹不会将梦当真吧？

孙仁转身走去，脚步踉踉跄跄，就像没有了根一样，我兀自在回味她刚才的话。

忽然，令我震惊的一幕发生了：我的妹妹，她就像是断了线的风筝，一头栽进了滔滔江水之中。

我被惊得瞠目结舌，旁边的谷利反应快，他急忙命周围的水手下去救人。当水手们七手八脚地将妹妹抬上船，我去看时，妹妹已经没有了气息。我在这个世界上仅存的兄妹，就这样离开了我？！

那一刻，无数想法涌上我的心头，而千言万语最后汇成了一句话：对不起，是我害了你！

我抱着妹妹的尸首，悲伤欲绝。就在此时，从船舱中忽然有一女人走出来，她看到这一幕，惊呼一声：“姑姑，您怎么了？”

我抬头看去，一个十几岁的妙龄少女呆立在甲板上，修长丰满身段与

她的年纪不相符，一双水汪汪的大眼睛不禁让我想起了我最疼爱的步氏。她就是“大虎”。大虎可不是老虎，是我的女儿。我最宠爱的妻子步氏为我生了两个女儿，大女儿孙鲁班，小女儿孙鲁育，分别叫做“大虎”“小虎”。爱屋及乌，我最是疼爱这两个女儿，而尤其疼爱活泼好动的大虎。

这次“长安”大船首航，大虎缠着我非要让我带她出来玩，结果，我妹妹投江自尽，恰好被她瞅见。我知道，大虎与我妹妹的关系很好，我妹妹自从婚姻失败后，郁郁寡欢，极少与人交往，只有大虎是她的贴心人，俩人时常说些知心话。有时候我甚至怀疑我妹妹将这个侄女当成了自己的亲女儿。

可是，现在大虎亲眼目睹自己的姑姑自杀，她年轻的心灵能够承受这样的打击吗？

我厉声喝道：“大虎，你别过来，快回船舱去。”

我的呵斥丝毫没有阻止大虎的脚步，她带着哭腔缓步走了过来：“爹，姑姑她到底怎么了？”

我看着大虎悲伤的神情，念及妹妹惨死，遂落泪道：“你姑姑……她去另一个世界了。”

大虎走到跟前，她俯下身子，抱住姑姑的尸身，问道：“爹，姑姑为什么要这样？”

我惨然说道：“因为……因为你姑姑深爱的人背叛了她。”

大虎眼中的泪水早已流淌下来，她怔怔地看着我，理解着她这个年纪难以理解的词汇——背叛。

而就在我悲痛欲绝的时候，传令兵再次送来了一个令人惊诧不已的消息：刘备真的死了！

一代枭雄刘备病故于白帝城永安宫，这个与我纠缠半生，交织着无数爱恨情仇的人，走完了他的人生旅途，归于尘土，与他相伴的还有我的妹妹。

第三节

黄武三年，十月，紧急军报送来：曹丕亲率万大军出广陵。

我知道，这是曹丕不甘心上次南下的失败，这次御驾亲征。曹丕亲临江北，我虽然不怕他，但我也不敢懈怠。

对抗曹丕，我首先想到的是陆逊，但是我心中随即又产生了一个新的念头：我要单独对抗曹丕。

虽然合肥战役让我对自己的临阵指挥能力有了一个新的认识，但是，有长江为屏障，我还是有信心抵御北方军队的。于是我亲率东线诸将临江据守。

九月的江南已经是深秋时节，片片黄叶随江水飘零，我身处江岸边，矗立在萧瑟的气象中，我感慨良多。我在长江上征战一生，数次抵御北方军队的入侵。统帅数十万大军征战，纵横捭阖，颇不负大丈夫之志。只是唯一遗憾的是，我终究未能跨过长江向北开疆拓土，今天再次面临大兵压境之际，我心头竟然升起了一丝苦涩。

秋风中，我慨然吟诗：“浮云郁而四塞兮，天窈窈而昼阴。雷殷殷而响起兮，声象君之车音。”

在我身旁的全琮说道：“大王，我们应该主动出击，渡过长江进攻魏军。”

我摇了摇头：“全将军虽然忠勇，但作战还是要讲策略的，魏军势大，又有骑兵优势，我们不应该冒险。长江就是上天赐给我们最好的屏障。”

“那请大王命我率水军出战。”

我笑道：“全将军建功立业的迫切心情我很理解，但是将军应该知道《孙子兵法》有云‘上兵伐谋’，这一次，我要不战而屈人之兵。”

全琮不解地问道：“大王有何退敌妙计？能不战而屈人之兵？”

我故作神秘地说道："你们火速沿江做疑城，自石头至于江乘，车以木桢，衣以苇席，沿江进行伪装，虚张声势，务必在今夜完成，不得有误。"

诸将皆大惑不解："做这些东西有什么用呢？"

我一瞪眼喝道："问这么多干吗，照做就是了。"

诸将不敢再问，照做去了。

在我命令下，我军将士连夜动工，在长江防线上修筑起了横亘连绵的装饰，对岸的魏军次日清晨看到这"壮观宏伟"的情景，以为是天神赐给我军的装饰，吓得全军皆惊。

我又暗中安排精锐部队"无难""解烦"驻扎在吴中，随时准备迎击南渡的魏军，因为这批部队皆着乌衣，故此，这里又被世人称作"乌衣巷"。

曹丕被我的疑兵之计迷惑，他惊诧于我创造的奇迹，感慨"彼有人焉，未可图也。"随后便率领他的大军撤走了。

魏军黄武三年的南侵就这样被我举重若轻地化解掉了。

这一日，天气颇好，我带着步氏和孙登外出游山。武昌附近有名山——钟山。山势虽然不是太高，但这里的地形龙盘虎踞，颇有气象，每每登临此山，我总是不能自已地展望我的宏图霸业。

如今我已经击败强大的魏军，心情自然又与以往不同，我幻想着我自己将来能够君临天下，一统四海，不禁有些飘飘然。

步氏在我身边，说道："大王，你想过没有，若是你我有朝一日能在这样秀丽的山林中终老，也是一桩美事。"

我笑道："爱妃，你跟着我在深宫中厌倦了吗？"

步氏嫣然一笑，端庄而不失柔美："大王，只要跟着你，在哪我都是开心的。"

"哈哈哈！"看着步氏如此贤惠，我沐浴山风，心情大好，便抚摸着她的脸庞，说道："爱妃，我得妻如此，夫复何求。"

我又转身对侍立在身后的孙登说道："子高，步氏虽不是你的亲生母亲，但你应该把她当做自己的生母。"

孙登沉默半晌，说道：“父王，步氏固然是我的母亲，但是孩儿的生母在吴郡呢。”

孙登的母亲徐氏因为妒忌步氏，时常污蔑造谣，我一怒之下将其逐至吴郡打入冷宫。孙登忽然提及此事，我一愣，但见这孩子面带伤感，我又想起初见徐氏时的欢悦，如今两人虽为夫妻，却天地相隔，不禁心中叹息。

步氏说道：“大王，徐姐姐虽然有错，但她终究是太子的生母啊，这孩子想念母亲乃人之常情，你不要怪罪他。”

我长叹一声说道：“唉，我怎么会怪罪太子呢，我是在惋惜徐氏，她秉性如此，我多次警告她就是不听。人为什么这么难改变呢？”

步氏看我心中悲伤，便聪明地转移话题道：“太子，快向你父王汇报一下你最近跟着张子布学习的成果吧。”

孙登听到步氏的话，他也很聪明，立刻明白了步氏的意思。孙登对我说道：“父亲，最近张公给我讲解《论语》，谈及‘举直错诸枉，则民服；举枉错诸直，则民不服’，孩儿以为治国‘在德不在险’，我大吴国虽有长江天险，但要想使江东稳固，还应该举贤任能，稳定内政，发展经济。”

我看着孙登，与我就像是一个模子刻出来的，看到年轻的他，我恍然意识到：我已经四十二岁了。

我告别了年少轻狂的岁月，步入中年，这么多年的锤炼让我告别了那冲动的感觉，胸中尽是沉稳和练达，然而，我却并不喜欢这种感觉，我知道，这是我成熟的表现，但又何尝不是我已经逐渐老去不再年轻的表现呢？

我怀念年轻时的那种激情，我怀念恣意妄为、随意玩乐的感觉。一想到那样的时光再也不会回来，我就感慨万千。

现在，看着孙登，我就像是看到年轻时的我，略显青涩，却朝气蓬勃。只不过，这个孩子比我少了一分狂妄，多了一分内敛。

我笑着拍了拍他的肩膀，说道：“子高，你长大了，你的那番言论很

有仁者风范。治理天下固然要有铁腕强权，但是要想做一个好君主，让臣下和百姓拥戴你，仁义慈悲之心却是必不可少的啊。子高，跟着张师傅好好学习，你将来一定会有一番作为的。”

第四节

就在我击退曹丕不久。建邺宫殿中。近侍向我奏报：“启禀大王，蜀汉使臣邓芝求见。”

我猛地一怔：蜀汉使臣？他来做什么？刘备已经死了，听说刘备的儿子刘禅继承了皇帝位，诸葛亮任丞相秉政，他们与我有不共戴天之仇，这个时候派人前来，难道是要向我开战？即便不是开战也总不会是好事情。

我开始担心起来：一旦我陷入曹魏和蜀汉的夹击之中，那么东吴就危险了。

我对是否与蜀汉保持友好关系犹豫不决，没有及时接见邓芝，邓芝就主动写信要求拜见我，称：“为臣这次来也是为了吴国，不单是为了蜀国。”

我这才接见他。

我在宫殿中见到了这位蜀汉使臣。我对邓芝说：“我的确愿意与蜀国和好亲善。然而蜀国君主幼弱，国土面积小而势力发展受到限制，如果受到曹魏进攻难以保全自己，因此才犹豫不决。”

现在的我早已不是赤壁之战前的那个毛头小伙子，我掌握了外交策略，先试探对方的反应。

邓芝回答道：“吴蜀两国加起来占有四个州的土地。大王是具有经邦治国杰出才能的大英雄，而诸葛亮也是当代的杰出人物。蜀国周围有坚固的重重险关，吴国则有长江的多条水道阻隔外敌入侵。把我们这两方面的长处合并起来，结为唇齿相依的关系。进可以兼并天下，退可以鼎立三分，这是很自然的道理。现今大王如果向魏国称臣，魏国必定最希望大王到洛阳去朝见，至少也要求把太子送去充当人质，您要是不从命，魏国就有正当理由出兵征讨，那时蜀国军队必定顺江而下寻找机会向吴国境内推进，这样一来，长江以南的土地就不再属于大王所有了。”

我回答道：“你说得对，我也正打算与魏国绝交，和你们恢复联盟呢。如果天下太平，我们两国君主分而治之，不是很快乐的事情吗？”

邓芝却回答道：“天上没有两个太阳，地上也没有两个君主，如果消灭魏国之后，大王未能很好认清楚天命而归顺我朝的话，那么两国的驻军将会各自树立德泽，同时大臣们也就各自竭尽全力，双方都会拿起鼓槌敲击战鼓，正是战争重新开始的时候了。”

我没有料到邓芝会这么回答，我大笑道：“您真是太诚实了！”

我心中暗暗赞叹，邓芝是个出色的外交官，他的理论务实而有说服力，他没有欺诳我，同时我越发佩服诸葛亮了，诸葛亮派来邓芝这样的使臣，算得上有识人之明。我后来写信给诸葛亮说：贵国的来使中，丁厷说话浮夸，阴化不善言辞，真正能促进两国关系和睦团结的，只有邓芝。

邓芝代表的是蜀汉政权对我的态度，而现在蜀汉的当家人实际上是诸葛亮。我知道，诸葛亮是个明智的人，同时也是个理智的人，他没有被夷陵之战的仇恨蒙蔽，他看清了魏国强大的事实，他这次派邓芝出使，目的很明确，就是希望与我和好，吴蜀恢复联盟，共同对抗曹魏。这对于我和蜀汉都是好事，三足鼎立的局面是个均势问题，两方较弱的面对强大的一方，只有选择联合，否则就会被各个击破。

自从鲁肃去世后，在我江东内部就再也没有一个强势的声音要求与刘氏集团联合，而时至今日，我却决定恢复吴蜀同盟，因为对我而言没有永远的朋友，只有永远的利益，我是江东的领袖，我必须冷静地看待每一件事情，站在国家层面思考问题。我面对荆州关羽时绝不会手软，而我又绝不会像刘备那样一时冲动与盟友决裂，这就是我孙权的作风，不管你喜欢不喜欢，这就是我在乱世安身立命的做法！

时光的流逝带走了多少倥偬岁月，跌宕起伏的汉末乱世行将终结，取而代之的是三足鼎立格局。面对曹魏、蜀汉的先后立国称帝，我隐忍至

今，终于时机成熟。

夷陵之战奠定了我西线版图，而数次抗击魏军的胜利则让我可以固守长江，在国内，经过我多年的苦心经营，我已经成为了江东至高无上的君王。

于是，在黄武七年，我决定要称帝！

是的，称帝。我同时代的曹操、刘备都死了，他们的后代现在都是皇帝，建号立国，我岂能久屈人下？我可是孙权啊！

我的手下不知道是和我心有灵犀还是他们已经觉察到我的意图。黄武七年秋冬季，公卿百司皆劝我正尊号。

翌年改元黄龙元年，夏四月，夏口、武昌并言黄龙、凤凰见。于是我决定，丙申，南郊即皇帝位。

第五节

江南的初夏天气宜人，水波不兴的江面十分识趣地配合着我的心情，我在武昌南郊设立高大宽阔的祭坛。我身着皇帝服饰，华贵异常，当我登临高台俯瞰茫茫原野，巍巍群臣，浩荡大军，遮天旌旗，我不禁豪情满怀，心胸激荡！

这是一个多么荣耀的时刻，这是一个多么令人兴奋的时刻，我复又仰望苍穹，对天默问：父亲、哥哥、母亲，你们看到我今天一定会开心吧，我们孙氏称帝了。

我又想到周瑜、鲁肃、吕蒙，你们看到我称帝也一定会欣慰吧，你们的愿望实现了，是你们的奋斗才成就了今天的我，你们的功绩我会永远记得。

台下，张昭、陆逊、步骘、全琮、潘璋、周泰等千百群臣皆着礼服，毕恭毕敬，又有千百乐工一齐奏乐，方圆数里皆可闻。

朱然侍立在我身边，我早已激动得眼含热泪，不能自已，我打趣地低声对他说道：“老伙计，现在可不是哭的时候，你应该笑。”

朱然带着哭腔答道：“遵命，陛下。”

说罢，他从哭泣中挤出一丝笑意，我一看——比哭还难看。

我打开告天文：“皇帝臣权敢用玄牡昭告于皇皇后帝：汉享国二十有四世，历年四百三十有四，行气数终，禄祚运尽，普天弛绝，率土分崩。孽臣曹丕遂夺神器，丕子叡继世作慝，淫名乱制。权生于东南，遭值期运，承乾秉戎，志在平世，奉辞行罚，举足为民。群臣将相，州郡百城，执事之人，咸以为天意已去于汉，汉氏已绝祀于天，皇帝位虚，郊祀无主。休徵嘉瑞，前后杂沓，历数在躬，不得不受。权畏天命，不敢不从，谨择元日，登坛燎祭，即皇帝位。唯尔有神飨之，左右有吴，永终天禄。”

台下群臣皆数万江东兵将山呼万岁，一齐拜倒，那盛况看着就让我热血沸腾。

我又追尊父亲孙坚为武烈皇帝，母亲吴氏为武烈皇后，哥哥孙策为长沙桓王，孙登为皇太子。其余众臣皆升官褒奖。

当晚，我在武昌钓台大宴群臣。

我对大臣们说道：“如果没有周公瑾，我是做不成这个皇帝的”。这时张昭正要夸赞我的功绩，我说道：“如果当年听从了张公您的话，我现在只有要饭的份儿了。”张昭面露羞愧之色，跪拜在地，满头是汗。

后来设立丞相一职，群臣都认为非张昭莫属，而我却表示：“现在是多事之秋，事务繁杂，张公不适合坐这个位置。”于是我任命了孙韶。孙韶死后继任的是顾雍。

黄龙元年六月，蜀国派遣卫尉陈震庆贺我就皇帝位。我与蜀国协商平分天下，豫州、青州、徐州、幽州属吴国，兖州、冀州、并州、凉州属蜀国，司州则以函谷关为分界。双方制作盟书写到：“天降丧乱，皇纲失叙，逆臣乘衅，劫夺国柄，始于董卓，终于曹操，穷凶极恶，以覆四海，至令九州幅裂，普天无统，民神痛怨，靡所戾止。及操子丕，桀逆遗丑，

荐作奸回，偷取天位，而叡么么，寻丕凶迹，阻兵盗土，未伏厥诛。昔共工乱象而高辛行师，三苗干度而虞舜征焉。今日灭叡，禽其徒党，非汉与吴，将复谁任？夫讨恶剪暴，必声其罪，宜先分制，夺其土地，使士民之心，各知所归。是以春秋晋侯伐卫，先分其田以畀宋人，斯其义也。且古建大事，必先盟誓，故周礼有司盟之官，尚书有告誓之文，汉之与吴，虽信由中，然分土裂境，宜有盟约。诸葛丞相德威远著，翼戴本国，典戎在外，信感阴阳，诚动天地，重复结盟，广诚约誓，使东西士民咸共闻知。故立坛杀牲，昭告神明，再歃加书，副之天府。天高听下，灵威棐谌，司慎司盟，群神群祀，莫不临之。自今日汉、吴既盟之后，戮力一心，同讨魏贼，救危恤患，分灾共庆，好恶齐之，无或携贰。若有害汉，则吴伐之；若有害吴，则汉伐之。各守分土，无相侵犯。传之后叶，克终若始。凡百之约。皆如载书。信言不艳，实居于好。有渝此盟，创祸先乱，违贰不协，慆慢天命，明神上帝是讨是督，山川百神是纠是殛，俾坠其师，无克祚国。于尔大神，其明鉴之！”

第十八章 Chapter eighteen

一代新人换旧人

第一节

三年前魏文帝曹丕去世了，其子曹睿继位。我这一年已经四十七岁了，身边的故人已多星散，同时，一班后起之秀逐渐崭露头角，人就是这样，一辈新人换旧人，新陈代谢，生生不息。

每当念及这些，我总不免想到我的儿子孙登，因为他是继承我事业的那个人，我必须为他铺好路。

我意识到，是时候在后辈人中选拔优秀子弟，让他们辅佐孙登，为将来权力的交接做好准备。

在江东后辈人中比较突出的有张昭的儿子张休，顾雍的儿子顾谭，步骘的儿子步协，以及诸葛瑾的儿子诸葛恪。尤其是诸葛恪给我印象极深。

诸葛恪身高七尺六寸，胡须和眉毛稀少，塌鼻子宽额头，大嘴巴大嗓门。我当时见到他很喜爱，称赞他："蓝田生玉，真不虚也。"

一次宴会时，我突发酒性要调侃诸葛瑾，诸葛瑾脸很长，有点像驴脸，一次我宴请群臣，宴会上让人牵来一头驴，在驴脸上贴了一个长字条，上面写着诸葛子瑜。诸葛恪见后向我跪请说："请给我一支笔，我请求在纸条上加两个字。"

诸葛恪当时只有六岁，我很好奇，就让人拿笔墨给他，诸葛恪拿起笔在名字后面加上"之驴"两个字。在座的人都畅怀大笑，于是我便把驴赏给了诸葛恪。

过了一些日子，我又见到诸葛恪，便问："你父亲诸葛瑾与你叔父诸葛亮相比哪一个更有本事？"

诸葛恪回答："我父亲更强。"

我问："为什么？"

诸葛恪答道："我父亲懂得应该去为贤明的君主效命，而我叔父却不懂。因此我父亲更强一些。”

我听后大笑，让诸葛恪为宾客依次斟酒。当诸葛恪来到张昭面前斟酒时，张昭脸上已露出醉意，不肯再喝，说：“这样劝酒不是敬奉长者的礼节。”

我有心戏弄张老头，便悄悄对诸葛恪说：“你要让张公理屈词穷而不得不喝下这酒。”

于是诸葛恪再次来到张昭面前说道：“当初姜太公九十高龄仍手持兵器，高举白旄，指挥军队作战，他尚且没有高老，何况是您呢。如今只要是戎马征战之事，您总是跟在最后，而聚会宴饮之时，您又总是被请到前面，怎么能说我这是不敬奉长者呢？”

张昭无言以对，于是喝尽了杯中的酒。

后来蜀国使者前来，群臣都来会面，我对来使说：“这位诸葛先生非常喜欢骑马，请回去转告诸葛亮丞相，请他为他侄子送一匹好马来。”这时诸葛恪便下拜称谢。我问他：“这马还没有送到，你谢什么呢？”诸葛恪答：“蜀汉就好比是您在国外的马厩，现在您已经发了诏令，好马一定会送到，我哪敢不谢呢？”

诸葛恪的聪明大概如此。

秋九月，我决定迁都建邺，命陆逊辅佐太子孙登，在武昌留守。我则带着步氏等家眷迁都建邺。

当我乘坐“长安”大船疾驰在江面上的时候，看着沿江百姓捕鱼插禾，乡间一片恬静和安宁，牧童骑着水牛读着书，老人在江边垂钓，还有三三两两的客商穿梭在江面上。

我欣慰地对步氏说道：“看来朕这些年的努力没有白费，江东富强了，百姓安居乐业了。”

步氏答道：“陛下，您是一代英雄，当然能安邦定国，使百姓安居了。我记得小时候天下动荡，父亲常告诉我，不知道什么时候人就会死去，常常告诫我要珍惜生命，珍惜时间。现在看到这幅江南美景，与那个乱世真是判若云泥，恍若隔世了。”

我笑道："爱妃，若能与你长相厮守，朕才真是心满意足呢。"

"陛下，臣妾不就在您身边吗？"

"哈哈哈。"我仰天大笑，声音在江面上回荡。

就在我志满意得的时候，忽然背后传来一个女人的声音："爹，您笑什么呢？"

我和步氏回头看去，一个少妇站在甲板上，她身穿暗红色长裙，秀发齐腰，出落得亭亭玉立，一双水汪汪大眼睛流光波动。是大虎！

我的女儿早已不是前几年那个青涩的大姑娘了，她已经嫁做人妇，丈夫是周瑜之子周循，是我一手包办的婚姻。只不过，这桩原本美满的婚姻却因为周循的英年早逝而成了悲剧。我的女儿守寡已经两年了。

自从周循死后，大虎变了。虽然她在我面前还是那样活泼好动，但是，从她的言谈举止，我明显地感觉到她的忧郁和哀怨，在她身上我看到了自己妹妹的影子。我叹息这两个女人的不幸，同时我也担心大虎会走她姑姑的老路，因此，我将大虎带在身边，百般呵护她，生怕她有些许闪失。

步氏看到女儿，招呼她过来，然后说道："大虎，怎么见到天子还像过去那样叫，你应该叫陛下才对。"

大虎却一撅嘴答道："就不，叫陛下多生分，我就叫爹——爹！"

我开怀大笑，应道："唉！好女儿。"

步氏皱了皱眉："这孩子，你怎么……"

我一摆手打断了步氏的话："没关系，我喜欢我闺女这么叫我。"

步氏闻听，苦笑一声，便不再言语了。

大虎笑嘻嘻地凑到我跟前，问我："爹，您做了皇帝，心情有这么好，可有什么好东西赏赐给我啊？"

看到大虎，又听她这么问我，我忽然想起一件事。我问大虎："女儿，朕是打算送你一件重礼。"

大虎双眼放光，差点蹦起来："真的？是什么啊？"

我故作神秘地眯着眼睛说道："是一个人！"

“啊？人？什么人？”大虎瞪大了眼睛望着我。

我索性答道：“朕为你物色了一个好丈夫！”

大虎呆了。

步氏心领神会，急忙上前问道：“陛下，是谁？”

我笑着答道：“全琮！”

步氏会心一笑，遂对大虎说道：“大虎，还不快谢陛下厚恩？”

大虎依旧呆着，良久，她才谢道：“女儿谢过爹爹。”

第二节

人们总是“人心不足蛇吞象”，人就是这样，总是贪婪的，我觉得，这不是错事。本来嘛，人活着就要改造自然，追求未知的世界，否则的话人活着还有什么意义呢？我觉得，人活着就要折腾，只要有一口气，就不能闲着。

我称帝后，做了两件大事：

第一是派卫温去海外开发夷洲。夷洲，传说中的海外大岛，据说岛上有丰富的资源和人口。

第二件事，派遣校尉张刚、管笃去辽东。联络辽东太守公孙渊。在汉帝国的东北，位于关外，是曹魏背后的一个重要基地。汉末动乱以来，公孙氏统治辽东，割据一方，并未完全受魏中央控制。从我的大吴国泛舟海上可以直达辽东。

我派人开发夷洲，出使辽东，联络公孙渊是有明确目的。我开发夷洲是打算开疆拓土，获取人口的钱粮，联络辽东是计划在曹魏背后开辟第二战场，以此牵制魏国，同时，我还能从辽东获取吴国稀缺的战略物资——战马。

结果出乎我的意料，这两件事有人公开反对我，而且还不是一个人，

是一批人，他们还都是江东重臣。

反对我的人是以陆逊、张昭为代表的江东大族，他们反对我的理由是：江东不够稳定，不应该对外扩张，应该将全部精力放在对内发展上。

陆逊带头上书称："臣以为天下尚未平定，需要民力来完成当前的大事。如今战事经年，现有士兵减员，陛下忧劳心思，废寝忘食，将要大老远地谋取夷洲以成就大事。臣反复考虑，没有看出这么做有什么好处。万里奔袭，结果难以预料。士兵们水土不服，必定招致疾病。如果驱使士兵进入不毛之地，事倍功半，得不偿失。再说珠崖一带地势险要，百姓愚昧，就算得到了他们也难以成就大事，没有他们也不会造成士兵的减员。如今江东的现有兵力已经足以成大事，只是需要一段时间的力量积蓄而已。当初孙策将军草创江东基业，虽兵力单薄但仍能成就大事。如今陛下承受天命，开拓和平定了整个江南。臣听说治乱讨逆，要靠军队作为威慑；农桑衣食，是百姓的本业。而今战争尚未平息，百姓还在忍饥挨饿。臣以为应该休养生息，宽缓赋税，使将士们能够同心同德，用道义鼓励他们，那么中原定能平定，天下也终将为陛下所统一。"

对于陆逊等人的反对意见，我十分不快。

嘉禾元年中秋节前夕。

来自交州的捷报摆在我的案头，那是步骘送来的大礼。交州，地处南部边陲，下辖南海、苍梧、郁林、交趾、合浦、九真、日南七郡，虽悬远于中土，但分别与扬州、荆州、益州相连，战略位置重要，占据交州就等于扩大了土地面积，同时也可将其作为大后方，当成人力、兵力调发的物资供给资源。从建安十五年开始，我便派遣步骘南征交州，经过多年经营，交州已经成为东吴的一部分。

我为了给步骘庆功，便在建邺宫殿中安排一场隆重的中秋夜宴，我召集朝中重臣皆来参加。

宫殿中的各色菊花姹紫嫣红，从各地运来的盆栽郁郁葱葱，张灯结彩的皇宫一片祥和欢腾的景象。

我穿着中秋盛装，携步氏参加宴会。筵席上，群臣频频举杯，向我和步氏敬酒，我时年五十岁，身体强健，百病不生，我酒到杯干，来者不拒。

当步骘向我敬酒时，我一把拽住他，笑道：“爱卿，你真是我大吴柱石，朕的心腹，朕要重重赏赐你。”

说罢，我向群臣高声说道：“诸公当学步子山（字子山），开为大吴疆拓土，攻取土地和人口。朕告诉你们，朕派人开发夷洲，前往辽东，也是这个意图，你们可理解朕的苦心吗？”

我这是借题发挥，我打算用步骘的事迹说明我对外扩张的心思，同时也敲打一下在座的群臣，不要和我唱反调。

可是，我万万没有料到我的这个举动受到了一些人反对。第一个站出来的就是张昭，张昭等我刚刚把话说完，就接过来说道：“陛下，老臣以为陛下所言不妥。”

我一听张昭说话就头疼，这老头德高望重，颇具威望，他又是当初辅佐我继位的重要人物，按说我对他应该是信任和依赖的，但是，这个人总是在一些大问题上和我拧着来，而且很多事情都是当着众人的面，搞得我很是心烦，他一直都是丞相的热门人选，但我就是因为他的臭脾气不让他做丞相。今天他难道又要故态复萌吗？

我阴沉着脸问道：“张公以为朕所言有何不妥？”

“陛下，开疆拓土固然是对的，但是也要分时候，我们进取交州尚可，可要进取辽东和夷洲那就是两回事了。”

“有什么不一样吗？”

“当然不同，陛下，交州与我接壤，便于控制，而辽东与夷洲与我隔着万里海洋，更兼公孙渊反复无常，我以为这两者是不能相提并论的。”

未待我说话，朱据也站了起来，说道：“陛下，臣以为张公所言不错，现在我国当务之急是整顿内部，肃清山越，然后再图扩展。”

我很生气，我不明白，为什么我的意图总是得不到彻底落实，总有人在关键时候阻挠我呢？我正要发火，忽然，全琮站起身高声说道：“子据（朱据字）所言差矣！陛下所思乃百年大计，你等岂能与陛下相比？”

我看了看全琮，心中暗暗舒了口气：总算有人能体谅我的苦心，愿意站出来支持我了。

全琮继续说道："陛下常常向我提及，我们大吴要想在三足鼎立的局面下生存，就要常思进取，否则就是逆水行舟，不进则退。陛下命人出征夷洲、交州和辽东，都是出于这个意图。至于子据方才所言，实乃怯懦之论，不足为用。"

我暗中点头，全琮你说得太棒了！

可是，全琮的话却引起大多数朝臣的不满，我看到，台下的重臣多指着全琮交头接耳，议论纷纷，神情中尽是鄙夷和嘲讽，那态势，若不是我在场，只怕就要对全琮群起攻之了。

忽然，我发现在场众人中唯有一人正襟危坐，默然不语，那人就是陆逊。我很好奇，这个人似乎在任何情况下都能处变不惊。但是就在前不久，陆逊上书力劝我不要对外发展，现在他是什么态度呢？我便问他："伯言，你对这件事有什么看法？"

陆逊看着我，犹豫了一下，但最终还是答道："陛下，臣还是坚持我过去的看法，我江东内部仍不够稳定，国家还有待开发，现在对外扩张，不合适。"

很显然，我的这位股肱之臣仍旧固守着他"保守江东"的战略，不愿冒险北进。我心中对其不满，却又不好当众斥责他，便轻叹一声，不再言语。

这时有人站起身，走到陆逊面前，对着陆逊高声反驳，说话的人还是全琮。全琮提高了嗓门说道："我以为陆将军说得不对，陆将军只看到风波难测，民易水土，只想着育养士民，宽其租赋，可你却没有看到一些更加深刻的问题。"

全琮几乎是指着陆逊的鼻子在质问，陆逊涵养极好，但面对如此情景他也有些动怒，便抬高了语调反问道："哦？全将军认为我哪些问题没有看到呢？"

全琮答道："陛下远赴辽东，有三种考虑，第一，是为了开疆拓土，对北方建立战略跳板和后方基地；第二，是为了互通有无，提升我国经济实力；第三，我们能够从远处获取我们军队中急需的战马，陆将军难道您忘了吗，我们在对曹魏和刘蜀的历次作战中，每一次都因为骑兵问题而大伤脑筋呢。”

全琮的回答令在场群臣鸦雀无声，我则心中暗喜：我没有看错全琮。

我对众臣笑道：“全爱卿真乃国家栋梁，是朕的忠臣良将，日后群臣皆要以此二人为榜样，助朕一统四海！”

我要褒奖全琮，并借着这个机会好好抒发一下我的豪情壮志，让大吴群臣统一思想，让他们明白我的良苦用心。

然而，就在我要抒情的时候，张昭又站了出来，他对我说道：“公孙渊背叛魏国后害怕魏国的征讨，就向咱们求援，向咱们称臣非他本意。万一他改变主意，想向魏国表明自己，那咱们派去的两位使者就正好变成人家的牺牲了。”

面对张昭的“放肆”，我实在忍无可忍了，我气得浑身直哆嗦，我拔剑指着张昭大怒道：“吴国的官员士人进宫则向朕拜谒，出宫就会向您致敬。朕对您的敬重，也算到了顶了，而您却屡次在大庭广众之下让朕难堪，朕有时候都会担心怕自己做出什么失礼的事情出来！”

我的话说白了就是：我对你老小子算是够意思，你要再逼我，我可要对你不客气了！在吴国，也就只有张昭敢对我这样了，换作其他任何一个人，我非将他五马分尸不可。

而我之所以勃然大怒有两个原因，第一固然是因为张昭面折我，第二，是因为我看到朱据、陆逊和张昭一个鼻孔眼出气，这种局面令我十分震怒。四大家族，你们真的要翻天吗？

张昭注视着我半天才说道：“我知道无论我说什么陛下都不会采纳，但我还这么唠唠叨叨的尽忠，原因只有一个。当年太后临终之际，将老臣叫到床前，那遗言嘱托之语至今犹言在耳啊！”

唉，老家伙此刻竟然如此动情，他谈及往事老泪纵横，不仅令我回想起来这些年我们的君臣情谊，看到他须发尽白，满脸的皱纹，我心中悲

痛，竟然情难自禁地落泪了。

第三节

中秋盛宴在矛盾中结束了。群臣多不能理会我联络辽东的意图，或者说，江东群臣，以吴郡陆、顾、朱、张四大家族为代表的世家大族为了他们自己的利益而竭力反对我这么做。因为他们的家业都在江东，他们没有兴趣对外扩张，他们之所以愿意辅佐我也是因为孙吴政权能够保证他们家族利益的最大化。自从我继承哥哥基业以来，采取联姻和瓦解的手段对付江东大族，这才保证了这些年江东内部的稳定，但是，一旦触及他们的家族利益，看来他们是不会支持我的。江东大族是一群狗！

尤其令我厌恶和担心的是，他们竟然联合起来反对我，弄得我进退维谷，举步维艰。从这件事，令我再次对江东内部的事物产生了忧虑。江东大族，我活着他们不敢轻举妄动，我若不在了，我的儿孙们恐怕镇不住他们啊！

满心的烦闷加上酒气令我不吐不快，在后宫的庭院中，我踱来踱去，望着皎洁的圆月，难以入眠。步氏陪着我，坐在台阶上，始终一言不发。

我看着她，岁月在她脸上也留下了痕迹，这些年来我东奔西走，步氏始终陪伴在我身边，我和她之间不但有爱情，更有亲情，这种感觉在月光之下更显得令人沉醉，着迷。

我问她："你冷吗？不如你先去休息吧，朕再待会。"

她答道："陛下，臣妾不冷，我陪着您。"

我看着她柔弱的身形，心生怜悯，便坐在她身旁，抚摸着她的秀发，轻叹一声说道："今日宴会，令我很不爽。"

"臣妾懂得陛下心思。"

步氏历来都很聪明，她熟谙朝中斗争，但是她却很少干涉我的决策，而这也正是我欣赏她的地方。全家和步家都是外来户，他们虽然屡立战功，但是仍无法融入江东本地豪强的圈子，所以在今天的宴会上，全琮、步骘与张昭、陆逊激烈争论。

我说道：“吴郡四大家族通同一气，事事都和朕拧着干，再这样下去，真不知道这大吴天下是谁说了算了。”

步氏却说道：“陛下，当然是您说了算。今日宴会虽然朱、陆、张三人都反对对外扩张，但是，他们又都是从吴国实际情况出发，并非完全是为了个人得失。当然，要说没有一点私心也不是，他们当然会为了自己的家族利益考虑，不愿意远离江东。但是陛下，我看书上说，做君王要善于团结人，不能求全责备，要想使吴国稳固，四大家族还是要团结的。”

我看着步氏，想起了自己的母亲。这个女人没有为自己的家族求情，反而劝我对四大家族网开一面。我再次叹息道：“要是所有人都能像你一样通情达理，朕就无忧了。”

“嘻嘻，那是不可能的，因为陛下只有一个步氏。”步氏抿嘴一笑，虽然不及我后宫的很多美女娇艳，但此时在我眼中她就是最美的……

翌日。我就像什么都没有发生一样，面对张昭等人照常办公，一句不提宴会上的事情。只不过，我派步骘协助陆逊镇守荆州，其中含义只有我自己清楚——既然步家为四大家族所不容，那我何不利用这个条件，以全琮、步骘牵制陆逊、张昭！

同时，我为了惩治这些江东大族，便启用了一个人主管纪检监察工作，这个人叫吕壹。

我用吕壹做校事官，监察检举官员拉帮结派和贪污腐化问题，并给予了吕壹充分的信任和极大的权力。我这么做表面上是要整肃吏治，其实我还有另一层意思。

前些年张温给我推荐了一个人叫暨艳，这个人是一个敢说敢干的人，我一开始比较赏识他，让暨艳主持整顿吏治的工作。没想到，暨艳的工作刚刚开展不久，就遭到江东大族联合抵制，最终迫使我不得不杀暨艳，罢张温，来平息众怒。

暨艳事件之后，我对于江东大族越发不满，我当时就隐约感觉到，再这样下去，江东大族就要把持朝纲，我孙氏将成为其傀儡。

而这次江东大族又联合起来抵制我的远征计划，这就更让我对其深恶痛绝。因此，我新账旧账一块算，启用吕壹，表面上是针对贪污腐败，其实为了整肃江东大族。

事先我给吕壹交了底，他理会了我的意图后，便开始大刀阔斧地惩治贪腐。

吕壹先后严惩了包括朱据在内的一大批出身名门望族的官吏。东吴官场一片震惊，江东大族惶惶不可终日。我深居宫中，不露声色，我暗中看着这一切，心中窃喜：嘿嘿，江东大族，看我好好整整你们。

可是，我开心没多久，就再次遇到了和暨艳事件同样的问题：江东大族联合起来状告吕壹。

以陆逊朱据等人为首，先后上书，说吕壹严苛残暴，公报私仇，滥用酷刑，同时还说吕壹栽赃陷害，他们明目张胆地要求我杀吕壹。

这个局面令我再次陷入尴尬之中，吕壹是秉承我意图行事，虽然他在执行过程中有些操之过急，但是他总的工作我还是满意的。然而，我无法安抚群情激奋的江东群臣，如果我继续力保吕壹，势必让我陷入与群臣对立的境地，这种代价使我无法承受的。

无奈之下，我只有用老办法，杀吕壹平众怒。

就这样，虎头蛇尾的整肃吏治的工作以我的失败草草收场，江东大族再一次用他们雄厚的实力迫使我就范，而我却只能以杀死我亲信的办法来安抚他们。

我对江东大族的愤怒越发激烈了。

第四节

嘉禾二年。

我遇到了两件令我极没有面子的事情：第一，开发夷洲的战略彻底失败了。卫温、诸葛直率领的士卒遭遇了，但却因为种种原因损失惨重，得不偿失。我一怒之下将卫温和诸葛直治罪下狱。

第二，公孙渊背叛了我！

就如同张昭陆逊他们预料的那样，公孙渊不敢得罪魏国，将我的使者斩杀送给了曹氏，我的远征计划就以这样丢人的结果无疾而终了。

我在建邺皇宫中得知公孙渊背叛我的消息后，我真想找个地缝钻进去。我既痛恨公孙渊，又觉得无法面对张昭陆逊。我顺手抓起一个茶杯，猛地摔在地上，“噼里啪啦”摔得粉碎，我指着东北方向大骂道：“公孙渊，你个狗东西，有朝一日我定要取你项上人头！”

就在我恼羞成怒的时候，近侍来报：“启禀陛下，张公求见！”

张昭来了？我一咧嘴。难道他听说了公孙渊背叛我的消息，是来取笑我的？当初他和陆逊竭力阻止我，我没有采纳其建议，这次他多半是来说这个事的，借此来羞辱我吧？！

我心中不停地嘀咕，我本欲不准张昭进来。但是，我又一想：我乃大吴国的皇帝，如果没有这点肚量那真算是白混了。

于是，我索性命张昭进殿，我正襟危坐在皇位上。脸部肌肉僵硬，面无表情。

张昭走进大殿，我看到他走路颤巍巍，似乎一阵风就能将其吹倒——他真的老了。

张昭向我行礼，然后开口说道：“陛下，老臣听闻公孙渊背盟，可有此事？”

老头走路一走三晃，说起话来却依旧声音洪亮。果不其然，他就是来提辽东之事的。我知道这件事早晚都会被他知道，干脆我就给他来个开诚布公，我点了点头："不错，公孙渊惧怕曹魏，背叛了朕。"

我等着张昭下面的话，我已经想好了最恶毒的语言从他口中说出来，以此来羞辱我。

然而，完全出乎我的意料，张昭既没有以老资格教训我也没有以他的耿直令我难堪，他长叹一声，眼中含泪，对我说道："陛下，老臣恐怕时日无多了，老臣这些日子心中所思所想，尽是大吴国的将来，老臣不放心啊。"

我愣住了，张昭老头今天是怎么了？我有些手足无措，说道："张……张公，何出此言？"

张昭答道："陛下，臣自受长沙恒王顾命以来，已经三十三年了，老臣辅佐陛下至今，殚精竭虑，庶竭驽钝，虽然中间偶有矛盾，但我扪心自问，我是对得起陛下，对得起江东的。只是，老臣看到我大吴国依旧有很多隐患，而陛下却未能将其消除，老臣心中故此不安。"

我依旧看不懂张昭的意图，我问他："张公，你说的隐患是指什么？"

"陛下，老臣所说的隐患有三个，第一山越未平，国家不宁；第二，党争日兴，内乱萌芽；第三，国策有误，国基不稳。有此三条，老臣死也难以安心啊。"

"张公，山越未平我懂，可是你说的后两条我就不太懂了，您能把话说得仔细一点吗？"

张昭跪倒答道："陛下，所谓党争，是指吴国内部的派系斗争啊。历来党争最是可怖，汉朝四百年的基业就是毁于党争。老臣看到，现在我大吴国内已经有两派力量逐渐势同水火，久而久之，我担心会酿成巨变啊。至于国策不明，臣指的就是陛下一味对外扩张的战略，这与我江东的国情不符啊。"

我低下了头，沉默不语。

张昭见我没有说话，他叩首流涕道："陛下，老臣今年七十八岁了，近年来，老臣旧疾缠身，时常精神恍惚，我知道，我的日子不多了。常言道‘人过七十古来稀’，臣活到这个岁数，死而无憾。只是，臣却不放心，我不愿有朝一日我辛苦奉献一生的事业归于失败，我不愿看到吴国的衰亡啊。陛下，老臣恳请陛下采纳老臣建议，只有如此，江东才能安如磐石啊！”说着，张昭竟然号啕大哭起来。

我知道，张昭对于我和吴国是忠心的，我甚至有时候觉得自己挺对不起他的。他今天来这里向我说的事情都是金玉良言，我明白，他是希望用他生命最后的一点时间来让我惊醒，让我放弃对江东大族的制衡，放弃对外扩张。他是在为吴国着想，其出发点和动机是好的。

但是，我却无法赞同他的意见。我是孙权，我不能眼睁睁地看着江东大族日益做大。在北方，曹睿启用了河内大族的杰出人物司马懿，曹操在时的时候曾告诫曹丕，司马懿“鹰视狼顾”，不可付给兵权。我不知道曹睿是怎么考虑的，反正换作是我，这种有世家大族背景的野心家我是绝对不会用的。即使用，我也会多方制衡，绝不会让其独大。其实张昭和我的心中都清楚，所谓的党争的始作俑者就是我，只不过我俩都没有把这层窗户纸点透罢了。而至于对外扩张，那是我的夙愿，我不甘心做守成之主，我必须做出一番事业。

面对张昭恳切的进谏，我却又不好当面驳斥他，我只得起身，将他搀扶起来，说道：“张公，我会认真考虑你的建议，你还是不要太悲伤，安心颐养天年才是啊。你对吴国，对朕的情谊，朕是清楚的。”

“陛下！呜呜呜呜！”张昭竟然伏在我的臂弯上像个孩子一样哭泣起来。

我不知道张昭此时的心理，是怀旧？是无奈？是悲痛？还是感激？

我看着张昭从未有过的失态的痛哭，我在想：当他看到我，其实就像是看到了他一生的奋斗。我宁愿相信他的哭泣是在为他一生奋斗的事业献祭。他知道自己时日无多，而面对残局他又无能为力，他在感慨自己人生的同时，只能用这种方式来表达他的政治主张，这多多少少是面对我这种有作为有主见的君主的无奈吧。

嘉禾五年，我的重臣张昭去世了，享年八十一岁。

张昭的去世令我久久无法平复。这个老头对我而言意味着很多东西，当年若不是他辅佐我，我就做不了江东之主，后来他虽然劝我投降曹操，又时常当众顶撞我，但是，他终究还是忠于我，忠于江东的。有一次，我大宴群臣，文武喝酒皆大醉，我命人用水泼洒众人，我说："今天痛快喝酒，只有醉倒在台中才能停止。"张昭脸色严肃一言不发，走到外面坐到车子里。我命人将他叫了回来并说道："大家在一起只是寻快活罢了，您为什么生气呢？"张昭回答："从前商纣王早糟丘酒池，作长夜之饮，当时也认为是快活，不过后来证明那是一件多么愚蠢的事情！"我便命人撤去了酒席。他的顶撞我多半是这种情况，常言道"忠言逆耳利于行，良药苦口利于病"。可是，自此以后，我再也听不到这种逆耳忠言，再也见不到这个白发苍苍的张老头了……

张昭出殡之时，我素服临吊，追谥其为文侯。

第十九章 Chapter nineteen

恶的萌芽

第一节

嘉禾七年秋八月，武昌官员来报，说是看见麒麟出没。大臣们都认为这是太平和谐的预兆，建议我改改年号，于是，我便将年号由嘉禾变成了赤乌。

这一年的春天如同往年一样，春意盎然，阳光明媚，但是，我却丝毫没有感受到春天带来的生机，相反，此时的我正备受煎熬，苦苦地等待着。

终于出来了！是神医李泉，我疾走上去问他："李先生，步妃的病怎么样？"

原来，我的最宠爱的嫔妃步氏病了，而且病得很重。自从嘉禾初年到现在，她的身体一直不好，挨到今年终于倒下了，我请来李泉为她看病，希望她能没事。

李泉低着头，轻叹一声答道："陛下，臣无能，步妃已经病入膏肓，难以救治，只怕挺不过今晚了。"

"啊！"我惊呼一声，险些晕倒。李泉作为吴国首屈一指的神医，他一旦说没救了，那就等于判了这个人死刑。我最爱的女人就要走了！

我撇下李泉，奔到步氏身边。我看着她憔悴苍白的面容，鼻子有点酸，心如铁石的我柔声问她："爱妃，你的病会好起来的。"

步氏缓缓睁开眼，望着我，嘴角露出一丝微笑，她想坐起来，但是却没有成功，我轻轻摁住她："你躺着就好了。"

步氏开口用极其微弱的声音说道："陛下，我想念我们的女儿。"

我眼中已经湿润，急忙命人召大虎、小虎入宫，来见她们的母亲最后一面。此时，大女儿孙鲁班嫁给了全琮，世人称其为"全公主"，二女儿孙鲁育嫁给了朱据，世人称其为"朱主"。

“父皇，母后怎么了？”小女儿进殿就哭问我，她说话细声细气，像她母亲一样温柔。

“爹，娘怎么了？”大女儿外向，说话像我，颇有男子气概。

人家说“女儿是父亲的小棉袄”，最是贴心，我既宠爱步氏，对这俩闺女也视为掌上明珠。如今步氏即将离我而去，看到爱女，我心如刀绞。

我拉着她俩来到步氏病榻前，悲声对她说道：“爱妃，朕和咱们的女儿都在这儿了。”

步氏缓缓睁开眼，看到我们，她眼中流泪，勉力说道：“陛下，臣妾今生能跟随您是我的福气，我走以后，陛下还要善保龙体，不要太过操劳啊。”

我紧紧地攥住她的手，说道：“你放心吧。”

步氏又对俩女儿说道：“你俩是我的骨肉，以后要孝敬你们的父皇。小虎你温柔细腻，我不担心你，只是大虎，你一个女孩子家，总是这般任性，连你父皇都顶撞，以后你要学学你的妹妹，要谨慎仔细，做贤妻良母啊。”

夜晚，我和两个女儿围绕在步氏床头，我们一家人面临如此生离死别，无不落泪。步氏看着我们，眼角滑落泪滴，她断断续续地说道：“陛下……臣妾……臣妾要走了，我不担心别的，只……只担心我们的女儿，陛下，您要照顾好她们，别……别让她们被人欺负受委屈才好啊。”

小虎只是一味地痛哭，大虎虽然表情很悲伤，但却没有多少眼泪。

我看着女儿们，又看着步氏，对她说道：“爱妃，你知道吗？你是朕一生挚爱，自你以后再也不会有人取代你在我心中的位置，你放心去吧，朕用生命向你承诺，朕绝对不会让我们的女儿受一点委屈。爱妃，你瞑目吧，你先走一步，朕过些年就去那个世界找你，到那时你我再见，好吗？”

我乃吴国皇帝，我又早已阅尽人间生死，我说话往往不会儿女情长和委曲求全，今日我能够对一个女人说出这样一番话，其实已经是我对她的感情的最好的注脚，在这世界上，确实再也没有任何一个女人能够让我孙权用这种口吻向其表白。正如我说的，步氏是我今生挚爱。

步氏听着我的表白，她苍白的脸庞泛起一丝红润，她用超乎常理的生

命力猛然坐起，然后靠在我的肩头。我感到，她脸颊的泪水滴落在我的脖颈，她久久无言。我再看她时，她已经香消玉殒，没了气息，她临终之际面带微笑，只是那微笑中还有几分苦涩……

我强忍悲痛向全国发诏：

呜呼皇后，惟后佐命，共承天地。虔恭夙夜，与朕均劳。内教修整，礼义不愆。宽容慈惠，有淑懿之德。民臣县望，远近归心。朕以世难未夷，大统未一，缘后雅志，每怀谦损。是以于时未授名号，亦必谓后降年有永，永与朕躬对扬天休。不寤奄忽，大命近止。朕恨本意不早昭显，伤后殂逝，不终天禄。愍悼之至，痛于厥心。今使使持节丞相醴陵侯雍奉策授号，配食先后。魂而有灵，嘉其宠荣。呜呼哀哉！

步氏的去世对我打击很大，一连数月，我茶饭不思，逐渐面容憔悴，时常神情恍惚。李泉为我开了几服药，吃了却不见效。我知道，这是丧失伴侣的病，是心病，不是寻常汤药可以治疗的。

李泉后来为我想到一个心理治疗法：让我的女儿大虎、小虎多陪我，以此消除对步氏的相思之苦。

我照着李泉的法子做了，命大虎小虎进宫陪我。可是，事与愿违，她俩进宫不但没有帮我排遣烦恼，反而爆发了令我意外的矛盾。

皇宫中，我们父女三人坐在一起谈心，我发现大虎小虎神色有异，俩人从进门以来就没有说过一句话，甚至没有对视过。

太奇怪了，我笑着问她俩："你姐妹俩似乎有心事啊，今日咱们一家人在一起，有什么事都告诉朕吧，朕替你们做主。"

大虎撇了撇嘴说道："哼，爹，娘临终前让我向妹妹学习，可娘却不知道，妹妹自从嫁到朱家，就死心塌地地跟着人家，和咱们孙家都疏远了呢，我可不学她。"

小虎不满姐姐指责她，脸上通红，气喘吁吁，那是气的。她有些任性地说道："姐姐，你这么说，妹妹可不敢苟同，我嫁给朱家自然要做贤妻良母，难不成还要我克夫吗？"

大虎脸色十分难堪，我知道，小虎这话很伤人，因为大虎先嫁给了周循，可周循却早亡，小虎说“克夫”，大虎难免会多想。大虎气得全身都颤抖了起来，她指着小虎怒道：“你说什么？”

我一看事态有些失控，猛然站起，怒道：“都给我住口，一家人吵什么吵！再吵你们就都给我回婆家去，不许再见面！”

看我动怒，两个女儿都不敢再多嘴了。我命人将两人带走，各自回家反省。

她俩走后，我对方才的一幕陷入了沉思：这俩孩子小时候关系很好，姐妹之间亲密无间，怎么现在嫁了人就都变成这样了，跟仇人似的？

后来我想明白了，这两个孩子之所以现在矛盾重重，多半是因为她们各自的夫家关系不睦，朱家和全家的矛盾就是江东内部矛盾的缩影，女人还是向着自己的丈夫和孩子，时间一久，摩擦就多，久而久之，姐妹之间就成了这个局面。

但是，她俩的婚事都是我一手操办的，现在我又能说什么呢？

这件事之后，大虎经常在我耳边向我倾诉她母亲的痛苦。大虎告诉我，说她母亲应该当皇后，但是却被以四大家族为首的朝臣反对，而始终未能如愿，这是步氏去世的诱因。

对于她这个说法，我只能赞同一半，她说朝臣反对立步氏为皇后是真的，我一开始也确实是打算立步氏为皇后的，但是因为太子孙登的生母是徐氏，而且步氏没有儿子，所以群臣极力反对立步氏为后，这个是真的。而大虎说步氏自己想当皇后，这确是假的，至少在我和步氏相伴的这么多年间，我从未听说过。

第二节

臣以无状，婴抱笃疾，自省微劣，惧卒陨毙。臣不自惜，念当委离供养，埋胔后土，长不复奉望宫省，朝觐日月，生无益于国，死贻陛下重慼，以此为哽结耳。臣闻死生有命，长短自天，周晋、颜回有上智之才，而尚夭折，况臣愚陋，年过其寿，生为国嗣，没享荣祚，于臣已多，亦何悲恨哉！方今大事未定，逋寇未讨，万国喁喁，系命陛下，危者望安，乱者仰治。原陛下弃忘臣身，割下流之恩，修黄老之术，笃养神光，加羞珍膳，广开神明之虑，以定无穷之业，则率土幸赖，臣死无恨也。皇子和仁孝聪哲，德行清茂，宜早建置，以系民望。诸葛恪才略博达，器任佐时。张休、顾谭、谢景，皆通敏有识断，入宜委腹心，出可为爪牙。范慎、华融矫矫壮节，有国士之风。羊衜辩捷，有专对之材。刁玄优弘，志履道真。裴钦博记，翰采足用。蒋修、虞翻，志节分明。凡此诸臣，或宜廊庙，或任将帅，皆练时事，明习法令，守信固义，有不可夺之志。此皆陛下日月所照，选置臣官，得与从事，备知情素，敢以陈闻。臣重惟当今方外多虞，师旅未休，当厉六军，以图进取。军以人为众，众以财为宝，窃闻郡县颇有荒残，民物凋敝，奸乱萌生，是以法令繁滋，刑辟重切。臣闻为政听民，律令与时推移，诚宜与将相大臣详择时宜，博采众议，宽刑轻赋，均息力役，以顺民望。陆逊忠勤于时，出身忧国，謇謇在公，有匪躬之节。诸葛瑾、步骘、朱然、全琮、朱据、吕岱、吾粲、阚泽、严畯、张承、孙怡忠于为国，通达治体。可令陈上便宜，蠲除苛烦，爱养士马，抚循百姓。五年之外，十年之内，远者归复，近者尽力，兵不血刃，而大事可定也。臣闻“鸟之将死其鸣也哀，人之将死其言也善”，故子囊临终，遗言戒时，君子以为忠，岂况臣登，其能已乎？原陛下留意听采，臣虽死之日，犹生之年也。

这是一篇字字滴血的遗书，我看着遗书，眼泪滴滴答答地落在纸上，我悲痛至极，心如刀绞。这不是别人的遗书，这是我的长子，吴国太子，孙登的遗书。步氏的死已经让我伤透了心，但是我万万没有想到，这还不是我不幸的终结，我的悲剧才刚刚开始。步氏去世四年后，也就是赤乌四年。我的儿子孙登先我而去了。

如果说步氏的死仅仅是让我自己伤心，那么孙登的死则牵扯到吴国的命运前途。自古以来，太子便是一国的前途和希望所在，他维系着一个王朝的未来，所以历代君主对于立太子都是十分谨慎的，我立孙登是全盘考虑的结果。孙登作为我的长子，聪明智慧，忠孝仁义，且颇有治国才干，他以德望得人心，他的追随者颇多，“东宫号称多士”。如果孙登继承我的皇位，那么我相信吴国会拥有无比光明的未来，江东群臣以及世家大族也会对他恭敬从命。

但是，现在事情完全变了，孙登的去世使得太子空缺，吴国的前途未来立刻变得扑朔迷离，一切不和谐的因素开始如雨后的野草疯狂滋生，我再次面临重大抉择。

为了吴国，为了父兄建立的基业，也为了我的子孙后代，我必须在有生之年解决继承者问题，我不但要重新立太子，我还要为他铺平道路。

只不过，我没有想到，我的良苦用心即将酿成一场腥风血雨，我孙家三代苦心经营的基业竟然因此险些断送。

孙登去世后，我不得不面对继承人的再次选择问题，我是国君，在我的儿子中选择谁为太子，这是关乎吴国存亡的大事。然而，由于我将全部希望都寄托在了孙登身上，我将所有的心血都倾注在了对他的培养上，以至于当孙登突然去世后，我面对一众子嗣竟然挑选不出合适的太子继承人。与孙登相比，他们都有明显的不足和缺陷，把江山给他们中的任何一个人都不能让我放心。

可是，我又不能不做出选择，最终，我在赤乌五年选择了孙和作为吴国的太子。孙和是我的第三个儿子，生母王夫人是我很宠爱的一位妃子，孙和那一年只有十九岁，但是，他很聪明而且比较谦和，这一点与孙登颇有几分相似。

孙和做了太子以后还算恭谨，但是，有一件事却引起了我的注意。就是在我立孙和为太子不久，江东世家大族开始围绕孙和形成了一个圈子，虽然我很乐意看到我未来的继承人能够与江东大族搞好关系，但是，我又担心孙和将来驾驭不了这群人，一旦孙氏大权旁落那该怎么办呢？

第三节

我看着铜镜中的我，面容消瘦，白发垂鬓，眼窝深陷。这是我吗？这是那个射虎英雄孙权吗？是的，这就是我，我在经历了丧失爱人和长子的巨大悲痛后，经受了沉重的精神打击而心力交瘁。孙登死后，在短短一年中，我就像是老了十年。

赤乌五年，这一年我六十一岁。

我看着镜子中的老者，意识到那就是我自己，我悲从心生，哀叹道："我老了。"

"爹，您不老。"说话的是我的大女儿孙鲁班，大虎。自从我登基称帝以来，也只有她敢叫我"爹"而不称"陛下"。我这是我给她和她妹妹小虎的特权。只不过，这个权力小虎从未用过，还是毕恭毕敬地称我为"陛下"，大虎就不同了，她将这个权力发挥到了极致，再也没有叫过我"陛下"。我很喜欢大虎这样。

"爹，您身子骨还硬朗着呢。"大虎说着，上前朝我后背上猛拍了一下。

她是女子，力气不大，我本就强壮，又常年狩猎锻炼，如今虽然身体虚弱，但女儿的这一掌我还是能抗住的。我说道："你这丫头，越来越放肆了。"我嘴上这么说，脸上却尽是笑意。

"爹，我知道您最疼我了，可是您知道吗？女儿最近很不快乐。"大虎说着，皱起了眉头。

我奇怪地问道："你是我的女儿，还有什么能让你烦闷呢？"

大虎没有开口，却先流泪了。我更感诧异，急忙问道："女儿啊，你到底怎么了？是不是谁欺负你了？"

自从步氏去世后，我越发感觉自己老了，人很奇怪，越老就越对孩子疼爱，尤其对我与步氏的这两个女儿格外关照，每每看到她们，我就能回忆起与步氏在一起的日子。

大虎委屈地答道：“爹，自从母亲去世后，我就像没了着落的鸟一样，天天受人欺负，看人白眼，呜呜呜……”

“啊？有这等事？你告诉朕，是谁胆敢如此，朕要扒了他的皮！”我没有开玩笑，我说的是真的。

看我动怒，大虎止住悲声，反而安慰我道：“爹，您千万别动怒，气坏了您的身体那怎么得了，母亲去世后您的身体就一直不好，您千万不能再生气了。”

我怒气未消，又问她：“快说，是谁这么欺负你，告诉朕，朕为你做主。”

大虎低下头，她咬着嘴唇，挣扎了很久才低声说道：“是……是太子殿下。”

“啊？太子？他？”我有些不敢相信。

“不不不。”大虎连忙抬起头，摆着手否认自己的话：“不是太子，是……是太子周围的那帮人。”

“周围的人？”我越听越蹊跷：“女儿，到底怎么回事？你不用怕，在这大吴国还没有人敢造反，你老实告诉我，是谁在太子周围，他们都做了些什么？”

相比女儿受气，我更关心太子的事情，因为太子是这个国家的将来，我不能把辛苦建立的吴国让一个不可靠的后代来继承。

大虎摇头道：“爹，女儿不想说，说了不好，算了，还是让我受气吧，反正我也习惯了。”

我越听越有气，猛拍桌案，怒喝道：“有什么不敢说的！说！”

我的突然暴怒令大虎吓得浑身一哆嗦，她急忙答道：“好，爹，我说，我说。这些日子我经常看到和听说吴郡四大家族的人围在太子周围，给太子出了很多坏主意。前几天，我遇到陆家的陆瑁，我主动和他打招呼，他非但没有搭理我，还怪声怪气地说，说将来这天下会是明君秉政，魑魅魍魉将无处遁形。他的话我起初没有多想，可我后来才发现他说的是我，只因为我嫁到全家，与陆家、朱家、顾家、张家不睦，他们就看不惯我。算了爹，这都是小事，还是以大局为重，这件事就算了吧。”

我听着，冷哼一声：“哼，什么明君秉政，女儿啊，陆家人不是在说你，是在说朕。他话里的意思就是说现在是昏君秉政，这大吴国上上下下都是魑魅魍魉。妈的，什么东西，陆家人胆敢如此嚣张！”

大虎又劝道：“爹，陆家人固然可恶，但是，陆家在吴郡根深蒂固，四大家族荣辱与共，树大根深，陆逊现在又担任要职，统兵在外，若要处置陆家时机尚不成熟啊。”

我看着女儿，女儿长大了，看问题看得很准，正如她所说，陆家包括其他江东大族，现在已经在吴国站稳了脚跟，想动任何一家都会遭到其他家族的联合抵制，这种局面我早就有预感，但是，时至今日，我仍然没有很好的解决办法。过去用联姻和升官的办法维持的政治同盟关系，现在看来似乎要失去作用了。伴随着吴国的建立和我称帝，皇权的威严必须确立，这是现在摆在我面前的首要任务。

我沉思良久，苦无对策。

大虎说道：“爹，我倒是有一个办法可以制衡江东各大家族，不知道能不能行。”

“什么办法？”

“现在子孝（孙和字）为太子，各大家族争相拥戴，您何不再立一王，以分太子之施，这样一来，两派彼此牵制，则我江东安如磐石。”

我没有料到，我女儿的心思会这么重，我看着大虎，几乎认不出来她了。我问她：“这是谁教给你的？”

大虎一昂头，答道：“没有人教，是我自己想到的。”

我站起身，在屋子里踱着，这是一件大事，我必须谨慎，每一个细节我都要考虑到。我思考着大虎的计划是否可行。

这时，大虎又说道：“爹，如果将来太子被江东豪强架空，那么咱们孙氏的江山社稷就将断送了。”

大虎的话就像一柄锋利的匕首刺中了我，我心头一颤，驻足看着大虎。我问她："你这个办法不是不行，但是，谁能分太子之势呢，你有合适人选吗？"

大虎站起身，答道："爹，有一个合适人选。"

"谁？"

"太子的同母胞弟，孙霸。"

第四节

孙霸是孙和的同母弟弟，都是王夫人所生，也是我很疼爱的儿子之一。大虎建议立孙霸，这个人选很合适。于是，我就按照大虎的建议，立孙霸为鲁王，与太子东宫并立。

在建邺皇宫，我召见了孙和和孙霸兄弟。

孙和身着太子服饰，态度谦和，毕恭毕敬；孙霸身着王服，颇有几分桀骜不驯。

我命他们二人相对而坐，然后问道："朕今天召你们来有两件事，第一件事是要告诉你们，你们的历史使命；第二件事是要让你们明白你们所处的环境和目前吴国的形势。"

我上来就说这么大的题目，孙和还好点，他点了点头，脸上虽有不解，但还不至于慌张，孙霸就不行了，他看着我，紧张的情绪溢于言表，连手都不知道放在哪了。我看着这俩孩子心中颇为不满，将国家交给他们，我不放心。

我轻叹一声，说道："唉，看你们紧张的，罢了，朕就换一个方式对你们说吧。朕今天召你们来，是要告诉你们，将来该怎么做。"

我这么一说，孙和和孙霸顿时神情释然。

孙和说道："请父皇示下，我们兄弟定然照办。"

“朕从十九岁继承你伯父的事业，定鼎江东，算起来已经有四十多年了，这些年来，朕之所能在乱世中立足，是因为我能够团结周围的人，能够平衡江东各派关系。你们要记住，在这个世界上，最大的力量不是武艺，也不是谋略，而是权力，只有善用权力的人才能做天下至尊。”

两个十几岁的孩子听着我“深奥”的话，满脸迷茫。我暗骂道：这俩熊孩子，若是孙登在，早就听明白了。

我又是一声无奈的叹息：“唉，朕问你们，在这大吴国，谁的权力最大？”

在我的因循善诱下，二人这次终于异口同声地回答道：“是父皇。”

“对，是朕，可是你们知道朕的权力是从哪里来的吗？”

二人互相对视了一下，孙和先答道：“是继承了伯父长沙恒王的基业。”

我摇了摇头。

孙霸答道：“是天授，是老天让父皇掌权的。”

我又摇头：“天授嘛，这都是骗老百姓的，你们也信？至于继承，也不全对，若我不能统领群臣，继承的权力也会失去，若我不能抵御外敌，江东也早就被曹操、刘备他们夺去了。”

二人看我否定了他们的回答，皆惭愧地低头，不再言语。

我提高了声音说道：“朕今天就是要告诉你们，朕的权力不是天授，也不是继承，我是善于制衡江东各派，能让不同人在适当的位置上做正确的事情，这就是朕拥有至高权力的原因！说具体点，我们孙家必须平衡江东各派豪强大族的关系，这样我们才能在江东站稳。”

这个道理母亲告诉过我，经过我这几十年风云诡谲的政坛上的磨炼，早就烂熟于胸，运用自如了。现在我将这帝王之术告诉我最为看重的两个儿子，我希望他们能体会我的良苦用心。

可是，他们没有。孙和只是点头，却不知道该说什么，孙霸干脆就瞠目结舌，愣在当场了。对他们而言，我的言论就像是离经叛道的天书一样，令他们惊慌和恐惧。

我看着他俩烂泥扶不上墙的样子，恨不能冲上去抽他俩一顿嘴巴，可是，现在打他们是没用的，我必须让他们明白事情的本质，哪怕是填鸭式的灌输。

我也不理会他们能不能听懂，继续说道："当年你们的伯父横扫江东，遭到了江东世家大族的顽固抵抗，你们的伯父用雷霆手段镇压他们，结果他们就害死了他。后来朕继承基业，我采取怀柔和联姻的手段，终于稳定了大局。延续至今，朕老了，而江东大族的力量却在暗中壮大，朕担心，将来你们治不了他们，所以，朕要你们兄弟团结，一起对付江东大族，保证我孙氏基业千秋万代，你们懂了吗？"

我自认为已经用通俗得不能再通俗，明白得不能再明白的表达方式说出了我的观点，但是，我的努力遇到我这两个不成器的儿子，再次归于失败。

孙和不解地问我："父皇，我吴国立国的基础就是江东大族，如果镇压他们岂不是等于刨我们自己的根吗？失去了江东大族的支持，我们会失去统治的根基啊。"

孙霸也说："父皇，我觉得有些大族确实可恶，比如陆家、张家、顾家、朱家这四大家族，但是，毕竟还是有一些望族是不错的，比如步家和全家。我觉得，我们也不用太将这些江东豪强放在心上，只要军队在我们孙家手中，他们也翻不了天。"

看着俩儿子自以为是的侃侃而言，我的心冰凉。这俩孩子毫无政治头脑，根本不是做皇帝的料，这天下若交给他们，只怕不出十年就会天下大乱。

可是，我的悲剧在于：我不用他们又能用谁呢？

我突然感到无比的疲倦，心力交瘁的我深吸一口气，然后缓缓吐出，我朝他俩一挥手："你们走吧，朕累了，要休息了。"

他俩也应该看出了我失望的神情，显得有些尴尬，但是，他们肯定不知道我为什么而失望。

看着他俩离去的背影，我眼前迷乱，孙登的形象若隐若现，我伸手去

抓，却一片空寂……

第五节

夏去秋来，四季往复，光阴荏苒，时近岁末。

我正坐在宫殿中，大殿中生着炉火，空旷的大殿就像是我空虚的心灵，无依无靠，我望着跳跃的炉火，呆呆地出神，最近，我时常回忆过往，回想我年轻时的激情，回想我建功立业的不易，回想我身边的活着的和死了的亲人。人老了就会怀念过去，我老了。

年轻时的我精力充沛，从来不知疲倦，可是，现在的我却总想要休息休息，想停下脚步，看看周围的人物景观，但是，我还有很多事情要做，我不能停，我必须强迫自己走下去。

“陛下，车骑将军朱然求见。”近侍低声向我禀报。

我从幻想中反应过来，说道：“义封来了，朕好久没有见到他了，快，让我进来。”

当朱然站到我面前的时候，我愣了，我发现他也老了，脸上的皱纹清晰可见，头上的白发就像是在诉说这些年在外征战的艰辛，但他的精神还不错。

我见到这位发小，不禁心中愉悦，说道：“嘿嘿，义封，你丫老也不来看我了。”

我俩之间不管到什么时候都是这种关系，亦君臣亦朋友。朱然笑道：“陛下，老臣为陛下把守大门，怎么敢擅离职守呢？”

我点了点头，我知道朱然是尽心竭力为我做事的，前不久魏将蒲忠、胡质各带数千人进犯，蒲忠占据险要企图切断朱然的后路，胡质则作为蒲忠的后援。那时朱然所部已经出发，得到消息之后来不及救援，朱然只能率领营中仅有的八百将士出战。面对敌众我寡的不利局面，朱然毫不畏惧，一战击溃蒲忠，迫使胡质所部撤退。

我问朱然：“今天你有时间来看朕了？是不是想要什么赏赐啊？想要什么尽管说吧，朕都会答应你。”

我说的是真话，我现在对故人有一种难以言喻的眷恋。

朱然却说道：“陛下，臣此次来觐见不是为了求什么东西，我只是为大吴江山社稷考虑，有事要向陛下禀明。”

“什么事，你说吧。”

“陛下，我说的这件事事关大吴未来的兴衰，但这也是皇家禁忌，臣本不该多言，我担心我说了会犯忌，会惹您不高兴。”

我纳闷道：“什么事这么厉害？我倒想知道，你说吧，朕恕你无罪。”

朱然这才说道：“陛下，太子登去世后您立子孝为太子，然后又封子威为鲁王，您对二子都宠爱有加，可是，您恐怕还不知道吧，现在已经有了祸乱的苗头。”

朱然的话令我心中震动：“祸乱？什么祸乱？你说清楚。”

“陛下，太子被立之后便被江东四大家族团团围绕，他们殷勤献媚，为太子出谋划策，与此同时，鲁王周围却聚集了以全琮、步骘为首的一班人，两派相互攻讦，彼此明争暗斗，颇有势不两立之势。”

我急忙问朱然：“你告诉朕，都有谁牵扯到争斗之中？”

朱然对我知无不言，他答道：“丞相陆逊、大将军诸葛恪、太常顾谭、骠骑将军祩据、会稽太守滕胤、大都督施绩、尚书丁密等支持太子，骠骑将军步骘、镇南将军吕岱、大司马全琮、左将军吕据、中书令孙弘等附鲁王，中外官僚将军大臣也随之分成了两派，举国中分。”

我震惊了，我立鲁王的本意是让鲁王牵制太子背后的江东豪强，但是，现在的形势要搞成“举国中分”的局面，这可是我始料不及的。我喃喃自语道：“党争，可怕的是党争，儿子之间争权夺利，大臣们分派站队，一定会出现像袁绍那样的悲剧，被天下人耻笑。”

朱然又说道：“陛下，这件事只有您才能制止，您要对太子和鲁王严加管教，让他们兄弟同心，不要让他们被各派势力所操控啊。” 朱然说到

此处，已经是身体颤抖，颇有几分声嘶力竭，他的恳切之情就像是在警告我吴国即将面临的腥风血雨的内斗。

朱然说着，又从怀中掏出一封奏章，双手奉上："陛下，这是督军使者羊衜上疏。请您过目。"

我打开奏章，上面写道："我听说古代据有天下的人，都是首先清楚地区分嫡庶，把爵位、土地赐给子弟，用这种办法来表示尊重祖宗，设立国家的屏障。太子和鲁王的任用，天下人都觉得非常合适，这是我帝国兴隆的基础。近来听说两宫都禁止宾客往来，远近惊惧，上下失望。我私下搜集了各方面的意见，大家都认为太子和鲁王聪慧通达，优异杰出，自从正式建立名号到现在已有三年时间，德行著称于国内，美名传扬于外邦，西蜀和曹魏早就熟知了。大家都认为陛下应该因势利导，努力督促太子和鲁王以礼相待四方边远之士，使天下人都更加了解他们。如今陛下没有关注到这一点，却发布诏令，裁减两位的侍卫，阻绝宾客，这会对壮大帝国的声威造成消极的影响。陛下想让他们专心学习，这会使得他们失去了解外部世界的机会。还有人传闻太子和鲁王不遵守法度，这也让臣非常不安。即便如此，陛下也应当尽量弥补他们的过失，让外界的猜测平息。否则谣言一旦传开，不但对国内的稳定不利，蜀国和魏国就会信以为真，这样对我国的形象和未来发展都将是个打击。因此，臣建议陛下尽快颁布对太子和鲁王的嘉奖诏书，消除种种谣言，这样天下就太平多了。"

我很感谢朱然对我提醒，要知道，就像是他自己说的，这种事情是皇室禁忌，他作为一个外姓将领本不该参与其中，弄不好就会有杀身之祸，但是，他为了我，为了吴国还是挺身而出向我直言进谏。我站起身，走到朱然面前，拉住他的手说道："义封，难得你有这番忠诚，你放心，朕会让太子与鲁王和睦的。"

朱然走后，我细细思量着他的话。在所有和太子交往的人中，最让我关注也最让我担心的人是陆逊。

陆逊现在已经是吴国丞相，他镇守荆州，手握兵权，这个人又有世家大族的深厚背景，现在他结交太子，形成集团，这个人太危险了！

虽然我也听说陆逊十分克制，全琮给他写信，陆逊认为子弟如果有才，不愁不被任用，不应私自凭借关系钻营以求得功名；如果才德不佳，终究会招致灾祸。况且听说两宫势均力敌，必然会产生矛盾，这是古人的大忌。全琮的儿子全寄，果然逢迎攀附鲁王，轻率地与太子互相构陷。陆逊写信给全琮说：“您不向金日磾学习，却包庇全寄，最后会给足下的家门带来灾祸。”对于陆逊的意见，全琮全然不顾，还因此与陆逊之间产生了矛盾。

但是，这并不能让我对陆逊放心，古往今来，表面上清清白白，看似无欲无求的权臣最后造反的例子并不少，篡汉的王莽不就是最好的例子吗？我对陆逊的顾忌就像是喷薄的火山，无可抑制地汹涌而出，我时常幻想有朝一日我死了，陆逊会架空我的儿子，我甚至想到，在我熟睡中，陆逊会带兵杀入皇宫弑君。我甚至因此而夜不能寐。

第六节

“啊，杀杀杀！”我怒吼着。

“陛下，您怎么了？”

一声惊叫将我唤醒——原来我又做噩梦了。我的妃子正惊恐地看着我，我这才发觉，我身上已经湿透了，都是虚汗。我用低沉而不容辩驳的语气对那妃子喝道：“你现在马上出去！”

妃子战战兢兢地跑了出去。

我长出一口气，重重地躺在床上，我仰望上方，回想着刚才的梦。我又梦到陆逊谋反了，他一呼百应，全军皆反，太可怕了。

我披上衣服走下床榻，心中烦闷，无法排遣，便在庭院中散步，月光下，我仰望夜空，一阵清风袭过，令头脑清醒不少。

我愁肠百转，心乱如麻，叹息良久，一夜未眠。

翌日，我感到头昏脑涨，昏昏沉沉，四肢无力，不思茶饭。我意识到，我病了。

神医李泉去年去世了，为我看病的是普通的御医。他们为我把脉，确诊为“偶然风寒”，需要些日子调理。

当看到一碗碗的汤药，我叹道：“朕年轻时身强力壮，极少得病，更极少吃药，现在却不大如前了。”

大虎听说我病了，进宫来陪伴我，她听我叹息，便开解我道：“爹，最近有一种心理治疗很流行，就是老人出门时想着自己把四十岁的年龄放在家中，只带二十岁出门，这样就会年轻很多，久而久之有排毒养颜的奇效呢，爹，您不能总暗示自己老了，您应该把心态调整好。”

我笑道：“你个鬼丫头，就你话多。”

见到爱女，我的病好了一半。

大虎端起熬好的药，送到我嘴边，我尝了一口，苦涩难喝，皱了皱眉，但是我知道不喝药是不行了，便强忍着灌了下去。

这时，大虎好像是想到了什么，忽然说道：“啊，我险些忘了，父皇，我认识一位算命先生，算得极准，您最近身体总是不好，何不让这个人给您算算？”

我的御用占卜师赵达已经在几年前去世了，他临终时对我说“陛下失去了军师。”我问他：“朕无军师，谈什么失去不失去呢？”他说：“陛下每次出征都让我占卜吉凶，我死了，陛下就等于失去了军师。”

赵达死后，我一直没有遇到神算的占卜师，我相信算命，很是为此苦恼了一段时间。现在大虎说他有一个神机妙算的占卜师，我当然希望见一见。

我命大虎将那位先生召进宫，那人叫做王表。

王表，临海罗阳县人，被称作“神仙”，常在民间，语言饮食，与人无异，但却形迹诡秘，见首不见尾，貌似很厉害的样子。

王表在皇宫中觐见我，我问他：“大师能否算出我大吴国运？”

王表身着白衣，湛然若神，他袖里乾坤，掐指一算，微闭双目答道：

“陛下洪福齐天，大吴国祚当在千年以上。”

我闻听此言，心中颇喜。大虎在一旁插话道：“爹，王神仙占卜天气很准，比天气预报都准。”

“哦？有这么神吗？”我有点不信，便问道：“大师能不能算出明日的天气？”

王表又是掐指一算，答道：“陛下，明日早晨晴，中午转小雨。”

“呵呵，朕可不信你这么准。”我笑道。

“陛下不妨等到明日再下定论。”王表很有把握的样子。

大虎说道：“就等明日吧，王表，明日若你说错了可是欺君之罪。爹，若是王表说对了您可要重用他呀。”

我答道：“朕信天命，苦无神算，若王大师真有通天之能，我自然会重用。”

于是，我们等待着明日的天气。

结果，第二天真如王表预测那样：晴转小雨。

哈哈，这个家伙真是神仙下凡啊！我急召王表和大虎进宫，重赏了他们。大虎笑道：“爹，我没说错吧，他可是名副其实的神机妙算。”

我点了点，感叹道：“是啊，这不可思议的妙法自从赵达去世后我就以为再也没有了，如今王大师的神奇不逊于赵达啊。”

大虎又说道：“爹，您身体不好，不妨让王表算一算吧。”

“好，就让他算算吧。”

王表又是掐指计算，口中念念有词，一通鼓捣，然后说道：“陛下，您身体只是偶然风寒，并无大碍，只需一法就可以治愈。”

“什么办法？”

“命您最重要的儿子去太庙为您祈福。”

最重要的儿子祈福？哪个算是我最重要的儿子呢？自然是太子。我病了，太子为我祈福，天经地义。于是，我当即下诏，命孙和前往太庙祭祀祈福。

第七节

十几天过去了，我的病并无好转，王表说只要太子为我祈福我就会好，孙和去了这么久，我怎么还没有好呢？

我照着镜子，眼窝深陷，面容憔悴，我忧伤至极。

孙和的母亲王夫人陪伴着我，她劝慰我道："陛下，病来如山倒，病去如抽丝，急不得啊。"

我最近很讨厌她。我心道：你不知道我的病就是因为你的儿子。你怎么就不能给我生个像孙登那样的儿子呢？

我没好气地说道："难道朕就这样一直病下去吗？普通老百姓得了风寒也就是七八天就好了，可我都病了十几天了，这抽丝抽得也太慢了吧！"

王夫人哑口无言，低头不语。

正说话间，大虎进宫来见我了。

当大虎看到王夫人在我身边后，她笑了笑，却不说话了，一句话都不说。

我奇怪地问道："女儿，你来见朕就是为了笑笑吗？你不知道朕的病没好吗？你给朕找的神仙不是说只要太子祈福我就会好吗？"

我像一个小孩一样向女儿抱怨，她是我唯一可以如此倾诉的人，本来这个角色是由步氏担任的，步氏死后这个角色就变成了大虎。

大虎撇了撇嘴，答道："爹，我来就是为了这件事。您还不知道，刚才王表告诉我，您的病没好不是因为他算得不准，而是有人没有按照您的旨意做事。"

"嗯？谁这么大胆子，敢不按朕的旨意做事？"

大虎又看了看王夫人，脸一扭，不说话了。

王夫人很尴尬，她对我说道：“陛下，全公主有话对您说，我就先退下了。”

我知道，步氏死后我将感情转移到了王夫人身上，这一点令大虎很不爽，因此她就迁怒王夫人，两人一直不相往来，暗中较劲。现在我看到我的女儿和她的后母关系不睦，一时也没了主意。

我干咳一声说道：“大虎，王氏是你的母后，咱们都是一家人，你有什么话就当着她的面告诉朕吧。”

大虎又撇了撇嘴，一副无奈的样子说道：“好吧，爹发话了，女儿就实话实说。太子根本就没有在太庙为爹祈福！”

此言一出，王夫人双手捂嘴，一声惊呼。我表面上毫无变化，实则我的内心也猛的一紧！

皇帝病了，命太子去太庙祈福，太子人却不在庙中，不忠不孝无过于此！这件事若坐实，孙和可谓可恶至极。

我看了看王夫人，她脸色惨白，已经说不出话来。我故作镇静地盯着大虎问道：“大虎，你说这是王表算出来的？”

大虎把头一扬：“正是！”

“你信他吗？”

“我信！爹，您也知道王表的本事，您不信吗？”

我没有回答，我陡然间怒喝一声：“来人，马上去查太子在祭祀时的行踪，查清楚直接报我！”没用一个时辰，校事官来报：“启禀陛下，正如全公主所说，太子在祭祀期间确实不在庙中。”

我对这个消息十分震惊，急忙问道：“他不在庙中，他去哪了？”

“太子妃的叔父张休居住在太庙附近，张休邀请太子去自己家里住了。”

我正拿着一个茶杯喝茶，听到这个消息，送到口中的茶杯停住了，然后，我猛然举起茶杯，怒摔在地上，“噼里啪啦”，茶杯摔得粉碎，我怒吼道：“逆子！”

满屋的侍卫、婢女包括大虎吓得一齐跪倒，不敢抬头，王夫人则一头栽在地上，昏了过去。

第二十章 Chapter twenty

祸起萧墙

第一节

我再次病倒了，这次不单是因为孙和气我，还有一个人让我气得更厉害，这个人就是陆逊！

我怒斥孙和后，并没有立刻对他采取措施，因为动太子就等于动摇国本，我虽然盛怒，但还是要顾全大局。

然而，就在我犹豫不决的时候，陆逊给我的信令我顿时心生狐疑，他在信中对我说："太子是正统，应该有磐石一样坚固的地位；鲁王是藩臣，应当使他所受的恩荣官秩与太子有等级之分，彼此各得其所，上下得以相安无事。臣恭谨地叩头流血把这意见报告给您。"

我看到这封信，不禁火冒三丈，陆逊的言辞虽然恳切，但是他太不自量力。当年曹操在曹丕和曹植之间选择继承人，曹操问贾诩，贾诩就很识时务地回答他"此乃大王家事"。

我现在废立太子也是我孙家的事，你陆逊再怎么劳苦功高也只是一个将领，是我的家臣！你有什么资格对我的家事说三道四？

而更可气的是，陆逊不止一次给我写信，他竟然有恃无恐地三番五次地给我写信，一直说孙和是"正统"太子，孙霸是庶子，不能废长立幼。

不止是陆逊，吴郡四大家族的顾家后人顾谭也给我上疏力保孙和："臣听说有国有家的人，一定要明了嫡庶的大端，分别尊卑的礼法，使得上下有所差别，等级区分明显，这样就能产生骨肉恩情，非分之想也就会灭绝。从前贾谊陈述治安的策略，评论诸侯的权势，认为诸侯权势重，虽是亲近者也定有违逆臣节的祸害；权势轻，虽然疏远也必有保全的福泽。所以淮南王是汉文帝的亲弟弟，不能享有自己封国以终天年，失之于权势重；吴芮是关系疏远的臣子，却能延续王位于长沙，得之于权势轻。从前汉文帝让慎夫人与皇后同席而坐，袁盎把慎夫人的座位移开，文帝面有怒色，等到袁盎辨明上下之间的礼仪、陈述人彘的教训，不但文帝转怒为喜，连慎夫人也醒悟了。现在我所陈说的事理，并非我有所偏向，确实是想让太子安宁并且对鲁王也有利！”

我忍无可忍了：江东豪强，你们狼子野心昭然若揭，你们拥戴孙和其实就是看准了能够驾驭他，现在你们听说我要废掉孙和的太子位，便乱了阵脚，慌了神，屡次三番地干涉我的家事！

我盛怒之下，几次要下旨惩治陆家，但我稍一清醒便想到陆逊为我立下的功劳，我终究没有下这个狠心。

然而，江北传来的一个消息让我的神经再次绷紧。有消息称：魏国的世家大族代表人物司马懿逐步篡夺了曹氏的实权，现在曹魏大权旁落，代表河内大族的司马氏控制了朝政。

我强支病体登临钟山，远眺江北，思绪万千：曹操辛苦半生打下的锦绣江山眼看就要属于他人，我们孙家几代人呕心沥血的大吴国又将何去何从呢？天意深远，前路茫茫，我可不希望我死后出现司马懿这样的权臣。

大虎陪伴着我，她忽然对我说道：“爹，我很担心。”

我问她：“你担心什么？”

“我担心吴国的未来。”

我没有立即回答，我望着往处，片刻之后才说道：“朕也很担心。”

“爹，当断不断必受其乱，是时候惩治那些江东大族了，否则后患无穷啊！”

我没等她把话说完便打断了她的话：“你不要说了，朕已经有了主意。”

说罢，我转身下山，态度决绝。

赤乌八年，一场暴风雨将席卷吴国。

第二节

建邺城，太庙中，墙上悬挂着我父亲和我哥哥的画像，我凝望着他们，音容笑貌宛然就在眼前。我低声对他们说道："父亲、哥哥，你们放心吧，我绝不会让你们辛苦建立的基业就此断送，我会竭尽所能保护它。这些年走来虽然不易，但送算是挺过来了，现在，吴国和孙家又到了转折点，希望你们在天之灵保佑我吧……"

赤乌七年冬，在毫无征兆的情况下，我连下三道诏书。

第一道诏书，斥责陆、顾、张、朱等江东大家族怂恿太子，扰乱朝纲，图谋不轨；

第二道诏书，申斥孙和母亲王夫人以及太子太傅吾粲教导无方；

第三道诏书，斥责太子孙和不守礼制，在祭祀期间擅离职守，又勾结朝臣，肆行无忌，予以幽闭。

我以迅雷不及掩耳之势实施的惩治措施收到了以下效果：四大家族上表请罪，太子太傅吾粲和太子做出深刻检查，王夫人忧愤成疾去世。

我打压了太子一党，本以为这件事可以就此了解，四大家族会有所收敛，但是，我没有料到，四大家族反弹了。

"启禀陛下，骠骑将军朱据在门外裸露上身，身背荆棘，跪拜痛哭，要求见陛下。"近侍向我禀报。

时值赤乌七年冬十二月，寒冬腊月朱据如此"自虐"，他是为什么呢？我问近侍："他说是因为什么事情了吗？"

近侍摇了摇头，答道："他不说，他说一定要见到陛下才肯说。"

大虎在我身边，她最近不知从哪搞来了很多珍奇的花草和野兽，这些花草在这腊月天还能盛开，那些野兽更是我从未见过的，这些新鲜玩意很是让我惊讶，她要向我讲解这些东西的来历，便时常进宫来，今天她也在。大虎这时插话道：“爹，我猜朱骠骑是来为太子求情的。”

“哦？你如何得知？”

“爹，朱骠骑乃江东吴郡朱家的代表人物，他们家族与太子交通乃是世人皆知的，现在爹您幽闭太子，朱骠骑这是坐不住了，故此来求情。”

我的脸色顿时阴沉下来，我冷冷地说道：“若果真如此，朕不会轻饶朱据。”

惩罚孙和，斥责四大家族是我最得意的一笔政治作为，假如朱据敢于在这个时候给孙和求和，那就是没将我孙权的皇威放在眼里，这是我绝对不能容忍的。

我喝令道：“命骠骑将军进殿见朕！”

不多时，只见朱据果然精赤上身，背着一大捆荆棘走了进来，他被冻得全身哆嗦，头发兀自冒着白烟，脸上通红，他哆嗦着向我施礼，然后说道：“臣朱据拜见陛下。”

我面无表情，问他：“朱爱卿，这么冷的天你却不穿衣服来见朕，这是唱的哪一出啊？”

朱据直视着我，毫无畏惧，他缓了缓劲，说道：“陛下，臣今日来不为他事，乃是为太子求情！”

我看了看大虎，大虎嘴角流露出一丝笑意，那是夸耀自己“先见之明”的得意神情。

我心中有气，但还是强压着，问道：“太子不守忠孝之道，朕作为他的父亲和君主斥责他，有什么错吗？”

朱据连忙磕头答道：“陛下，您斥责太子没有错，臣也绝不敢说陛下有错。只是，臣以为，太子虽有罪，但罪不至此。况且，陛下的明诏申斥江东大族，说四大家族怂恿太子，陛下，臣以为这都是不能成立的。”

嘿嘿，果然是来逼宫了啊。我的脸色越发难堪，若是年轻时我估计我会立刻跳起来拔剑砍向朱据。我咬着牙说道：“朱据，你说说你反对我惩罚太子的理由，你若说得对，我不怪你，你若说得不对，休怪朕治你重罪！”

朱据苦笑道："陛下，臣今日来就没有打算活，国有忠臣其国不亡，臣今日不单单是为太子，也不是为我自己，我是为了大吴国的前途命运而来啊。"

"有话快说！"

"臣认为太子是国家的正宗，性情高雅，仁义孝道，众望所归。现在突然遭受谴责，对国家不利。从前晋献公宠信骊姬，致使太子申生自缢而亡，汉武帝信任江充使得戾太子受辱冤死。臣担心太子不堪忍受而亡，到时候再想建立'思子之宫'也不能使太子重生。"

朱据说得义正词严，面无惧色，甚至有几分大义凛然的感觉。他用晋献公和汉武帝的错误来对比我，他慷慨激昂的陈述，声震大殿，我想起这位忠臣良将曾为吴国立下的功勋，不禁心中稍稍动摇：难道我真的多疑了？我对太子处罚得太重？

就在我犹豫不决的时候，大虎的一句话再次令我的思路回到了对江东大族的打压上。大虎幽幽说道："朱骠骑，您在这说得冠冕堂皇，可我却听说您和陆丞相、吾太傅（吾粲担任太子太傅一职）、顾奋威（顾承是奋威将军）、张扬武（张休是扬武将军）五人做了很多见不得人事啊。"

我听到这话，皱起了眉，立刻问道："大虎，你这话是什么意思，快向朕说明白，他们做了什么？"

朱据也愣了，他显然也不知道大虎这话的含义。

只见大虎从怀中掏出一封信递给我，没有说话。

我狐疑地从她手中接过信，打开来看。当我看到这封信的时候，我感到震惊、愤怒和恐惧。

这封信是太子太傅吾粲送给丞相陆逊的信，信的大意是说：我惩罚太子不对，吾粲让陆逊劝我应该分清嫡庶长幼，并打算建议我让鲁王孙霸离开京城驻守夏口，放逐杨竺不准他留在京城。

让孙霸去夏口，这让我不自禁地想到当年刘表死后，蔡瑁蒯越等荆州大族就是这样将刘表的长子流放到了江夏，看着这封信，我心中尽是愤怒和忧虑。

我刚刚把信看完，忽然内侍来报：“陛下，丞相有书信送到。”

这么巧？我立刻命道：“快，递上来。”

我急切地要看到陆逊的信，假如他这封信的内容与吾粲所写的意思相同，那么毫无疑问，大虎说的事情就是：江东大族串通起来，图谋不轨。

陆逊的信递了上来，我打开看，彻底愤怒了，我看到，陆逊信上所写的内容，与吾粲的信几乎如出一辙。

阴谋！党同伐异！架空皇权！卑鄙！无耻！这群江东大族表面上道貌岸然，实则包藏祸心，一个个都是狼子野心，阴险狡诈啊！

我再看表面上光明磊落的朱据，就如同看到一个道貌岸然的伪君子。怒火迅速升腾，再也无法抑制，心中所有的怀疑都被这两封信所证实：江东大族世代联姻，他们表面上围绕太子，实则是想把他控制住，将来利用太子继位来控制吴国，甚至有可能将孙和废掉，他们自己来做吴国的皇帝。

我将陆逊的信撕得粉碎，猛地砸向朱据，我指着他怒吼道：“畜生！给我滚出去！”

朱据吓傻了，他没有看到信的内容，自然不知道我为什么如此震怒。当他被武士架着往外走的时候，他仍在高呼：“陛下，求您宽恕太子吧！”

我越发恼怒，遂大吼道：“朱据欺君罔上，罢免其骠骑将军，左迁新都郡丞，流放外地！”

大虎凑到我身边，安慰道：“爹，您别动怒，气坏了身子可不行啊。”

我忽然感到万念俱灰，我重重地长叹道：“唉，吴国这是怎么了？当年的这些忠臣良将现在怎么都变成这样了啊！”

大虎怔了怔，然后轻叹一声说道：“爹，我想是因为权力吧，是权力让他们变得贪心，变得失去了人性……”

权力？权力！是啊，权力！权力就像是一剂毒品，能给人力量，同时也能让人上瘾，他们就是做了权力的奴隶啊。

可我马上意识到，这个话套用到我自己身上恐怕比用在别人身上更加合适。

我颓然叹息。

大虎又说道："爹，您是吴国的主人，还有很多事您不知道，这些事都需要您来处理，否则后果不堪设想，您可千万不能心慈手软啊。"

我听大虎还有事情要说，便抬头问她："怎么了？还有别的事情吗？"

大虎说道："爹，您还记得芍陂之战吗？"

芍陂之战，是发生在赤乌四年的一场战役。顾谭的弟弟顾承与张休一起北征寿春，全琮当时是大都督，与魏国大将王淩在芍陂作战，打了败仗，魏军乘胜歼灭了五营将秦晃的军队，张休、顾承奋力反击才止住了魏军的攻势。当时全琮的儿子全绪、全端都是将军，因为魏军暂缓攻势，所以发动攻击，将魏军打退。论功行赏时，我认为止住敌军攻势的功劳大，打退敌军的功劳小。于是，张休、顾承都被封为杂号将军，全绪、全端仅仅被封为偏将裨将（最低阶的杂号将军）。

战后是我亲自为立功将士授勋，并且通报全军，这个事过去不久，我自然记得。我答道："朕记得，大虎，你忽然提及此事是为什么啊？"

"爹，这件事是顾家、张家人联合起来欺骗您的，您的嘉奖令在军中几乎成了笑柄……"

笑柄？我堂堂大吴皇帝的令成了如此低贱的玩意吗？我猛拍桌案，怒喝道："大胆，你放肆！"

大虎吓得全身颤抖，急忙跪倒。

第三节

大虎哭诉道："爹，是女儿不好，惹爹生气了，可是爹您要知道，有些话除了我能给您说，谁还会告诉您呢？我不能眼睁睁看着那些江东大族蒙蔽您啊。"

大虎的外貌与步氏颇有几分神似，我看着她可怜兮兮的样子，想起了离我而去的爱妻，遂心中一软，软言说道：“女儿，朕不怪你，你起来吧，有什么事告诉朕。”

大虎破涕为笑，站起身撒娇道：“嘻嘻，我就知道爹最疼我了。”

“呵呵，快说吧，你说顾家和张家联合起来蒙蔽朕，是怎么回事？”

大虎凑到我耳边，低声说道：“爹，芍陂之役时典军陈恂用欺骗的手段增加张休、顾承的功劳，是因为张休、顾承与之串通的缘故。张休、顾承在这次战役中临阵脱逃，是全家人救了他们，可他们却过来与全家人争功，这件事全军皆知，可是就是因为张家、顾家在吴国树大根深，党羽遍布，典军陈恂阿附四大家族，这才谎报军功，致使罪臣获得升迁，功臣却反不如罪臣。当年爹您听信一面之词，在全军通令嘉奖张休、顾承，军中将士颇有人说您被骗了。”

我听着，每一句话都触目惊心。并不是因为张休、顾承冒功领赏，也不是因为我的嘉奖令被当做笑柄，而是我透过这件事看到了一个潜藏的巨大危机：四大家族如同一体，其势力已经渗透到吴国的每个角落，我不用调查也能想象到，在每个领域的每个重要位置都有他们的人。

这个国家要变天了？！

想到这里，我不由得全身一紧，脊背上似乎有“嗖嗖”冷风吹过。

我不由自主地想起我的哥哥当年惨死的景象，我又不由得想起我被许贡羞辱的景象。

江东大族！我一生挥之不去的阴影，我殚精竭虑，费尽心思地拉拢你们，但是事到如今，你们还是要造反了！

我喃喃说道：“他们是在暗中积蓄力量，他们的图谋很大啊。”

大虎带着哭腔说道：“爹，您要是治不了他们，咱们孙家恐怕就要面临灭顶之灾了。”

我看着女儿惶恐的神情，一股英雄气从心底升腾。我可不是草包皇帝，我是吴国的开国皇帝孙权孙仲谋！曹操刘备这样的乱世英雄都曾是我的手下败将！我岂能任由江东大族摆布！我必须全力反击！

我此刻心思极快，就像是恢复了年轻时的活力。我问大虎："你的丈夫和你的舅舅知道这些事吗？"

大虎的丈夫是全琮，大虎的舅舅则是步骘。

大虎答道："父亲，他们知道，不仅知道，他们还在暗中提防四大家族，防备着他们兵变。"

"很好，我现在命你暗中知会你的丈夫和舅舅，我将要对江东大族下狠手，你让他们在军中稳定大局，一旦发现四大家族的人有异动，立刻镇压，对其首领格杀勿论，可以先斩后奏！"我对自己的女儿发号施令如同军中主帅。

而大虎则潇洒地接令，如同临战前的将军："遵命，您放心吧爹，只要有您的命令，江东四大家族必败无疑！"

我点了点头。看来，关键时刻还是要靠自家人啊。

一场大清洗在吴国境内展开了！

如果说前几个月的动作是和风细雨，那么这一次我的手段就是疾风暴雨。我任用中书令孙弘，对太子孙和的党羽以及围绕太子的江东大族，进行了血腥残酷的镇压。

短短几个月中，就有无数吴国重臣被严惩。首先是朱据，其次是吾粲，再然后是张休、顾承，以及与其勾结的顾谭、姚信等人，我对他们痛下杀手，流放的流放，下狱的下狱，赐死的赐死，一时间，吴郡四大家族如同风中残烛，江东官场好似十二级地震，吴国上下笼罩在一片恐怖之中。

而对于那个远在荆州的丞相陆逊，我则用我的方式亲自对付他。

我知道陆逊最重名望，于是，我便接二连三地用饱含羞辱的旨意斥责他，并将其内容在全国公布，旨意中尽是丑陋无比的词汇和难以入耳的语句。我也不知道什么时候我变得如此狠毒，然而，我又必须这么做，似乎不这样就不足以消弭我对陆逊的仇恨，似乎不这样我就无法阻止陆逊对孙氏皇位的觊觎，似乎不这样我就不能让自己多疑的内心安稳。

陆逊在遭受我的百般羞辱后，终于无法再保持沉默，赤乌八年春正月，他给我写了一封信。

第四节

这一年我六十四岁，陆逊六十三岁，我俩都是名副其实的老人了。当年在吴郡同窗学习的豆蔻年华已经一去不复返，激情四射抵御外敌的时代也已经成为过眼云烟，现在，我做了吴国皇帝，他做了吴国丞相，这本是圆满美好的结束，就像是我无数次向往的那样，和他做一对君臣楷模，成为千百年后世人敬仰追慕的典范。可是，所有这一切都被残酷的宫斗绞碎了。我要面对的是一个未知的未来，他要面对的则是不可预知的命运。我要完成我的历史使命，为我的子孙后代留下一个安稳的吴国，他要为他和他的家族负责，想尽一切办法生存。

当我看到陆逊给我的信后，我哭了。

陆逊的信是这样写的："陛下，臣陆逊今年已经年过花甲。陛下对臣有知遇之恩，臣对陛下忠心无二，我之本愿是辅佐明君开疆拓土，建立王霸之业。今生有缘得遇陛下，使我能够一展才华，建立功业，实乃我一生最大幸事。臣想再为陛下镇守边疆，保我大吴千秋万代，只是自去年以来，臣身体大不如前，每每感到气力不济，难以理事。臣不知为何，总是想念陛下，或许是因为这些年来没有见到陛下的缘故吧。前一日，我又在梦中梦见陛下的圣颜，我有千言万语想对陛下诉说，可是，您却在天地之间，臣无论如何追赶却总是触及不到您，最后，我竟醒转，泪满衣襟。

进入赤乌八年以来，臣时常呕血，医者说臣已经时日无多了。陆某生于江东，今生所为皆为江东这片热土。人总有一死，臣不怕死。只是臣不放心这片土地，不放心吴国。陛下，您可以认为臣有不轨之心，您也可以将我们陆家乃至顾家、朱家、张家尽数屠灭，身为吴国臣子，臣毫无怨言。但是，陛下有没有想过，臣与江东大族对吴国意味着什么？我以及我

的家族对陛下的感情又是怎样的啊？陛下难道真的就愿意全部相信那些奸邪小人的挑拨离间吗？

陛下，臣死无所牵挂，我只担心这吴国来之不易的江山社稷被谗言毁灭，孙氏被小人操控，那样的话数十年来为这个国家拼死搏杀的将士的鲜血就白流了，臣也将死不瞑目。

陛下，不管您对臣怎样，臣对您的忠心从始至终没有改变的。陛下，臣要离开您了，望陛下善保圣体，肃清朝纲。”

陆逊要死了。这个给我无数帮助，为了立下汗马功劳的江东名将就这样被我亲手毁灭了。我这是不是叫自毁长城？我这是不是叫年老昏聩？我这是不是叫残酷暴君？

在这一刻，我忽然良心发现，数年来郁结在心中的怀疑之心顷刻间冰消意解，我意识到，江东大族对我或许真的没有异心，陆逊更是忠心耿耿，而我却对他们痛下杀手。我是做错了吗？

我急命太医去荆州为陆逊治病。然而，太医刚刚启程，讣告就送到了我的皇宫：赤乌八年二月，丞相陆逊病逝在任上，他死后家无余财，全军含悲。

我怔怔地看着披麻戴孝前来报丧的陆逊之子陆抗，我不知道该说些什么，我本想安慰陆抗几句，但是忽然间，我只觉得天旋地转，眼前一黑，便没有了知觉……

第五节

当我悠悠醒转，发现已经躺在了榻上，周围围绕着一群人，我定了定神，这才看清楚，是全琮、步骘、朱然以及诸葛恪等人，当我看到他们，不禁心中悲苦，遂长叹一声，说道：“朕或许不该这样对待陆伯言他们啊。”

全琮却说道："陛下，此事并非您的错，实在是太子和江东大族暗中勾结，您处置他们是明智之举，您不应该伤心啊。"

我有点讨厌全琮了，便闭着眼睛，低声说道："你住口。"

全琮一愣，不敢再多说一句，立刻跪倒，不再言语了。

我抬眼看了看步骘，问道："步爱卿，你觉得朕做得对吗？"

步骘有些拘谨，他沉吟半晌才答道："陛下，臣觉得您做得对，阿附太子的人都居心叵测，一旦他们得逞，后果不堪设想。"

我听步骘这么回答，有点伤心。我深知步骘为人，此人颇有气节，是个实干家，同时也是士大夫中的典范，我很器重他。但是，就是这样一个人，在面对权力的时候，也不免说些违心话。我早就知道，步骘与全琮是鲁王一党，他们与太子党彼此不睦，相互攻讦。现在我打击太子党明显有些过重，但是，我问他对错的时候，他还是选择了偏袒自己的集团。可见人心是多么不可测啊。

我又叹息一声，我看到了朱然，我的老朋友，现在你是我最可信赖的人了。我举目望着朱然，他似乎心领神会，伸手将我搀扶起来，我对他微微一笑，然后我拉着他的手问道："义封，你说，朕做得是不是过火了？"

朱然犹豫了一下，然后他点了点头。

只这一个动作，就需要很大的勇气，敢于当着皇帝的面说皇帝错了，即便这个话是皇帝自己说出来，他只是附议一下，这也是冒着很大风险的。

朱然在这个时候能够秉公直言，我很感动。朱然不愧是我的心腹之臣。

我说道："义封，还是你实在啊。"

这时，站在后面的诸葛恪忽然上前说道："陛下，臣有话要说。"

诸葛恪是江东群臣的后辈人中最出色的一个，我有心栽培他，便让他入了中枢。"元逊（诸葛恪字），有话你就说吧。"

诸葛恪说话声音洪亮，毫无迟疑："陛下，臣以为，如今吴国的问题不是太子的问题，而已经是小人得志，国势不振，若再这样下去，只怕大吴国有灭顶之灾！”

全琮喝道：“大胆诸葛恪，你岂能如此放肆，攻击朝廷，攻击陛下？快快住口！”

朱然也说道：“元逊，年轻人说话要注意分寸，不要乱说。”

诸葛恪看着全琮轻蔑一笑，然后他对朱然说道：“朱公，我既然敢于在陛下面前说这话，我就不怕掉脑袋。”

全琮伸手指着诸葛恪还要说什么，却被我制止了。我看到诸葛恪那股冲劲，想起了年轻时的自己，我越老越是羡慕和追思过去，诸葛恪让我看到了这个国家未来的希望。我问他：“元逊，你说吴国小人得志，我问你，谁是小人？”

诸葛恪朗声答道：“回禀陛下，小人就是那些阿附鲁王，陷害太子和忠臣的人。”

我察觉到，诸葛恪说这话，全琮的脸立刻就白了，步骘虽然没有动声色，但是他身躯微微的晃动没有逃出我眼睛。

我又问诸葛恪：“你说具体点，说出来他们的名字。”

诸葛恪迅速地回答道：“他们就是全寄、吴安、孙奇、杨竺以及中书令孙弘。”

没等诸葛恪把话说完，全琮就不干了，他怒吼道：“诸葛恪，你欺人太甚！”

我很理解全琮失态的原因，因为诸葛恪所说的“小人”全寄就是全琮的亲儿子。被人当着自己的面说自己的儿子是小人，而且还是对皇帝说，难怪做父亲的要动怒。

诸葛恪说的话我知道都是真的，我从心底里赞赏诸葛恪的无畏精神，但是，我作为一个掌控大局的人，我不能感情用事。我淡然一笑，对诸葛恪说道：“元逊，你是个人才，但是，你记住朕的一句话，凡事不要太锋芒毕露，否则难以长久啊。你先下去吧。”

诸葛恪有些意外，他或许还以为我会褒奖他，愣在原地没有动。

我又对其他人说道：“你们也都下去吧，朕要休息了。”

众人齐声答道：“遵命。”一齐退出。

诸葛恪这才回过神，也怏怏而退。

我没有当场回应诸葛恪，所有人都认为我是有意偏袒鲁王，不会治鲁王党的罪。然而，这件事只有我自己清楚，我不处置鲁王党并非我不愿意，而是我认为时机未到。

赤乌十年正月，全琮病故，五月，步骘去世。赤乌十一年，陪伴我一生的挚友，吴国的柱石朱然去世了。

故人多半星散，只剩我孤单一人，独撑危局，自从赤乌九年的两宫风波以后，我又坚持了五年。时间推移到了赤乌十三年，这一年我六十九岁，我意识到，是时候收拾残局了，我要在我生命的最后时刻，为我的后继者扫清障碍，为吴国的未来开辟一条坦途。

终于，我动手了！

第二十一章 Chapter twenty-one

英雄

第一节

赤乌十三年，我废太子孙和，与此同时，我赐予了孙霸死罪！

是的，死罪！我赐死了自己的儿子。

为了祖宗江山，为了大吴基业，他必须死。如果说孙和背后的集团是江东大族，那么孙霸背后的集团就是四大家族以外的官僚集团。我既然已经沉重打击江东大族，那我就必须平衡局面，我不能让任何一派坐大威胁皇权。

所以，我痛下决心赐死孙霸，全寄、吴安、孙奇、杨竺等人暗中依附孙霸，打算推翻太子。孙霸被赐死后，我命人将杨竺被处死后的尸体抛进了长江，他的哥哥杨穆因为曾多次劝告他才得以免除死刑，但依然被流放到了交州，我又诛杀了全寄、吴安、孙奇等人，都由于他们支持孙霸陷害孙和。

当我看着一连串执行酷刑的奏报，就像是看到了一股股鲜血在流淌，那不是敌人的血，那都是吴国臣子的血，还有我儿子的血。恍惚之中，我似乎看到了累累白骨涌向我，我惊呼一声，扑倒在地……

废掉孙和、赐死孙霸，严惩其党羽之后，我再次病倒了，这次病得比以往都要凶险，幸亏御医用药及时，这才保住了我的性命，但是，我自己能够清晰地感觉到，我就像内里空了的树，虚弱无比，就像是熬干的油灯，耗尽了精力。

当我醒来的时候，我发现我身边竟然只有一个人在陪我，就是我的女儿大虎。

我的思绪有点混乱，但是，在这种混乱中，我感慨万千，我的心中回荡起无数的名字：周瑜、鲁肃、黄盖、程普、陈武、甘宁、吕蒙、凌统、潘璋、周泰、陆逊、朱然……所有这些名字就像是一颗颗流星划过我的心头，他们都不在了，不单是他们，连全琮、步骘也不在了。六十九岁的我躺在病榻边上，只有我的女儿还在陪伴着我，陪伴着我这个垂垂老朽。

我伸出手去拉大虎，我发现，我的手枯瘦枯瘦的。大虎主动伸出手拉住我，问道：“爹，您终于醒了。”

“女儿，我睡了多久了？”

“两天。”

“两天……两天……嘿嘿，我在鬼门关走了一遭，又回来了。”我自嘲道。

“爹，您会好起来的。”

我忽然想起了一件事，便问大虎：“女儿啊，我昏睡的这两天有什么事情发生吗？”

“没什么事……”她似乎想起了什么，又说道：“对了爹，是有事情的。”

我心中忽然又有不祥的预感，我觉得，只要是大虎给我说的事情，似乎都不是什么好事。我问她：“什么事？”

“有消息称，朱据被流放，对爹心怀不满，暗中勾结四大家族要起兵造反，我得到消息后，便让中书令孙弘派兵将其镇压，诛杀朱据及其党羽屈晃、陈正、陈象。”大虎说得十分轻松。

“朱据造反？”这是一个我无论如何无法相信的事情，我知道其中一定有人捣鬼，我问大虎：“你们把朱据怎么了？”

“爹，朱据负隅顽抗，他被乱兵杀死了。”

“朱据也死了……”我失神地喃喃说道，我不知道该怎么面对这一切。我深知造成这一局面的始作俑者就是我，我为了给吴国的后继者开创一个美好的未来，便不惜用两宫斗的方式让江东豪强和朝臣集团相互牵制，然后我再趁机出手打击豪强，可是，当我赐死孙霸后我就发觉，局面已经失控了。两宫斗的破坏远远超过了我的预期，吴国上下人心惶惶，离心离德，人人自危，若不是我苦心经营多年，恐怕早就已经抽心一烂，土崩瓦解了。

而且，最让我担心的还不是两宫你死我活的残酷斗争，而是我察觉到有一股力量正在逐渐壮大，它悄无声息，在各派之间游刃有余，它就是这整个事件的推动者。而它之所以能在我的眼皮底下完成这一切，是因为它利用了我的多疑和对它的信任。这股暗流的操控者不是别人，就是我的女儿——大虎。

我看着已经为人妇为人母的女儿，她娇艳的外表下似乎隐藏着一股令人不寒而栗的狠辣，这股劲儿与我颇为相似，也正是如此，我才更加担心她。

我该怎么办？惩治我的女儿？不，我至今仍然相信我的女儿所做的一切都是为了吴国的江山社稷，更何况，她是我最疼爱的人，我怎么忍心惩罚她呢？

我感到，我很累，我懒得去理会这纷繁芜杂的世界，我甚至懒得去思考，我真希望这一场病我没能醒过来，这样我就可以好好的休息休息了。

大虎端过来汤药喂我。我看着她，问道："女儿，你若是男孩子该多好啊。"

大虎一愣，随即嫣然一笑，将汤药送入我的口中，她轻声说道："爹，我若是男子恐怕您就不会这般疼爱我了……"

第二节

太和元年，我立潘夫人为皇后，这也算是对我"一生未曾立后"的一点补偿吧。

这一年也是我七十岁生日，为了一洗两宫斗留下了的阴霾，我决定，隆重地庆祝我的生日，我要让我的寿诞为吴国增添福气。

诸葛恪负责操办了我的寿宴，他很有创意，他将宴会地点设在了出云大船上，整个船粉刷一新，张灯结彩，红毯铺地，连船上设置的桌椅都是金丝楠木的，极尽奢华。我喜欢这种排场，这才能彰显我大吴国的气象！

另外，诸葛恪还告诉我，他安排了一个新节目，保证我喜欢，只是内容要暂时保密。

这小子就是鬼点子多！

寿宴当天，我邀请了所有的朝臣和宗室，朝中重臣和亲贵宗室安排在“出云”大船上，其余诸将则安排在了大船周围稍小一点的楼船上。

那一天，石头城边百舸齐聚，千船万帆，吴国浩荡的水军几乎将长江塞满，望着江面上一望无际的白帆，我感慨万千：当年我哥哥几千兵马草创江东，几十年过去了，我一路走来历尽艰辛，总算有了今日的气象。

这时，诸葛恪指挥乐师奏乐，一时间，大江上鼓乐齐鸣，黄钟大吕，悠悠荡荡，雄浑豪迈的乐曲伴随着滔滔江水声，像向世人诉说我的丰功伟绩。

我心情大好，遂携潘夫人就座。以孙峻、诸葛恪为首的宗室和朝臣开始向我贺礼。

孙峻，孙氏宗族，父亲孙坚的弟弟孙静的曾孙，时任武卫都尉兼侍中。

群臣跪拜在我的面前，周围船上的大小将校也都齐刷刷跪倒，在诸葛恪、孙峻的带领下，他们就像是排练好的一样，齐声高呼：“祝大吴国皇帝陛下万寿无疆，万岁！万岁！万岁！”

我支撑着衰老的身躯，颤巍巍地站起来。潘夫人想要扶我，被我轻轻推开。我站起身，将酒杯高高举起，江风送爽，无比快意，大丈夫如此不负此生，我高声对群臣说道：“诸公，大吴国得有今日全赖诸公用命，来，咱们君臣喝了这杯寿酒吧！”

随后，我的皇子、宗室、朝臣，纷纷向我献上寿礼。我印象比较深的有三个人，一个大虎，她送给我一柄宝剑，那是把铜剑，看起来古朴沧桑，很有年月了，但是，宝剑出鞘后却寒光闪闪，剑刃泛着蓝光，似乎有无尽杀意从剑中流出，在剑身上还刻着一行古文，我看不懂。我问大虎是什么剑，她告诉我，这是百姓在吴越之地挖出来的，上面刻着的字是“越王勾践”。原来这是春秋时期越王勾践的佩剑！我一生爱剑，对于这种稀世珍宝我自然喜欢。

第二个是诸葛恪，他送给我的是前不久他在荆州缴获的魏军战旗一面，上书三个大字“虎豹骑”，与这面战旗一起送来的还有几十副明光铠甲和几十把淬火钢剑。我明白，这几件东西意义非凡。虎豹骑乃曹操建立的王牌部队，一直都是曹魏的核心力量，他们骁勇善战，所向披靡。当年曹操击败刘备就是用的虎豹骑兵，我还听说，我在合肥惨败给张辽也是因为虎豹骑，曹操当年为了防备我进攻合肥，便配属给张辽三千虎豹骑。这支部队一直是我心中的阴影，陆上作战没人是他们的对手。可是，现在诸葛恪送来的东西表明，他战胜了虎豹骑，即便是一支分队，也足以自豪了啊。我很欣慰，我没有看错人，诸葛恪是个文武兼备的人才，将来他会成为吴国的“诸葛武侯”（诸葛亮被封为武乡侯，人称诸葛武侯）的。

第三个则是陆抗，他送给我的寿礼既不是什么名贵宝物，也不是彰显自己功绩的战利品，而是一封血书。这封血书还不是他自己写的，而是废太子孙和写的，孙和现在被流放外地，这次宴会我没有叫他来，陆抗代替孙和将血书呈上。孙和给我的血书写的是祝贺我的寿诞，同时忏悔自己的过失，另外他也请求我不要再多加杀戮。看着自己亲生儿子的血写成的书信，我心如刀绞。我看过信后既没有奖励陆抗也没有惩罚陆抗，只是挥了挥手，命他退下去了。

群臣和宗室的寿礼送完之后，诸葛恪神秘兮兮地来到我的面前，问道：“陛下，臣为陛下准备的压轴大戏要开始了，请陛下拭目以待。”

我笑道：“元逊，到底是什么好东西，搞得这么神秘？”

“陛下，您看！”诸葛恪向前一指，我顺着他指的方向望去。

只见前面一名军校手持一面陈旧的破旗走来，我越发奇怪，群臣也都好奇，都屏住呼吸，仔细地盯着那军校，唯恐漏掉了什么细节。可是，那军校既没有表演也没有说话，只是默默地走了一圈。

我不解地问诸葛恪：“元逊，你这是唱的哪一出啊？我怎么看不懂呢。”

诸葛恪笑道：“陛下，您难道不记得那面旗了吗？”

“什么旗？朕不记得了。”

“陛下，那是您建安五年初掌江东大权时剿灭李术叛军的战利品，那面旗就是李术的帅旗啊？”

“哦！”听诸葛恪这么一说我恍然大悟，我问诸葛恪：“我记起来，当年兄长遇刺，江东人心不稳，庐江李术遂北附曹操，要脱离江东，于是朕亲率大军围剿，终将其歼灭。哈哈，这么多年过去了，你是怎么找到这战旗的呢？”

诸葛恪没有回答我，他又指着前面说道：“陛下，您再看。”

我望去，只见又有一名军校走来，这一次，那军校手中捧着的是一个锦盒，锦盒上写着两个大字“黄祖”。这次我立刻明白了，这是盛着黄祖首级的那个锦盒。建安十三年，我亲率江东大军进攻刘表的江夏，斩杀其大将黄祖，俘获无数。

我忽然意识到，诸葛恪这小子是在展示我这一生的功绩吧？！

群臣也都似乎有所醒悟，有的反映快的已经开始啧啧称赞，竖起了大拇指，不知道是在夸赞我的丰功伟绩还是在夸赞诸葛恪的奇思妙想。

黄祖首级之后，上来了一个手持长槊的军校，我看到那条大槊立刻明白了，这是赤壁之战中我军缴获的曹操大槊，相传曹操手持此槊横扫北方，结果在赤壁战败后他仓皇逃走，这条槊也就成了我军的战利品。

看着这几件代表我的过去的东西，我抚今思昔，感慨万千。我十九岁接管江东，筚路蓝缕，一路荆棘，年轻时我一直努力地向前看，很少回头，以至于过往的许多事我的记忆都已经模糊了，而自从数年前遭遇两宫之变，我对这世界开始心灰意冷，我失去了过去的那种舍我其谁的自信，这些年我回忆过去，也大多是想起一些伤感的事情。可是，当我今日看到诸葛恪为我准备的这个了不起的节目，我才发现，我这一生并非失败，相反，我是成功的！不是吗？时过境迁，物是人非，我孙权在风云诡谲的乱世独霸一方，称王称帝，时至今日，当年我的敌人尽数死绝，而我仍然活在这个世上，而且，大吴国依然挺立，仅凭这几点，我就足以笑傲后汉

三国！

大槊退下后，有一名军校手捧一柄长剑走了出来。当我看到那柄明晃晃的宝刀，我立刻认出来，那是潘璋生前所用的“固陵刀”，他就是用这把刀在临沮斩杀关羽的，这把刀代表夺荆州杀关羽的战斗。

随后，出来了三四名军校，他们一齐抬出了一面硕大无比的旗帜，那旗帜上书写着“大汉天子刘”的字样。这是夷陵之战中缴获的刘备的御用大纛。它代表着夷陵之战的胜利。

然而，当我看到这面旗的时候，我不由自主地想到了刘备，由刘备想到了我妹妹孙仁，我心中感伤，低头无言，我再看陆抗，他神情严肃，身体竟然微微颤抖，我明白，他看到这面旗想起了自己的父亲。

唉，人生在世短短几十年，可是人做的事情恐怕却要影响几生几世。我一心稳固江山，开疆拓土，我达到了目的，然而，为了达到这个目的，我失去的东西却太多太多……

下面的东西大多是我称帝后的战果以及一些内政上的成绩，我心怀惆怅，便不怎么在意了。大概是看到我表情不悦，诸葛恪让节目进程加快，原本一个时辰的节目，只用半个时辰就全部结束了。

我大大褒奖了诸葛恪一番。

长时间的户外活动让我体力透支了，春季的江风吹来，我竟感到一丝寒意，我再次感叹自己老了，遂命人起驾下船。

诸葛恪和孙峻本打算命人送我回宫殿，但是，当我踏足岸边的青草，呼吸着带有泥土清香的空气时，我忽然想到要去民间走一走转一转，我希望看到在我励精图治几十年之后，江东百姓到底是什么样子了。

诸葛恪、孙峻以及群臣闻听此言，皆表情尴尬，他们劝我说：“陛下，荒野村落尽是无知野人，不看也罢。”

我发觉他们表情异样，感到疑惑，这反而驱使我更加要一探究竟，于是，我严令御林军护送我前往建邺郊外乡间，孙峻是御林军统帅，他不敢违抗我的命令，只得保护着我前往乡下。

第三节

建邺郊外的风景十分宜人，初春时节的景致更为这里平添了几分美丽。我每次到郊外狩猎和游玩，都要经过近郊，这里的乡村就像是一座座花园式的要塞，漂亮而险要，但是，我知道近郊的乡村并不能代表大多数吴国百姓的生活，因为这里大多是世家大族和朝廷重臣的领地，这里就是他们的家，他们岂会不精心打理呢？

所以，我命队伍穿过近郊，直奔远郊而去，孙峻等人又劝我说：“陛下，时候不早了，您还是回宫休息吧。”

我大手一挥，喝道：“你等休要多言，朕今日必须看到建邺城百里外的乡间。”

不到一个时辰，我的御驾就抵达了一座位于建邺郊外一百五十里的乡村。

当我从御辇上走下来，脚踏在满是泥泞的道路上，我愣住了。四周空旷，无遮无拦，我放眼望去，这座不大的乡村尽是断壁残垣，田间耕地大多荒着，这个时候正是下午百姓吃饭的时间，但是我看到，村中的炊烟只有不足三分之一，大多数家中的烟囱都是静静的。村子里面和田间只有几个村民，他们要么目光呆滞，要么满面愁容，老人身体佝偻，即便是壮年男子也骨瘦如柴，没有精神。稀稀落落的树木上落着几只鸟，它们轻轻一沾树枝便又飞走了，似乎连它们也不愿意多在这穷乡僻壤多待片刻。

我看着这凋敝的景象，暗暗心惊：难道这里刚刚遭受战争或者瘟疫吗？不然的话这里怎么会是这般情景？

我本想叫住几个村民询问，但是乡间之人见到我威武的车仗和军队都纷纷逃跑了，他们可不知道我就是他们的皇帝。大概还以为是来收租子的达官贵人呢。

孙峻打算派人去抓一个村民来问，被我制止了。我决定自己去问百姓。在诸葛恪、孙峻以及丁奉等人的陪同下，我徒步走进村子。

在村子里，我更加亲身感受了这个村子的困苦。几个光着屁股的孩子战战兢兢地望着我，就像是警觉的麋鹿，随时都会逃走，我年纪越大越喜欢小孩，便弯下腰，取来吃的东西递给他们，我问他们："大人都到哪里去了。"

看着我手中的饼子和肉，孩子们眼睛直勾勾的，却不敢取，最后一个年纪稍大的孩子取过一块肉吃了起来，其他孩子见没有事便一窝蜂地冲上来将我手中的食物抢了个精光。看着这群正在生长发育阶段如饿狼一样吃东西的孩子，我几乎能感受到他们的饥饿。

我柔声对孩子们说道："慢慢吃，爷爷这里东西多得很，管你们吃个够。"

孩子们开心地笑了，几个乖巧的孩子还奶声奶气地叫我："爷爷，爷爷。"

我听到这童稚的叫声，心中很是欢喜。我又问他们："你们的爹娘都去哪了？"

几个只有三四岁的孩子挠着头，迷茫地嘟囔着："爹娘，爷爷奶奶说他们去别的地方了，再也不会回来了，去哪了我也不知道。"

那个年纪最长的孩子约有八九岁的样子了，他对我说道："爷爷，我爹参军战死了，我娘前几年随着别人改嫁了，我没有爹娘。"

这孩子说这些话的时候竟然显得很轻松，我听着却惊心动魄，我想到了我的童年，早早地失去了父亲，但是我起码有一个疼我的母亲，而这个孩子却失去了双亲。我问他："你们平时能吃饱吗？"

当我问罢这句话，我忽然意识到自己多此一问。果然，那孩子摇了摇头说道："我们每年只有过节的时候才能吃到一点面和鱼，平时都是吃野菜。"

孙峻在一旁说道："陛下，荒野顽童他懂什么，我看这里八成是被诅咒的地方，十分不吉利，咱们还是回去吧。"

我瞪了他一眼，没有搭理他，我又问那孩子：“你们的亭长在哪？”

那孩子顺手一指，指向了一户房屋稍好点的农家。我点了点头，让人分发给孩子们更多的食物。孩子们欢天喜地。

我来到亭长家，推开了他的房门。大概是听到了外面的动静，里面走出来一位年过五旬的老者。他身体清瘦，但看起来还算精神，身上的衣服尽是补丁，简陋的土房子家徒四壁，并不比周围的农家富裕多少。

他看着我们也有点惊慌，他小心翼翼地问道：“敢问是哪位达官贵人大驾光临？小老儿在这施礼了。”

说罢他向我深深一揖。

我没有直接回答他，我命孙峻他们在屋外等候，只带着诸葛恪进了屋，我缓步走到他家堂屋中，坐在了主座上。老者不敢怠慢，急忙倒了一碗水送到我面前，说道：“家中贫寒，没有茶水，只有白水一碗敬您了。”

我笑了笑，接过水，我还真有点渴了，便喝了一口。乡间的水甘甜美味，江南好地方，但是这里却如此贫穷，是为什么呢？带着种种疑问，我问这亭长：“你就是这里的亭长吧？”

“小老儿是亭长。”

“这里叫什么村子？”

“这里叫范庄，村子里的人大多姓范。”

“哦，我看你们这很是贫穷，为什么啊？”

老亭长看我的眼神有些吃惊，好像我身上有什么异常似的。他苦笑一声说道：“官人，您莫不是套我的话吧？”

诸葛恪在一旁说道：“老汉，你莫要害怕，这位老爷既不是达官也不是贵人，但他专管达官贵人，你有话只管对他说，他一句话就能免掉这个村子三年的赋税。”

老汉目瞪口呆，他有些发抖，问我：“真的？”

我点了点头，微笑道：“不错，朕……”话到嘴边我赶忙改口：“你只要如实回答我的问题，我就减免你们的赋税。”

老汉想了想，最后一跺脚，叹息一声，说道："唉，罢了，这年月活着还不如死了，真要是能为全村减免三年赋税，我死了也值了。官人，实话告诉您吧，一看你就不是常下来的人，现在何止我们村，建邺周围数百里，除了近郊，所有村庄都已经断粮，很多人逃往海边捕鱼，十室九空，跑不动的就留在这里等死。"

我震惊了，我连忙问他："不会吧，据我所知，这几年咱们吴国风调雨顺，每年朝廷都收上来无数的钱粮赋税，百姓应该过得更好才对啊。怎么会这样呢？"

老汉又是一声叹息："官人您有所不知，十几年前还勉强过得去，这几年却不行了，有名望有道德的人都被杀死和流放了，剩下的官员都是一些地痞流氓，他们横征暴敛，每年收上来的粮食大半被他们夺去，其实他们交给国家的也只是一小部分，大多数都被他们留下并送给了他们的上司。可苦了我们这些贫苦人。"

老人说着，颓然坐下，又说道："唉，再加上这几年国家连年用兵，青壮年都被拉去充军户了，乡间田地无人耕作，很多家庭妻离子散，家破人亡。而且，国家将捕鱼和林木都收归国家所有了，朝廷的政策本是好的，想让地方官员组织百姓统一捕捞和砍伐，但是，结果却适得其反，地方官员占据渔场和林场，视为私产，肆意挥霍，普通百姓根本无法靠近，更不要说获利了。咱们老百姓就是靠山吃山，靠水吃水，现在山和水都被权贵垄断了，百姓就只有等着饿死了。还好，上天有好生之德，东边的大海官家总是管不了的，有力气的人都去了沿海，也好谋生，像我这样走不动的，就只有留在这里了。"

时近黄昏，天气转阴，阴暗潮湿的土坯屋子里，我的心就像是被无数尖刀刺中，不断地剜着，说不出的伤痛。

这个老汉不知道我是谁，只有这样的人才会给我说实话，我常年身在皇宫，耳边尽是歌功颂德，阿谀奉承，即便是偶尔出行也都是游山玩水，去乡间也大多是近郊，那里又能看出来什么呢？这次我贸然要私访民间，竟然得到这样的反馈。

我有一种无法言喻的羞辱和悲伤。我这几十年到底做了些什么？我难道让百姓更加受罪了吗？几十年前我亲眼目睹许贡这些豪强地主的专横跋扈，欺压良善，从那时候起，我就立志要打压这些豪强，既是为了我自己的江山社稷，也是为了千万江东父老。可以说，在我一生中，镇压豪强，严惩大族，是有一种历史使命感的，我始终认为我是站在道德的制高点审判这些不义之人，无论是对盛宪的屠杀，还是对四大家族的血腥镇压，我虽然有感情上的伤感，那是我与陆逊、朱据等人私人感情造成的，但我绝对没有负罪感，因为我觉得世家大族就是百姓痛苦的根源，我这样做是在为民请命，是在替天行道。

然而，今天耳闻目睹的一切，彻底颠覆了我七十年的人生观。短短几个时辰的感悟竟然赛过过去十年的所思所想。我镇压了豪强地主，启用寒门庶子，让没有背景的人担任各级官吏，我本以为这样做会让土地得到均分，百姓会得到实惠。没想到，失去了世家大族的力量基础和道德纽带，吴国的底层社会竟然濒临崩溃了。一个失去了基层领导、失去了向心力、失去了道德约束的社会怎么可能长久呢?

那老汉又说道：“这几年吴国境内不太平，造反的流寇层出不穷，过去大户人家组织我们抵抗外来人，现在村子里面再也没人领导了，每当流寇到来，我们只有任人宰割了。”

我若有所思地问老汉：“老汉，你说说当今大吴皇帝这个人怎么样啊？”

我这么一问，老亭长再次愣住了。也难怪，一个陌生人向他论及当今天子，任凭是谁也会警觉的。

我为了让他释怀，遂说道：“你不要怕，我只是随口问问，我不会害你的，你放心。”

看着我和蔼的表情，那老汉犹豫许久，还是不敢开口。

诸葛恪在一旁说道：“老汉，你莫怕，这位老爷一言九鼎，他说的话绝不会食言的，我向你保证。”

老汉望了望我们，终于开口说道：“要说起当今天子，那可是咱们吴国人心目中的大英雄，最了不起的人物啊。”

“大英雄？”我没想到一个乡间老汉会这么评价我。

“是，是大英雄。老汉我今年快六十岁了，生在汉末，我记得我小时候时天下大乱，我的爹娘都惨死在乱匪手中，我孤苦一人给大地主家做工，时常被殴打，食不果腹，衣不蔽体。后来，当今天子继承父兄基业，抵御外寇，镇抚山越，制裁豪强。我十几岁时分到了第一份属于我自己的土地，是三亩薄田，就是当今天子镇压了我们本地的豪强后将其土地分给我们的。我当时高兴得几天都没睡好觉。我觉得是当今天子救了我，我发誓要为他效忠。后来曹操入寇，我毅然让大儿子从军，跟随周公瑾将军在赤壁与曹操大战，结果我大儿子战死在了江陵。后来天子北征合肥，我的二儿子跟随陈武将军为保护天子撤退被张辽杀死。而我的小儿子，在夷陵之战中立下大功，被提拔做了陆丞相的亲兵，结果，陆丞相得罪了朝中权贵，被天子斥责，羞辱而死，我的儿子因为长期跟随陆丞相，竟然也被赐死。唉，我到现在孤苦一人，无依无靠。”老汉悠悠地诉说着他的故事，就像是在回忆着一个古老的传说，但是，这其实就是发生在昨天的真事，而且他身上所有的事情都与我息息相关。

老汉说着，深吸一口气，然后颇为释然地说道：“不过呢，我不后悔，我本是要活活被打死、被累死的人，是当今天子救了我的命，我为他舍弃一切也在所不惜，虽然我没有了儿子，但是每当我想起我为天子为大吴国做的一切，我无怨无悔，我心安理得。我就想啊，我这辈子也算是值了。”

诸葛恪在我背后轻轻吁了口气，我听得出来，那是郁结在他胸中的一口气被吐了出来。其实我又何尝不是如此？听着老汉的诉说，我胸中也有一股无法言语的郁气，无处吐露，十分压抑。

我缓缓站起身，问那老亭长：“老汉，你知道我是谁吗？”

那老汉急忙站起身，看着我，笑着摇头道：“小老儿不知道啊。”

“朕便是当今大吴国的天子啊。”

“啊？你……”老汉呆若木鸡，僵立在那里。

我朝他微微点头，然后招呼诸葛恪径自走出了他家。直到我离开他家几十米了，他才从房中奔出来，在我身后高叫道：“陛下，吾皇万岁，万岁，万万岁！我祝您老人家万寿无疆啊！”

随后，他在村中欢呼道：“天子到咱们村子喽！天子到咱们村子喽！”

他的呼喊令原本躲藏起来的村民纷纷从家中涌出，对他们而言今生能见天子尊荣乃是至上荣耀。我看到，零零星星的村民聚向我，他们望着我，脸上尽是崇拜和尊敬。

但是，我发现他们却都没有笑。随着我前进的脚步，村民们纷纷跪拜在道路两旁，他们都在哭，像是孩子有了无尽的委屈，终于可以向家长倾诉那样的哭泣。

这都是我臣民，我原本以为他们过得很好，现在看来，他们的生活并不比汉末动乱时候好哪里去。

我当即传旨：免除该村三年赋税，并将我这次带来的所有食物都分发给他们。

第四节

回转建邺皇宫的途中，我独自一人乘坐在御辇中，沉默不语。我陷入了沉思：如许贡那般的江东大族固然可恶，但是不是所有的豪强大族都如许家那样十恶不赦呢？恐怕未必。实际上世家大族也意味着是儒家思想服膺者，他们注重忠孝仁义，他们的社会教化作用是无法取代的，同时，在汉朝几百年的历史中他们一直都是社会的基石和上下纽带，如今我欲一朝灭之，于是就留下了巨大的社会真空，结果让宵小之辈乘虚而入，他们欺上瞒下，致使大吴国国政日非，百姓苦不堪言。久而久之，不用魏国入侵，大吴国自己就会从内部土崩瓦解的。

我又想到：当年曹睿活着的时候，我曾和诸葛瑾评论曹操父子，我

说："最近我看到陆逊的表章，他认为曹丕一死，曹睿继位，曹魏那些反叛的人就会逐渐瓦解，中原局势也会逐渐趋于稳定。据说曹睿任用了大量能人做官，宽松刑罚，布施恩惠，减免赋税和徭役，以取悦民心。我们吴国的忧患则比曹操那个时期更为深重。

当时，我认为他说得不对。

曹操的所作所为，大肆征战是他的过失。战争使得民众骨肉离散，是最为残酷的。至于曹操治理国家和率领军队的能力，是自古以来少有的。曹丕和曹操相比就差得太远了，如今曹睿又不如曹丕，如同曹丕不如曹操一样。他之所以推崇小恩小惠，是因为父亲刚死，又自认为国家已经衰落，恐怕贫苦的百姓会揭竿而起，所以才勉强委屈一下以换取民心，使自己能坐稳江山罢了。这哪里是兴旺的迹象呢？我听说曹睿任用陈群、曹真等人，他们有的是文人儒生，有的是宗室子弟、皇亲国戚，怎么能驾驭文臣武将去治理天下呢？皇帝的威势和权柄如果不专一，那么事情就会出差错。如西汉初年的张耳和陈余，他们不是不敦厚和睦，而是当他们有了权势之后才相互残杀，这是形势所逼。再说陈群等人当年能够恪守臣节，是因为曹操健在，他们惧怕曹操的威严，才尽心尽力去辅佐曹操，不敢为非作歹。到了曹丕继位时，他已经是成年人了，他能够继承曹操的威严，又给陈群等人加官晋爵，让他们感恩图报。如今曹睿年幼，没有主见，容易被人左右。曹真、陈群等人一定会因此巧言令色、结党营私。如果这一天来到，奸邪之人就会相继而起，相互无限怨恨，怀疑对方背叛，如此一来，大臣们恍惚争权夺利，皇帝年幼难以驾驭群臣，那么曹魏的统治还能维持多久？所以懂得这个道理的人，从古到今都不会让四五个人同时把持朝政而不使他们相互离德继而倾轧仇杀的！势力强大的欺凌弱小的，弱小的又向其他强大的求救，这是衰落和灭亡的前奏。"

当时，我坚持认为自己的看法是正确的。

我对儒家思想比较抵触，当时我颇为赞同曹操以法家为主的治国手段。

结果呢，用法家理论治国的我，殚精竭虑，费尽心思地经营大吴，为民着想，可是百姓的日子却毫无改观。

法家、儒家都不行！

难道一个王朝无论兴衰，百姓的生活都是苦的吗？如果是这样，那看来老子的理论反而是对的，我难道应该无为而治？不，我又不愿意承认无为而治的效果。“乱世用重典”，在礼崩乐坏、道德沦丧的乱世不用铁腕强权怎么可能稳定社会呢？

又或者，我应该在稳定江东建立吴国以后实施道家思想？

我神游八荒，胡思乱想，头脑混乱至极，但是，想了许久，我也没能找出我想要的答案。

夜晚时分我回到了皇宫。

陆抗来向我告辞，他现在是荆州方面军的统帅，因为荆州方向是军事要地，他要昼夜兼程地赶回去主持大局。我拉着陆抗的手，悲伤落泪道：“我以前听信谗言，以为你父亲对我不忠诚，因而有负于你。以前责难你父亲的那些话，就让它像一张被烧掉的纸一样变成灰烬，永远都不要再提了。”

陆抗走后，我感到心力交瘁，一日的舟车劳顿，再加上方才巨大的心理挫折，导致我再次病倒，难道我要在我七十岁生日这天撒手人寰吗？

第二十二章 Chapter twenty-two

此生无悔

第一节

我再次病倒，足足病了半年，在御医的精心医治下，我又奇迹般地生还了。不过，我知道，我就像是一架破旧不堪的老车，又像是一匹即将死去的老马，撑不了多久了。

我眼前经常出现幻象，过往的那些人和事在我眼前飞来飞去，令我常常伤感哭泣。每每想起我至亲至爱的人都前后离我而去，现在我成了名副其实的孤家寡人，我便觉得此生了无生趣。

满头白发的我坐在榻上，感到精力逐渐不济，多年的征战和操劳耗尽了我的元气，两宫之斗更是伤透了我的心，目睹吴国潜藏的巨大危机，我更是备受打击。

我老了，我累了。

这时，近侍来报："启禀陛下，曹魏司马懿病死，司马师为大将军秉政；蜀汉费祎不愿驻守成都，而是驻扎在汉寿。"

司马懿通过兵变篡夺了曹魏实权，曹氏大权旁落。蜀汉丞相诸葛亮已经去世，后继者蒋琬、费祎难以驾驭朝政，蜀汉越发衰落了。

过去令我热血沸腾的军国消息，现在在我耳边变得毫无意义，我已经倦于世事了。

这半年来，我躺在病榻上，思考了很多问题，我意识到，陆逊、朱据、吾粲等人是忠臣，他们当初犯言直谏恐怕并非完全出于私心，他们更多的是出于公心，然而，我却迫害死了他们。这些对我对大吴国忠心耿耿的大臣就这样枉死，我感到无比自责。

由此，我想到了一直怂恿我镇压四大家族的大虎。我的亲生女儿，她屡次三番地让我下决心对世家大族动手到底是出于公心还是出于私心？我很清楚，大虎作为全琮的女人，肯定是要维护自己婆家的利益，这再正常不过，只是，我始终认为大虎对我对吴国是忠诚的，是没有私心的。但是，当我将整件事通盘考虑以后，我发现我恐怕低估我的女儿了。她看似轻描淡写的一些话其实是把我推向了一个又一个万劫不复的境地。

另外，我还知道一件事，那就是孙峻似乎与大虎关系不一般。孙峻是我堂兄孙静的曾孙，大虎作为我的女儿，她与孙峻若有染，则是乱了伦常。而建邺附近富商权贵多是孙峻的部下，大虎则是他们的总后台。换句话说，填补世家大族空间的那些贪官污吏，多是大虎和孙峻提拔的，这个国家让他们糟蹋了。

可是，我面对这样的一对男女却无法出手管教，因为他俩若私通，那不但是我们孙氏的耻辱，也会是大吴国的耻辱，会成为天下人的笑柄，会让万世以下的后人戳脊梁骨。也正是考虑到这件事情的不良影响，我索性睁一只眼闭一只眼，装作没看见。

而且我也实在没有精力去管这些事情了。

对于我的女儿大虎，尽管她的动机不纯，尽管她在我心目中再也不是那个天真无邪的女孩子，尽管我预感到在我死后她仍会兴风作浪，但是，不知为何，我就是对我这个女儿生不起来气，每次看到她我总能感到一种温暖，那是亲情，是骨子里的亲情，是血浓于水的亲情。我不能惩处我的女儿，即便她犯下了严重的错误。

另外，在我病重期间，我意识到我应该为我的错误做一些补救，我应该为我死后的江山社稷安排好继承者，于是我决定，将废太子孙和召回建邺，恢复他的太子身份。

然而，我的诏令却没能发出皇宫。

那是七月的一个夜晚，我命人将诏书写好，然后连夜去长沙交给孙和。可结果，这封诏书被大虎和孙峻以及中书令孙弘拦住了，他们跑到我的寝殿，向我哭诉道："陛下，您若召回孙和，让他做太子，那么江东大族就会翻身，您辛苦经营的局面就会失控。"

我听着他们鬼哭狼嚎的哭叫，心烦意乱，我强支病体坐起来，感到全身虚弱无力，我颤巍巍地对他们说道："你们不让太子回来，恐怕更多的

是考虑自己吧。假如太子秉政，那些世家大族一旦掌权，你们将会死无葬身之地。”

我这么一说，三人顿时不说话了，他们眼巴巴地看着我，就像是三条狗在哀求主人的怜悯。孙峻和孙弘也就罢了，当我看到大虎哀怨的神情，我却心中不忍。

我长叹一声，挥了挥手，命他们出去。我独自一人在病榻上长吁短叹，最终，太子孙和没能回来。

第二节

太和元年秋八月初一日，狂风大作，江水海水都暴涨，平地水深八尺，吴郡云阳县父亲孙坚陵墓的松柏树都被连根拔起，吴郡郡治吴县南门城门也被狂风吹垮掉了。

这事异象，是不吉的征兆，但凡是天降陨石，地震洪水，雌鸡化雄，妖人出现，这都是世间要有大变的预警，董仲舒说“天人感应”，现在出现这样的现象，我预感到，吴国将有大变，而这变化的主要原因恐怕就是我——我的生命要结束了。

我既怕死又不怕死，怕死是因为我对于死后的情况是未知的，而人们对未知的事情总是怀有恐惧之心，我不怕死是因为我这辈子哭过乐过奋斗过，我从一个江东孩童成长为一方霸主，最终做了皇帝，即便这个皇帝不是大一统皇帝，但也足以令我满意了。

我决定，要祭天，我要为吴国祈福，同时也要答谢上天对我的恩赐。

建邺城南郊，宽阔高大的祭坛上，一位白发苍苍、身材佝偻，但是难掩其高大魁梧、气度雍容的老人正在对天祈祷，这个人自然就是我，大吴国开国皇帝孙权。

我望着悠远的天空，朵朵白云不断变换着姿态，几只鸟儿自由自在地在空中飞翔，暖风吹来，阵阵花香。这个世界真的很美好，江东景色更是令人陶醉，令人着迷，我在这个魅力十足的世界上生活了七十年，我有过爱的人也有过恨的人，我拼搏过，尝试过，努力过，我死而无憾。如果说我有唯一的瑕疵，那就是终我一生也未能越过长江踏足北方，但是，这并不重要，若以此而论，曹操恐怕就要为没能踏足江南而死不瞑目了，若以此而论，浪迹天涯，到过天南地北的刘备恐怕是我们这代人中最没有遗憾的人。但是，实际上曹操死的时候并不是那么糟糕，刘备死的时候也未必那么满意。所以说，我还是要感谢上天的。

感谢你给予了我生命，给予了我衣食，给予了我这样的机遇。

世界是美好的，只是可惜，我就要离开它去一个未知的地方了，我将去的地方究竟是天堂还是地狱，我不知道，其他人也不知道，只有上天知道。

身临高台，形单影只，群臣在台下虽然都注视着我，但是我却再也没有年轻时的激情，我不会再因为被众人围绕而欣喜，也不再因为大家的奉承而得意，现在的我只能用一个词形容——孤独！是的。就是孤独……

南郊祭拜活动虽然让我又一次感悟到自然之力，但是却也又一次让我的病情加重。病情最严重的时候，我甚至开始呕血，全身冰冷。

我意识到自己将不久于人世，我必须抓紧时间安排后事。我命孙峻、大虎及群臣带诸葛恪来到卧室会面，在床前接收诏命，我对他们说："我的病已经很重了，恐怕不能再跟你们相见了，国家的事情就全都托付给你们了。"

诸葛恪哽咽流泪回答："我们大臣们都蒙陛下厚恩，自当不惜献出生命来实施您的诏命，希望陛下稳定情绪好好养病，不要将身外之事挂在心上。"

我吩咐朝廷各部门的各种事务都要听从诸葛恪的号令，只有杀人这一大事事后通报我就行了。

第三节

为了挽救我，群臣劝我命“神仙”王表来为我祈福。我答应了，下诏召王表进宫。然而，我的女儿亲自为我推荐的“神仙”竟然连夜逃亡了，连个人影也没见到。

我得知这个消息，遂召大虎进宫，是她向我推荐的王表，我要质问她。

当大虎战战兢兢地来到我的面前，可是当她看到我，她面对我似乎不再那么拘谨了。

我仍用温和的语气问她：“女儿，王表这个人是你推荐给朕的，可现在他却跑了。这是为什么？”

大虎面无表情，淡淡说道：“爹，您是怀疑王表没有真本事，不敢进宫？”

我点了点头：“难道不是吗？”

“爹，您是在怀疑我欺骗了您？”

我没回答，我发觉大虎今天有点反常。

大虎自顾自地站起身，四处看了看，她让宫女都出去，大殿中只剩下我们父女二人。然后她说道：“爹，您知道王表为什么不来见您吗？不是因为他没有本事，而是您没救了。”

什么？我有点不愿相信自己的耳朵，一直以来对我毕恭毕敬的大虎现在竟然说话会如此放肆？我有些动怒，但想要发火，但一口气却总也提不起来。

大虎继续幽幽说着：“爹，您这一辈子都干了些什么？是，您建立了一个王朝，可是，您知道吗？您的王朝是用无数孙氏女人的身体和尊严换来的，是用无数臣子的尊严换来的，是用无数百姓的血换来的！”

她说着，声调逐渐提高，语速越来越快，最后竟然是在斥责。

我听着她的话，心中剧烈地翻涌，我想要站起身打她，但是，我哪里站得起来呢？我呼哧呼哧地喘着粗气，瞪着她。良久，我勉力问她：“你说朕做了什么，你这样诋毁朕？你说！”

大虎苦笑一声，她的眼眶竟然开始湿润了，她看着我，反问道：“您做了什么？您还好意思问您做了什么？您去问我的姑姑，您去问我的母亲，您去问陆逊，您去问朱据，您去问吾粲，您去问暨艳，去问张温，去问吕壹，去问那些每天过着牛马不如的生活的军户，去问那些被你追的无立锥之地的山越民，去问妻离子散家破人亡的江东百姓，您就知道您做了什么，我的父亲，我的陛下！”

她将“父亲”“陛下”两个字说得极重。她这不是在羞辱我，她是在斥责我，不，也不是斥责，她是在哭诉，对，是哭诉。她在为那些含冤忍辱，被我抛弃、利用的人哭诉。

她的姑姑，就是我的妹妹孙仁，政治婚姻的牺牲品。她的母亲，因为我的妻妾众多晚年受到冷落而去世。陆逊，朱据，吾粲我的功臣，却都因为我的猜忌而死，暨艳，张温，吕壹被我当做替罪羊。军户，山越民和百姓则多为生产奴隶，生活困苦不堪。这就是大虎对我咆哮的原因。

我听完后，默然不语。

大虎看着我，她冷笑道：“爹，您怎么不说话了？是不是没脸和我面对面了呢？”

我感到很伤感，我最疼爱的女儿这样对我，我原本以为在她眼中我是高大伟岸的父亲，是至圣至明的君王，可原来我在她眼中却是一个冷血的怪物，是一个无情的暴君。我缓缓抬起头，我苦笑道：“女儿啊，你就是为了这些而仇视朕吗？”

大虎眼眶湿润了，接着，她哭了，她哭泣道：“不，不单是因为这些，还因为您让我改嫁！”

“让你改嫁？”

“对！”大虎抹了一把眼泪，强忍着悲伤说道：“我与周循夫妻恩爱，没想到他死得早，我的本意是要为其守候一生，但是，您为了拉拢全家，就强命我改嫁给全琮。爹，从那一刻开始，我就决心要让您付出代价！”

我出神地问道："这个代价就是让朕深陷悲痛中吗？"

"不错！我挑拨您和四大家族的关系，我劝您立孙霸为王，与孙和夺权，我又向您告发太子，让您镇压江东大族，所以这一切都是我做的！我就是要让您也尝尝家破人亡的感受！"大虎已经失去理智，她就像是疯了一样嘶吼着。

很奇怪，此刻的我不但不再生气，反而越发镇定，我的精力似乎又恢复了，我眼前不再模糊开始清晰，我的思路不再浑浊开始明快，我不知道，这叫做回光返照。

我静静地看着大虎，一言不发。

大虎吼叫完，看着我，愣了片刻，她诧异的问我："您……您怎么不说话？"

我轻叹一声，淡然说道："女儿啊，你真是太天真了。"

"我？我天真？我怎么天真了？"

"你把这个世界看得太简单了，你把江东群臣看得太简单了，你把你的父亲看得太简单了。"我竟然是微笑着说出了这番话。

"您……您到底什么意思？"

"女儿啊，你真的以为陆逊他们不知道是你暗中捣鬼吗？你真的以为朕不知道你的意图吗？嘿嘿，傻孩子，陆逊和朕都清楚得很。"我说话很流畅，中气十足。

大虎有些慌张："我……我不懂。"

"你当然不懂，你只知道你姑姑为刘备投江而死，你只知道你母亲哀怨而死，可是你知道吗？若不是她们找到了自己深爱的人，她们会这样做吗？你认为陆逊、朱据、吾粲会恨我，你认为暨艳、张温、吕壹也会恨我，可是你知道吗？若没有我的提拔，他们又岂能有如此的地位和功绩，又怎么可能青史留名？"我说着，情绪开始有点激动，我提高了语调，说道："是，你可以说我这是在为自己狡辩。但是，女儿啊，你生在深宫，不知这世界的本来面目。你说军户、山越民和百姓因为我而痛苦，可是你却不知道，汉末大乱的时候，老百姓十个人死了九个，那时候，到处是死尸，几百里看不到一个活人，甚至有人交换儿子下锅煮着吃。老百姓生不如死，国家十室九空，濒临灭亡。豺狼遍地，匪盗横行。我问你，这样的世界是我造成的吗？”

我盯着大虎，喝问着。她低头不语。我继续说道：“不是我造成的，相反，我统率吴会群豪，定鼎江东，剿灭匪寇，抵御天灾，安邦定国，屯田安民。是！我承认现在百姓生活不够好，可是比起来过去那种朝不保夕，易子而食的社会，我觉得我无愧于天地。我也相信，大多数的吴国百姓是爱戴我的！”

我说着，越发激昂慷慨，似乎有千言万语哽咽在我喉头，不吐不快：“孩子，你知道吗？当年曹操挥师南下，雷霆之威，朕任用周瑜以三万弱旅大破敌军遂闻名中国，关羽强横威震华夏，朕派遣吕蒙偏师一战屠灭，收复荆州，刘备枭雄，一世所惮，大军东进无人可挡，又是朕启用陆逊破其于夷陵，终于使江东稳固，蜀汉再不敢入寇。曹丕奸诈不亚其父，可他三下江南皆无功而返，临江感叹‘魏虽有武骑千群无所用之，未可图也’。孩子，这是一个昏聩的暴君能有的功绩吗？

朕御临江东五十余载，无论是名臣大将还是饱学鸿儒，无不拜在你父亲脚下，朕英雄一世，奋斗一生，岂是你一个娃娃能够懂的？”

我的这一番话令大虎听愣了，听傻了，原本情绪激动的她就像是被泼了一瓢冷水，又像是迎头挨了一大棒，她沉默了。

我顿了顿，又叹息道：“至于你的姑姑，你的母亲，以及朕其他的女人，是，朕承认有对不起她们的地方，但世界就是这个样子，比起那些被乱军掳走，被流寇残害，被异族蹂躏的女人，她们很幸运了！她们没有饿死，没有冻死，也没有被杀死，她们只是为了心爱的人憔悴而殇。大虎，我的女儿，你觉得她们会恨朕，但是朕却觉得她们才是真正的女人，真正的女人——你懂吗？”

大虎畏惧地看着我，不知道是被我气势震慑了，还是被我话震撼了，她倒退两步，竟然哇的惨叫一声，然后，转身狂奔出大殿而去。

我兀自说着：“大虎啊，你做的那些事情朕都一清二楚，可是朕却不会惩罚你，因为你是朕的女儿，是朕最疼爱的女儿……”

第四节

大虎也走了，这大殿中只剩下我自己了。孤独感再次袭来，回光返照力量骤然消失，我累倒在病榻上，气喘吁吁。

光线开始逐渐黯淡，呼吸声音开始渐渐模糊，身上的感觉像是要游离出身子。

我很累，我要休息了，我缓缓闭上眼睛，脑海中闪过最后一线灵明：

我出身虽然不比皇亲国戚，但是却并不低微，我在乱世中幸运的继承了父兄基业，我从小就有无比的优越感，几十年走来，大多数情况下都是我高高在上，别人跪拜在我的脚下，曾经有一段时间我甚至认为我就是至高无上的主宰者，生杀予夺，予取予求。可是，伴随着岁月的沉积，时光的流转，尤其是我重病之后，我才意识到年轻时的我是多么的荒唐可笑。若没有众多的机缘巧合，我就不可能是今天的孙权。我的成功多半是天意使然，我开始感谢上天，也开始敬畏上天。其实，我没有任何骄傲的资本，我就是一个人，与那些普通百姓一样，生老病死，爱恨情仇，匆匆走完一生，死后只有方寸之地，我在这个世界上创造的一切丰功伟绩都将因为我生命的终结离我而去，我是怎么来还会怎么离去，生前身后万般事物生不带来死不带去，这才是生命的本来面目啊！

念及此处，我潸然泪下。

我的孩子们，再见了！

江东群臣，再见了！

大吴国，再见了！

江夏、赤壁、合肥、荆州、夷陵，再见了！

这个世界，再见了！